KNAUR

Über die Autorin:
Unter ihrem Pseudonym Lily Oliver erscheinen bei Droemer Knaur berührende Liebesromane wie »Die Tage, die ich dir verspreche«.
Besuchen Sie die Autorin auf ihrer Website: www.emilialukas.net

Emilia Lucas

dark illusion

Verführerische Nähe

Roman

KNAUR

Besuchen Sie uns im Internet:
www.knaur.de

FSC
www.fsc.org
MIX
Papier aus verantwortungsvollen Quellen
FSC® C083411

Originalausgabe Juli 2016
Knaur Taschenbuch

Ein Imprint der Verlagsgruppe
Droemer Knaur GmbH & Co. KG, München

Redaktion: Hannah Brosch
Covergestaltung: ZERO Werbeagentur GmbH, München
Coverabbildung: FinePic®, München/shutterstock
Satz: Adobe InDesign im Verlag
Druck und Bindung: CPI books GmbH, Leck
ISBN 978-3-426-51801-4

2 4 5 3 1

Für Matthias

Kapitel 1

Ein letztes Mal zupfte Laura die Maske zurecht und sah sich in der Bar um. Sie schnalzte ungnädig mit der Zunge. Ihre übliche Strategie, den Raum erst aus sicherer Entfernung abzusuchen, würde heute nicht funktionieren. Zusätzlich zu den Masken, die die meisten Anwesenden trugen, war es außergewöhnlich dunkel.

Sie gab sich einen Ruck und trat aus ihrer gewohnten Ecke heraus.

Ein Mann mit nach hinten gegelten hellen Haaren kam auf sie zu. Da die Masken nur den Mund und die Augen freiließen, konnte sie nicht genau sagen, wie alt er war. Nur dass er deutlich älter war als sie, das sagten ihr die Fältchen um seinen Mund. Und sein schmieriges Lächeln sagte ihr, dass er ebenso wie sie nur etwas für eine Nacht suchte. Sein Blick glitt über sie hinweg, und die Härchen in ihrem Nacken stellten sich auf. Als er vielsagend ihre Brüste anstarrte, bis sie glaubte, er könne durch ihr Kleid hindurchsehen, kehrte sie ihm demonstrativ den Rücken zu. Er würde sich jemand anderen suchen müssen. So verzweifelt war sie nicht, da ließ sie lieber einen Samstag aus.

Langsam bewegte sie sich durch den langgezogenen, schmalen Raum. An der Wand standen in regelmäßigen Abständen edle dunkelbraune Ledersofas, und im Gehen musterte Laura genau, wer darauf saß. Dunkle, fast schwarze Haut und starke Oberarme zogen ihren Blick auf sich. Sie ließ ihre Schritte langsamer werden, blieb beinahe stehen. Der Mann saß auf einem der Sofas und nippte an einem Bier. Er hatte ein nettes Lächeln und sah aus, als könnte man sich gut mit ihm unterhalten. Bestimmt wollte er das auch. Sich unterhalten. Lauras Finger krampften sich in ihren Rock. Am Ende wollte er noch ein Date. Nein. Er kam nicht in Frage.

Sie nahm ihren Rundgang wieder auf, ohne noch einmal auf jemanden zu stoßen, der halbwegs in ihr Beuteschema passte. Sie seufzte. Dann warf sie einen Blick auf den Tresen, der sich auf ganzer Länge mitten durch den Raum wand wie eine gewaltige Schlange. Daher hatte die Bar auch ihren Namen. *Winding Snake.* Sie wusste, dass in den Schatten am anderen Ende jemand saß. Jemand, den sie sofort abgehakt hatte, als sie vor einer halben Stunde die erste Runde gedreht hatte und an ihm vorbeigekommen war. Kurz dachte sie darüber nach, ihn doch noch anzusprechen. Dann schüttelte sie den Kopf. Zu verlockend. Zu gefährlich.

Mit einem letzten Blick in die Schatten wandte sie sich ab und beschloss, noch einmal die Dachterrasse in Augenschein zu nehmen. Bei gutem Wetter hatte man hier eine herrliche Aussicht über München, vor allem jetzt, im Juli, wenn der Englische Garten ein Meer aus Baumkronen war. Gerade goss es allerdings wie aus Kübeln, und die edlen Holzdielen standen knöcheltief unter Wasser. Die Terrasse war verwaist bis auf ein paar todesmutige Raucher, die sich in die halbwegs trockene Ecke neben der Tür drängten. Laura mochte Zigarettenrauch nicht besonders, aber das spielte jetzt keine Rolle. Schließlich suchte sie nicht nach einem Mitbewohner, sondern nach Entspannung von einer anstrengenden, arbeitsreichen Woche. Sie musterte das qualmende Grüppchen eingehend. Zu alt. Zu jung. Zu weiblich. Zu verliebt. Laura schnaubte. Auch hier wurde sie offensichtlich nicht fündig. Da konnte sie es genauso gut aufgeben und ihr Glück in einer anderen Bar versuchen. Wahrscheinlich wäre das ohnehin besser. Das *Winding Snake* war ihre Stammbar, ihr Rückzugsort. Hier einen Kerl aufzureißen, barg die Gefahr, dass er sie wiedererkannte, wenn sie das nächste Mal herkam. Natürlich war diese Gefahr heute wegen der Masken nicht besonders groß, was ihr allerdings wenig nutzte, wenn keiner der Anwesenden in Frage kam.

Sie machte sich auf den Weg zum Ausgang. Ihre Finger begannen schon, den Knoten der Maske zu lösen. Gerade als sie sie abnehmen wollte, wurde ihr Blick von einer Bewegung am Ende des schlangenförmigen Tresens angezogen. Der Jemand, den sie vorhin sofort abgehakt hatte, hatte sich nach vorn gebeugt und hob sein leeres Glas, damit der Barkeeper ihm nachschenkte. Im blaustichigen Dämmerlicht der Barbeleuchtung sah Laura schwarze Haare, bevor er sich wieder zurücklehnte und beinahe aus ihrem Blickfeld verschwand. Sie ließ die Hände sinken. Er saß schon die ganze Zeit an der Bar. Sie war mehrmals an ihm vorbeigekommen und hatte ihn nie etwas sagen hören. Und er hatte sich auch nicht im Raum umgesehen. Vielleicht suchte er nicht nach einem Date, sondern wollte einfach nur abschalten und alles hinter sich lassen, genau wie sie. Vielleicht kam er doch in Frage.

Sie zog den Knoten der Maske wieder fest und näherte sich dann dem Tresen. In der Nähe des Fremden stellte sie sich an die Bar und tat, als warte sie lediglich auf den Barkeeper, während sie den Mann verstohlen musterte. Was sie von seinem Gesicht sehen konnte, ließ darauf schließen, dass er ein paar Jahre älter war als sie. Vielleicht Mitte dreißig. Sicher sein konnte sie natürlich nicht, aber es spielte auch keine Rolle. Unter seinem weißen Hemd zeichneten sich breite Schultern ab, dennoch war er eher schlank. Im Stehen war er sicher deutlich größer als sie. Er hatte seine Krawatte gelockert, und die oberen Knöpfe seines Hemdes standen offen. Ihr Herzschlag beschleunigte sich etwas.

Genau wie vorhin, als sie ihn zum ersten Mal gesehen hatte.

Zu gern hätte sie gewusst, ob er sie auch ansah. Ihr knappes schwarzes Kleid war gerade so freizügig, dass es Blicke auf sich zog, verhüllte aber genug, um die Phantasie zu beflügeln.

Sie beschloss, ihn anzusprechen. Wenn er andeutete, dass er mehr suchte als Gesellschaft für eine Nacht, konnte sie immer noch die Flucht ergreifen.

»Was kann ich dir bringen?«, fragte der Barkeeper.

Laura fasste an ihre Maske. Der Stoff war glatt und kühl unter ihren Fingerspitzen. Normalerweise musste sie nur in die Nähe der Bar kommen und Stefan einmal zunicken, damit er ihr hinstellte, was sie immer trank, wenn sie mit Christina hier war: ein Radler. Heute stand ihr allerdings der Sinn nach etwas anderem, Härterem. Schließlich war sie nicht hier, um sich zu entspannen. Das kam erst später. Hoffentlich.

»Einen Whisky, bitte.«

»Glenfiddich?«

Laura zuckte die Achseln. Es kam nicht darauf an. »Ja, warum nicht?«

Der Barkeeper nickte und griff über sich in das Regal, das von der Decke hing. Es schlängelte sich genau wie die Bar darunter durch den ganzen Raum. Er schenkte ein und schob ihr das Glas zu.

Sie betrachtete die bernsteinfarbene Flüssigkeit, schwenkte sie kurz und nahm einen kleinen Schluck. Der Whisky benetzte ihre Zunge, kletterte ihre Wangen hinauf und brannte schließlich im Gaumen. Sie mochte dieses Brennen. Es half ihr, den nötigen Mut aufzubringen.

Bedächtig stellte sie das Glas wieder auf den Tresen. Dann schob sie ihre Zungenspitze aus dem Mund und leckte sich über die Oberlippe, befeuchtete sie, bis sie das leichte Brennen des Whiskys auf der empfindlichen Haut spürte.

Ob er schon zu ihr hinübersah? Am liebsten wäre es ihr gewesen, wenn er sie einfach angesprochen hätte, wenn er ihr sofort ansähe, wonach sie suchte, und es ihr von sich aus anbot. Leider tat er ihr den Gefallen nicht. Sie hoffte nur, dass er keiner von denen war, die eine Frau langsam erobern wollten. Für solche Kerle fehlte ihr die Geduld.

Sie atmete tief ein, nippte noch einmal an ihrem Whisky und drehte sich dann halb zu ihm hin. »Hast du es auch schon aufgegeben?«

Seine Augen glitzerten durch die Schlitze in der Maske, als er den Blick auf sie richtete. »Ich habe gar nicht erst gesucht.« Seine volle Stimme ließ ihr Herz höherschlagen. Sie hätte sich wohl doch besser von ihm fernhalten sollen. Aber jetzt war es zu spät, und sie hoffte, dass er ihr Angebot annehmen würde. Dass er offen zugab, nicht nach einem Date zu suchen, war ein guter Anfang.

»Warum trägst du dann eine Maske?«, fragte Laura, nur um irgendetwas zu sagen. Sie mochte die Masken. Nicht nur, weil sie damit unerkannt bleiben konnte, sondern auch, weil sie eine ganz besondere Spannung erzeugten. Es war aufregend, nicht zu wissen, wer sich dahinter verbarg und ob man ihm vielleicht irgendwann auf der Straße begegnete, ohne es zu merken.

»Ich bin nur wegen der Masken hier. Da wäre es ziemlich merkwürdig, wenn ich keine tragen würde.«

»Du bist wegen der Masken hier, suchst aber kein Date? Ich hoffe, du nimmst mir nicht übel, dass ich das etwas merkwürdig finde.«

»Das wäre es auch, wenn ich alleine hier wäre.« Ein winziges Lachen klang in seiner Stimme mit.

Sie musste sich bemühen, nicht enttäuscht das Gesicht zu verziehen. »Du bist nicht alleine hier?«

»Nein. Mit einem Freund. Erik.«

Erleichtert atmete Laura auf. *Ein Freund* war keine Gefahr für ihre Pläne.

»Er hasst Masken«, fügte der Fremde hinzu, als wäre das eine völlig logische Erklärung. Er deutete hinter Laura. Sie drehte sich nicht um. Dieser Erik interessierte sie jetzt nicht und auch nicht, warum der Schwarzhaarige ihn auf eine Party schleifte, von der er wusste, dass er sie nicht mögen würde. Wahrscheinlich hatte er eine Wette verloren.

»Und das Motto klang nicht uninteressant.«

»Dark Blind Date?« Es war der Versuch des Besitzers, eine neue Kultparty ins Leben zu rufen. Eine Mischung aus Dark Room und Blind Date Party, aber wenn sie sich so in der halbleeren Bar umsah, würde er das sicher bald wieder aufgeben. Leider, denn es käme ihr sehr entgegen, wenn hier alle immer eine Maske tragen würden. Dann könnte sie in Zukunft immer hier, wo sie sich sicher fühlte, auf die Suche nach Gesellschaft für ihre Samstagabende gehen.

Der Fremde nickte. »Dark Blind Date, ja. Ich muss allerdings gestehen, dass es meine Erwartungen bisher nicht erfüllt.«

Laura fragte sich, was er damit meinte. Fand er vielleicht, dass sich sein Freund zu gut amüsierte? Oder hatte er insgeheim doch darauf gehofft, jemanden kennenzulernen? So oder so war es die perfekte Vorlage. Endlich eine Gelegenheit, das Gespräch in die richtige Richtung zu lenken.

»Das könnte sich ja vielleicht noch ändern«, sagte sie und neigte sich ein wenig nach vorne, um ihm einen guten Einblick in ihr Dekolleté zu gewähren. Das schwarze Kleid brachte die Ansätze ihrer Brüste besonders vorteilhaft zur Geltung. Die meisten Männer reagierten darauf.

Er nicht. Stattdessen hielt er ihren Blick fest. »Das bezweifle ich.«

Laura seufzte innerlich und setzte sich wieder gerade hin. Das war deutlich. Er hatte offensichtlich kein Interesse. Was jetzt? Sie ließ ihren Blick noch einmal durch die Bar schweifen. Der Dunkelhäutige mit den starken Oberarmen war verschwunden. Ein blonder Hüne, den sie bisher nicht in Erwägung gezogen hatte, weil sie lange Haare an Männern nicht mochte, wirkte plötzlich doch ganz annehmbar. Bis sie die Rothaarige entdeckte, die sich an ihn schmiegte.

Sie drehte sich wieder zu dem Schwarzhaarigen um. Er war ihre einzige Option hier. Und noch dazu eine ziemlich gute. Einen Versuch würde sie noch machen.

»Ich schätze, du hast dir etwas Aufregenderes vorgestellt?« Sie nahm ihren Whisky, nippte daran und sah ihn mit einem Aufschlag ihrer Wimpern über den Rand des Glases hinweg an.

Einer seiner Mundwinkel zuckte. »Aufregender, so könnte man es sagen, ja.« Er erklärte nicht, was er damit meinte, und das gefiel ihr. Je weniger er redete, desto weniger würde sie über ihn erfahren.

Sie stellte das Glas wieder ab, ohne den Blick von ihrem Gegenüber zu wenden, und ließ dann ihre Knie etwas auseinandergleiten. Nur ein klein wenig, gerade so, dass man unter ihrem Rock den Schatten zwischen ihren Beinen sehen konnte. Sie ließ ihre Hand auf ihren Oberschenkel fallen und berührte wie zufällig mit den Fingerspitzen die weiche Haut an den Innenseiten. Die Berührung sandte winzige Schauer der Erregung ihre Beine hinauf.

Nur ein Zucken seiner Augenlider verriet, dass er es bemerkt hatte. Dann schluckte er. Lauras Lippen verzogen sich zu einem Lächeln. Er war also doch interessiert. Jetzt musste sie ihn nur noch dazu kriegen, dass er auf ihr Angebot einging. Gott, wie sie hoffte, dass er es tun würde!

»Funktioniert das?«

Sie schreckte auf und runzelte die Stirn. »Was?«

Er nickte zu ihren Fingern, die sich immer noch ganz leicht auf ihren Oberschenkeln bewegten.

Beinahe wäre sie rot geworden. Er hatte sie durchschaut. Das passierte ihr zwar gelegentlich, nur hatte sie dann meistens das Gefühl, den fraglichen Mann schon in der Tasche zu haben. Bei ihm war sie sich nicht sicher. Sie entschloss sich zur Flucht nach vorn. »Ich weiß nicht. Funktioniert es?«

Er lachte. Es war ein angenehmes, sympathisches Lachen. Sie versuchte, es zu ignorieren. »Kann schon sein. Das kommt darauf an, was du suchst.«

Ihrer Erfahrung nach mochten die meisten Männer es nicht, von einer Frau direkt gefragt zu werden, ob sie Lust auf Sex hatten. Wahrscheinlich fanden sie es dreist oder unweiblich. Laura legte den Kopf schief. Er wirkte nicht wie einer, der etwas gegen selbstbewusste Frauen hatte. Bei ihm könnte es funktionieren.

»Sex«, sagte sie und nippte noch einmal an ihrem Whisky.

»Das dachte ich mir schon«, erwiderte er trocken.

Sie grinste und bemühte sich, sich nicht anmerken zu lassen, wie nervös sie war. Dies war der entscheidende Moment. »Bist du interessiert?«

Ein amüsiertes Funkeln erschien in seinen Augen. »Das klingt, als wolltest du einen Vertrag abschließen.«

Damit hatte er nicht ganz unrecht. Sie zuckte mit den Achseln. »Ich kläre gerne vorher, was Sache ist. Dann erlebt man keine bösen Überraschungen.«

Zum ersten Mal, seit sie ihn angesprochen hatte, setzte er sich auf und lehnte sich ein wenig über die Bar zu ihr hin. »Was ist denn Sache?«

Sie neigte sich ebenfalls ein Stück zu ihm und drückte wie zufällig eine ihrer Brüste etwas aus ihrem Dekolleté, um ihn daran zu erinnern, was dabei für ihn herausspringen würde. »Ich tue es nur im Hotel, nur in einer ganz bestimmten Stellung und niemals bei Licht.«

***

Marcus starrte sie an. »Nur im Dunkeln? Wieso denn das?« Seit sie sich so verführerisch über die Lippen geleckt hatte, fragte er sich, was er von ihr halten sollte. Ihr Verhalten war mehr als dreist, geradezu aufdringlich. Zuerst hatte sie unerfahren gewirkt, vielleicht sogar ein wenig ungeschickt, deswegen hatte er gezögert und sie etwas auf Distanz gehalten. Jetzt glaubte er das allerdings nicht mehr. Sie wusste offensichtlich genau, was sie wollte, und hatte einfach keine Lust, lange drum herumzureden. Er war sich nicht sicher, ob er das mochte, aber irgendetwas an ihr reizte ihn. Sie war hübsch, zumindest das, was er von ihr sehen konnte. Ihre dunkelblonden Haare, die ihr lockig in den Ausschnitt fielen, waren durch die Satinbänder der Maske ein wenig durcheinandergeraten, ihre Lippen waren nicht zu voll, aber dennoch sinnlich, und er war schon beinahe hart, seit er vorgegeben hatte, die verführerischen Ansätze ihrer Brüste zu ignorieren.

»So sind eben die Regeln«, sagte sie. Es klang ungeduldig. Doch dann lächelte sie plötzlich strahlend, als hätte sie sich daran erinnert, dass sie ihn erst noch überzeugen musste. »Spielt das für dich eine Rolle?«

Ihr Lächeln war nicht echt, das war ihm sofort klar. Es war ihr Verkaufslächeln. Dennoch schlug sein Herz etwas schneller, als er in ihre leuchtenden Augen sah. Ob sie eine Professionelle war? Er glaubte es nicht, aber möglich wäre es. »Und was erwartest du als Gegenleistung?«

Sie verdrehte die Augen. »Ich bin keine Nutte, falls du das meinst.«

Seine Lippen verzogen sich zu einem Lächeln. »Entschuldige, ich wollte nur sichergehen.«

»Schon gut. Das passiert mir öfter. Also, was ist jetzt?«

Ja, was ist jetzt? Eigentlich stand ihm heute nicht der Sinn nach bedeutungslosem Sex. Aber diese Frau interessierte ihn. Sie und ihre merkwürdigen Regeln.

»Gut, aber ich bestimme das Hotel.« Er hatte keine Lust auf irgendeine billige Absteige, auch wenn sie eigentlich nicht aussah, als hätte sie so etwas im Sinn. Eigentlich sah sie auch nicht aus, als hätte sie bedeutungslosen Sex im Sinn. Ihr Kleid war sexy, aber nicht auf eine billige Art, und in ihren Augen stand ein intelligentes Glitzern. Sie war nicht betrunken und wollte es offensichtlich auch nicht werden, denn sie rutschte von dem Barhocker, ohne ihren Whisky auch nur zur Hälfte geleert zu haben. »Dann lass uns gehen.«

Er trank noch einen Schluck von seinem Bier und stand dann ebenfalls auf. »Ich hoffe, die eine Stellung ist nichts, wobei man sich verrenken muss. Ich bin nicht so wahnsinnig gelenkig«, sagte er in der Hoffnung, dass sie erklären würde, um welche Stellung es sich handelte.

Doch sie lachte nur. »Nein, keine Sorge.«

***

Sie nahmen ein Taxi zum Hotel. Marcus versuchte hin und wieder, ein Gespräch anzufangen, aber sie schien daran keinerlei Interesse zu haben. Sie hatte ihn auch nicht genauer betrachtet, als er seine Maske abgenommen hatte. Verdammt, sie hatte ihn noch nicht einmal nach seinem Namen gefragt.

»Verrätst du mir deinen Namen?«, fragte er.

Sie löste den Blick von der verregneten Fensterscheibe und sah ihn an. Die große Kapuze ihres schwarzen Regenmantels verbarg ihre Haare und warf Schatten auf ihr Gesicht, von dem er auch so nicht viel erkennen konnte. Im Gegensatz zu ihm hatte sie die Maske nicht abgenommen, und es sah auch nicht aus, als hätte sie es vor. Langsam, als müsste sie sich zwingen, ihm dieses Zugeständnis zu machen, öffnete sie den Mund. »Claire.«

Er fragte sich, ob das ihr richtiger Name war. »Ich heiße Marcus«, sagte er.

Sie hatte sich schon wieder abgewandt. Seine Mundwinkel zuckten amüsiert. Er nahm an, dass das alles für sie ein Rollenspiel war, Sex mit einem völlig Fremden, und sie zog es durch, ohne Pardon. Er beschloss, ihr Spielchen mitzuspielen und sie nicht merken zu lassen, dass ihm die Situation ebenfalls gefiel. »Wenn du keine Lust auf menschliche Gesellschaft hast, warum behilfst du dir dann nicht mechanisch?«

Sie zuckte zusammen, gerade so, dass er es sehen konnte. Dann sah sie ihn über die Schulter hinweg an. »Wenn du den Unterschied nicht verstehst, sollten wir die Sache vielleicht besser abbrechen.« Ein zynisches Lächeln schlich sich auf ihre Lippen.

Er lachte. »Nein, schon gut.« Auf keinen Fall würde er jetzt noch aussteigen. Normalerweise fand er zwar, dass ein wenig Annäherung vor dem Sex nicht schaden konnte, aber wie sie an die Sache heranging, hatte auch seinen Reiz. Und jetzt wollte er unbedingt wissen, wohin dieses Rollenspiel noch führen würde.

Wenig später hielt das Taxi vor dem Hotel. Claire zog sich ihre Kapuze tief ins Gesicht, wahrscheinlich, damit man die Maske nicht sah. Er hielt ihr seine Hand hin und führte sie durch den Regen zur Tür des Hotels und zum Empfang. Er hatte mit Absicht dieses kleine, aber feine Hotel im Norden von München ausgewählt, weil die Lobby vom Eingangsbereich abgetrennt war und sie hier nicht auffallen würden. Trotzdem war das Hotel groß genug, dass sie keine unliebsamen Fragen befürchten mussten. Der Rezeptionist lächelte zuvorkommend und händigte ihnen kommentarlos eine Schlüsselkarte aus. Falls er bemerkt hatte, dass sie kein Gepäck hatten, ließ er es sich nicht anmerken.

Im Zimmer angekommen, wollte Marcus Claire den Mantel abnehmen, aber sie zog ihn sich schon selbst aus und hängte ihn an die Garderobe. Sie ging ihm voraus am Bett vorbei, ohne es auch nur mit einem Seitenblick zu würdigen. Es war ein Doppelbett aus dunklem Holz, schlicht und edel, so wie das restliche Zimmer. Claire sank auf einen Stuhl neben einem kleinen Schreibtisch und begann, sich auszuziehen. Sie beeilte sich dabei und versuchte gar nicht, Marcus damit zu erregen. Offensichtlich wollte sie sofort zur Sache kommen. Da er beschlossen hatte, nach ihren Regeln zu spielen, tat er es ihr gleich und zog sich aus. Irgendwann hob sie den Kopf und sah, dass er nackt war. Sie wirkte nicht überrascht, sondern nickte nur. Sie war wirklich wesentlich abgebrühter, als er zuerst geglaubt hatte.

»Was sieht dein Plan jetzt vor?«, fragte er, als sie beide nackt vor dem Bett standen.

»Licht aus«, sagte sie.

Er ließ seinen Blick über sie wandern und verzog den Mund. »Eigentlich schade.« Ihre Haut schimmerte im warmen Licht der Deckenbeleuchtung, und ihre rosigen Brustwarzen waren bereits hart aufgerichtet. Er spürte, wie er steif wurde. Offensichtlich konnte er ziemlich gut auf die Annäherung vor dem Sex verzichten.

Claire war seine beginnende Erregung auch nicht entgangen, denn sie lächelte wissend. Bevor er sie weiter in Augenschein nehmen konnte, zog sie ein Kondom aus ihrer Handtasche, legte es demonstrativ auf eines der Kopfkissen und knipste das Licht aus.

»Komm her«, flüsterte sie.

Das Bett knarrte leise. Sie musste sich daraufgelegt haben. Er wartete, bis seine Augen sich etwas an die Dunkelheit gewöhnt hatten. Die Jalousien vor den Fenstern waren heruntergelassen, aber durch die Lamellen fiel etwas Licht, so dass er wenigstens Umrisse erkennen konnte. Er setzte sich zu ihr aufs Bett. Nur eine Stellung. Nichts Ausgefallenes. Bestimmt die Missionarsstellung. Und sie wollte kein Licht. Er wurde nicht schlau daraus. So ein prüdes Verhalten passte nicht zu der Art, wie sie sich ihm in der Bar angeboten hatte.

Er wartete darauf, dass sie sich auf den Rücken legte, aber sie ging in den Vierfüßlerstand. »Knie dich hinter mich.« Das erwartungsvolle Vibrieren ihrer Stimme ließ das Blut schneller durch seine Adern pulsieren. Sie wollte wirklich keine Zeit verlieren. War sie überhaupt schon feucht? Er bewegte sich auf sie zu, bis er ihr so nahe war, dass er ihren Geruch wahrnahm. Wahrscheinlich war es nur ihr Duschgel, frisch und sportlich.

Er streckte eine Hand nach ihr aus und legte sie an ihre Hüfte. Ihre Haut war warm und weich. Langsam fuhr er mit den Händen zum Ansatz ihrer Pobacken, dann weiter nach unten. Seine Fingerspitzen strichen über die zarte Haut zwischen ihren Beinen. Dieses Szenario schien sie wirklich zu erregen, denn er spürte, dass sie schon bereit war. Anstatt seine Finger in ihrer Feuchtigkeit zu versenken, ließ er seine Hand jedoch an ihrer Seite entlang und über ihren Bauch gleiten, bis er die weiche Rundung ihrer Brust streifte.

Sofort versteifte sie sich. »Nicht. Ich brauche das nicht«, flüsterte sie und schob seine Hand weg.

Er lächelte in sich hinein. Kein Gerede, kein Vorspiel. Gut, sie wollte es nicht anders. Er würde ihr den Gefallen tun. Nicht, dass es ein großes Opfer gewesen wäre. Er musste zugeben, dass die Anonymität des Ganzen tatsächlich ihren Reiz hatte. Claire wusste nichts über ihn, trotzdem drängte sie sich ihm entgegen und zeigte ihm deutlich, wie sehr sie ihn brauchte. Sie einfach zu nehmen, im Dunkeln, ohne je ihr Gesicht gesehen zu haben, hatte etwas Animalisches, das wild und ungehemmt direkt in seine Lenden floss. Er griff nach der Kondompackung und riss sie auf.

***

Lauras Haut fühlte sich kalt an, wo seine Fingerspitzen ihre Brust berührt hatten. Als fehlte ihr dort die Wärme seiner Haut. Als wünschte sie sich seine Hand zurück. Nein. Sie wollte nicht berührt werden. Sie sollte es nicht wollen. Außerdem war es vollkommen unnötig. Allein der Gedanke, mit einem wildfremden Mann zu schlafen, erregte sie genug; selbst jetzt noch, nach so vielen Malen.

Als sie hörte, wie er die Kondompackung aufriss, schob sie ihm ihren Hintern entgegen. Fast sofort spürte sie seine Erektion an ihrer Pobacke. Der Fremde rückte sich ein wenig zurecht und legte eine Hand zwischen ihre Beine. Sie keuchte auf, als er mit den Fingern in sie eindrang, sie dann wieder zurückzog und die Feuchtigkeit auf ihrer Haut verteilte. Dann spreizte er sie vorsichtig und drückte seine Erektion an ihre Öffnung. Mit einem kräftigen Stoß war er in ihr, ohne ihr die Möglichkeit zu geben, sich an ihn zu gewöhnen. Laura stöhnte auf, weil sie es genau so mochte. Seine Hände gruben sich in ihre Hüften, und er begann, sich in ihr zu bewegen. Während die Erregung in ihr sich langsam steigerte, hoffte sie, dass er sich trotz allem Zeit lassen würde. Manche Männer nahmen den Quickie viel zu wörtlich. Dass sie sich nicht mit Vorspiel aufhielt, bedeutete nicht, dass sie es schnell hinter sich bringen wollte. Es brauchte seine Zeit.

Doch er hatte es nicht eilig. Seine Bewegungen waren gleichmäßig und wohldosiert, und er traf sogar beinahe die richtige Stelle. Sie spannte den Bauch ein wenig fester an, um sich ihm in exakt dem richtigen Winkel entgegenzustrecken, und keuchte auf, als sie ihn genau dort spürte, wo ihr Verlangen langsam wuchs. Sie seufzte, und die Muskeln ihres Unterleibs zogen sich um ihn zusammen, um ihn noch tiefer in sich zu ziehen.

Aber es reichte noch nicht. Das tat es nie. Sie brauchte mehr von ihm.

»Deine Hand«, keuchte sie, drehte sich halb zu ihm um, packte seine Hand und legte sie zwischen ihre Beine. Rauh reizten seine Fingerspitzen ihre empfindliche Haut, näherten sich immer wieder ihrem Kitzler und entfernten sich dann wieder, bis sie es kaum noch aushielt. Sie drängte sich seiner Hand entgegen, und endlich erbarmte er sich. Ein Stromstoß durchfuhr sie, als er mit sanftem Druck ihre empfindsamste Stelle berührte.

»Ja, genau so«, hauchte sie atemlos. Genau so. Es war die einzige Art, wie sie fast jedes Mal kommen konnte. Wenn der Fremde mit seiner Hand ihren Kitzler reizte, während er gleichzeitig immer wieder in sie stieß.

Quälend langsam ließ er seine Finger kreisen, lockte gekonnt ihre ganze Erregung in diese eine Stelle ihres Körpers. *Nur noch ein wenig fester.* Laura drückte sich gegen seine Hand, versuchte verzweifelt, ihn dazu zu bringen, sie endlich über die Schwelle zu stoßen. Langsam verstärkte er den Druck, fand genau den richtigen Rhythmus, fachte das Pochen zwischen ihren

Beinen immer mehr an, bis sie es kaum noch aushielt. Sie spannte ihren ganzen Körper an, zog ihre Muskeln zusammen und zwang den Fremden, sie heftiger, rücksichtsloser zu nehmen. Mit aller Kraft schob sie sich ihm entgegen und trieb sich unbarmherzig auf den Punkt zu, an dem es kein Zurück mehr gab. Dunkel hörte sie ihn stöhnen. Seine Finger gruben sich tief in ihre Haut, als er jede Zurückhaltung aufgab und sie noch heftiger nahm. Die ganze Erregung, die sich pulsierend unter seinen Fingern gesammelt hatte, breitete sich schlagartig über ihren gesamten Körper aus. Schauer ergriffen ihre Muskeln und ließen sie krampfhaft zucken, bis ihre Arme unter ihr nachgaben und sie mit dem Gesicht auf die Matratze sank.

Noch ein letztes Mal drang der Fremde in sie, dann merkte sie an seinen unkontrollierten Bewegungen, dass auch er gekommen war. Einen Moment wartete sie ab, bis sie spürte, dass er sich entspannte. Dann entzog sie sich ihm und rutschte hastig ein Stück nach vorne. Sie rollte sich über das Bett von ihm weg, während er sich langsam auf die Matratze sinken ließ. Auf keinen Fall wollte sie jetzt berührt werden. Dieser Moment gehörte nur ihr. Erlösung, Entspannung, Erschöpfung. Einfach nichts spüren als diese innere Taubheit, die alle Gefühle in ihr auslöschte und nur gnädige Leere zurückließ.

Sie kostete den Moment aus, solange es ging, bis das Schaukeln der Matratze sie zurückholte. Viel zu früh.

Sie wandte dem Fremden den Kopf zu. An den Umrissen konnte sie erahnen, dass er sich auf seinen Ellbogen gestützt hatte und sie ansah. Wollte er jetzt etwa reden? Sie stöhnte innerlich.

»War es zu deiner Zufriedenheit?«, fragte er mit einem spöttischen Unterton in der Stimme.

»Ja«, sagte sie kurz angebunden. Vielleicht würde er dann kapieren, dass sie in Ruhe nachspüren wollte.

»Willst du nicht wissen, wie es für mich war?«

Sie verdrehte die Augen. *Du meine Güte!* Er war ein Kerl. Er hatte einen Orgasmus gehabt. Musste man darüber noch reden? »Eigentlich nicht.« Es war ihr jetzt egal, ob sie ihn vor den Kopf stieß. Er hatte ihr bereits gegeben, was sie brauchte. Sie war sich bewusst, dass das egoistisch war, aber immerhin hatte er auch seinen Spaß gehabt. Wenn er jetzt beleidigt war und ging, wäre sie nicht traurig. Dann hätte sie ihre Ruhe.

Leider war er nicht beleidigt. »Hatte ich auch nicht angenommen«, sagte er und lachte sein sympathisches Lachen, das sie so gar nicht gebrauchen konnte. Es vibrierte in ihrem Körper, als wollte es sie zum Mitmachen animieren. Sie unterdrückte den Impuls und drehte dem Fremden demonstrativ den Rücken zu. Vorhin im Taxi hatte sie versucht, seinen Namen zu überhören, aber natürlich hatte sie ihn mitbekommen. Marcus. Trotzdem war er für sie weiter der Fremde. So nannte sie alle ihre Eroberungen. Sie wollte keine Namen, keine Gesichter, keine Geschichten. Keine Gefühle.

Sie lauschte angestrengt, ob er sich ihr weiter näherte. Nichts. Die Matratze bewegte sich kurz, dann herrschte Ruhe. Er war wieder von ihr abgerückt und hatte sich auf seiner Seite des Bettes niedergelassen. Laura merkte, dass sie die Schultern angespannt hatte. Leise atmete sie tief aus und entspannte sich. Das herrlich intensive Ziehen der Erlösung in ihrem Unterleib war immer noch da. Ebenso wie die Leere in ihrem Kopf. Wenn er jetzt einfach ruhig liegen bleiben würde, wenn er nicht aufstehen und sich anziehen würde, dann konnte sie den Rest auskosten, bis das Gefühl verklungen war. Laura schloss die Augen. Nur sein leiser Atem durchbrach die Stille. Seltsamerweise fühlte Laura sich nicht davon gestört. Es hatte etwas Beruhigendes, sagte ihr, dass er nicht vorhatte, demnächst aufzustehen. Endlich wich auch der letzte Rest Anspannung wieder von ihr. Sie lag einfach nur da, spürte, wie das Pulsieren zwischen ihren Beinen langsam verschwand und ihre Glieder schwer wurden.

Sie schreckte auf. Beinahe wäre sie weggedämmert. Einfach so, hier neben ihm. Das passierte ihr sonst nur, wenn sie allein zurückblieb. Wenn ihre Eroberung sofort nach dem Sex ging.

Ob er vielleicht eingeschlafen war? Dann hätte sie sich in Ruhe ihre Sachen nehmen und sich anziehen können. Sie horchte in die Dunkelheit. Möglich war es. Behutsam, um ihn nicht zu wecken, setzte sie sich auf.

»Ist das Spiel jetzt vorbei?«, fragte er sanft.

Sie erstarrte mitten in der Bewegung. Er schlief also nicht. »Ja.«

Die Matratze bewegte sich wieder unter ihr. Kam er näher?

»Gut, dann …« Die Wärme seiner Hand auf ihrer Schulter ließ sie zusammenzucken. Bevor sie sie abschütteln konnte, ließ er seine Finger an ihrem Hals entlang nach oben gleiten, bis er die Härchen in ihrem Nacken streifte. Ein wohliger Schauer überlief sie und lenkte sie ab. Beinahe zu lange. Als sie ein Zupfen an der Maske spürte, sprang sie aus dem Bett.

»Lass das«, zischte sie.

»Entschuldige«, sagte er, aber sehr zerknirscht wirkte es nicht. Eher, als würde er gleichzeitig mit den Schultern zucken. »Ich dachte, jetzt könnten wir darauf verzichten.«

Sie warf einen bösen Blick in die Dunkelheit, dorthin, wo sie seine Umrisse sah. »Ich bestimme, wann ich die Maske abnehme, klar?«

»Klar.« Er klang immer noch nicht verärgert. Das Bett knarrte, als er ein Stück von ihr wegrutschte. Etwas klickte, und das gedämpfte Licht der Nachttischlampe fiel auf seine leicht gebräunte Haut. »Dann können wir ja auch das Licht wieder anmachen.«

Sie öffnete überrascht den Mund. Dann schloss sie ihn wieder. In der Bar hatte er sie schließlich auch schon gesehen. Solange die Maske richtig saß, sprach nichts dagegen. Schnell zupfte sie sie wieder etwas besser zurecht.

Der Fremde lächelte. »So sehe ich wenigstens den Rest von dir.«

Sie schaute ihn empört an, griff hastig nach einem der kühlen Satinlaken und wickelte sich darin ein, bevor er sie ausgiebig mit seinen Blicken erkunden konnte. Eigentlich war es albern. Er hatte gerade mit ihr geschlafen, was machte es da schon, wenn er sie betrachtete? Trotzdem zog sie das Laken etwas fester um sich. Sie mochte es eben nicht, so angestarrt zu werden.

»Willst du ewig da rumstehen?«, fragte er und klopfte neben sich auf das Bett.

Sie schüttelte den Kopf. »Ich gehe jetzt.«

»Was denn, der ganze Aufwand für ein einziges Mal?«

Er hatte natürlich recht. Sie hätte auch nichts dagegen gehabt, noch einmal mit ihm zu schlafen, er hatte sich ganz gut angestellt. Sie biss sich auf die Lippen. Andererseits war es vielleicht besser, ihn sich aufzuheben fürs nächste Mal. Falls er überhaupt Lust hatte, sich noch einmal mit ihr zu treffen. Manche Männer fühlten sich von der kühlen Art abgestoßen, die sie äußerlich an den Tag legte und die so wichtig dafür war, dass ihre Samstagabende nicht in eine völlig falsche Richtung verliefen.

»Wenn du noch mal willst, wie wäre es dann nächste Woche?«, fragte sie schließlich. Es wäre schön, nächste Woche nicht wieder ganz von vorne anfangen zu müssen. Sie brauchte die Entspannung der Samstagabende, aber sie hasste das Aufreißen in der Bar und hätte gern darauf verzichtet. Angespannt beobachtete sie ihn. *Bitte sag ja.*

»Zieht das denn dann noch?«

Sie runzelte die Stirn. »Was meinst du?«

»Wenn wir uns jetzt verabreden, bin ich dann noch fremd genug, damit es dich erregt?«

»Das ist keine Verabredung! Das ist nur … Sex. Und wenn du jetzt endlich aufhörst zu reden, ist das auch noch fremd genug. Ja.«

Seine Mundwinkel zuckten. Herrje, was musste man eigentlich tun, um ihn zu beleidigen?

»Schade. Ich hatte eigentlich vor, dich auszufragen.« Er scherzte, aber er wirkte auch neugierig, so als hätte er wirklich ein paar Fragen im Sinn. Sie verengte die Augen. »Was denn fragen?«

»Wenn du möchtest, gebe ich es dir schriftlich, dann kannst du die Antworten bis zum nächsten Mal vorbereiten.«

Sie konnte nicht anders, sie musste lachen. »Nein, schon gut. Heißt das, es gibt ein nächstes Mal?« Er wirkte unentschlossen. Möglicherweise wollte er wirklich nur einen One-Night-Stand. Vielleicht war ihm zweimal schon zu viel. Was ihn für sie umso attraktiver machte. Sie warf ihm unter ihren Wimpern hervor einen koketten Blick zu. »Vielleicht lasse ich mich ja dazu überreden, dir ein oder zwei Antworten zu geben.«

Er hob eine Augenbraue. »Ehrliche Antworten?«

Auf keinen Fall. »Natürlich, wenn die Fragen nicht zu persönlich sind.«

»Hm, das ist schon eine ziemlich starke Einschränkung. Wenn ich darauf eingehe, dann musst du als Gegenleistung auf die Maske verzichten.« Ihm war anzusehen, dass ihm das Spielchen Spaß machte. Dass es für sie ernst war, konnte er natürlich nicht wissen. Sie wollte wirklich, dass er nächste Woche wiederkam. Und sie wollte unbedingt die Maske tragen. Bisher hatte das nicht zu ihren Regeln gehört, aber es gefiel ihr. Es gab ihr zusätzliche Sicherheit. »Ich weiß nicht.«

»Komm schon. Ich kann mir sowieso keine Gesichter merken.«

Wieder flatterte das Lachen in ihrem Bauch wie die Flügel eines Schmetterlings. Sie drängte es zurück. »Wenn das Licht ausbleibt und die Jalousien ganz dicht sind«, gab sie zurück, »in Ordnung.«

Er stand auf, kam zu ihr und reichte ihr die Hand. »Du bist ein harter Verhandlungspartner.«

Sie grinste und legte ihre Hand in seine. Er drückte sie, und bevor sie sie ihm entziehen konnte, hob er ihre Hand an seine Lippen und küsste sie. Er hatte wunderbare Lippen. Weich, aber dennoch fest. Sein heißer Atem auf ihrer Haut fachte die Erregung in ihrem Unterleib erneut an und machte sie ein wenig schwindelig. Das war nicht gut. Gar nicht gut. Schnell entzog sie ihm ihre Hand. »Lass das.«

»Nicht fremd genug?«, fragte er unbekümmert.

Sie nickte. Dann drehte sie sich um und zog sich an. Als sie sich das Kleid überstreifte, hörte sie, dass er sich wieder aufs Bett legte.

»Dann nächste Woche wieder hier, um die gleiche Zeit?«, fragte sie.

Er hatte sich entspannt zurückgelehnt und die Arme hinter dem Kopf verschränkt, was seine breite Brust ziemlich gut zur Geltung brachte. »Warum nicht? Außer du möchtest lieber woandershin, damit es … fremder ist.« Er zwinkerte ihr zu.

Beinahe hätte sie schon wieder gelächelt. Musste er so sympathisch sein? War es ein Fehler, sich noch einmal mit ihm zu treffen? Sollte sie lieber darauf verzichten? Das würde allerdings bedeuten, dass sie dann wieder einen völlig neuen Typen ansprechen und riskieren musste, abgewiesen zu werden. Oder an einen geriet, der mit ihr ausgehen wollte. Sie schüttelte sich. Nein. Es war in Ordnung, sich noch einmal mit ihm zu treffen.

Noch zweimal sogar. Erst nach dem dritten Mal wurde es gefährlich.

»Der Ort spielt keine Rolle.« Sie streifte sich ihre silbernen Pumps über und ging zur Garderobe. »Ich warte hier im Zimmer auf dich, nächsten Samstag um neun Uhr abends. Ich lasse dir eine Schlüsselkarte hinterlegen. Auf Max Müller.«

Er schnaubte belustigt.

Sie musste zugeben, dass es kein sehr einfallsreicher Name war, aber wenigstens konnte man ihn sich merken.

Er stand nicht auf, um ihr in den Mantel zu helfen, und auch nicht, als sie sich von ihm verabschiedete, als spürte er, dass sie das nicht wollte. Stattdessen sagte er noch: »Und bring ruhig die Maske mit. Ich glaube, ich habe mehr davon, ein paar Umrisse von dir zu sehen, als von dem Wissen, dass du keine Maske trägst.«

Kapitel 2

Eine Woche später regnete es immer noch, aber Laura störte sich nicht daran. Heute war Samstag. Endlich. Die ganze Woche hatte sie sich schon darauf gefreut. Natürlich nur, weil sie Sex haben konnte, ohne einen neuen Kerl aufreißen zu müssen, und nicht etwa, weil sie ihn wiedersah. Marcus. Den Fremden, verbesserte sie sich. Das war er schließlich immer noch, und das sollte er auch bleiben.

Laura betrachtete zum tausendsten Mal die Entwürfe für die Flyer, die sie letzte Woche erstellt hatte. Sie war sich einfach nicht sicher, welchen sie nehmen sollte. Sie beschloss, alle auszudrucken und nebeneinanderzulegen. Da sie nicht auf den Tisch in ihrem winzigen Arbeitszimmer passten, würde sie sie drüben im Wohnzimmer auf dem Fußboden ausbreiten müssen.

Als das Telefon klingelte, verzog Laura das Gesicht. Es war bereits früher Abend, und sie hatte keine Lust, jetzt noch ein langwieriges Gespräch mit einem Kunden anzufangen. Natürlich würde sie es trotzdem tun. Sie konnte es sich nicht leisten, ihre wenigen Kunden zu verprellen. Sie warf einen Blick auf das Display ihres Telefons und atmete auf, als sie Christinas Nummer erkannte. Sie hob ab. »Hey, du!«

»Hi!«

Laura lächelte. Ein einziges Wort ihrer Freundin verriet sofort deren Stimmung. Heute war sie gut drauf, sehr gut sogar. Sie klang, als hätte sie was vor.

»Was gibt's?«, fragte Laura.

»Ach, ich wollte dich nur fragen, ob wir heute mal wieder zusammen auf die Pirsch gehen wollen. Nachdem ich ja letzte Woche nicht konnte.« Christina klang immer noch enttäuscht. Sie liebte es, sich zu verkleiden, und hatte fest vorgehabt, Laura auf die Maskenparty zu begleiten. »Verdammter Schnupfen.«

»Immerhin klingst du jetzt wieder ziemlich gesund.«

»Jawohl. Fit und bereit, nach einem willigen Kerl Ausschau zu halten. Einem sexwilligen für dich und einem beziehungswilligen für mich.«

»Normalerweise jederzeit, aber ich muss noch ein bisschen arbeiten.«

»Ach, dann hat es also geklappt mit dem neuen Auftrag?«

Laura schüttelte den Kopf. »Nein, leider nicht. Immer noch nur die alten Sachen. Hier und da mal einen Flyer basteln und so.« Seit Laura sich mit einer Firma für Webdesign selbständig gemacht hatte, konnte sie sich gerade so über Wasser halten. Mit Aufträgen, die sie früher nicht einmal ihrer Praktikantin zugemutet hätte. Schon lange sehnte sie sich nach einem Auftrag, nur einem einzigen in der Masse der Klick-und-fertig-Flyer, bei dem sie ihre Fähigkeiten unter Beweis stellen konnte. Etwas, das nicht nur Spaß machte, sondern auch gut in ihrem Portfolio wirkte. Wieder einmal verfluchte sie die Tatsache, dass sie keine Kontakte mehr hatte, über die sie an gute Aufträge kommen konnte. Sie hatte es sich mit den meisten gründlich verdorben. Vor allem Franziska, ihre ehemalige Chefin, wäre lieber gestorben, als sie weiterzuempfehlen, nach dem, was sie sich geleistet hatte. Manchmal hatte Laura sogar den Verdacht, dass sie potentielle Kunden vor ihr warnte. Das wäre zumindest eine Erklärung gewesen, warum selbst jetzt, nach drei Jahren, noch kein Gras über die Sache gewachsen war.

Laura hatte nichts Illegales getan, sie hatte nur einen Fehler gemacht, aber Franziska war unheimlich nachtragend. Und es war zugegebenermaßen ein ziemlich großer Fehler gewesen.

»Laura?«

»Oh, entschuldige, hast du mich was gefragt?«

»Ich wollte wissen, ob das heißt, dass du heute gar nicht weggehst. Wo du doch nie einen Samstag auslässt.«

Der fassungslose Ton ihrer Freundin brachte Laura zum Lachen. »Nein, keine Sorge. Ich hole mir meine Dosis schon noch. Ich bin heute verabredet.« Sofort verdammte Laura ihr loses Mundwerk. *Verabredet.* Warum hatte sie dieses Wort benutzt und noch dazu gegenüber ihrer Freundin? Die hoffte trotz allem immer noch, dass Laura ihren Beziehungsboykott irgendwann aufgab.

»Oh, wirklich?«, quietschte Christina. »Du bist verabredet?«

Laura verdrehte die Augen, klemmte sich das Telefon unters Kinn und druckte den ersten Entwurf aus. Die Flyer sollten heute noch fertig werden. »Nein. Es ist keine Verabredung in dem Sinne.«

»Oh.« Die Stimme ihrer Freundin sank um eine Oktave. »Ich verstehe.«

»Genau. Nur Sex wie immer. Ich kenne den Kerl nicht und will ihn auch nicht kennenlernen. Ich sehe ihn nur heute und vielleicht noch nächste Woche.«

»Bist du sicher?«

Laura nahm den ersten Flyer aus dem Drucker und faltete ihn probeweise. »Oh ja, ich bin sicher.«

Christinas enttäuschtes Seufzen ließ Laura grinsen. »Sieh es doch mal so, dafür kann ich in zwei Wochen mit dir ausgehen. Wenn du bis dahin nicht wieder vergeben bist.«

Ihre Freundin lachte. »Stimmt. Komm, das machen wir

gleich fest. Bis dahin muss ich die Kerle eben vertrösten, die sich heute Abend sicher um mich reißen werden.«

»Okay.« Laura legte den halb gefalteten Flyer auf den Tisch und zog ihren Kalender zu sich, um die Verabredung mit Christina einzutragen. Als sie sah, dass es an dem fraglichen Wochenende bereits einen Eintrag gab, stöhnte sie. »Ach, verdammt.«

»Was ist?«

»Tut mir leid, aber da kann ich nicht. Thomas' Eltern kommen zu Besuch.«

»Oh. Dann solltest du dich vorher noch mal so richtig austoben.«

»Ja.« Wenn Martin und Elisabeth sie besuchten, verzichtete Laura auf die One-Night-Stands. Die Eltern ihres ehemaligen Verlobten waren so etwas wie Ersatzeltern für sie. Auf keinen Fall sollten sie erfahren, was aus ihr geworden war und wie sehr sie sich seit Thomas' Tod verändert hatte. Sie würden es nicht verstehen, würden sich vielleicht sogar Sorgen machen, und Laura wollte ihnen nicht weh tun.

»Hör mal, ich muss jetzt echt noch ein bisschen was machen, bevor ich mich mit Marcus treffe.«

Kurzes Schweigen am anderen Ende. »Marcus? Schöner Name.«

Es musste ihrer Freundin ziemlich schwerfallen, nicht darauf herumzureiten, dass sein Name gefallen war, und Laura war ihr dankbar dafür. Es war ohnehin ärgerlich genug, dass sie so oft an ihn denken musste. Er war ein Fremder, er sollte keinen Namen haben. Nicht für sie.

»Gut«, fuhr Christina fort. »Wir hören uns, dann machen wir was anderes aus. Viel Spaß heute Abend.«

»Den habe ich immer.«

»Ich weiß. Bis bald. Arbeite nicht mehr so viel.« An dem

Klicken in der Leitung erkannte Laura, dass ihre Freundin aufgelegt hatte.

Arbeite nicht mehr so viel. Sehr witzig. Sie musste arbeiten, musste etwas tun, nicht nur, um Geld zu verdienen, sondern auch, um endlich an bessere Aufträge zu kommen. Außerdem war da auch noch der ganze Verwaltungskram. Sie seufzte. Es wäre schön gewesen, sich nur auf die kreative Seite ihres Jobs konzentrieren zu können, so wie damals in der Agentur, aber das war vorbei. Sie sagte sich, dass es auch nicht das Schlechteste war, sein eigener Herr zu sein. Zumindest, wenn man irgendwann auf einen grünen Zweig kam. Laura schnaubte und legte die Hand auf die Maus. Ein grüner Zweig? Ein nicht völlig abgestorbener Zweig hätte ihr im Moment schon gereicht.

Sie begann mit dem Ausdrucken der restlichen Entwürfe. Sie wusste jetzt schon, dass sie sich heute nicht mehr würde entscheiden können, aber sie wollte die Flyer wenigstens auslegen und noch einmal in Ruhe betrachten, bevor sie sich für Marcus zurechtmachte.

Sie fluchte leise. Für den Fremden.

***

Marcus saß an der Hotelbar. Er war etwas früher da gewesen, aber Claire hatte sich ausgebeten, zuerst im Zimmer zu sein, und das respektierte er. Sie schien wirklich nur Sex zu wollen und nichts weiter. Ihm sollte es recht sein. Zu Anfang hatte er gedacht, dass es nett wäre, mit ihr auszugehen. Er fand sie spannend und hätte gern gewusst, was sich hinter ihrer kühlen, mysteriösen Fassade verbarg. Nur war es ziemlich deutlich, dass sie daran kein Interesse hatte.

Er gab Claire Zeit bis kurz nach neun, dann stand er auf, legte etwas Geld auf die Bar und fuhr mit dem Aufzug nach oben. Als er die KeyCard in das Schloss schob und die Tür einen Spalt öffnete, sah er gerade noch, wie das Licht ausging. Er musste lächeln, betrat das Zimmer und schloss die Tür hinter sich.

»Na endlich. Wo warst du denn?«

Vielleicht hätte er verärgert sein sollen, weil sie ihn nicht einmal begrüßte, aber ihre Frage hatte eher verunsichert als wütend geklungen. So als hätte sie Angst gehabt, dass er nicht erschien. So als hätte sie sich wirklich gewünscht, dass er kam.

»Ich war etwas zu früh dran und habe in der Bar gewartet. Nicht dass du mir noch begegnest und wir uns richtig kennenlernen. Das wäre ja fatal.«

Ein leises Kichern schwebte zu ihm herüber. »Stimmt, dann müssten wir den Sex leider ausfallen lassen.« Ein Laken raschelte. »Fangen wir gleich an?«

Marcus lächelte in die Dunkelheit, während seine Augen sich langsam daran gewöhnten und anfingen, Umrisse wahrzunehmen. Sie wollte sofort loslegen? Das konnte sie haben. »Bist du denn schon feucht?«, fragte er, während er die Krawatte lockerte und sein Hemd aufknöpfte.

Sie schnaubte herausfordernd. »Bist du schon steif?«

Das war er tatsächlich. Die Aussicht, jetzt einfach, so ohne lange Vorreden in sie einzudringen, machte ihn ziemlich an. Er streifte die restliche Kleidung ab, griff in seine Hosentasche und holte ein Kondom heraus. Er wartete, bis seine Augen sich noch etwas mehr an die Dunkelheit gewöhnt hatten, dann riss er die Packung auf und streifte sich das Kondom über. Mit zwei großen Schritten war er beim Bett und kniete sich auf die Matratze, wo Claire schon auf ihn wartete. Sie kniete wieder auf dem Bett, die Beine leicht gespreizt, ihm völlig ausgeliefert. Sein Schwanz begann erwartungsvoll zu pochen, und er verspürte die Lust, sie zu streicheln, sie überall zu berühren. Ihre wunderschönen blonden Haare zwischen seinen Fingerspitzen zu spüren, die Spitzen ihrer Brüste an seiner Handfläche, ihre seidige Haut an seinen Lippen. Vielleicht ein andermal.

Er kniete sich hinter sie, packte sie an den Hüften und drängte seine Erektion gegen ihre Schamlippen. Heiße Feuchtigkeit benetzte ihn. Mit einem unterdrückten Stöhnen drang er in sie ein. Sie keuchte auf und fiel auf die Unterarme. Sofort zog er sich zurück und stieß sich dann noch einmal grob in sie. Er wollte etwas hören, ein Stöhnen, einen Schrei, etwas, das ihm sagte, ob sie es genoss.

Sie schwieg. In ihrem Fall war das vielleicht sogar alle Bestätigung, die er brauchte, denn sie würde sich sicher nicht scheuen, es ihm zu sagen, wenn es ihr nicht gefiel. Ein weiteres Mal trieb er seinen Schwanz in sie, dann begann er, sich langsam in ihr zu bewegen. Warm und feucht zog sie sich um ihn zusammen, bis das Gefühl der Enge ihn beinahe um den Verstand brachte. Claire bog den Rücken durch und schob sich ihm entgegen. Sie bettelte förmlich um mehr, und er wusste genau, was sie brauchte. Trotzdem gab er es ihr nicht. Er ignorierte ihre Hand, die nach seiner suchte. Sie wollte es anonym und heftig, aber das bedeutete nicht, dass es schnell vorbei sein musste. Im Gegenteil. Er wollte es auskosten, bis zum Äußersten hinauszögern, sie zappeln lassen, bis sie ihn anflehte, sie endlich zu erlösen. Er bewegte sich langsamer, quälend langsam, veränderte immer wieder den Winkel, den sie so verzweifelt einzuhalten versuchte. Sie beschwerte sich nicht. Stattdessen begann sie, leise zu stöhnen, und ergab sich schließlich seiner Führung. Er wusste, dass es ihr gefiel, dass es sie sogar mehr erregte als das letzte Mal, als er ihr einfach ihren Willen gelassen hatte. Er spürte es an dem wilden Pochen, das von ihren geschwollenen Schamlippen ausging und ihn beinahe kommen ließ. Noch nicht.

»Die Hand, bitte«, flüsterte sie irgendwann. Aus ihren zitternden Worten war kein Befehl mehr herauszuhören. Nur noch Sehnsucht nach Erlösung. Offenbar war sie ebenso kurz davor wie er.

Er tat ihr den Gefallen, wollte und konnte es auch nicht mehr länger hinauszögern. Während er seine Hand von ihrer Hüfte löste, fragte er sich, ob sich dort später Abdrücke seiner Finger abzeichnen würden. Er ließ seine Finger zwischen ihre Beine gleiten, fand ihren Kitzler und begann mit sanftem Druck zu kreisen. Sie warf den Kopf in den Nacken und hob den Hintern, damit er noch tiefer in sie eindringen konnte. Ihre Reaktion auf ihn, die Art, wie sie sich jetzt vollkommen gehenließ, sorgte dafür, dass seine Lenden sich vor Erregung zusammenzogen und sein Schwanz fordernd pochte. Trotzdem hielt er sich noch einmal zurück und legte seine Finger noch fester auf ihren feuchten Kitzler. Unerbittlich massierte er sie dort, bis sie aufschrie und ihr Unterleib hemmungslos um ihn herum zu zucken begann. Erst jetzt ergab auch er sich dem Höhepunkt und stieß noch ein paarmal in sie, bis er sich vollkommen ergossen hatte. Er hielt inne, seine Finger wieder in die weiche Haut oberhalb ihrer Hüfte gekrallt, und spürte, wie ihre Zuckungen nachließen. Eine ursprüngliche, rohe Befriedigung erfasste ihn, weil er sie dazu gebracht hatte, sich ihm ganz hinzugeben und ihre kühle, beherrschte Fassade für einen einzigen, intensiven Augenblick fallen zu lassen. Nicht lange genug, um dahinter zu sehen, aber lange genug, um zu wissen, was für eine Leidenschaft in ihr schlummerte. Atemlos ließ er sich nach vorne fallen und stützte sich mit einem Arm auf dem Bett ab, um sie nicht unter sich zu begraben. Sofort schlüpfte sie unter ihm hervor und rollte sich auf die andere Seite des Bettes. Genau wie in der Woche zuvor.

Er hatte wirklich noch nie eine Frau wie sie getroffen. Sie

wollte nicht reden, wollte nicht in seinen Armen liegen und nicht gestreichelt werden, während die Nachbeben des Orgasmus langsam verebbten. Achselzuckend sank er auf die Matratze. Er schloss die Augen und lauschte ihrer noch leicht unregelmäßigen Atmung. Es hatte durchaus etwas Entspannendes, einfach daliegen zu können. Allein mit seinen Gedanken, zufrieden und leicht ermattet. Wahrscheinlich war es genau das, was sie so sehr mochte. Nur für sich selbst da zu sein. Sich einmal nicht um andere kümmern zu müssen, nicht fremden Erwartungen ausgesetzt zu sein. Vielleicht machte auch dieser Umstand das Rollenspiel mit völlig Fremden für sie so reizvoll.

Irgendwann wurde ihre Atmung regelmäßig, und er glaubte schon, dass sie eingeschlafen war. Er rückte etwas näher an sie heran. Der Umriss ihrer nackten Schulter war verführerisch. Zu gern hätte er sie gestreichelt, aber ihre Abneigung dagegen war so deutlich, als hätte sie »Bitte nicht berühren« auf die Haut tätowiert. Er beschloss, ihr die Zeit zu lassen, die sie brauchte, und rollte sich wieder auf seine Seite des Bettes. Er würde ihr Spiel mitspielen, solange es dauerte. Keine Berührungen, keine überflüssigen Worte. Vielleicht war das nach allem, was in den letzten Monaten passiert war, genau das Richtige für ihn.

***

Laura wollte sich der Entspannung überlassen, wie sie es immer tat. Sich der Leere hingeben, die sie dann erfüllte, und dem wunderbaren Gefühl in ihrem Unterleib nachspüren, ohne irgendetwas um sich herum wahrzunehmen.

Stattdessen waren ihre Sinne geschärft, seit sie sich von Marcus weggedreht hatte. Sie wusste, dass er ein wenig zu ihr hingerückt war. Sie hatte seinen Atem einen Herzschlag lang warm auf ihrer Schulter gespürt. Angespannt lauschte sie auf das kleinste Geräusch, das ihr verraten würde, was er tat. Würde er sie berühren? Sie konnte beinahe spüren, wie seine Hand über ihren Arm glitt, stellte sich vor, wie es sich anfühlen würde, wenn er ihre Schulter streichelte und dann ihren Nacken küsste. Wünschte es sich fast.

Sie wollte schon von ihm abrücken, als sie merkte, dass er sich wieder auf seine Seite zurückgezogen hatte. Trotzdem setzte sie sich langsam auf. »Ich muss weg.« Eigentlich hatte sie vorgehabt, sich noch ein weiteres Mal mit ihm zu treffen. Jetzt war sie sich allerdings nicht mehr sicher, ob das so eine gute Idee war. Nicht, wenn sie sich wünschte, von ihm gestreichelt zu werden.

»Du glaubst doch nicht, dass ich dich einfach so gehen lasse.«

Seine Worte sandten erneut einen Schauer der Erregung durch ihren Körper. Bis ihr einfiel, dass sie ihm versprochen hatte, ihm ein paar Fragen zu beantworten. Offenbar wollte er wirklich darauf bestehen. »Gut, aber mach schnell.«

»Ach, jetzt doch ein zweites Mal?«

Sie musste ein Lachen unterdrücken. »Du weißt, was ich meine.«

Die Matratze bewegte sich unter ihr. Er schien sich aufzusetzen. »Ich möchte, dass du dich dabei zu mir drehst.« Wie konnte er gleichzeitig so sanft und doch so fordernd klingen?

»Das war nicht ausgemacht«, sagte sie und beschimpfte innerlich den Teil von sich, der hoffte, dass er ihren Arm nehmen und sie zu sich herumdrehen würde. »Fang lieber an mit den Fragen, sonst überlege ich es mir noch anders.«

Auch jetzt hörte sie keinerlei Verärgerung in seiner Stimme, als er sprach. »Ich werde dich nicht ausfragen. Aber ich möchte dich wiedersehen.« Er lachte leise. »Obwohl ›sehen‹ es vielleicht nicht ganz trifft.«

Sie biss sich auf die Lippen. Zu gerne hätte sie ihn noch ein weiteres Mal getroffen. Er war gut im Bett, hatte Humor und ließ ihr hinterher so viel Zeit, wie sie brauchte. Trotzdem wollte sie nicht einfach so zusagen. Sie musste erst in Ruhe darüber nachdenken. »Dir ist schon klar, dass sich an den Bedingungen nichts ändern würde. Ich ziehe wieder die Maske an, es bleibt dunkel, und es gibt nur die eine Stellung.«

»Soll mir recht sein«, sagte er. »Wenn es dir nicht langweilig wird.«

»Abwechslung interessiert mich nicht.« Das war nicht ganz richtig. Sie hasste Abwechslung sogar. Sie wollte, dass es jedes Mal gleich war, wollte nicht, dass der Sex mit einem bestimmten Mann aus der Masse herausstach. Deswegen wollte sie nichts von ihnen wissen, wollte nicht mit ihnen reden und am besten auch ihre Gesichter nicht sehen. »Und warum sollte ich auch etwas anderes tun? Bei dieser Stellung kann ich sicher sein, dass ich so gut wie immer komme.«

Er schnaubte. »Ist das denn wirklich das Wichtigste daran?«

Sie musste sich mit aller Macht daran hindern, sich umzudrehen und ihn böse anzustarren. In der Dunkelheit hätte er es sowieso nicht gesehen. »Du bist ein Kerl, du kommst so gut wie jedes Mal.«

»Trotzdem fühlt es sich nicht immer gleich an. Du hast doch den Unterschied gespürt, oder nicht?«

Hatte er das etwa mit Absicht gemacht? Hatte er sie mit Absicht gequält, ihr verweigert, was sie wollte, weil er wusste, dass genau das ihr noch mehr Vergnügen bereiten würde? Woher hätte er das wissen können? Er kannte sie doch gar nicht. Schweigen breitete sich im Raum aus und mit ihm das Bedürfnis, einen Schlussstrich zu ziehen. »Ich will eben nichts anderes, und ich lasse mich nicht dazu zwingen.« Sie stand auf, ging zu dem Stuhl, auf dem ihre Sachen lagen, nahm ihren Slip und stieg hinein.

»Niemand will dich zwingen, aber vielleicht würde es dir

gefallen.« Dunkle Verheißung lag in seiner Stimme. Gefährliche Verheißung.

Sie schloss die Augen und versuchte, ihren Herzschlag zu beruhigen. Natürlich würde es ihr gefallen. Genau deswegen wollte sie ja keine andere Stellung. Keine Intimität. »Nein, sicher nicht«, sagte sie und verfluchte das verräterische Schwanken ihrer Stimme.

Sie hörte ihn einatmen, als ob er etwas sagen wollte. Vielleicht wollte er ihr eine weitere Frage stellen. »Schluss, das reicht. Dafür, dass du mich nichts fragen wolltest, hast du doch einige Antworten bekommen.« Und sie hatte bereits mehr von sich preisgegeben, als sie vorgehabt hatte. Sie warf einen kurzen Blick über die Schulter. In den Schatten bemerkte sie eine Bewegung. Er war vom Bett aufgestanden und kam auf sie zu. Schnell zog sie ihren Rock hoch und streifte sich ihre Bluse über. Dann drehte sie sich um, in der Erwartung, dass er hinter ihr stand. Er war jedoch nicht näher gekommen, sondern verstellte ihr lediglich den Weg zur Tür.

»Nur die eine Antwort, die mich wirklich interessiert, hast du mir noch nicht gegeben.«

Laura klammerte sich an ihrer Handtasche fest. Sie hatte gehofft, er hätte es vergessen. Sie wusste ja selbst nicht, was sie ihm antworten sollte. Nein, das war nicht ganz richtig. Sie wusste genau, was sie ihm antworten sollte. Dass sie nicht kommen würde. Nur konnte sie sich dazu einfach nicht durchringen. Nicht in seiner Gegenwart. Nicht, wenn seine dunkle Stimme sie so verführerisch einhüllte und in jeder Faser ihres Körpers eine Erinnerung an die Leidenschaft von gerade eben weckte. »Ich … ja, also gut.« Ob er die Unsicherheit in ihrer Stimme hören konnte? Ob er hören konnte, dass sie jetzt schon darüber nachdachte, ihn zu versetzen? »Dann wieder am Samstag um die gleiche Zeit?«

»Das geht leider nicht, am Abend treffe ich mich mit Erik.« Er klang nicht besonders begeistert, mehr so, als müsste er zum Zahnarzt. Warum traf er sich mit diesem Erik, wenn es ihm keinen Spaß machte?

»Ich kann nur samstags«, erwiderte sie, ohne sich die kleine Lüge anmerken zu lassen. Sie wollte nur samstags, das gehörte zu ihren Regeln, weil es sich so perfekt in das Leben einfügte, das sie sich eingerichtet hatte. »Aber mir ist nachmittags auch recht. So gegen drei?«, schlug sie vor. »Wer zuerst da ist, nimmt sich ein Zimmer und hinterlegt für den anderen die Karte.« Nur dass sie vielleicht nicht kommen würde. Verdammt, sie hasste es, das zu tun. Warum brachte sie es nicht über sich, einfach nein zu sagen? »Danach ist Schluss. Dreimal, mehr nicht.« Sie zog die kniehohen Stiefel über die Strumpfhose und schloss den Reißverschluss. Ihre Finger zitterten. Würde er darauf eingehen? Oder würde er sich wundern und nachfragen, warum sie ihn nach dem dritten Mal auf keinen Fall wiedersehen wollte?

»Einverstanden«, sagte er.

Erleichtert atmete sie aus.

»Unter einer Bedingung.«

»Glaub ja nicht, dass ich dich küsse.«

Er lachte. »Nein. Was sollte ich denn mit einem Kuss? Ich will, dass du mir dein Versprechen gibst, dass du auch wirklich da sein wirst.«

Sie erstarrte. Hatte er sie etwa durchschaut? Hatte er das Zittern in ihrer Stimme gehört? Was sollte sie jetzt tun? Natürlich konnte sie ihm ihr Versprechen geben und es dann brechen. Was machte das schon? Außer dass sie es nicht wollte, weil sie sich schrecklich dabei fühlte. Sie stand auf und ging auf ihn zu. »In Ordnung.«

»Nein. Ich will es dich sagen hören.«

Sie atmete tief ein. »Ich verspreche, dass ich nächsten Samstag um drei Uhr hierherkomme und mich mit dir treffe. So recht?«

Auf einmal war sein Mund ganz nah an ihrer Wange. »Ich hoffe sehr, dass du das Versprechen nicht brichst.« Sie schloss die Augen. Sein heißer Atem streifte ihr Ohr, und sein herber, männlicher Geruch drang in ihre Nase und weckte in ihr einen gefährlichen Wunsch. Den Wunsch, er hätte doch einen Kuss gefordert.

»Lass mich durch«, sagte sie schroff und schob sich an ihm vorbei, als er ein Stück zur Seite ging. Mit rasendem Herzen packte sie ihren Mantel und rannte aus dem Zimmer. Sie drehte sich nicht um und sagte auch nicht auf Wiedersehen. Es würde kein Wiedersehen geben. Sie musste das Versprechen brechen. Zu ihrem eigenen Besten.

Kapitel 3

Ist das wirklich nötig?«, keuchte Erik.

»Sorry, aber wenn du mit mir laufen willst, dann musst du eben die Fahrt in Kauf nehmen.« Seit Marcus den Auftrag bekommen hatte, in einem kleinen Waldstück im Münchner Süden einen neuen Hochseilgarten anzulegen, kam er für seine morgendliche Laufrunde immer hierher. Er mochte es, die Landschaft auf sich wirken zu lassen und zu sehen, welche Ideen ihn dazu überfallen würden. Allerdings funktionierte das zurzeit nur sehr bedingt. Zwar hatte er durchaus Ideen, aber sie betrafen viel zu selten seine Arbeit und viel zu häufig ein geheimnisvolles Paar Augen hinter einer schwarzen Maske.

»Ich will ja gar nicht«, brummte Erik.

»Aber du willst deinen nächsten Kampf überleben«, gab Marcus zurück, froh, dass sein Freund ihn von den Gedanken an Claire ablenkte.

Statt einer Antwort grunzte Erik nur. Erik war Mittelalterdarsteller, und der Schwertkampf, insbesondere der Freikampf ohne vorgegebene Choreografie, war seit einiger Zeit seine große Leidenschaft.

Marcus lachte. »Du hast es echt bitter nötig, wenn du jetzt schon nicht mehr genug Puste hast, um nebenher zu reden. Wir laufen gerade mal eine Viertelstunde.«

Sie bogen um einen großen Felsen. Er lag noch auf dem Gelände des Auftraggebers. *Ob man den integrieren könnte?* Marcus machte sich im Geiste eine Notiz. Er hatte eine Schwäche für Findlinge. »Vielleicht könnte man daraus eine Plattform basteln«, murmelte er. Er betrachtete die Stelle einen Augenblick, dann wandte er sich wieder seinem Freund zu. Erik war stehen geblieben, hatte sich vorgebeugt und stützte die Hände auf die Knie.

»Willst du etwa aufhören?«, fragte Marcus.

Erik schüttelte den Kopf. »Auf dem Markt in zwei Monaten ist Alex' Kampftruppe wieder dabei, dann ramme ich den Kerl ungespitzt in den Boden. Wenn ich ihn erwische.« Erik beschwerte sich seit einiger Zeit darüber, dass Alex ihn bei den Freikämpfen regelmäßig schlug, obwohl er viel schmächtiger war als Erik, der wie ein Wikinger wirkte. Erik war überzeugt, dass es nur an seiner fehlenden Ausdauer und Wendigkeit lag, und hatte deshalb Marcus gebeten, ihn regelmäßig mit zum Laufen zu nehmen.

»Dann machen wir besser noch mal mindestens eine halbe Stunde Intervalltraining, sonst wird das nichts. Immer nur gemütlich vor sich hintraben nutzt dir nicht viel.« Marcus wollte heute ohnehin noch mal den kleinen Hügel rauf, um sich von dort oben das Gelände anzusehen. Den konnten sie gleich ins Training einbauen. Vielleicht konnte er sich in Eriks Gegenwart auch lange genug darauf konzentrieren, statt ständig in Gedanken zu einem dunklen Hotelzimmer abzudriften.

Erik stöhnte, nickte dann aber resigniert. »Muss wohl sein.«

Marcus lief an seinem Freund vorbei und klopfte ihm auf den breiten Rücken, an dem feucht das T-Shirt klebte. »Es wird dich nicht umbringen. Alex aber vielleicht schon, wenn er dich wieder so durch die Gegend scheucht.« Marcus grinste. Der Anblick war wirklich zu komisch gewesen. Sein riesenhafter Freund mit dem großen Langschwert, der schließlich vor dem schmächtigen Alex kapituliert hatte, weil er kaum noch atmen konnte.

Erik hatte sich aufgerafft und lief jetzt wieder neben Marcus her. »Das würdest du wohl zu gern noch mal sehen, wie?«

»War schon ziemlich lustig, wie er dir den Fuß auf die Brust gestellt hat.«

»Dich möchte ich mal erleben«, knurrte Erik und schnaufte weiter neben Marcus her.

»Wie ich dir den Fuß auf die Brust stelle?«

Erik lachte. »Das hättest du wohl gern.«

Dann blieb er plötzlich stehen und sah Marcus mit einem hinterhältigen Grinsen an. »Vielleicht ist es ja am Samstagabend endlich so weit, dass ich dich mal beim Schwertkampf sehe.«

Marcus schnaubte. »Das glaube ich kaum.« Nicht, dass er etwas dagegen gehabt hätte. Es war zwar keine Sportart, die er von sich aus ausgesucht hätte, Klettern oder Laufen waren ihm lieber. Trotzdem hätte er es bestimmt längst ausprobiert, wenn es ihm nicht so viel Spaß gemacht hätte, Eriks Überredungsversuche abzuwehren. Erik wusste das ganz genau, weswegen er sich immer wieder etwas Verrücktes überlegte, um Marcus doch noch dazu zu kriegen.

»Ich bin nicht so wild drauf, mich mit einem Schwert in der Hand mit fünfzig anderen Kerlen zu prügeln.«

»Ach was, übertreib doch nicht so.«

»Du vergisst wohl, dass ich schon mal zugesehen habe.«

Erik grinste. »Na gut, okay. Aber das macht doch gerade den Spaß aus. Je wilder, desto besser.«

»Grundsätzlich schon, aber so ganz ohne Vorbereitung … Ich wollte eigentlich noch ein Weilchen leben und nach Möglichkeit auch mit allen Fingern und ohne Schädelbruch.«

»Na, dann ist dieser Samstag ja perfekt für dich. Da ist bei den Stiernacken Tag der offenen Tür.« Die Gruppe, mit der Erik auf Mittelaltermärkten an Freikämpfen teilnahm, nannte sich Stiernacken. Ein Name, der die meisten Mitglieder der Gruppe bestens beschrieb. Marcus musterte Erik misstrauisch. Was hatte er sich jetzt wieder einfallen lassen? »Da wird auch ein Schwertkampfworkshop für Anfänger abgehalten.«

Markus betrachtete geflissentlich eine Baumgruppe auf einem kleinen Hügel, die sich gut für eine Seilrutsche eignen würde. Er war sich nur nicht ganz sicher, ob der Hügel noch komplett zum Gelände gehörte. Er würde später auf der Karte nachsehen müssen, wo genau die Grenze verlief. Er atmete tief ein und wandte seine Aufmerksamkeit wieder seinem Freund zu. »Na und? Warum sollte ich da hingehen?«

»Weil ich diesen Samstag bestimme, wohin wir gehen. Du kannst nicht nein sagen.«

Marcus fluchte leise. Erik hatte recht, dazu konnte er nicht nein sagen. Es hatte mit einer Wette angefangen, als sie Teenager gewesen waren. Worum sie gewettet hatten, wusste er schon lange nicht mehr, und auch nicht, wer verloren hatte. Nur noch, dass einer den anderen auf eine Veranstaltung geschleppt hatte, von der er wusste, dass den anderen da sonst keine zehn Pferde hingebracht hätten. Im Laufe der Jahre war daraus eine Tradition geworden, die sie beide nicht aufgeben wollten. Natürlich hätten sie es niemals zugegeben, aber egal, was der andere sich Furchtbares ausdachte, sie hatten doch meistens beide ihren Spaß. Ihm fiel nur noch eines ein, was ihm helfen konnte, sich dem Schwertkampf zu entziehen. »Samstagabend, so lautet die Abmachung. Von nachmittags war nie die Rede.« Außerdem traf er sich da mit Claire.

Erik grinste siegessicher. Viel zu siegessicher. »Richtig. Der Tag der offenen Tür beginnt am Nachmittag und geht bis nachts. Der Workshop war ursprünglich für den späten Nachmittag geplant, aber ich habe die Trainerin überzeugt, dass er abends sicher mehr Zulauf finden würde.«

Marcus überlegte, wie er sich da noch rauswinden konnte, aber es sah fast so aus, als müsste er sich geschlagen geben. »Tja, ich fürchte, diesmal hast du mich«, sagte er schließlich.

»Ist nicht wahr.« Jetzt sah Erik doch überrascht aus. »Du hast nichts parat? Keine Ausrede?« Erik tat so, als müsste er sich eine Träne aus dem Augenwinkel wischen. »Ich kann es kaum glauben. Nach all den Jahren …«

Marcus' Mundwinkel zuckten. »Nein. Wirklich nicht. Wenn ich mir bis Samstag nicht noch was breche …«

»Das zählt sowieso nicht als Ausrede. Ein Gips macht sich gut als Teil der Rüstung. Also denk nicht mal dran, dir mit Absicht was zu brechen.«

Marcus lachte. »Keine Sorge, so weit würde ich dann doch nicht gehen.« Außerdem könnte er sich dann nicht mit Claire treffen. Falls sie wirklich kam. Er wusste nicht, warum, aber aus irgendeinem Grund hatte er das Gefühl gehabt, dass sie mit dem Gedanken spielte, ihn zu versetzen. Zwar hatte sie versprochen zu kommen, aber warum sollte sie sich daran halten?

Wahrscheinlich sollte es ihn nicht kümmern, wenn sie nicht kam. Immerhin wollte er nichts weiter von ihr als das, was sie jetzt auch schon hatten. Sex. Bedeutungslos, bedingungslos. Ohne dass etwas zwischen ihnen stand. Weder seine Vergangenheit noch ihre, keine Hoffnungen, keine Erwartungen. Niemand wurde verletzt. Wenn es nach ihm ging, konnte es noch eine Weile so weitergehen.

Wem wollte er etwas vormachen? Natürlich würde es ihm etwas ausmachen, wenn sie nicht erschien.

***

Laura zitterte in der Dunkelheit unter den Laken, nicht nur, weil sie nackt war und fror, sondern auch, weil sie wusste, dass sie überhaupt nicht hier sein sollte. Warum hatte sie es nicht über sich gebracht, ihr Versprechen zu brechen? Es war leichtsinnig, ihn noch einmal zu sehen. Gleichzeitig wünschte sie sich nichts so sehr.

Sollte sie doch besser gehen? Sie setzte sich auf, aber genau in diesem Moment hörte sie die Karte im Schloss. Verwirrende Erleichterung breitete sich in ihr aus, die sie sich verbieten wollte, sofort abgelöst von einer Aufregung, die sie schwindelig machte. Würde er sie gleich nehmen, so wie letztes Mal?

Sie hörte, wie er etwas an die Garderobe hängte und dann in das Zimmer hineintrat. Ihre Brustwarzen richteten sich auf, und ihre Haut kribbelte erwartungsvoll. Sie konnte nur ahnen, dass er jetzt vor dem Bett stand. Weil sie sich diesmal nachmittags trafen, hatte sie die Jalousien komplett geschlossen, damit ja kein Lichtstrahl hereindrang. Merkwürdigerweise machte es die Situation noch erregender, nicht einmal Umrisse zu sehen, sondern vollkommen auf ihre anderen Sinne angewiesen zu sein. Sie spürte, wie die Matratze unter ihr schwankte. Dann war er plötzlich über ihr, und ihr fiel ein, dass sie vergessen hatte, sich umzudrehen. Schnell schob sie das Laken weg, rollte sich auf den Bauch und drückte sich auf die Knie. Ihr stockte der Atem, als ihr Rücken seine Brust berührte. Seine Haut spannte sich warm und samtig über seine Muskeln. Am liebsten hätte sie ihren Rücken daran gerieben.

Erschrocken ließ sie sich ein wenig nach unten sinken, damit er nicht auf die Idee kam, sie noch mehr zu berühren. Sie vielleicht auf das Bett zu drücken und sich auf sie zu legen. Was, wenn er sie streicheln wollte? Oder gar küssen?

Doch Marcus näherte sich ihr nicht weiter. Im Gegenteil. Anscheinend hatte er sich aufgerichtet, denn sie spürte die Wärme seines Körpers nicht mehr.

Eine Weile passierte nichts, außer einem leisen Rascheln in

der Finsternis. Wahrscheinlich streifte er sich gerade das Kondom über. Warten zu müssen und nicht zu wissen, wann er sie endlich nehmen würde, ließ ihren Körper vor Erregung vibrieren. Hitze sammelte sich zwischen ihren Beinen, und sie spürte schon die Nässe zwischen ihren Oberschenkeln. Und dann – endlich – seine Erektion, die er sanft in ihre Feuchtigkeit tauchte, bevor er in sie eindrang. Er verharrte in ihr, zog an ihrer Hüfte und vergrub sich ganz tief in ihr, ohne sich zu bewegen. Laura hielt den Atem an. Es fühlte sich gut an, ihn so zu spüren. Langsam zog er sich aus ihr zurück und stieß dann noch einmal zu. Sie biss sich in den Handrücken, um nicht aufzuschreien. Sie liebte dieses beinahe schmerzhafte Gefühl, wenn er sie komplett in Besitz nahm, liebte es, wenn es dann allmählich abebbte, wenn er sich in ihr zu bewegen begann und der Schmerz sich in wildes Verlangen verwandelte, das ihren ganzen Körper erfüllte. Sie drängte nach hinten, um ihn tiefer aufzunehmen und mehr von ihm zu spüren. Seine Beine an ihren, seine Hüften an ihrem Po. Ihr Kitzler begann erwartungsvoll zu pulsieren.

»Die Hand, bitte«, keuchte sie.

Er löste seine Hand nicht sofort von ihrer Hüfte, sondern lockerte nur ein wenig seinen Griff. Dann ließ er die Hand langsam an ihrer Haut entlanggleiten, über ihren Bauch und schließlich quälend langsam zwischen ihre Beine. Wieder fand er genau die richtige Stelle, genau die richtige Geschwindigkeit, genau die richtige Intensität. Er hätte sie innerhalb weniger Sekunden zum Orgasmus bringen können, doch wie schon die Male zuvor ließ er sich Zeit, zog es vor, mit ihr zu spielen, immer wieder seine Hand fortzunehmen, kurz bevor sie sich in ihrer Lust verlor. Lauras Fingerspitzen begannen zu kribbeln, und ihr Kopf wurde leicht. Nur am Rande nahm sie wahr, dass seine Stöße heftiger wurden und dass seine Finger wieder ihre empfindsamste Stelle fanden. Sie fühlte sich, als würde sie schweben. Nichts zählte mehr als das Pulsieren, das sich in ihr ausbreitete, und schließlich der Höhepunkt, der sie in vollkommene Selbstvergessenheit trug.

Erst als ein leichtes Frösteln sie erfasste, fiel sie wieder in die Realität zurück. Sie lag allein auf einer Seite des Bettes. Marcus hatte sich zurückgezogen, sobald es vorbei war, genau wie sie es wollte. War er vielleicht sogar schon gegangen, ohne dass sie es gemerkt hatte? Sie unterdrückte den Impuls, sich nach ihm umzudrehen, und horchte stattdessen in die Finsternis. Erleichtert nahm sie seinen Atem wahr. Er war noch da. Sie schloss die Augen und wartete darauf, dass er etwas tat. Wartete ab, ob er etwas tat. Beinahe wünschte sie sich, dass er ihre Anweisungen missachten würde. Sich ihr nähern, sie streicheln. Nein. Das wollte sie sicher nur, weil ihr kalt war. Sie rollte sich ein Stück zur Seite, bis sie die Decke anheben konnte, und schlüpfte darunter.

Immer noch sagte Marcus nichts. Er schien zu spüren, dass sie noch nicht reden wollte. Oder vielleicht mochte er die Stille selbst zu sehr, um sie zu brechen. Ob er die drei Male ebenso genossen hatte wie sie? Ob er ebenso sehr wie sie bedauerte, dass es kein weiteres Mal geben würde? Sie zog sich die Bettdecke fest um die Schultern und vergrub ihr Gesicht im Kissen. Mit Marcus war alles so einfach. Er verstand genau, was sie sich wünschte, vielleicht, weil er selbst das Gleiche wollte. Es widerstrebte ihr, das aufgeben zu müssen. Nächsten Samstag würde sie nicht einfach ins Hotel kommen und ihn hier vorfinden. Sie würde wieder auf die Jagd gehen müssen. Würde wieder nicht wissen, ob sie jemanden fand, und konnte nicht sicher sein, dass er tun würde, was sie verlangte. Sie krallte die Faust in das Laken. *Wäre es denn so schlimm, sich noch einmal mit Marcus zu treffen?*

Es wäre schlimm, wenn du dich in ihn verliebst. Sie wollte das nicht, wollte nicht mehr diese Nähe und die Abhängigkeit von einem anderen Menschen. Und den Verlust. Der Gedanke schnürte ihr die Kehle zu. Thomas zu verlieren, hatte ihr ganzes Leben durcheinandergeworfen, bis sie nicht mehr wusste, wer sie war und wohin sie gehörte. Sie hatte alles verloren, was ihr etwas bedeutet hatte.

Mühsam drängte sie die Gedanken zurück und rief sich zur Ordnung. *Es geht doch nur um eine Affäre. Um Sex, nichts weiter.*

»Alles in Ordnung?« Die geflüsterte Frage strich über sie hinweg wie eine Liebkosung, und sie merkte, wie schnell ihr Atem ging.

Sie atmete tief durch, um sich zu beruhigen. »Ja, ich habe nur ein wenig gefroren.« Das war nicht gelogen. »Es geht schon wieder.«

Etwas schabte über Holz. Marcus hatte irgendetwas von dem kleinen Nachttisch genommen. Kurz leuchtete es hell auf. Das Display seines Handys.

»Ich muss leider gehen. Ich bin noch verabredet.« Es klang, als würde er das wirklich bedauern. »Mit meinem Freund Erik.«

»Ich weiß.« Sie versuchte, sich ihre Enttäuschung nicht anmerken zu lassen. Er wusste, dass sie sich eigentlich nicht noch ein weiteres Mal treffen wollte. Sie hatte es deutlich gesagt. Trotzdem hatte sie ein wenig darauf gehofft, dass er sie darum bitten würde. Und dass sie sich dazu durchringen konnte, ja zu sagen.

Er schaltete das Licht nicht ein, um sich anzuziehen, sondern benutzte nur sein Handy, um seine Sachen zu finden. Irgendwann hörte sie das Klappern seiner Gürtelschnalle und ein Rascheln, das klang, als ob er sich seine Anzugjacke überzog. Bald war es so weit. Er würde gehen. *Sag doch was. Irgendwas. Frag ihn nach seiner Nummer.* Sie musste ihn ja nicht anrufen, falls sie sich gegen ein weiteres Treffen entschied.

»Du hast letztes Mal gesagt, dass nach dreimal Schluss ist. Gilt das immer noch?«

Ein zaghaftes Lächeln schlich sich auf Lauras Lippen. Er wollte sie also doch wiedersehen.

»Ich weiß, ich bin jetzt nicht mehr fremd genug und für dein Spiel nicht mehr zu gebrauchen.« Bevor sie etwas erwidern konnte, fuhr er fort: »Vielleicht finden wir ja ein anderes Szenario für uns beide.«

»Ein anderes Szenario?« Was meinte er damit? Wollte er das Rollenspiel verändern, oder hatte er vielleicht etwas ganz anderes im Sinn?

»Nur wenn du das möchtest. Vielleicht könnten wir mal zusammen was trinken gehen. Einen Whisky vielleicht. Einen guten zur Abwechslung.« Sie hörte das Lachen in seiner Stimme.

Einen kurzen Moment ließ sie sich davontragen. Sie stellte sich vor, wie sie ihn in einer Bar traf. Wie er zum ersten Mal ihr Gesicht sah. Sie saßen am Tresen oder vielleicht auf einem der Sofas im *Winding Snake*. Sicher konnte man mit ihm über alles Mögliche reden. Sie fragte ihn, was er arbeitete, und er wollte wissen, was sie in ihrer Freizeit tat. Sein Lächeln ließ Schmetterlinge in ihrem Bauch tanzen, und am Ende küsste er sie. Sie konnte es förmlich spüren: seine Lippen auf ihren.

»Ich möchte dich wiedersehen«, flüsterte er.

Sie schreckte auf. Er stand neben dem Bett und hatte sich über sie gebeugt. Sein Atem streifte warm ihre Haut. *Ich möchte dich wiedersehen.* Laura schluckte schwer. Es waren fast die gleichen Worte wie letztes Mal. Vielleicht fiel ihr deshalb auf, wie anders es klang. Nicht so, als wolle er nur eine bedeutungslose Affäre mit ihr. Hatte sie sich geirrt neulich im *Winding Snake?* Wollte er vielleicht doch ein Date, mit allem, was dazugehörte? Ihr Mund war plötzlich wie ausgetrocknet, und ihre Hände wurden feucht. Wenn er sie küsste, wenn sie anfing, ihn zu sehr zu mögen, wenn sie sich danach sehnte, mit ihm zusammen zu sein, dann kamen auch die Gedanken. Sie ließen sich nicht aufhalten. Sie hatte es oft genug versucht. Und mit den Gedanken kamen die Bilder in ihrem Kopf. Angst stieg in ihr auf und nahm ihr den Atem. Nein. Sie konnte nicht mit ihm ausgehen. Mit ihm nicht und auch mit niemandem sonst.

Langsam und bedächtig formte sie die Worte mit den Lippen, damit er nicht merkte, wie schwer ihr die Antwort fiel. »Nein. Nein, tut mir leid. Ich kann nicht.«

Er schwieg lange. So lange, dass sie schon überlegte, das Licht anzuschalten, um in seinem Gesicht zu lesen, was er nicht sagte. Sie hörte ein leises Rascheln, dann legte er etwas auf den Schreibtisch in der Ecke. »Meine Karte. Falls du es dir anders überlegst.« Sie hatte den Eindruck, dass er enttäuscht war.

Laura hörte, wie er zur Tür ging. Wie gern hätte sie sein Gesicht noch ein letztes Mal gesehen. Ihre Hand war schon auf halbem Weg zum Lichtschalter. Sie hatte beinahe wieder vergessen, wie er aussah, immerhin hatte sie ihn nur ganz kurz ohne Maske gesehen. Aber wenn sie ihn jetzt bei Licht betrachtete, würde sie sich an sein Gesicht erinnern. Sie ließ die Hand sinken und ignorierte das Bedauern, das sich kalt in ihren Magen krampfte. Nein. Sie wollte diese Erinnerung nicht haben. Er war nur ein Fremder wie alle anderen, und ein Fremder hatte für sie kein Gesicht.

»Leb wohl«, flüsterte sie so leise, dass er es wahrscheinlich gar nicht hörte.

Die Tür wurde geöffnet und schloss sich dann wieder hinter ihm. Er war fort.

Mit einem leisen Klick schaltete Laura die Nachttischlampe ein und sah zum Schreibtisch hinüber. Seine Karte schimmerte ihr weiß entgegen, und die Versuchung, sie an sich zu nehmen, kribbelte in ihren Fingerspitzen. Mühsam erinnerte sie sich daran, dass es einen Grund für ihre Regel gab, mit keinem Mann öfter als dreimal zu schlafen. Obwohl sie ohnehin auf jede Art von Intimität verzichtete, darauf achtete, dass er sie nicht streichelte oder küsste, wurde es beim dritten Mal gefährlich. Alles, was bisher fremd gewesen war, wurde vertraut. Sein Geruch, die Art, wie er sie berührte, wie ihr Herz einen Satz machte, wenn sie seine Stimme hörte. Beim dritten Mal wurde aus Distanz Nähe. Eine gefährliche Nähe, die dazu führte, dass man sich in jemanden verliebte. Und Laura wollte sich nie wieder so in jemanden verlieben. Mit allen Sinnen und ganzer Seele. Nein. Sie würde die Karte nicht nehmen. Sie würde sie sich nicht einmal ansehen.

Während sie sich anzog, versuchte sie, sein Lachen zu vergessen und das Gefühl seiner Haut auf ihrer. Vielleicht würde ihr das sogar gelingen, irgendwann. Aber sie wusste jetzt schon, dass sie seinen Namen niemals vergessen würde, egal wie oft sie sich sagte, dass er nur ein Fremder war.

Marcus.

Kapitel 4

»Nicht die Füße kreuzen!«, brüllte Stefanie durch die Turnhalle.

Marcus bemühte sich redlich. Eigentlich hatten sie das lange genug geübt, bevor man ihnen ein Schwert in die Hand gedrückt hatte. Da er jetzt allerdings auf Beine und Schwert gleichzeitig achten musste, unterliefen ihm immer wieder Fehler.

»Hände!« Richtig, die Hände gab es auch noch. Stefanie baute sich neben ihm auf und betrachtete seine Haltung von oben bis unten. »Okay. Nächstes Mal noch auf die Hände achten, damit die Deckung stimmt.« Sie wandte sich Marcus' Trainingspartner zu. »Der Hau war nicht schlecht, aber für den Anfang noch weniger durchziehen, langsam, damit dein Partner eine Chance hat, richtig zu parieren.«

Lukas, ein braunhaariger Junge, der gerade dem Teenageralter entwachsen war, nickte eifrig. »Okay, noch mal!« Er hob sein Schwert.

Marcus konzentrierte sich kurz auf die richtige Fußposition, dann hob er ebenfalls sein Schwert und nickte Lukas zu. Sie übten eine Weile den Oberhau, wobei einer mehrmals hintereinander angriff und der andere parierte. Dann wurde gewechselt. Marcus musste zugeben, dass er den Schwertkampf unterschätzt hatte. Für ihn war es immer ein skurriles Hobby gewesen, ein wenig wie American Football mit Schwertern. Doch in den eineinhalb Stunden, die der Workshop bereits lief, hatte er seine Meinung geändert. Es war ein ernstzunehmender Sport mit festen Strukturen und anspruchsvollen Trainingseinheiten. Und ziemlich gut geeignet, um alle anderen Gedanken zu vertreiben. Gedanken an Claire, an ihr leises Stöhnen in der Dunkelheit. An ihren Geruch. An die entspannte Stille danach.

Er schüttelte den Kopf, als könnte er die Erinnerung damit loswerden. Es brauchte volle Konzentration, Beinarbeit und Schwert unter einen Hut zu bringen. Marcus griff ein paarmal an, dann wechselten sie wieder, und schließlich zeigte Stefanie ihnen einen weiteren Grundhau.

Warum hatte Claire nein gesagt? Er war sich so sicher gewesen, dass es ihr ebenso gefiel wie ihm. Sie brauchte wohl immer wieder den Reiz des Neuen. Den Nervenkitzel, den es verursachte, in der Bar einen Fremden aufzureißen.

»Also dann, los!«, sagte Stefanie und schloss damit ihre Erklärung ab.

Mist, den Schluss hatte er überhört. Trotzdem stellte er sich Lukas gegenüber auf und hob das Schwert, um Lukas' Hau zu parieren.

Dann hatte sie eben abgelehnt. Na und? Er wollte ja nichts von ihr. Vielleicht war es sogar gut so. Vielleicht hätte sie sich doch irgendwann Hoffnungen auf mehr gemacht. Auf etwas, was er ihr im Moment nicht geben konnte. Unwillkürlich musste er an die letzten Wochen seiner vorangegangenen Beziehung denken. Den ständigen Streit. Die Vorwürfe. Die Schuldgefühle. Sie hatten beide viele Fehler gemacht, das war ihm völlig klar. Und letztlich hatten sie vielleicht einfach nicht zusammengepasst. Danach hatte er beschlossen, erst mal eine Beziehungspause einzulegen.

»Hey, Mann, was ist?« Lukas' ungehaltene Stimme durchdrang seine Gedanken. Hatte er den Hau schon ausgeführt?

»Entschuldige, ich war abgelenkt.« Er stellte sich neu in Position. »Gut, los.«

Lukas führte den Hau aus, und Marcus parierte.

Ob sie wenigstens seine Karte mitgenommen hatte? Wahrscheinlich nicht.

Ein scharfer Schmerz in seinem Zeigefinger holte ihn in die Realität zurück. »Verdammt«, zischte er und hielt sich die Hand.

»Sorry, tut mir echt leid, das wollte ich nicht«, sagte Lukas zerknirscht.

Marcus schüttelte seine Hand. Der Schmerz ließ bereits nach, es würde wahrscheinlich nicht einmal einen blauen Fleck geben. »Schon gut. Ich bin selbst schuld. Ich hab nicht aufgepasst.« Er hob sein Schwert wieder. »Noch mal von vorn.«

»Ich weiß nicht, ob das eine gute Idee ist.« Stefanie kam von den Kämpfern neben ihnen herüber. »Du bist schon die ganze Zeit ziemlich unaufmerksam. Vielleicht solltest du besser aufhören.«

»Nein, es geht schon, ich mache weiter«, knurrte Marcus.

Stefanie schüttelte entschieden den Kopf. »Es ist okay, mal nicht bei der Sache zu sein, das kommt vor. Dann bricht man eben ab. Sicherheit geht vor, klar?« Sie wandte sich an Lukas. »Du kannst mit den beiden da drüben trainieren, einer muss dann halt immer aussetzen.«

Marcus ließ das Schwert sinken. Vielleicht hatte sie recht.

»Oh nein, so leicht kommst du mir nicht davon«, dröhnte Eriks Stimme neben ihm. »Ich trainiere mit ihm.«

Marcus sah auf. Bisher hatte sein Freund am Rand gestanden und zugesehen. Wenn nötig, hatte er auch mal eingegriffen oder ein paar Tipps gegeben.

Stefanie sah ihn skeptisch an. »Du kennst die Regeln, Erik.«

»Klar. Wir machen nur einen Versuch. Ich achte auf ihn. Wenn's nicht geht, hören wir auf.«

»Also gut.« Mit einem letzten mahnenden Blick zu Marcus drehte sie sich um und ging zu einem anderen Paar.

»Das war doch Absicht, gib's zu. Wolltest dich wohl noch rauswinden.«

Marcus zwang sich zu einem Lächeln. »Ich fürchte, du hast mich durchschaut.« Die Wahrheit würde er ihm sicher nicht auf die Nase binden.

Sie trainierten weiter, übten die Grundhäue, aber als Erik zum dritten Mal ausweichen musste, weil Marcus falsch parierte, brach er ab. »Gut, das hat echt keinen Sinn.«

»Was?« Marcus schüttelte den Gedanken an Claire ab. An ihre weiche Haut unter seinen Fingern. An ihre pulsierende, feuchte Hitze. »Ach, verdammt!«, fluchte er. »Okay, ich geb's auf.«

»Ist ohnehin bald aus. Komm, wir gehen schon mal duschen, und dann holen wir uns ein Bier.«

Marcus nickte. Sie gingen aus der Halle, ölten ihre Schwerter und packten sie in die Hüllen. Erik hatte Marcus ein Schwert geliehen, er war ziemlich gut ausgerüstet. Schwerter und Rüstungen für den Freikampf zu sammeln, war eine weitere Leidenschaft von ihm.

»Hast du in der Arbeit Stress, oder was ist los?«, fragte Erik, während sie sich die Trainingsklamotten auszogen. Jogginghosen, T-Shirt und Turnschuhe. Rüstungen gab es nur im Sparring.

»Nein. Nichts ist los.« Eben. Nichts. Zwischen ihm und Claire war nichts gewesen. Sie würde sich nicht melden, da war er sich sicher. Und damit war das Thema erledigt.

***

Laura öffnete die Eingangstür der *Kärntner Stub'n* und trat ein. Sofort eilte ein junger Mann in Livree auf sie zu und nahm ihr mit einem freundlichen Lächeln den Mantel ab. Einen rosa Trenchcoat, den sie eigentlich schon lange nicht mehr trug. Sie beobachtete, wie er ihn sorgsam auf einen Garderobenbügel hängte und sich dann wieder ihr zuwandte.

»Haben Sie eine Reservierung?« Der Mann ging zu einem kleinen Pult und warf einen Blick in ein Buch mit goldenem Schnitt, das aufgeschlagen dalag.

»Ich gehöre zur Familie Hoffmann.« Ja, sie gehörte dazu. Immer noch. Obwohl Thomas und sie nie geheiratet hatten, war sie für seine Eltern beinahe von Anfang an eine Art Tochter gewesen. Mehr als für ihre eigenen Eltern, zu denen Laura nie eine besonders enge Beziehung gehabt hatte.

Der Kellner nickte und ging ihr zum Tisch voraus. Laura zögerte, ihm zu folgen. Sie hatte ein ungutes Gefühl im Magen wie jedes Mal, wenn sie sich mit Thomas' Eltern traf. Sie freute sich unwahrscheinlich darauf, sie zu sehen, aber das Gebilde aus Lügen, das sie in den letzten Jahren gewebt hatte, wurde immer undurchsichtiger und begann, ihr die Luft abzuschnüren. Mit jeder neuen Lüge wurde das Bedürfnis stärker, endlich die Wahrheit zu sagen. Nur konnte sie das ihrer Ersatzfamilie nicht antun. Sie straffte ihren Rücken, setzte ein fröhliches Lächeln auf und folgte dem Mann in den gemütlichen Gastraum mit der hellen Holzvertäfelung.

Martin und Elisabeth erhoben sich, als sie sie kommen sahen. »Laura, wie schön, dich zu sehen. Es ist viel zu lange her.« Laura ließ sich von Elisabeth in eine herzliche Umarmung ziehen, und als ihr das vertraute Parfüm in die Nase stieg, verflogen alle bedrückenden Gedanken. Sie stand einfach nur da und ließ die Wärme und Zuneigung, die ihre zierliche Schwiegermutter ausstrahlte, in ihren eigenen Körper fließen. Sie sog sie geradezu in sich auf, als wollte sie sie für später speichern.

»Nun lass mich doch auch mal, Elli«, sagte eine tiefe Männerstimme, und ehe Laura es sich versah, hatte Martin sie kurz und heftig an sich gedrückt. Er war das genaue Gegenteil zu seiner winzigen Frau, ein Bär von einem Mann, urig und gemütlich. Einer, bei dem man sich sicher fühlen konnte. Laura lächelte, als Erinnerungen an Thomas in ihr aufstiegen. Er war auch so gewesen, hatte sie immer behütet und beschützt, seit ihrer gemeinsamen Schulzeit.

»Du hast dich gar nicht verändert!«, sagte Elisabeth.

Jede andere Frau Ende zwanzig hätte das wahrscheinlich als Kompliment genommen. Für Laura bedeutete es nur, dass ihre Täuschung perfekt funktionierte. Sie hatte das niedliche Sommerkleid ausgegraben, ein Relikt aus ihrer Teenagerzeit, das sie immer für Thomas getragen hatte, weil er es so liebte. Jetzt trug sie es für seine Eltern, damit sie glaubten, dass sie immer noch die Alte war. Damit sie glaubten, dass sie immer noch untröstlich war, weil sie Thomas verloren hatte. Diesmal war sie sogar noch gründlicher gewesen als sonst. Sie war beim Friseur gewesen und hatte sich die Haare so färben und schneiden lassen, wie sie sie damals getragen hatte. Etwas kürzer, durchgestuft und ein bisschen dunkler. Sie hatte es nicht nur für Thomas' Eltern getan. Nach dem letzten Wochenende hatte sie plötzlich das Bedürfnis überfallen, etwas zu ändern. Vielleicht auch ein wenig das Bedürfnis, sich trotz ihrer knappen Kasse endlich mal wieder etwas zu gönnen, und es hatte sie tatsächlich aufgeheitert.

Sie wusste, dass die neue Frisur sie jünger wirken ließ, und noch mehr, wenn sie die Haare so wie jetzt in einem Pferdeschwanz trug. So hatte sie sie auch früher immer getragen, und es machte es ihr leichter, sich wieder wie das unbeschwerte Mädchen zu fühlen, das sie einmal gewesen war. Nicht wie die zynische Frau, zu der sie geworden war.

»Und du trägst immer noch das gleiche Parfüm!« Zwei schlanke, blasse Arme legten sich von hinten um sie. Laura grinste und drehte sich um, um ihre Ex-Beinahe-Schwägerin an sich zu ziehen.

»Sabrina. Ich freue mich riesig, dich zu sehen! Und ja, es ist immer noch das gleiche Parfüm.« Auch das gehörte zu ihrer Verkleidung, so sehr, dass der Geruch immer in dem Kleid zu hängen schien, egal wie oft sie es wusch. Der süßliche, romantische Duft war eigentlich gar nicht mehr ihr Ding – sie mochte es jetzt eher sportlich frisch.

»Kommt, setzt euch, bevor der arme Kerl noch einen Krampf bekommt«, brummte Martin und deutete auf den Kellner, der seit einer gefühlten Ewigkeit hinter Lauras Stuhl stand, um ihn ihr hinzuschieben. Laura setzte sich und lächelte dem Kellner dankbar zu.

»Tut mir leid, dass ich zu spät bin, habt ihr schon bestellt?«, fragte Laura und ließ ihren Blick über den aufwendig gedeckten Tisch gleiten.

Sabrina winkte ab. »Ach was. Mehr als Getränke haben wir noch nicht geschafft. Papa konnte sich wie immer nicht entscheiden, und außerdem warten wir ja noch auf Olli.« Ihre Schwägerin deutete auf ein fünftes Gedeck zwischen Laura und Martin.

Sofort war das ungute Gefühl wieder da. Laura hatte eine Ahnung, worauf das hinauslief. »Ach, es kommt noch jemand?«, fragte sie möglichst unbeteiligt.

Elisabeth setzte ein strahlendes Lächeln auf. »Ja, Oliver Schmidt. Er ist ein Bekannter von uns. Ein sehr netter junger Mann, der auch hier in München wohnt. Wir haben ihn lange nicht gesehen, und da dachten wir, wir laden ihn auch zum Abendessen ein. Du wirst ihn mögen.«

Laura verengte die Augen. Elisabeth plapperte, eindeutig. Das tat sie immer, wenn sie in Verlegenheit geriet. Wahrscheinlich ahnte sie, dass Laura sofort durchschaut hatte, wozu sie diesen Oliver hergebeten hatte. Laura unterdrückte ein Stöhnen. Elisabeth meinte es gut, aber bisher hatte ihr Plan, ganz unverfänglich jemanden zum Essen mitzubringen, damit er Laura kennenlernte, nie funktioniert. Laura hätte sich lieber in Ruhe mit Sabrina und ihren Eltern unterhalten anstatt mit einem völlig Fremden. »Da bin ich sicher«, sagte sie schließlich, um ihre Schwiegermutter nicht zu enttäuschen.

»Er ist wirklich nett, Laura, und er sucht gerade jemanden, es passt perfekt, du wirst sehen«, sagte Sabrina, ohne von der Speisekarte aufzusehen.

Laura nickte und fügte sich damit in das Unvermeidliche. Seit sie den Fehler gemacht hatte, Martin anzuvertrauen, dass es ihrer kleinen Firma nicht besonders gutging, schleppten die beiden ständig irgendwelche befreundeten Geschäftsleute an, um sie mit Laura bekannt zu machen und ihr auf die Art endlich einen guten Auftrag zu verschaffen. Sie wollten einfach nicht einsehen, dass die größeren mittelständischen Unternehmen trotz Vitamin B nicht auf jemand so Unerfahrenen wie Laura setzten, um einen neuen Internetauftritt zu gestalten. Sie waren immer nett und sehr höflich, aber sobald sie von Lauras nicht vorhandenen Referenzen erfuhren, verloren sie das Interesse.

»Und, was gibt es Neues bei dir?«, fragte Elisabeth mit einem lauernden Ausdruck in den Augen.

»Mama!« Sabrina ließ die Karte mit einem lauten Klappern auf den Teller fallen. »Musst du das wirklich fragen? Schau sie dir doch an.«

Laura hätte zufrieden sein müssen, dass ihre Täuschung so gut funktionierte, aber der beschämte Ausdruck im Gesicht ihrer Schwiegermutter ließ ihre Kehle eng werden.

Elisabeth lächelte Laura entschuldigend an. »Natürlich, sie hat recht. Was für eine dumme Frage, wo man doch sehen kann, dass …« Sie verstummte.

»Gib ihr doch etwas Zeit«, grummelte Martin. »Thomas zu vergessen ist eben nicht so leicht.«

Elisabeth nickte stumm, und Martin drückte liebevoll ihre Hand.

»Ich werde Thomas nie vergessen«, flüsterte Laura. Es war keine echte Lüge. Thomas war viel zu lange ein Teil ihres Lebens gewesen, um ihn einfach aus ihren Erinnerungen zu verbannen, und das wollte sie auch gar nicht. Er gehörte zu ihr, und das würde sich nie ändern. Dennoch war es auch nicht die ganze Wahrheit. Die Trauer um Thomas würde Laura ihr Leben lang begleiten, aber sie liebte ihn nicht mehr mit der alles verzehrenden Sehnsucht, die sie nach seinem Tod hatte glauben lassen, dass sie ohne ihn nicht weitermachen konnte. Es war nicht einfach gewesen, zu akzeptieren, dass er nicht mehr da war, aber sie war darüber hinweggekommen. Irgendwann hatte sie aufgehört, sich nach seiner Umarmung zu sehnen und danach, sein Lächeln noch einmal zu sehen. Der ständige Schmerz in ihrer Brust war verebbt, das Atmen war ihr wieder leichter gefallen, und sie hatte angefangen, nach vorne zu sehen. Sie brachte es nur nicht über sich, das Elisabeth und Martin zu sagen. Nicht, solange sie den Verdacht hegte, dass die beiden den Tod ihres Sohnes noch lange nicht verwunden hatten und es schwernehmen würden, nun auch noch ihre ehemalige Beinahe-Schwiegertochter zu verlieren.

»Das bedeutet uns wirklich sehr viel, Kind«, sagte Elisabeth. Sie nahm eine Serviette und tupfte sich damit die Augen ab. Dann lächelte sie. »Er hätte nicht gewollt, dass wir ihm heute Abend nachtrauern. Er war immer so fröhlich und gesellig.«

»Stimmt«, sagte Sabrina und strahlte Laura an. »Und deswegen würde ich nachher gern mit dir weggehen. So richtig, du weißt schon.« Sie zwinkerte Laura zu. »Du erzählst in deinen Mails doch immer von dieser Bar, die will ich unbedingt auch mal sehen.«

»Na klar, warum nicht? Ich zeige dir meine Lieblingsbar, wenn du magst.« Zum Glück bestand keine große Gefahr, dort einem ihrer One-Night-Stands zu begegnen, denn normalerweise vermied sie es aus genau diesem Grund, im *Winding Snake* auf die Suche zu gehen. Der Abend mit Marcus war wegen der Masken eine Ausnahme gewesen. Sie versuchte zu ignorieren, dass ihr Herz etwas schneller klopfte und sich in ihrem Bauch ein leichtes Kribbeln rührte. Dreimal. So lautete die Regel. Und selbst wenn sie sich darüber hinwegsetzen wollte, sie hatte seine Karte nicht mitgenommen, worüber sie inzwischen wirklich froh war. Wer wusste schon, ob sie sonst nicht doch schwach geworden wäre.

»Toll, ich freue mich drauf.«

Laura sah Sabrina verwirrt an, bis ihr wieder einfiel, dass sie über die Bar gesprochen hatten. »Ja, das *Winding Snake*. Genau.«

Auf keinen Fall durfte Sabrina etwas von ihren One-Night-Stands erfahren. Sie nicht und schon gar nicht Martin und Elisabeth. Die beiden würden sich wahrscheinlich große Sorgen machen und glauben, dass es sich dabei um eine Art Kompensation für Thomas' Tod handelte. Laura verzog das Gesicht. Ein wenig stimmte das sogar, aber nicht so, wie ihre Ersatzfamilie glauben würde. Außerdem hatte Laura Angst, dass sie nach dem ersten Schock vielleicht versuchen würden, ihr einen Mann anzudrehen, genauso wie sie jetzt schon immer versuchten, ihr einen Auftraggeber zu verschaffen. Aber Laura wollte keinen Partner. Sie wollte nicht riskieren, noch einmal zu dem Häufchen Elend zu werden, das nach dem Unfall aus ihr geworden war. Es war zu mühsam gewesen, sich aus dem

Loch zu kämpfen. Zu schmerzhaft zu sehen, wie vollständig der Verlust ihres Partners ihr Leben zerstört hatte. Selbst jetzt nach drei Jahren ergriff sie ein Anflug von Scham, wenn sie daran dachte, wie wenig sie in der Lage gewesen war, ihr Leben ohne Thomas im Griff zu behalten.

Nein, sie wollte keinen Partner, nie wieder, und sie brauchte auch keinen mehr. Zum Reden hatte sie Christina, und für den Sex sorgte sie eben auf andere Art.

Das Quietschen von Elisabeths Stuhl schreckte Laura auf.

»Oliver!« Elisabeth streckte ihre Hand an Laura vorbei.

»Elisabeth, Sabrina, Martin, schön, euch zu sehen«, sagte Oliver. Laura wollte ebenfalls aufstehen, aber eine Hand legte sich auf ihre Schulter.

»Nein, bleib ruhig sitzen.« Oliver ließ sich auf den Stuhl neben sie sinken und streckte ihr dann die Hand hin. »Ich bin Oliver, wie du ja schon gehört hast.« Er zwinkerte freundlich.

Laura stockte der Atem, als sie Olivers Gesicht sah. Sie kannte ihn oder glaubte es zumindest. Nein, das konnte nicht wahr sein. Dennoch befürchtete sie, dass es stimmte. Sein Name sagte ihr nichts, aber sein Gesicht kam ihr bekannt vor, ganz dunkel, wie ein Schatten in einem nächtlichen Hotelzimmer. Laura schloss kurz die Augen, als die Erkenntnis sie wie ein eisiger Schauer überkam. Wie konnte das nur passieren? So ein Zufall? So viele One-Night-Stands hatte sie auch wieder nicht gehabt, dass sie an jeder Straßenecke einen der Männer traf. Sie hatte ja erst vor ein paar Monaten damit angefangen. Als Oliver sich Sabrina zuwandte, um ein paar Worte mit ihr zu wechseln, warf Laura noch einmal einen Blick auf sein Profil. Ihr Magen krampfte sich zusammen. Doch, er war es. Sie erinnerte sich an ihn.

»Laura? Alles in Ordnung?«, fragte Elisabeth. »Du bist schon die ganze Zeit so still.«

Laura brachte ein zittriges Lächeln zustande. Nein, nichts war in Ordnung. Oliver wusste, womit sie ihre Samstagabende verbrachte, denn sie hatte damals ziemlich deutlich gemacht, dass sie nur auf One-Night-Stands aus war. Sie sah ihren Vorsatz, dass ihre Schwiegereltern nie davon erfahren durften, ernsthaft in Gefahr. »Doch, alles in Ordnung, ich kann mich nur nicht entscheiden.« Laura deutete auf die Karte, die sie bis jetzt noch nicht einmal angesehen hatte.

»Soll ich dir helfen?«, fragte Oliver und hielt ihr die Karte hin. »Das Hirschcarpaccio ist ein Gedicht, das hatte ich letztes Mal schon, da kannst du nichts falsch machen.«

Laura fragte sich, ob er sie erkannt hatte. Nichts an seinem Verhalten deutete darauf hin. Er war einer der Ersten gewesen, und es war schon eine Weile her. Vielleicht hatte sie Glück, und er hatte sie vergessen.

»Und danach …« Oliver beugte sich zu ihr und legte den Finger auf eines der Hauptgerichte in der Karte, als würde er ihr dieses empfehlen. »… würde ich gern wissen, ob du dich genauso … intensiv an mich erinnerst wie ich mich an dich.«

Laura blieb beinahe das Herz stehen. Er hatte die Worte geflüstert, so leise, dass selbst sie sie kaum gehört hatte. Trotzdem sah sie sich hektisch um. Hatten die anderen vielleicht doch etwas mitbekommen? Ihr Blick zuckte zu Martin und Elisabeth, aber die lächelten nur, offensichtlich erfreut, dass Laura und Oliver gleich ins Gespräch kamen.

Wie konnte sie Oliver nur klarmachen, dass er nichts davon erwähnen durfte? Musste sie das überhaupt? Wer ging schon mit so etwas hausieren? Dass er es ihr so leise zugeflüstert hatte, bedeutete sicher, dass er nicht vorhatte, etwas zu sagen. Aber was, wenn ihm etwas herausrutschte? Laura konnte den Gedanken an die entsetzten Gesichter ihrer Familie nicht ertragen.

Olivers Gesicht war ihrem immer noch so nah, dass seine Haare sie am Ohr kitzelten, aber es erregte sie nicht, es ließ nicht einmal ihre Haut kribbeln. Überhaupt konnte sie sich gar nicht mehr erinnern, warum sie ihn damals ausgesucht hatte. Ja, er sah gut aus, aber er reizte sie nicht. Im Gegenteil. Der Gedanke, dass sie mit ihm geschlafen hatte, dass er in ihr gewesen war, verursachte ihr eine unangenehme Gänsehaut.

»Keine Sorge, Geheimnisse sind bei mir sicher. Normalerweise.« Er rückte wieder ein Stück von ihr ab und lächelte charmant in die Runde.

Laura schluckte schwer. Wenn seine Worte dazu gedacht gewesen waren, sie zu beruhigen, dann hatten sie ihr Ziel gründlich verfehlt. Als der Kellner kam, um die Bestellung aufzunehmen, bestellte Laura nur das Hirschcarpaccio, weil sie nichts anderes von der Karte in Erinnerung behalten hatte. Außerdem würde sie ohnehin keinen Bissen hinunterbekommen. Als die anderen ebenfalls bestellt hatten, wandte Oliver sich ihr wieder zu.

»Also, Laura. Ich würde mir dich gerne mal genauer ansehen.«

Laura starrte ihn entsetzt an. Hatte er das wirklich gerade gesagt?

»Herrje, das war jetzt missverständlich ausgedrückt. Entschuldige. Ich meinte natürlich dein Portfolio.« Das Lächeln, das seine Mundwinkel umspielte, ließ in ihr den Verdacht aufkeimen, dass es genauso gemeint gewesen war, wie er es gesagt hatte.

»Natürlich. Jederzeit.« Sie sah auf ihren Schoß, wo ihre Hände sich in ihren Rock krampften. Mühsam löste sie sie wieder. Die Hoffnung auf einen entspannten Abend mit ihrer Ersatzfamilie musste sie wohl aufgeben.

»Es ist ein ziemlich großer Auftrag«, sagte er jetzt wieder

völlig unverfänglich. »Die Geschäftsleitung möchte nicht nur einen neuen Internetauftritt, sondern auch ein neues Corporate Design, mit allem, was dazugehört.«

Laura seufzte innerlich. Einen so großen Auftrag würde man ihr niemals geben. Nicht, wenn man bei Verstand war. Und wenn sie Oliver so ansah, dann sollte sie darüber vielleicht froh sein. Natürlich könnte ein Auftrag dieser Größenordnung ihr wieder auf die Beine helfen, nicht nur finanziell, sondern auch, was das Prestige anging. Nur war Corporate Design nicht ihr Gebiet. Das war eher etwas für Christina. »Das klingt interessant«, sagte sie, mehr um vor ihren Schwiegereltern höflich zu bleiben. Sie machte sich nicht die Mühe, ihm zu sagen, dass sie den Auftrag nicht bewältigen konnte. Er würde sich sowieso nicht bei ihr melden, nachdem er ihr Portfolio in Augenschein genommen hatte. Wenn er überhaupt ernst gemeint hatte, dass er es sich ansehen wollte.

Irgendwie brachte Laura das Abendessen hinter sich. Nur Martin und Elisabeth zuliebe ertrug sie so lange wie möglich Olivers zweideutige Anspielungen, die zum Glück so subtil waren, dass nur sie sie verstand. Sie war sich nicht sicher, ob er sie wirklich in Verlegenheit bringen wollte. Vielleicht fand er es einfach witzig und glaubte, dass sie an der Heimlichtuerei ebenfalls ihren Spaß hatte. Sie ließ sich nicht anmerken, dass es sich für sie wie ein Spießrutenlauf anfühlte. Es waren schließlich nur wenige Stunden, und danach würde sie sicher nie wieder etwas von Oliver hören. Sie war heilfroh, als Sabrina endlich das Dessert beendet hatte und sie sich mit ihr aus dem Staub machen konnte.

Kapitel 5

Sie stand in einer Ecke des *Winding Snake* und hielt sich an einem Martini fest. Dass sie alleine war, konnte Marcus nur recht sein, das machte es leichter. Während er zu ihr hinüberschlenderte, suchte er nach Anhaltspunkten, nach irgendwelchen Erkennungsmerkmalen, die darauf hinwiesen, dass sie die Frau war, mit der er dreimal geschlafen hatte. Ihr Gesicht kam ihm nicht bekannt vor. Das bedeutete allerdings gar nichts, denn er hatte Claire nie ohne Maske gesehen. Vielleicht wenn sie sich ausgezogen hätte. Vielleicht hätte er sie dann eher erkannt. Die Absurdität des Ganzen brachte ihn zum Lachen.

»Ich hoffe, das gilt nicht mir«, sagte die Blonde und musterte ihn unverhohlen. Ihr schien zu gefallen, was sie sah, denn sie lächelte ihn an.

Marcus verengte die Augen. Sie war forsch und direkt, das konnte passen. War es die Stimme, an die er sich zu erinnern glaubte? Er musste sie noch einmal sprechen hören. »Nein, Entschuldigung, das galt nur mir selbst.« Er war eigentlich keiner von diesen Kerlen, die eine Frau sofort vergaßen, nachdem sie sich mit ihr im Bett gewälzt hatten, auch wenn es nur ein One-Night-Stand gewesen war. »Ein Anfall von … innerem Humor.«

»Da bin ich aber erleichtert, ich suche nämlich noch etwas Gesellschaft. Und ich habe nichts gegen Humor einzuwenden, solange er nicht auf meine Kosten geht.« Sie schürzte verführerisch und sehr gekonnt die Lippen. Zu gekonnt. Marcus erinnerte sich noch genau daran, dass er Claire trotz ihrer Abgebrühtheit zunächst für etwas ungeschickt gehalten hatte. Und dennoch, er konnte sich nicht sicher sein. Er beschloss, sie einfach zu fragen.

»Ich suche nach einer Claire.«

Die Frau zog einen Schmollmund. »Tut es eine Raphaela nicht auch?«

Marcus grinste. »Nein, tut mir leid. Heute muss es eine Claire sein.« Er hob sein Glas als Abschiedsgruß und wandte sich ab.

»Kein Glück?«, fragte Erik, als Marcus sich wieder zu ihm an die Bar gesellte.

»Na ja, wie man es nimmt. Abgeneigt war sie nicht.«

»Okay, und warum hängst du dann jetzt wieder hier bei mir rum?«

»Sag bloß, du willst lieber alleine hier sitzen?«

Erik hob abwehrend die Hände. »Nein. Aber wenn du jemand anderen findest, kann ich mich vielleicht aus dem Staub machen.«

Marcus musterte Erik kurz. Als er ihn zum ersten Mal ins *Winding Snake* mitgenommen hatte, auf die Maskenparty, da hatte er sich trotz allem amüsiert. Heute wirkte er allerdings wirklich ziemlich gelangweilt.

»Ich habe eigentlich nicht vor, jemanden zu finden.« Oder zu suchen. Es war mehr die Verlegenheit gewesen, die ihn dazu gebracht hatte, Erik noch einmal hierherzuschleppen. Ihm war schlicht nichts anderes eingefallen. Nur deswegen war er hier, nicht etwa, weil er wirklich hoffte, auf Claire zu treffen. Die schlagfertige Blonde hatte er zwar angesprochen, ihre Haare hatten ihn ein wenig an Claires blonde Mähne erinnert, aber er hatte nicht vor, die ganze Bar nach Claire zu durchkämmen.

»Ach, dann wolltest du sie für mich aufreißen, oder was?«, fragte Erik grinsend.

»Nein, das musst du schon selbst machen. Wenn du es unbedingt wissen willst, sie hat mich an Claire erinnert.« Er hatte Erik nur wenig von dem erzählt, was zwischen ihm und Claire vorgefallen war. Eigentlich nur, dass er sie auf der Dark Blind Date Party getroffen hatte und dass er nichts über sie wusste, nicht einmal, wie sie aussah.

»Hast du nicht gesagt, du wolltest gar nicht nach ihr suchen?«

Marcus zuckte nur mit den Achseln. »Es war nicht geplant.«

»Na gut. Sollen wir dann noch woandershin?«

Marcus nahm einen Schluck von seinem Bier. »Ich weiß nicht.«

»Komm schon, ich hasse diese Schickimicki-Bars«, grummelte Erik. »Verdammtes Schwabing. Reicht es nicht, dass ich hier arbeiten muss?«

»Du musst nicht dableiben. Ich entlasse dich für heute.«

Erik hob eine Augenbraue. »Das heißt, du bleibst noch?«

Marcus zuckte die Schultern. »Ich schätze schon.« Er deutete auf sein halbvolles Bier. »Ich kann das Zeug ja nicht verkommen lassen.«

»Ja, schon klar.« Erik grinste wissend. Offensichtlich glaubte er ihm nicht, dass er nicht nach Claire suchen wollte. Marcus wusste selbst nicht, ob er sich nur etwas vormachte. War der Wunsch danach, Claire wiederzusehen, vielleicht doch stärker, als er sich eingestehen wollte? Claires Leidenschaft erregte ihn, und es ging eine unglaubliche Faszination von ihr aus. Ja, er musste sich eingestehen, dass er ziemlich neugierig darauf wäre, sie näher kennenzulernen. Vielleicht hatte er tatsächlich darauf gehofft, sie hier ohne Maske anzutreffen und endlich ein wenig hinter ihr mysteriöses Verhalten zu blicken.

Erik erhob sich vom Barhocker, offensichtlich entschlossen, Marcus' Angebot anzunehmen und sich aus dem Staub zu machen. »Ich wünsche noch viel Erfolg.« Er warf einen spöttischen Blick auf Marcus' Glas. »Mit dem Bier.«

»Wird schon werden.«

Marcus sah Erik nach, wie er sich davonmachte. Er wirkte ziemlich erleichtert. Vielleicht hatte er vor, noch einen Abstecher in eine der Heavy-Metal-Kneipen in der Nähe der Münchner Freiheit zu machen, um sich wieder zu akklimatisieren. Immerhin musste er von hier aus nicht so weit laufen.

Marcus erwischte sich dabei, wie er seinen Blick durch die Bar schweifen ließ. Plötzlich kam es ihm ziemlich sinnlos vor, hier sitzen zu bleiben und darauf zu hoffen, dass Claire sich vielleicht doch noch zeigen würde. Erstens würde er sie wahrscheinlich nicht erkennen. Zweitens würde sie ihn wahrscheinlich nicht erkennen. Auch sie hatte ja nur einmal kurz sein Gesicht gesehen. Und drittens würde sie sowieso ablehnen, wenn er sie fragte, ob sie die Affäre fortsetzen wollte. Sie hatte ja deutlich gemacht, dass mehr als drei Male für sie nicht in Frage kamen.

Vielleicht hätte er Erik doch begleiten sollen. Marcus sah auf. Er konnte seinen Freund nicht mehr entdecken, aber lange war er noch nicht weg, vielleicht konnte er ihn noch erwischen.

Er stand auf und schob sich durch die dichter werdende Menschenmenge auf den Ausgang zu. Die Masken mussten vor vier Wochen tatsächlich einige abgeschreckt haben, denn es war wesentlich voller als auf der Dark Blind Date Party. Gläser klirrten, und Gesprächsfetzen drangen an sein Ohr, aber noch konnte man sich recht gut unterhalten, die Musik wurde wohl erst später lauter.

»… auch so«, sagte eine Frauenstimme in seiner Nähe.

»Das Ausgehen vermisse ich. Es war so schön, ausgeführt zu werden.«

Marcus erstarrte mitten im Schritt. In den vielen Geräuschen, die in der Luft hingen, nahm er ihre Stimme kaum wahr. Trotzdem war er sich sicher: Er kannte diese Stimme. Fast sicher. Denn die Sehnsucht, die darin mitschwang, passte so gar nicht zu der Erinnerung, die er an diese Stimme hatte. Trotzdem fuhr er herum und suchte in der umstehenden Menge nach irgendetwas, das ihm bekannt vorkam, aber keines der Gesichter sagte ihm etwas. Er fühlte sich, als wäre er blind. Verdammt, warum hatte er nicht darauf bestanden, ihr Gesicht zu sehen? Wenigstens ein einziges Mal? Er suchte nach langen blonden Haaren, die sich an den Enden lockten. Das war so ziemlich das Einzige, was er wirklich von ihr kannte.

Vergeblich.

»Vielleicht kommt das ja irgendwann mal wieder.«

Da. Diesmal hatte er erkannt, woher die Stimme kam. Er schob ein paar Barbesucher zur Seite und drängte sich zu der Stelle durch, von der er die Worte gehört hatte, bis er vor der Frau stand, die gesprochen hatte.

Sie war es nicht.

Konnte es nicht sein. Die Größe stimmte vielleicht ungefähr, und ihre Stimme klang wirklich sehr ähnlich, aber abgesehen davon stimmte gar nichts. Claire war zurückhaltend und zynisch gewesen und sehr sexy angezogen. Diese Frau hatte ein offenherziges Gesicht und lächelte ihre platinblonde Begleiterin freundlich an. Und ihre ganze Körperhaltung war völlig falsch. Viel zu entspannt. Außerdem trug sie ein mädchenhaftes Sommerkleid, das ihr zwar gut stand, aber wirklich nicht besonders aufreizend war, und sie sah kaum älter aus als zwanzig. Was allerdings auch an dem Pferdeschwanz liegen konnte, zu dem sie ihre viel zu dunklen Haare zusammengefasst hatte.

Als Marcus merkte, dass er das Mädchen anstarrte und dass es ihr bereits aufgefallen war, zwang er sich trotz seiner Enttäuschung, etwas zu sagen. Das Erste, was ihm in den Sinn kam.

»Kann es sein, dass wir uns schon mal begegnet sind?« Er verzog gequält das Gesicht. Sehr originell. Vielleicht hätte er doch kurz nachdenken sollen, bevor er den Mund aufmachte. Der entsetzte Blick der Pferdeschwanzträgerin zeugte auch nicht gerade davon, dass sie von seiner Eloquenz begeistert war. Sich damit zu entschuldigen, dass es eine ernstgemeinte Frage war, weil er nach seinem One-Night-Stand von letzter Woche suchte, würde die Sache allerdings bestimmt nicht besser machen.

Sie krampfte die Finger um ihren dunkelroten Cocktail und starrte mit hochgezogenen Schultern auf den Fruchtspieß in Form einer Schlange. Wahrscheinlich bemühte sie sich, nicht laut loszulachen. Ihre Freundin grinste jedenfalls ziemlich schamlos, wenn auch hinter vorgehaltener Hand. »Hey, Laura, willst du ihm nicht antworten, wo er sich schon so etwas Innovatives hat einfallen lassen, um dich anzusprechen?«

Marcus lachte. Das Mädchen war immerhin nicht so auf den Mund gefallen wie er.

***

Laura stand neben Sabrina an der Bar und wartete auf ihren Drink. Seit sie beim Reinkommen den typischen Geruch eingeatmet hatte, der hauptsächlich von den im Raum verteilten Ledersofas ausging, hatte sie sich sofort besser gefühlt, und ihre Anspannung war zum größten Teil verflogen. Das Abendessen mit Oliver war eine Tortur für sie gewesen. Jetzt gab sie sich so gelassen wie möglich und versuchte, Sabrina mit Fröhlichkeit zu begegnen, damit diese ihr nichts anmerkte.

»Eigentlich hätten wir Olli fragen können, ob er mitkommt«, sagte Sabrina. »Schade, dass wir nicht vorhin daran gedacht haben.«

Laura räusperte sich. »Ja, wirklich schade«, heuchelte sie.

Sie war unheimlich erleichtert, dass Sabrina sofort begeistert aufgesprungen und mit ihr gegangen war, als sie vorgeschlagen hatte, sich langsam auf den Weg zu machen. Bevor Oliver reagieren konnte, hatte Laura sich schon verabschiedet und Sabrina mit sich aus dem Restaurant gezerrt. Oliver ihre Nummer zu geben, hatte sie Martin und Elisabeth überlassen.

Sie nahm ihren Cocktail entgegen und bezahlte. Der Geschmack, der durch den bunten Strohhalm in ihren Mund drang, katapultierte sie sofort in ihre Teenagerzeit zurück. Damals war das ihr Lieblingsgetränk gewesen, mal mit Alkohol, mal ohne, Hauptsache, süß und fruchtig. Auch jetzt schmeckte das Saftgemisch ihrem whiskyverwöhnten Gaumen noch wesentlich besser, als sie gedacht hätte, und machte es ihr leichter, den verkrampften Beginn des Abends zu vergessen.

»Ich freue mich jedenfalls, dass es geklappt hat und wir endlich mal wieder Zeit zum Quatschen haben. Wir sehen uns wirklich viel zu selten«, sagte sie an Sabrina gewandt.

»Stimmt. Und ich wollte mich auch noch entschuldigen, weil ich letztens auf deine Mail nicht geantwortet habe. Ich hatte sie auf dem Handy gelesen und dann später vergessen, dass ich noch nicht zurückgeschrieben hatte.« Sabrina nahm ihren Blue Curaçao entgegen und saugte mit zerknirschtem Gesicht an ihrem Strohhalm.

»Nicht weiter schlimm. Ich glaube, wir sind beide ziemlich chaotisch, was das betrifft.« Laura genoss es, dass sie und Sabrina jetzt so gut miteinander auskamen, das war nicht immer so gewesen. Lange Zeit war vielleicht einfach der Altersunterschied zu sehr ins Gewicht gefallen. Doch jetzt war Sabrina zwanzig. »Es war irgendwie einfacher, Kontakt zu halten, als Thomas noch …« Erschrocken verstummte Laura. Sie hatte nicht vorgehabt, ihn zu erwähnen. Sie war sich nicht ganz sicher, wie es Sabrina inzwischen damit ging. Ob sie es ebenso wenig verwunden hatte wie ihre Eltern.

Sabrina lächelte traurig. »… gelebt hat? Ja, das stimmt.« Sie rührte eine Weile in ihrem Cocktail, zog den Spieß heraus und knabberte an einer Kirsche. »Vermisst du ihn eigentlich wirklich noch so sehr?«, fragte sie schließlich leise. »Ich meine, immer wenn ich dich sehe, wirkst du genauso wie direkt nach … nach dem Unfall.«

Laura saugte an ihrem Strohhalm, um nicht sofort antworten zu müssen. Kurz dachte sie darüber nach, ihr tatsächlich die Wahrheit zu sagen. Dass sie Thomas nicht mehr liebte, auch wenn er immer einen festen Platz in ihrem Herzen haben würde. Dass sie nur Martin und Elisabeth nicht verletzen wollte. Nur würde sie Sabrina dann auch den Rest erzählen müssen. Zumindest einen Teil davon. Oder sie konnte lügen und sagen, dass es ihr gutging und sie nichts vermisste. Laura presste die Lippen zusammen. Sie wollte nicht mehr lügen. Und sie vermisste so viele Dinge. Es wäre schön gewesen, mit jemandem darüber reden zu können.

»Ich vermisse schon einiges«, murmelte sie, ohne recht zu wissen, was sie herauspicken sollte. »Es sind mehr Kleinigkeiten. Das Leben, das wir hatten. Was wir zusammen unternommen haben. Das meiste kann ich auch mit meiner Freundin machen, aber es gibt so ein paar Sachen … verstehst du, was ich sagen will?«

Sabrina nickte. »Vollkommen. Das geht mir auch so.«

»Das Ausgehen vermisse ich. Es war so schön, ausgeführt zu werden.« Während sie es sagte, wurde ihr klar, dass Sabrina es vielleicht falsch verstehen könnte. Dass sie nur das bequeme

Leben an Thomas' Seite vermisste. Aber sie erkannte an ihrem mitleidigen Blick, dass sie genau verstand, was Laura meinte. Früher hatte Thomas sie gelegentlich in ein Sterne-Restaurant eingeladen, und Laura hatte das immer sehr genossen. Das Gefühl, umsorgt zu werden, jeden Wunsch von den Augen abgelesen zu bekommen. Für ein paar Stunden alle Sorgen zu vergessen, weil er da war und sich um sie kümmerte. Sie schüttelte den Kopf. Das war vorbei. In ihrer momentanen Situation konnte sie sich solche Dinge nicht leisten, und es war auch nicht abzusehen, dass sich das bald ändern würde. Oder überhaupt jemals. »Vielleicht kommt das ja irgendwann mal wieder«, sagte sie trotzdem und zuckte betont gleichgültig mit den Schultern. Sie war inzwischen viel unabhängiger geworden, und sie mochte es so. Dennoch konnte sie die Sehnsucht nach jenen sorglosen Abenden nicht ganz abschütteln.

Sie saugte noch einmal an ihrem Strohhalm und sah dann auf. Beinahe hätte sie sich verschluckt.

Vor ihr stand Marcus. Und er musterte sie ziemlich unverschämt. So als würde er nach Anhaltspunkten suchen, dass sie Claire war. Sie krampfte die Finger um ihren Cocktail. Hatte er sie etwa erkannt? Schnell senkte sie den Kopf und starrte die aufgespießten Ananasstückchen in ihrem Glas an.

»Kann es sein, dass wir uns schon mal begegnet sind?« Seine dunkle Stimme jagte ihr trotz der Geräuschkulisse der Bar einen wohligen Schauer über den Rücken.

Wie hatte er sie gefunden? Und vor allem, warum? Sie hatte doch deutlich gemacht, dass ein weiteres Treffen nicht in Frage kam. Warum ließ er es nicht einfach auf sich beruhen? Laura unterdrückte ein Stöhnen, als ihr bewusst wurde, dass der Abend jetzt wohl genauso verkrampft weitergehen würde, wie er begonnen hatte. Nur dass es jetzt Marcus war, der ihr Schwierigkeiten machte, und nicht mehr Oliver.

»Hey, Laura, willst du ihm nicht antworten, wo er sich schon so etwas Innovatives hat einfallen lassen, um dich anzusprechen?«

Laura sah auf, direkt in Sabrinas breites Grinsen. Marcus' leises Lachen versetzte ihre Haut in sanfte Schwingungen. Sie bemühte sich um Fassung. Er hatte gefragt, ob sie sich begegnet waren. Das konnte bedeuten, dass er sich nicht sicher war. Hoffentlich. Alles in ihr krampfte sich zusammen. Sie wollte nicht erkannt werden, nicht vor Sabrina und ganz besonders nicht von Marcus. Zum Glück kannte er sie nur als die zynische, wortkarge Claire und nicht als die fröhliche, ausgelassene Laura. Und er hatte noch nie ihr Gesicht gesehen. Vielleicht konnte sie ihn täuschen, wenn sie nur selbstsicher genug auftrat. Etwas zu spät stimmte sie in das Lachen ein und erlaubte sich endlich, Marcus richtig anzusehen.

Sein Anblick verschlug ihr beinahe den Atem. Sie hatte vergessen, wie attraktiv er war. Er trug eine schwarze Stoffhose und dazu ein weißes Hemd, aber keine Krawatte. Sie musste sich beherrschen, um nicht unwillkürlich die Augen zu schließen, als ihr sein Geruch in die Nase stieg. Herb und männlich. Sofort kam die Erinnerung zurück, die sie eigentlich gar nicht haben durfte. Der Nachhall seiner Haut auf ihrer. Nein. Der Sex mit ihm war genauso gewesen wie mit allen anderen auch. Wenn das stimmte, warum spürte sie dann jetzt noch, wie er sich in ihr anfühlte? Warum löste die Erinnerung ein Kribbeln in ihr aus, obwohl derselbe Gedanke sie bei Oliver völlig kaltgelassen, ja, sie sogar angewidert hatte?

Sie musste noch immer das strahlende Lächeln auf dem Gesicht haben, als sie ihm antwortete, denn ihre Wangen fühlten sich an wie festgefroren. »Natürlich bekommt er eine Antwort, und zwar eine, die zu seiner Frage passt.« Sie zwang sich zu einem Kichern, das in ihren Ohren schrill und unnatürlich klang. »Nein, wir kennen uns nicht. Und ich habe auch nicht vor, das zu ändern.«

Er sollte bloß verschwinden, auf keinen Fall wollte sie mit ihm reden.

Nur ließ Marcus sich offensichtlich nicht so leicht abwimmeln. Er grinste jungenhaft. »Was denn, findest du etwa nicht, dass meine Frage von Intelligenz und Kreativität zeugt?«

Das Lächeln, das sich jetzt auf Lauras Lippen schlich, war echt. Mist. Sie hatte schon wieder vergessen, wie schwer es war, ihn wütend zu machen oder zu beschämen. Und wie sehr sie es mochte, wenn ein Mann in der Lage war, über sich selbst zu lachen, anstatt sich in seiner Männlichkeit gekränkt zu fühlen. Laura rief sich zur Ordnung. Sie durfte nicht zulassen, dass er sie um den Finger wickelte.

»Vielleicht willst du ja noch mal in Ruhe darüber nachdenken und später einen neuen Versuch wagen? So in drei bis vier Stunden?« Viel deutlicher konnte sie wirklich nicht werden, ohne ihm direkt zu sagen, dass er verschwinden sollte.

Marcus zwinkerte nur gutmütig und zuckte mit den Schultern. »Ich fürchte, das würde auch nichts ändern.« Er beugte sich ein wenig zu ihr, verschwörerisch, so als wollte er ihr ein Geheimnis anvertrauen. »Es könnte sogar sein, dass es die Sache noch schlimmer macht. Vielleicht käme ich dann noch auf die geniale Idee, mir im Internet Hilfe zu suchen, auf ›www.grauenhaftschlechteanmachsprüche.de‹ oder so. Glaub mir, das willst du nicht.«

»Schlechter kann es doch kaum werden«, sagte Laura und erschrak trotz allem, weil sie so sarkastisch und abweisend klang. Natürlich wollte sie ihn loswerden, aber sie musste auch ihre Rolle spielen und durfte sich nicht zu sehr wie Claire anhören. Für den Fall, dass er wirklich geglaubt hatte, sie erkannt zu haben.

Marcus lächelte jetzt nicht mehr. Er betrachtete sie mit verengten Augen, als ob er nach etwas suchte. Oder als ob er sie sich in einem aufreizenden schwarzen Kleid und mit Maske vorstellte. Laura fluchte innerlich und erinnerte sich daran, dass es nicht ihr Ziel war, ihn möglichst schnell loszuwerden, sondern ihn davon zu überzeugen, dass sie nicht Claire war. Sarkastische Kommentare waren der falsche Weg.

»Okay, das nehme ich zurück«, sagte sie betont fröhlich. »Mir ist gerade dieser grausige Spruch mit dem Engel eingefallen, der vom Himmel gestürzt ist. Ich glaube, das muss der absolute Tiefpunkt sein.«

»Ich würde mich lieber in der Hölle rösten lassen, als so einen Spruch zu verwenden«, sagte Marcus in gespieltem Entsetzen.

Laura schürzte die Lippen. »Natürlich würdest du das. Das wäre schließlich auch viel spannender, als mit einem Engel anzubandeln. Noch dazu mit einem, der so dumm ist, vom Himmel zu fallen.«

»Sprichst du aus Erfahrung?«

Sie senkte kokett die Augenlider. »Wer weiß?« Sie bemerkte, dass es ein Fehler war, noch während sie es sagte. Das amüsierte Funkeln in Marcus' Augen machte einem Ausdruck von Interesse Platz. So war das nicht geplant gewesen. Marcus sollte merken, dass sie nicht Claire war, und dann verschwinden. Er sollte sich nicht für sie interessieren. Aber ihm jetzt eine Abfuhr zu erteilen, würde wahrscheinlich alles noch schlimmer machen. Sie brauchte einen guten Grund, um ihn stehenzulassen. Einen höflichen, freundlichen Grund. Einen, der sie nicht verdächtig machte. Nur dass ihr nichts einfiel. Und warum sagte eigentlich Sabrina nichts?

»Sabrina?« Laura drehte sich nach ihrer Schwägerin um. Sie war nicht mehr da. *Verdammt*. Bei all ihren Versuchen, Marcus zu täuschen, hatte sie Sabrina völlig vergessen. Wahrscheinlich war sie mit jemandem ins Gespräch gekommen, und die Menschenmenge hatte sie abgedrängt. Vielleicht war sie auch zur Bar gegangen, um sich etwas zu trinken zu holen. An der Theke war allerdings keine Spur von ihr zu entdecken. Unruhig drehte Laura den Kopf in alle Richtungen.

»Sie ist da drüben«, sagte Marcus und deutete auf eine dunkle Ecke hinter Laura.

Hastig drehte Laura sich um und starrte in die Schatten. Sie war kleiner als Marcus und hatte es schwerer, an den vielen Menschen vorbei etwas zu sehen. Trotzdem erspähte sie Sabrinas platinblonde Haare. Erleichtert atmete sie auf, bis sie bemerkte, dass Sabrina nicht allein war. »Moment, das muss ich mir ansehen.«

»Ich glaube, sie ist alt genug, um auf sich selbst aufzupassen, meinst du nicht?«, sagte Marcus sanft. Er schien zu glauben, dass Laura nur einen Vorwand suchte, um sich ihm zu entziehen. Und damit hatte er ja auch recht. Ein wenig zumindest. »Ich will nur sichergehen, dass der Kerl in Ordnung ist, ich habe meinen Schwiegereltern versprochen, auf sie achtzugeben.« Sie versuchte, in der Dunkelheit etwas zu erkennen. Es war eindeutig ein Mann, der neben Sabrina auf dem Sofa saß, und ihre Knie berührten sich.

»Deine Schwiegereltern?«, hörte sie Marcus am Rande ihres Bewusstseins fragen.

»Ex-Beinahe-Schwiegereltern. Es ist kompliziert.« Laura überlegte, wie sie den Typen neben ihrer Schwägerin in Augenschein nehmen konnte, ohne Sabrina völlig in Verlegenheit zu bringen.

»Dann bist du nicht verheiratet?«

»Nein«, sagte Laura, bevor sie darüber nachdenken konnte. Im nächsten Moment hätte sie sich am liebsten geohrfeigt. Es wäre die perfekte Ausrede gewesen, die Lösung all ihrer Probleme. Sicher war er keiner, der sich mit glücklich verheirateten Frauen einließ. Doch jetzt war es zu spät, jetzt konnte sie nicht mehr zurück. Sie schob ihren Ärger weg. Im Augenblick war der Kerl neben Sabrina wichtiger. »Wie mache ich das jetzt am besten?«, fragte sie sich halblaut selbst.

»Du könntest ihn fragen, ob ihr euch schon mal begegnet seid.«

Laura konnte nicht anders, sie lachte. »Mach du das lieber, das ist doch deine Spezialität!«

»Warum nicht, wenn dir so viel daran liegt.« Bevor Laura es sich versah, hatte Marcus ihre Hand genommen und zog sie auf das Sofa zu. Für einen Moment machte die Wärme seiner Haut auf ihrer sie benommen und rief erneut Erinnerungen in ihr wach, die sie jetzt wirklich nicht gebrauchen konnte.

Marcus war stehen geblieben, seine Fußspitzen berührten beinahe die des Kerls, der neben Sabrina saß.

»Hey, warst du nicht letzte Woche bei uns im Hochseilgarten? Du weißt schon, Teamtraining.«

Laura hätte beinahe losgeprustet. Hochseilgarten? Teamtraining? Wie kam er plötzlich auf so was? Sie nahm kaum wahr, was der andere antwortete, während sie ihn in Ruhe von oben bis unten musterte. Sie schätzte ihn etwas jünger als sich selbst ein, fünfundzwanzig vielleicht. Er hatte blonde Haare, ein sehr einnehmendes Lächeln und eine angenehme Stimme. Wäre sie heute auf der Suche nach einem One-Night-Stand gewesen, hätte sie ihn vielleicht angesprochen. Sie nickte zufrieden. Mit dem konnte sie Sabrina ruhigen Gewissens alleine lassen. Außerdem hatte Marcus recht, Sabrina war alt genug, um auf sich aufzupassen, und jetzt, da Laura ihrer Pflicht Genüge getan hatte, wollte sie sie nicht weiter stören. Sabrina schaute schon etwas komisch. Als sie sah, dass

Marcus Lauras Hand in der seinen hielt, legte sie fragend die Stirn in Falten.

Laura deutete ein Kopfschütteln an, lächelte Sabrina kurz an, um ihre Zustimmung wegen des Blonden zu signalisieren, und zog dann an Marcus' Hand, damit er aufhörte, den armen Kerl mit irgendwelchen Klettergeschichten zuzuquatschen.

»Ich hole mir noch was zu trinken«, sagte sie. »Kommst du mit?« Sie hatte sich bereits damit abgefunden, dass sie Marcus heute Abend nicht mehr loswerden würde. Nicht, bis ihre Schwägerin bereit war, von hier zu verschwinden. Oder bis sie ihr zu verstehen gab, dass sie alleine nach Hause fahren sollte.

Marcus nickte und folgte ihr an die Bar. Erst als der Barkeeper ihr einen weiteren Cocktail hinstellte und sie danach greifen wollte, wurde ihr bewusst, dass sie noch immer Marcus' Hand hielt. Es fühlte sich gut an, völlig natürlich, so als wären sie es gewohnt, so als gehörten sie zusammen. Hastig riss Laura sich los. »Ich muss zahlen.« Marcus' Lippen verzogen sich für einen winzigen Moment zu einem wissenden Lächeln, bevor er sich an den Barkeeper wandte und einen Scotch bestellte.

»Da drüben ist noch ein Sofa frei«, sagte er, als er seinen Scotch bekommen hatte, und deutete auf eine schummrige Ecke.

Laura verschluckte sich an ihrem Cocktail. Allein die Vorstellung, so nah neben ihm zu sitzen, seine Wärme zu spüren und vielleicht irgendwann seinen Arm um ihre Schultern, machte sie atemlos. »Oh, äh, ich würde lieber hier an der Bar sitzen«, hustete sie und zog sich hastig auf einen der Barhocker. »Da kann ich Sabrina ein bisschen im Auge behalten.«

»Dann ist die Inspektion nicht zufriedenstellend verlaufen?«, fragte er, während er sich ebenfalls einen Hocker heranzog.

»Oh doch, schon, er kommt mir sehr nett vor.« Laura biss sich auf die Lippen. Wie konnte er sie so in die Enge treiben, wollte er etwa, dass sie ihn vor den Kopf stieß und ihm rundheraus sagte, dass sie nicht mit ihm auf dem Sofa sitzen wollte? Dabei wollte sie es ja, sie konnte es nur nicht riskieren. Oder hatte er etwa immer noch den Verdacht, sie könnte vielleicht Claire sein? Sie überlegte fieberhaft. Claire wollte niemals etwas von den Fremden wissen. Vielleicht reichte es, ihm ein paar Fragen zu stellen, wenn sie ihn von seinem Verdacht ablenken wollte.

»Wie bist du nur auf die geniale Idee mit dem Hochseilgarten gekommen?«

»Ich fürchte, das ist nicht so genial, wie du denkst. Das ist tatsächlich mein Beruf.«

Laura starrte ihn an. »Du bist Hochseilgartenführer?«

Marcus zuckte mit den Schultern. »Auch. Ich habe zumindest eine Ausbildung gemacht. Aber mein eigentlicher Job ist es, Hochseilgärten zu entwerfen und zu bauen. Geschäftskontakte herzustellen, so was eben.«

Laura verkniff sich ein lahmes »wie spannend«, obwohl sie es wirklich interessant fand. In ihrer Agentur hatte es damals einen Teamtrainingstag in einem Hochseilgarten gegeben, zu dem sie nicht hatte mitfahren können. »Ich wollte das schon immer mal machen!«, platzte sie heraus. Hätte sie doch lieber gesagt, wie spannend sie seinen Job fand. Das wäre eine weniger gute Vorlage gewesen. Sie konnte nur hoffen, dass er darauf mit einem Witz antworten würde. So etwas wie: »Was wolltest du schon immer? Einen Hochseilgarten bauen?« Leider tat er ihr den Gefallen nicht.

Seine Mundwinkel zuckten, als wüsste er genau, was sie dachte. Vielleicht konnte er es ihr wirklich ansehen, immerhin hatte er ihre Masche bei ihrer ersten Begegnung auch sehr schnell durchschaut. »Dann komm doch mal vorbei. Ich führe dich gern herum.«

Er griff in seine Hosentasche, zog eine Visitenkarte heraus und reichte sie ihr. Am liebsten hätte sie ihn angeknurrt, dass er sich seine Karte sonst wohin stecken konnte, aber das hätte ihn bestimmt nur wieder misstrauisch gemacht. Sie setzte also ihr liebenswürdigstes Lächeln auf und nahm ihm mit spitzen Fingern die Karte aus der Hand, um ihn ja nicht zu berühren. »Oh wirklich? Das wäre ja ganz phantastisch«, quietschte sie.

Er hob eine Augenbraue.

Verdammt, zu viel. Etwas weniger falscher Enthusiasmus hätte es auch getan. Sie räusperte sich. »Ich meine, das ist wirklich nett, ich komme bestimmt darauf zurück«, sagte sie in normalem Tonfall und nahm sich vor, die Karte sofort zu entsorgen, sobald sich die Gelegenheit bot. Sie schob sie in ihre kleine Handtasche, ohne sie sich anzusehen, und hoffte, dass er es nicht bemerkte. Sie wollte nichts weiter über ihn wissen, nicht mehr, als unbedingt sein musste. Und sein Nachname musste wirklich nicht sein.

Laura beschloss, dass sie sich jetzt interessiert genug gegeben hatte. Sie sprang von ihrem Stuhl auf, bevor das Gespräch richtig persönlich werden konnte. »Frische Luft?« Sie deutete in Richtung der Dachterrasse. Auf dem Weg dahin konnte sie auch einen Blick auf das Sofa werfen, auf dem Sabrina saß.

»Das ist doch nur eine Ausrede, um nach deiner Ex-Beinahe-Schwägerin zu sehen.«

Lauras Wangen wurden heiß. Wieso wusste er immer so genau, was sie dachte? »Und wenn? Ist das verboten? Vielleicht will sie mir ja sagen, dass sie gehen will.« Sie ließ ihn stehen und ging ihm voraus. Drängte sich ihm voraus, besser gesagt. Die Menge war immer noch ziemlich dicht. Die Musik war jetzt etwas lauter, und an einigen Stellen schwappte die Menge hin und her, wo die Menschen angefangen hatten zu tanzen.

Das Sofa war leer, als Laura sich daran vorbeischob. Sabrina war verschwunden. Laura erwog kurz, sie zu suchen. Sie drehte sich um, aber die wogende Menge schob sie weiter auf die Terrasse zu. Es hatte keinen Zweck, Sabrina hier drin finden zu wollen. Wenn sie noch in der Bar war, gab es wahrscheinlich sowieso keinen Grund zur Sorge. Und wenn sie nach draußen gegangen war, würde sie vielleicht ihr Handy hören. Laura befreite sich aus der Menge und stolperte auf die Dachterrasse. Auch dort war es ziemlich voll. Trotzdem fand Laura ein kleines Plätzchen am umlaufenden Edelstahlgeländer, an das sie sich lehnen konnte. Marcus war nur wenige Schritte hinter ihr.

Laura holte ihr Smartphone aus der Tasche und rief Sabrina an. Das Freizeichen ertönte, aber niemand hob ab. Laura ließ es klingeln, bis die Mobilbox dranging. Sie legte auf und runzelte besorgt die Stirn.

»Was ist?«, fragte Marcus.

»Sie geht nicht ran.« Ein ungutes Gefühl machte sich in ihr breit. »Es klingelt, sie hat es also nicht abgeschaltet. Warum geht sie nicht ran?«

»Vielleicht hat sie gerade was Besseres zu tun, als mit ihrer Schwägerin zu reden.« Marcus zwinkerte.

»Sehr witzig.« Insgeheim musste sie ihm jedoch recht geben. Sie wäre schließlich mitten in einem One-Night-Stand auch nicht an ihr Handy gegangen. Seufzend lehnte Laura sich an das Geländer. Die Terrasse befand sich auf einer Art großem, rechteckigem Erker, so dass sie von hier aus senkrecht nach unten sehen konnte. Direkt auf den Bürgersteig vor dem Haus, wo der Eingang zur Bar lag.

Der Bürgersteig war von der grünen Schlange über der Eingangstür hell erleuchtet, so dass Laura trotz der Dunkelheit einiges erkennen konnte. Obwohl der Abend schon fortgeschritten war, waren immer noch ziemlich viele Leute unterwegs. Natürlich, am Samstagabend ging es um diese Uhrzeit erst richtig los. Für manche war das Vergnügen allerdings auch bereits zu Ende. Zwei Typen wankten Arm in Arm vorbei, und in der Nähe des Eingangs hing eine Frau am Hals eines Mannes. Sie musste ziemlich viel getrunken haben, denn ihre Haare hingen ihr ins Gesicht, und sie rührte sich kaum. Moment. Laura verengte die Augen. Ihre Haare waren platinblond.

»Das gibt's doch nicht.« Sofort wählte sie noch einmal Sabrinas Nummer. Auf Marcus' fragenden Blick hin deutete sie nach unten. Er runzelte die Stirn.

Sabrina ging wieder nicht ans Telefon. Laura legte auf. Wenn das wirklich Sabrina war, warum hing sie dann so schlapp an diesem Kerl? Sie konnte doch unmöglich in der kurzen Zeit so viel getrunken haben. Und warum ging sie nicht an ihr Handy? Laura wählte noch einmal. Der Typ, der Sabrina im Arm hielt, sah sich nervös um. Dann griff er in Sabrinas Jackentasche und holte etwas heraus. In Lauras Ohr ertönte ein Klicken. »Der Besitzer dieses Anschlusses ist zurzeit nicht erreichbar.« Laura sog scharf die Luft ein. »Ich fass es nicht! Er hat mich weggedrückt.« Und Sabrina hatte es nicht einmal mit der kleinsten Bewegung zur Kenntnis genommen. »Da stimmt doch was nicht!«

Marcus nickte grimmig. »Allerdings, das sehe ich auch so. Komm.« Er packte ihre Hand und zog sie durch die Menschenmenge hindurch zum Ausgang. Draußen ließ er den Aufzug links liegen und hastete zur Treppe. Er hatte Lauras Hand losgelassen und stürmte ihr voraus. Laura bemühte sich, Schritt zu halten, doch in ihren hohen Schuhen konnte sie die Stufen nicht so schnell nehmen wie er. Das Herz schlug ihr bis zum Hals. Sie durfte gar nicht daran denken, was passieren konnte, wenn sie nicht rechtzeitig unten waren. Sicher hatte der Kerl Sabrina betäubt, hatte ihr irgendetwas in den Drink getan, um sie sich gefügig zu machen. Laura stolperte die letzten Stufen ins Erdgeschoss hinunter. Vor ihr fiel gerade die Eingangstür ins Schloss, und von Marcus war nichts mehr zu sehen. Hoffentlich erwischte er sie noch. Laura knickte beinahe um, konnte sich aber noch fangen. Sie riss die Tür auf. Kalte Luft strömte ihr entgegen. Sie stürzte auf den Bürgersteig hinaus und blieb wie angewurzelt stehen. Ein schwarzer SUV hatte an der Straße gehalten. Sie sah, dass der blonde Typ von vorhin gerade dabei war, Sabrina hineinzuschieben, und auch, dass sich von innen ein weiterer Mann herausbeugte, um sie entgegenzunehmen. Laura schrie entsetzt auf.

»Sabrina!«

In diesem Moment erreichte Marcus das Auto und ging dazwischen. Er stellte sich vor die Autotür, sagte irgendetwas und deutete auf Sabrina. Laura zwang sich, sich wieder in Bewegung zu setzen.

»Verschwinde, das geht dich gar nichts an«, knurrte der Blonde, den Laura kurz zuvor noch so sympathisch gefunden hatte. Als sie den Ausdruck in seinem Gesicht sah, überlief sie ein Schauer.

Marcus lächelte kalt. »Und ob mich das was angeht.« Wie konnte er nur so ruhig bleiben? Laura war schlecht vor Angst. Immerhin waren die Typen zu dritt, den Fahrer gab es ja auch noch.

»Ganz schön dreist, hier mitten auf der Leopoldstraße, findest du nicht?«, fragte Marcus gerade. »Und jetzt lass sie los.«

Die unausgesprochene Drohung vibrierte in der Luft. Laura schloss kurz die Augen und versuchte, ihre Angst hinunterzuschlucken. Stattdessen traten ungebetene Bilder in ihren Kopf. Wie sie über ihn herfielen, zu dritt. Wie sie auf ihn einschlugen, bis er am Boden lag. Er hätte keine Chance. Sie musste etwas tun. Mit zitternden Fingern zog Laura ihr Handy heraus und tippte verzweifelt auf dem Bildschirm herum. Musste sie sich gerade jetzt vertippen?

»Ja, Giselastraße, Ecke Leopoldstraße. Drei Typen, die wollen eine junge Frau mitnehmen«, rief jemand neben ihr.

Laura sah auf. Neben ihr stand eine ältere Frau mit einem Handy in der Hand. Sie musste die Polizei gerufen haben. Laura schloss erleichtert die Augen und atmete auf. Sie hörte nicht, was die Frau noch sagte, sondern stopfte ihr Handy wieder in die Tasche. Jetzt konnte sie nur hoffen, dass sie schnell kommen würden. Die Wache war in der Nähe, vielleicht hatten sie Glück.

»Glaubst du wirklich, du kannst dich mit uns anlegen?«

Ein paar Menschen waren stehen geblieben. Ob sie im Ernstfall eingreifen würden? Laura drängte sich hindurch. Sie konnte Marcus jetzt nicht alleine lassen.

»Lass sie endlich los«, knurrte Marcus.

»Sonst was?«

Eine Polizeisirene heulte auf und ersparte Marcus die Antwort. Sie erkannte Erleichterung in seinem Gesicht. Der Blonde nutzte den Augenblick, in dem Marcus abgelenkt war, und wollte Sabrina ins Auto schubsen. Laura schrie auf. Marcus riss ihn an der schwarzen Lederjacke zurück und schlug ihm mit der geballten Faust ins Gesicht. Der Blonde war nicht bewusstlos, aber er stolperte rückwärts und fiel zu Boden. Das gab Marcus gerade genug Zeit, Sabrina aus dem Auto zu zerren, bevor einer der Komplizen die Tür zuknallte. Laura rannte zu Marcus und half ihm, Sabrina zu stützen. Reifen quietschten, und dann raste der schwarze SUV davon.

»Scheißkerle!«, brüllte der Blonde, der sich gerade wieder aufrappelte. »Das kriegt ihr zurück!«

Nur am Rande nahm Laura wahr, wie ein Streifenwagen mit Blaulicht vor ihnen hielt und zwei Polizisten ausstiegen. Einer von ihnen stürzte sich auf den Blonden, den anderen fing Marcus ab, um ihm die Situation zu schildern. Sie wandte sich an Sabrina. Selbst im Neonlicht der leuchtend grünen Schlange über dem Eingang der Bar wirkte sie leichenblass.

»Sabrina?« Sie schüttelte sie vorsichtig. Bewusstlos war sie nicht. Allerdings war Laura sich auch nicht sicher, wie viel sie wirklich mitbekommen hatte. Sie hatte die ganze Zeit nichts gesagt.

»Laura?« Ihre Stimme war leise und die Worte kaum verständlich. »Ich wollte mit ihm … nach Hause … er war so nett … was ist passiert?« Sie begann, unkontrolliert zu zittern. Allmählich drang wohl zu ihr durch, dass etwas ganz und gar nicht in Ordnung war.

Laura zog Sabrina noch fester an sich. »Ganz ruhig. Nichts ist passiert. Jetzt ist es ja vorbei.« Es klang heiser und tränenbelegt, als wäre sie selbst das Opfer gewesen und nicht Sabrina. Wenn sie nicht rechtzeitig da gewesen wären, wenn Marcus nicht so schnell geschaltet hätte … Laura mochte sich gar nicht vorstellen, was die Kerle mit Sabrina angestellt hätten. Zu dritt. »Verdammt, was für miese Schweine«, flüsterte sie.

Sabrina legte das Gesicht in die Hände, und ihre Schultern begannen zu zucken, als die Anspannung sich in Tränen Bahn brach. Lauras Knie zitterten immer noch. Auch ihr saß der Schock tief in den Knochen, und eine Eiseskälte durchdrang sie bis ins Mark. Es war noch mal gutgegangen, Sabrina war nichts passiert, aber das war nicht Lauras Verdienst. Herrgott, sie hatte den Typen abgenickt, hatte ihn für ungefährlich und nett gehalten. Laura schloss die Augen und vergrub ihr Gesicht in Sabrinas Haaren. Wie hatte sie sich nur dermaßen täuschen können? Wie hatte *er* sie dermaßen täuschen können? Gerade sie, die alle paar Wochen einen völlig Fremden ansprach, um ihn mitzunehmen. Sie hatte geglaubt, eine gute Menschenkenntnis zu besitzen, ein geschultes Auge dafür, ob ein Mann gefährlich war. Gott, wie überheblich sie gewesen war! Laura presste Sabrina fester an sich, um ihr eigenes Zittern zu unterdrücken, als sie an all die Male dachte, die sie sich auf ihr Gefühl verlassen hatte. All die Male Sex mit fremden Männern. Natürlich hatte sie über die Gefahren nachgedacht, aber sie hatte geglaubt, die Situation im Griff zu haben. Wie unglaublich naiv sie gewesen war.

»Vielleicht wäre es möglich, die Vernehmung erst morgen durchzuführen?«, hörte sie eine dunkle Stimme, die sich langsam näherte. Sie sah auf. Marcus kam in Begleitung eines Polizeibeamten auf sie zu. Natürlich, sie würden eine Aussage machen müssen. Laura wurde ganz anders bei dem Gedanken, jetzt mit auf die Wache zu müssen. Sie wollte einfach nur nach Hause und versuchen, sich mit einer heißen Dusche den Schreck aus den Gliedern zu spülen. Der Beamte betrachtete sie kurz; das Häufchen Elend in Lauras Armen, das Sabrina war, und Laura selbst, die sich nur mühsam aufrecht halten konnte.

Bedauernd schüttelte er den Kopf. »Nein, tut mir leid. Wir müssen sie gleich vernehmen und die Spuren sichern. Vielleicht muss die junge Dame hier auch medizinisch versorgt werden.« Er deutete auf Sabrina. Natürlich, es war sicher besser, wenn sie zur Beobachtung eine Nacht im Krankenhaus blieb. Wer wusste schon, was dieser Kerl ihr gegeben hatte?

Wie im Nebel ließ Laura die Prozedur über sich ergehen. Erst als sie einige Stunden später sicher im Taxi saß, fiel ihr auf, dass sie völlig vergessen hatte, sich bei Marcus zu bedanken.

Kapitel 6

Marcus klopfte sich die Hände an seiner Jeans ab und öffnete dann den Karabinerhaken, um sich von der Sicherungsschiene abzuhängen. Er sah nach oben, auf die hohen Bäume, zwischen denen sich Seile und Leitern spannten, und sog zufrieden die frische Waldluft ein, die trotz der Sommerhitze hier angenehm kühl war. Das war einer der Gründe, warum er Waldseilgärten besonders mochte. Man wurde nicht von der Sonne gebraten, während man auf einem Seil balancierte, sondern konnte sich im Schatten der Baumkronen ganz auf die Übungen konzentrieren.

»Wir sind dann fertig, oder?« Sein Partner Robert sah ihn fragend an.

»Ja. Du kannst ruhig schon gehen. Den Bericht mache ich.«

Robert nickte, hob eine Hand zum Abschied und wandte sich dem Tor zu. Der Hochseilgarten gehörte ihnen gemeinsam, seit Marcus jedoch angefangen hatte, Hochseilgärten für Kunden zu entwerfen und zu bauen, hatte Robert die Leitung übernommen. Heute hatte er Marcus dabei geholfen, die regelmäßig erforderliche Sicherheitsprüfung vorzunehmen. Um das Tageslicht für die Überprüfung nutzen zu können, hatten sie den Hochseilgarten früher geschlossen, und jetzt war Marcus alleine. Einen Moment genoss er die Stille. Er mochte es, neue Anlagen zu entwerfen, passende Grundstücke zu finden und mit den Kunden zu verhandeln. Trotzdem vermisste er manchmal die Anfangszeit, in der er täglich im Wald gewesen war. Deswegen hatte er die Sicherheitsüberprüfungen auch noch nicht an einen ausgebildeten Mitarbeiter weitergegeben, sondern nahm sie selbst vor, wenn es zeitlich möglich war.

Während er zu der Holzhütte neben dem Eingang des Waldseilgartens ging, um noch seinen Prüfbericht abzutippen, zog er sein Privathandy heraus und warf einen kurzen Blick darauf. Kein entgangener Anruf. Keine SMS. Wirklich damit gerechnet hatte er natürlich nicht. Sie hatte sich seine Karte ja nicht mal angesehen, hatte sie vielleicht sogar im Hotel liegengelassen. Und eigentlich hatte er längst beschlossen, sich Claire aus dem Kopf zu schlagen.

Er setzte sich an den Schreibtisch, klappte seinen Laptop auf und begann, die Daten einzugeben. Wenn es keine Beanstandungen gab, war das innerhalb weniger Minuten erledigt. Marcus klickte gerade auf »speichern«, als er das Geräusch von Reifen auf Kies hörte. Er runzelte die Stirn. Hatte Robert vielleicht etwas vergessen? Er stand auf, fuhr noch schnell den Computer herunter und trat dann aus der Hütte. Es war immer noch hell, und auch wenn die Julisonne schon etwas an Kraft verloren hatte, würde es noch eine Weile dauern, bis die Dämmerung einsetzte.

Marcus wandte sich zum Parkplatz und erwartete, dort Roberts roten Pick-up stehen zu sehen. Stattdessen parkte vor dem Zaun ein Fiat, der aussah, als würde er auseinanderfallen, wenn man ihn zu genau betrachtete. Wer kam denn um diese Uhrzeit noch hierher? Selbst wenn der Hochseilgarten wegen der Inspektion nicht früher geschlossen hätte, wären die normalen Öffnungszeiten jetzt schon vorbei. Er ging auf das Tor zu. Vielleicht nur jemand, der den Parkplatz nutzte, um im Wald einen Abendspaziergang zu machen?

»Wir haben bereits geschlossen«, sagte er trotzdem, als er

sah, dass die Autotür sich öffnete, und wollte sich schon wieder abwenden.

»Wie schade, ich hatte gehofft, eine kleine private Führung zu bekommen.«

Marcus hielt inne und drehte sich dann wieder zum Tor um. Sie war es. »Laura!« Er bemühte sich, nicht zu überrascht zu wirken. Er hatte wirklich nicht damit gerechnet, dass sie sein Angebot wahrnehmen würde, ihr den Hochseilgarten zu zeigen.

»Deine Kollegin im Büro hat mir gesagt, dass du hier bist. Ich hoffe, es ist okay, dass ich einfach hergekommen bin, ohne Bescheid zu sagen.«

»Natürlich, ich freue mich.« Während er auf das Tor zuging, um sie hereinzulassen, merkte er, dass es nicht nur eine leere Floskel war. Er freute sich wirklich, sie zu sehen. In der Bar hatte er ihre Gesellschaft sehr genossen, und mit ihrer fröhlichen Art und Schlagfertigkeit hatte sie geschafft, woran er gescheitert war: Sie hatte Claire für einige Stunden aus seinen Gedanken vertrieben. Wie leicht ihr das gelungen war, wunderte ihn immer noch, denn er war eigentlich nicht der sprunghafte Typ. »Möchtest du, dass ich dir ein bisschen was zeige? Es bleibt noch eine Weile hell, einen kurzen Parcours könnten wir noch machen.«

Sie sah auf ihre Fußspitzen. »Eigentlich bin ich wegen etwas anderem hier.«

Er musterte sie prüfend. Ihre Hände waren ineinander verkrampft und ihre Schultern hochgezogen. »Okay, dann … möchtest du vielleicht etwas trinken?«

Sie schüttelte den Kopf und blickte ihn an. »Ich bin nur gekommen, um mich zu bedanken.«

Marcus runzelte die Stirn. Deswegen war sie so weit gefahren? Nur um sich zu bedanken?

»Ich weiß, ich hätte auch anrufen können, aber ich wollte das lieber persönlich machen.« Sie schenkte ihm ein schüchternes Lächeln. Sie wirkte anders als letzten Samstag, nicht so fröhlich und ausgelassen. Wahrscheinlich saß ihr der Schreck immer noch in den Knochen. Er konnte es ihr nicht verdenken.

»Also, danke. Wenn du nicht da gewesen wärst …« Sie lächelte zittrig.

»Das ist doch selbstverständlich.«

»Vielleicht. Trotzdem würde ich mich gerne erkenntlich zeigen.«

Enttäuschung machte sich in Marcus' Magengrube breit. War sie wirklich nur deshalb hier? »Nein, schon gut, das ist nicht nötig«, brummte er.

Sie biss sich auf die Unterlippe, und Marcus spürte plötzlich das Verlangen, mit einer Fingerspitze darüberzufahren, um zu testen, ob sie sich so weich anfühlte, wie sie aussah. Unwillkürlich stellte er sich vor, wie es wäre, sie zu küssen.

»Bitte«, sagte sie. »Ich möchte es.«

Er brauchte einen Moment, um zu verstehen, dass sie nicht den Kuss meinte. »Und was hast du dir vorgestellt?« Vielleicht wollte sie ihn ja auf einen Drink einladen. Dagegen hätte er jedenfalls nichts einzuwenden.

Sie zuckte ein wenig hilflos mit den Schultern. »Ehrlich gesagt, noch nichts. Ich dachte, vielleicht könnte ich dir irgendeinen Gefallen tun. Ich mache Webdesign. Könnte ich dir damit irgendwie helfen?«

Marcus schüttelte den Kopf. »Wir haben jemanden, der das alles für uns macht.«

»Tja, dann …« Ein wenig ratlos trat sie nach einem Stein. Dann sah sie auf. »Ich fürchte, es zählt nicht als erkenntlich zeigen, wenn ich mich von dir hier herumführen lasse, oder?«

Das war vielleicht sogar noch besser, als mit ihr etwas trinken zu gehen. »Warum nicht? Ich fände es sehr nett, wenn du mir die Gelegenheit geben würdest, dir meinen Hochseilgarten zu zeigen.«

»Irgendwie komme ich mir gerade vor, als würdest du mir jetzt auch noch einen Gefallen tun, zusätzlich dazu, dass du uns geholfen hast.«

»Das Gefühl vergeht, sobald ich anfange, dich mit Fakten zum Thema Hochseilgartendesign zu langweilen. Keine Sorge.«

Ein Lächeln schlich sich auf ihre Lippen, und ihre Schultern entspannten sich etwas. »Gut, dann … danke.«

Marcus musterte sie von oben bis unten. Sie trug ein grünes T-Shirt, das sich eng an ihren Oberkörper schmiegte und wenig von ihrer Figur verbarg. Schnell wandte er seinen Blick von ihren Brüsten ab, die sich unter dem dünnen Stoff deutlich abzeichneten. Nicht, dass er noch auf dumme Gedanken kam. Stattdessen musterte er ihre Hose. Sie war ziemlich kurz und schwarz und brachte ihre langen Beine hervorragend zur Geltung. Marcus schluckte, als er sich vorstellte, wie es wäre, die nackte Haut zu streicheln, mit seinen Fingern unter den Rand der Hose zu fahren und sie ein wenig hochzuschieben, bis …

»Bist du bald fertig?«

Marcus riss seinen Blick von der verführerischen Rundung ihrer Schenkel los und sah in ihr nicht weniger verführerisches Gesicht. Fertig? Nein, noch lange nicht. Er räusperte sich. »Entschuldige, ich habe nur deine Kleidung inspiziert.«

»Das habe ich gemerkt.« Der spöttische Tonfall in ihrer Stimme war deutlich zu hören.

Marcus schüttelte in gespielter Entrüstung den Kopf. »Was hältst du denn von mir? Ich habe nur überprüft, ob die Kleidung für den Waldseilgarten geeignet ist.«

»Na sicher.« Sie schnaubte.

Marcus grinste. »Wirklich. Deine Schuhe sind in Ordnung. Deine Hose ist schon fast zu kurz, aber es müsste reichen, damit der Gurt nicht auf der Haut aufliegt. Warte.«

Er ging zum Schrank mit der Kletterausrüstung und holte einen Hüftgurt und einen Brustgurt heraus. Er half ihr in den Brustgurt und hielt ihr dann den Hüftgurt hin. Sie nahm ihn entgegen und machte ein etwas ratloses Gesicht. »Wie gehört das denn? Ich hab so etwas noch nie in der Hand gehabt.«

»Kein Problem, ich helfe dir dabei.« Er nahm ihr den Gurt aus der Hand und kniete sich vor sie hin, damit sie in die richtigen Öffnungen steigen konnte. Sie hielt sich an seiner Schulter fest, und die zarte Haut ihrer Schenkel war plötzlich verführerisch nah an seinem Gesicht. Ihr süßer Geruch stieg ihm in die Nase. Vorsichtig, um sie nicht mit einer Schnalle zu kratzen, zog er den Hüftgurt an ihren nackten Beinen nach oben, wobei er peinlich genau darauf achtete, sie nicht zu berühren. Nicht einmal versehentlich mit einer Fingerspitze. Er wollte schließlich nicht, dass sie glaubte, er würde die Situation ausnutzen.

Es stellte ihn auf eine harte Willensprobe. Ihre Haut sah so unglaublich weich aus, und seine Finger kribbelten bei der Vorstellung, jeden Zentimeter davon zu erkunden. Als er den Gurt über ihre Hose schob, rutschte der Stoff ein wenig nach oben und gewährte ihm einen Blick auf die leichte Rundung ihrer Oberschenkelinnenseiten. Nur ein wenig höher noch, dann könnte er …

Seine Hose saß auf einmal unangenehm eng. Hastig schloss er den Hüftgurt, sprang dann auf und wich einen Schritt zurück. Zum Glück hing Lauras Sicherheit im Waldseilgarten nicht von seinem kühlen Kopf ab, sondern nur von der Technik, der er gerade noch einen einwandfreien Zustand bescheinigt hatte. Sonst hätte er das Ganze abbrechen müssen.

»Fertig?«, fragte sie. Als er in ihr Gesicht sah, bemerkte er, dass ihre Augen amüsiert funkelten.

Die kleine Hexe. Sie wusste genau, was sie ihm antat. *Na warte.* »Noch nicht ganz.« Er ging auf sie zu, packte sie an den Gurten und zog sie daran zu sich. Sie sog erschrocken den Atem ein. Dann öffneten sich langsam ihre Lippen. Marcus senkte den Kopf, bis sein Mund ihren beinahe berührte. Sie hielt den Atem an. Doch statt sie zu küssen, drehte er sie unvermittelt herum, so dass sie mit dem Rücken zu ihm stand. »Ich muss die Gurte noch verbinden.«

Ihr enttäuschtes Stöhnen war so leise, dass er sich nicht sicher war, ob er es sich nicht nur eingebildet hatte. Marcus brauchte ein paar Versuche, bevor er Hüft- und Brustgurt ineinanderhaken konnte. Statt ihr die Gurte anzulegen, hätte er sie lieber an sich gezogen und geküsst, bis sie nicht mehr wusste, wo oben und unten war. Vielleicht später.

Ein Klicken zeigte ihm an, dass die Gurte eingerastet waren, und er trat ein Stück von ihr weg. Er legte seinen eigenen Gurt an und führte sie dann zu einem der Einstiege in den Waldseilgarten. Während er die beiden Sicherungsseile, die an den Führungsschienen befestigt waren, in ihren Gurt einhängte, erklärte er ihr noch die Sicherheitsregeln.

Laura sah am Baum entlang nach oben. »Ich hab noch nie so einen Hochseilgarten gesehen. Ich kannte bisher nur diese quadratischen Klötze, die immer in der Gegend rumstehen.«

Marcus hängte seine eigenen Sicherheitsseile in das Schienensystem. »Ich mag Waldseilgärten am liebsten. Man ist der Natur so nah. Komm, lass uns hochgehen, dann wirst du merken, was ich meine.«

Laura nickte und kletterte unter seiner Aufsicht die senkrechte Leiter nach oben auf die erste Ebene. Er kletterte ihr nach, bis er ebenfalls die Plattform aus Brettern erreicht hatte.

Hier auf der ersten Ebene bot die Plattform noch verhältnismäßig viel Platz.

»Okay, denk daran, was ich dir gesagt habe. Immer erst ein Sicherungsseil einhängen, bevor du das andere aushängst. Ein Seil muss immer eingehängt bleiben, das ist das Allerwichtigste.« Marcus plante schon seit einer Weile die Aufrüstung auf ein fortschrittlicheres Sicherheitssystem, das verhinderte, dass beide Seile gleichzeitig ausgehängt werden konnten. Bei den neuen Anlagen verwendete er nur noch das, aber hier wurde erst in den nächsten Wochen nachgerüstet.

Er beobachtete mit Argusaugen, ob Laura die Reihenfolge einhielt, und überprüfte noch einmal ihre Gurte und Sicherungen und dann seine eigenen.

»Gut, dann kann's losgehen.«

Er führte sie zunächst über eine Hängebrücke und ein dickes Seil, das aussah, als könnte es auch aus dem Rumpf eines riesigen Schiffes herausführen. Dann kletterten sie auf die zweite Ebene.

»Das hier sind zwei Röhren. Du kannst entweder oben drüber laufen oder hindurchkriechen. Je nachdem, was du machen möchtest, musst du dich vorher für ein Sicherungsseil entscheiden.« Er zupfte an einem der Seile, das durch die beiden hintereinander in der Luft hängenden Röhren führte. Ein anderes verlief oberhalb der Röhren.

Laura hatte sich offensichtlich entschieden, durch die Röhre zu klettern, denn sie hängte sich in das entsprechende Seil ein und beugte sich zum Eingang der Röhre hinunter. Marcus versuchte zu ignorieren, wie eng sich ihre Hose über ihren Hintern spannte, und kletterte ihr nach. Laura begann zu lachen, als die Röhren hin- und herschwangen und sie das Gleichgewicht verlor. »Das sieht viel einfacher aus, als es ist.« Vor der Lücke zwischen den beiden Röhren hielt sie an und starrte nach unten. Natürlich war es nicht so weit wie in anderen Hochseilgärten, einfach weil die Bäume hier nicht so hoch waren, aber es war dennoch ein gutes Stück. Er wusste, dass das ziemlich beeindruckend sein konnte, wenn man zum ersten Mal in einer schwankenden Röhre hockte.

Laura sog tief die Luft ein. »Du hast recht, es ist wunderschön. So zwischen den Blättern und Ästen. Die Bäume sind überall um einen herum.« Sie ließ sich flach auf den Bauch sinken und sah eine Weile einfach nur nach unten. Dann hob sie kurz den Kopf und sah ihn an. Ihre Augen leuchteten. »Man sieht den Boden gar nicht, oder? Schau doch mal!«

Marcus starrte ihr Profil an, bevor sie den Kopf wieder wegdrehte, und fragte sich, ob er ihre Worte richtig deutete.

***

Laura verfluchte sich selbst für ihre Dummheit. Warum zum Teufel hatte sie das gesagt? Es hatte wie eine Einladung geklungen, das wusste sie nur zu gut. Wahrscheinlich spielte ihr benebeltes Gehirn ihr einen Streich und versuchte, sie dazu zu bringen, sich mit Marcus einzulassen. Genauso wie es sie vorhin beinahe dazu gebracht hatte, sich von ihm küssen zu lassen. Nur das Wissen, wie gefährlich das war, hatte sie vor einer riesigen Dummheit bewahrt. Es war zu leicht, sich in einen Mann wie Marcus zu verlieben. Niemals durfte sie zulassen, dass er sie küsste.

Wenn es nur nicht so verdammt schwer gewesen wäre, vernünftig zu sein. Schon seit Marcus ihr den Gurt über die Beine gezogen hatte, konnte Laura an nichts anderes mehr denken als daran, wie es wäre, hier im Waldseilgarten mit ihm zu schlafen. Sie hatte versucht, es sich aus dem Kopf zu schlagen, hatte sich gesagt, wie dumm das war, weil sie ihn sowieso schon viel zu sehr mochte. Andererseits würde sie ihn nach heute wahrscheinlich nicht wiedersehen. Sie berichtigte sich. Sie würde ihn nach heute sicher nicht wiedersehen. Wenn sie jetzt noch einmal mit ihm schlief, dann bedeutete das gar nichts. Wahrscheinlich war sie nur ausgehungert, weil sie nach dem Erlebnis in der Bar beschlossen hatte, erst mal auf One-Night-Stands zu verzichten. Es steckte ihr immer noch in den Knochen, wie sehr sie sich geirrt hatte und wie knapp Sabrina entkommen war. Ja, daran musste es liegen. Ihr fehlte der Sex, und ihr Körper versuchte, sie auszutricksen, damit sie seine niederen Bedürfnisse befriedigte. Mit welchem Kerl sie schlief, war ihrem verräterischen Körper wohl egal, und auch, ob sie es wollte oder nicht. Und verdammt, sie wollte es.

Die Röhre begann wieder, sanft zu schaukeln, und Laura spürte, wie Marcus sich langsam über sie schob. Er war auf Hände und Knie gestützt, dennoch spürte sie seine Nähe so intensiv, als ob er sich auf sie gelegt hätte.

»Entschuldige«, flüsterte er, »aber wenn ich nach vorne kommen soll, dann brauche ich hier etwas Platz.«

Laura schloss die Augen und versuchte, die Erregung zu ignorieren, die in ihren Unterleib schoss, als er ihre Beine mit einem seiner Knie sanft auseinanderdrückte. Sein anderes Bein ruhte außen an ihrem.

Er räusperte sich leise und sagte dann: »Wirklich ein wunderschöner Ausblick.«

Die Härchen in Lauras Nacken stellten sich auf, als sein Atem sie streifte, und sie fragte sich, ob er so wirklich an ihr vorbeisehen konnte oder ob er mit dem wunderschönen Ausblick etwas ganz anderes meinte. Sie versuchte, sich auf den Wald unter ihr zu konzentrieren, die Blätter, die sanft im Wind schaukelten und dabei leise rauschten. Es gelang ihr nicht. Zu wissen, dass Marcus' Körper sich nur wenige Zentimeter über ihrem befand und dass es nur zu leicht für ihn gewesen wäre, sie zu berühren, machte sie blind für alles um sich herum.

»Sag mir jetzt, dass ich mich zum Teufel scheren soll, sonst kann ich für nichts mehr garantieren.« Der heisere, mühsam beherrschte Klang seiner Stimme sandte einen Schauer der Erregung durch ihren Körper. Er müsste sie jetzt nur zwischen den Beinen berühren, um zu wissen, dass sie ganz sicher nicht wollte, dass er sich zum Teufel scherte.

»Nein«, hauchte sie.

»Nein?«, fragte Marcus jetzt ganz nah an ihrem Ohr. Seine Lippen streiften ihre Ohrmuschel. Sie klammerte sich verzweifelt an das rauhe Holz der Röhre, als könnte ihr das helfen, einen klaren Gedanken zu fassen.

»Nein, ich will nicht, dass du dich zum Teufel scherst«, flüsterte sie schließlich und zwang all die Zweifel in ihrem Inneren, endlich zu verstummen. Sie wollte mit Marcus schlafen, hier und jetzt, ein letztes Mal, und ihn dann endlich vergessen.

Marcus stöhnte leise. Sie spürte seinen Atem im Nacken, bevor seine Lippen sie dort berührten, genau am Haaransatz. Sie erschauerte, stellte sich vor, dass er sie überall küsste, sich jetzt und hier einfach auf sie legte und in sie eindrang. Ihr stockte der Atem.

»Nein! Nicht hier.« Nicht hier, wo so wenig Platz war, wo er sie unweigerlich überall berühren würde, sie überall berühren musste. Sie wollte mit ihm schlafen, und sie wusste, dass sie es nicht nach ihren Regeln tun konnte, wenn sie ihn nicht darauf stoßen wollte, dass Claire und Laura die gleiche Person waren. Umso wichtiger erschien es ihr, wenigstens eine der Regeln einzuhalten: keine Intimität. Schließlich ging es nur um belanglosen Sex, nichts weiter, und es gab viele Stellungen mit sehr wenig Körperkontakt. Nicht nur die, die Claire bevorzugte.

Marcus schien gar nicht gehört zu haben, dass sie etwas gesagt hatte. Er zog mit seinen Lippen eine heiße Spur über ihren Nacken, hinunter auf ihre Wirbelsäule, bis zu ihrem Kragen.

»Verdammtes T-Shirt«, murmelte er und schob es an der Taille nach oben.

»Warte, hör auf!« *Gott, bitte hör auf. Streichle mich nicht so, das ertrage ich nicht.* »Bitte, hör auf«, sagte sie noch einmal mit etwas mehr Nachdruck, und endlich schien sie zu Marcus durchzudringen, denn seine Hand verschwand, und sein Mund hinterließ ein verzweifeltes Sehnen in ihrem Nacken.

»Entschuldige«, murmelte er. »Ich dachte, du hättest gesagt …« Er verstummte. Laura fluchte innerlich. Das war zu ähnlich, viel zu nah an ihrem Verhalten als Claire. Wenn Marcus jetzt herausfand, wer sie wirklich war, dann würde er sie niemals einfach so gehen lassen. Er würde ihr unangenehme Fragen stellen und glauben, dass sie ihn mochte, weil sie von sich aus zu ihm gekommen war. Und dann würde er mit ihr ausgehen wollen. Hastig setzte sie sich auf und drehte sich zu ihm um.

»Habe ich ja auch. Ich möchte nur … woandershin.« Fieberhaft überlegte sie, warum sie das wollen könnte. Eigentlich war die Röhre perfekt, etwas Besseres würden sie kaum finden. »Draußen!«

Marcus runzelte die Stirn.

Laura holte tief Luft und begann noch einmal etwas leiser. »Draußen. Ich möchte den Wind auf meiner Haut spüren, die Nachtluft, du weißt schon.«

Langsam wurde aus Marcus' verwirrter Miene ein wölfisches Lächeln. »Ich habe eine Idee. Komm.«

Marcus nahm ihre Hand und führte sie wieder aus der Röhre und zu einer anderen Plattform auf der gleichen Ebene. Sie kletterten noch eine Ebene weiter nach oben, wo die Plattformen am schmalsten waren und die Baumstämme dünner. Marcus führte sie zu einem der Baumstämme und drückte sie dagegen. Der Baum schwankte leicht, und Lauras Magen machte einen Satz. Ihre Augen weiteten sich, als Marcus von einem Ast über ihnen ein aufgerolltes Seil herunterhob. Anscheinend hatte er an mehreren Stellen zusätzliche Seile für Notfälle deponiert.

»Den Hüftgurt muss ich dir abnehmen.« Ein sardonisches Lächeln legte sich auf Marcus' Lippen. »Und ich werde dich an den Baum binden müssen, damit du nicht herunterfallen kannst.«

Laura starrte ihn an. »Aber ich kann doch den Brustgurt anlassen, oder nicht?«

»Ja, darauf bestehe ich sogar, auch wenn es ein Jammer ist.« Er warf einen vielsagenden Blick auf ihre Brüste, was ihre Brustwarzen sofort hart werden ließ. Mit heißen Wangen wandte sie sich ab.

»Es ist trotzdem zu gefährlich. Wenn du herunterfällst und nur am Brustgurt hängst, kannst du dir ziemlich üble Verletzungen zuziehen.«

Natürlich, das ergab Sinn. Ein winziger Teil ihres Gehirns, der noch bei klarem Verstand war, wusste, dass er recht hatte. Dennoch hatte sie kein gutes Gefühl dabei, sich von ihm fesseln zu lassen. Sie wäre ihm völlig ausgeliefert. Ihm, seinem Mund und seinen marodierenden Händen und dem wunderbaren Gefühl, das sie auf ihrer Haut auslösten.

»Kannst du meine Arme frei lassen? Ich … ich glaube, ich würde mich gern an irgendetwas festhalten«, sagte sie schließlich. Und gegebenenfalls wehren können.

Er zuckte mit den Schultern. »Sicher. So war es auch gedacht. Und ich setze den Knoten so, dass du ihn selbst öffnen kannst. Heißt das ja?«

Sie biss sich auf die Lippen und betrachtete den Baum. Nein, das war wirklich keine gute Idee. Der Baum war zu gerade. Marcus würde sich an sie drücken, sie überall berühren, sie küssen und streicheln, und sie würde nichts dagegen tun können. Fieberhaft sah Laura sich um, bis ihr endlich etwas ins Auge fiel, das ihr ungefährlicher erschien. Beinahe hätte sie aufgelacht. Eine Leiter, die von einem Baum schräg nach oben zu einem anderen führte, konnte man wohl kaum als ungefährlicher bezeichnen. Außer man wollte so wenig Körperkontakt wie möglich zwischen sich und seinem Liebhaber. Marcus würde auf der Plattform stehen müssen, und die Leiter war zu stark geneigt, als dass er sich bequem nach vorn beugen und sich an sie hätte drücken können. Das hoffte sie jedenfalls.

»Binde mich an die Leiter dort!« Sie versuchte, ihrer Stimme einen festen Klang zu geben.

»Bist du sicher? Auf der Plattform am Baum stehst du halbwegs sicher. Die Leiter hängt völlig im Freien.« Er warf ihr einen skeptischen Blick zu.

Sie nickte. »Ja, das macht es ja so aufregend.« Sie konnte sich sogar gut vorstellen, dass das stimmte.

Einen Moment zögerte er, dann breitete sich ein Lächeln auf seinem Gesicht aus. »Okay, warum nicht?«

Laura ging Marcus voraus zu der Leiter und ließ sich von ihm dagegen drücken. Sie streckte die Hände nach oben. Marcus hakte den Hüftgurt vom Brustgurt ab und begann, das Seil um ihre Mitte zu schlingen, nicht so fest, dass es einschnitt, aber doch fest genug, dass sie sicher an die Leiter gepresst wurde. Während er konzentriert arbeitete, berührten immer wieder ein paar seiner nachtschwarzen Haare ihre nackte Haut und sandten Wellen der Vorfreude durch ihren Körper. Als Marcus sich aufrichtete und sein Werk zufrieden betrachtete, war sie beinahe enttäuscht, aber das Gefühl verschwand mit einem Schlag, als er nach dem Hüftgurt griff. Ihr Herz begann heftig zu pochen und trieb ihr Blut immer schneller durch ihre Adern.

Sie spürte sofort, dass Marcus sich diesmal nicht zurückhielt, als er den Gurt herunterzog. Es wirkte zufällig, wie seine Fingerspitzen immer wieder die empfindliche Haut zwischen ihren Beinen streiften, aber Marcus' schneller werdender Atem verriet ihr, dass dem nicht so war. Als er ihr den Hüftgurt ganz ausgezogen hatte, hängte er ihn an die Sicherungsschiene, damit er nicht verlorenging. Dann kniete er sich vor ihre Füße, die mit ganzer Sohle die Plattform berührten, und zog ihr die Schuhe aus. Sorgsam stellte er sie in die Nähe des Baumes, beinahe absichtlich langsam, wie um die quälende Erwartung in ihrem Inneren noch zu vergrößern.

Als er sich endlich an ihrer Hose zu schaffen machte, seufzte Laura erleichtert auf. Er öffnete jedoch nicht den Knopf. Stattdessen fuhr er langsam mit einer Hand unter den Saum, der auf ihrem Oberschenkel ruhte. Behutsam tasteten sich seine Finger unter dem Stoff entlang, zupften an der zarten Haut am Ansatz ihrer Oberschenkel und näherten sich immer wieder der Stelle zwischen ihren Beinen, wo sie seine Berührung so unbedingt spüren wollte.

Claire hätte das niemals geduldet. Claire hätte sich dagegen aufgelehnt, hätte ihm befohlen, sie zu nehmen und keine Zeit mit dem Vorspiel zu verschwenden. Genau aus diesem Grund war Laura dazu verdammt zu schweigen und die süße Folter zu ertragen, die seine Finger ihr bereiteten, während sie sich zum Saum ihres Slips vorarbeiteten.

Sie reckte sich ihm entgegen, wollte seine Finger zwingen, in sie einzudringen, aber er hatte sie zu eng an die Leiter gefesselt, und sie konnte ihre Hüfte kaum bewegen. Sie unterdrückte ein frustriertes Stöhnen. Wie machte er das nur? Er hatte sie noch nicht einmal wirklich berührt, und sie war schon so heiß, als hätte er sie überall angefasst.

Er streifte kurz ihren Slip und streichelte durch den dünnen Stoff ihren empfindlichen Kitzler. Sie zuckte zusammen. Wenn er nur den Stoff beiseiteschieben und sie richtig berühren würde! Stattdessen zog Marcus sich zurück und ließ von ihr ab.

Laura stöhnte auf. »Was hab ich dir eigentlich getan?«

Marcus lachte leise, antwortete aber nicht. Er öffnete ihre Hose und zog sie ihr samt Slip mit einer schnellen, geschmeidigen Bewegung aus. Dann hob er ihre Knie und spreizte ihre Beine. Laura sog scharf den Atem ein, als die kühle Nachtluft ihre feuchte Haut streifte. Wenn er nicht bald zur Sache kam, würde sie wahnsinnig werden. Sie ließ den Kopf nach hinten fallen. Der Sommerhimmel über ihr färbte sich langsam rosa, und die schmale Sichel des Mondes schimmerte ihr bereits entgegen. Sie lauschte angestrengt. Nicht auf Vogelstimmen oder andere Geräusche des nächtlichen Waldes unter ihr, sondern auf das verräterische Geräusch eines Reißverschlusses.

Es kam nicht. Laura vermutete, dass Marcus sie genau in Augenschein nahm. Zu wissen, dass er sie jetzt zum ersten Mal völlig ungehindert betrachten konnte, steigerte ihre Lust noch, und das Blut, das eben noch so wild durch ihren Körper geschossen war, schien sich jetzt in ihrem Unterleib zu sammeln.

Sie spürte Wärme und Feuchtigkeit auf ihrer Haut, knapp oberhalb ihres linken Knies. Seine Lippen, dann seine Zunge. Laura zuckte zusammen. Sie war sich bewusst, was er vorhatte, und sie hatte es noch nie besonders genossen, von einem Mann mit dem Mund verwöhnt zu werden.

Marcus streichelte ihre Beine, und Laura merkte, dass sie sich verkrampft hatte. Sie lehnte sich wieder zurück und versuchte, seine Berührungen zu genießen. Seine Zungenspitze, mit der er sanfte Kreise auf ihrem Oberschenkel zog, immer weiter und weiter nach oben. Seine Lippen, die ihre Leistenbeuge streiften, ihren Schamhügel, dann ihren anderen Oberschenkel. Laura begann, sich danach zu sehnen, dass er sie zwischen den Beinen berührte. Mit den Fingern, mit den Lippen, mit der Zunge. Was immer er wollte, solange er es nur endlich tat. Verzweifelt wand sie sich in ihrer Fesselung, bis er sich schließlich ihrer erbarmte.

Es fühlte sich völlig anders an als jemals zuvor. Federleicht berührte er mit seiner Zunge ihre Schamlippen, massierte die weiche, feuchte Haut, zog sie sanft zwischen seine Lippen und knabberte daran. Erregung erfasste sie und machte sie schwindelig. Unwillkürlich spreizte sie die Beine etwas weiter, um Marcus zu zeigen, wo sie ihn jetzt brauchte. Er senkte seine Zunge kurz in ihre heiße Feuchtigkeit, als wollte er davon kosten. Laura begann zu zittern. Die Vorfreude, das Verlangen, seine Zunge jetzt in sich zu spüren, schwemmte alle rationalen Gedanken fort. Aber er schien genau zu wissen, wie er sie auf die Folter spannen konnte. Anstatt seine Zunge tiefer in sie zu versenken, widmete er sich hingebungsvoll der anderen Schamlippe. Er leckte und saugte, küsste und massierte. Immer wieder kam er dabei in die Nähe ihres Kitzlers, immer wieder schürte er Lauras Hoffnung, er würde sie dort berühren und ihre Lust zum Explodieren bringen. Als seine Zungenspitze sich ein weiteres Mal ihrer empfindsamsten Stelle näherte, erwartete Laura schon, dass er sie wieder zappeln lassen würde. Dass seine Lippen sich plötzlich heiß um ihren Kitzler schlossen, traf sie völlig unvorbereitet. Sie krallte sich mit den Händen so fest in die Leiter, wie sie konnte, um einen Aufschrei zu unterdrücken, aber als Marcus auch noch zu saugen begann, war es um ihre Beherrschung geschehen.

Jedes Mal, wenn seine Zunge ihren Kitzler traf, durchfuhr

sie ein Stromstoß, der sie bis in ihre Fingerspitzen erschauern ließ. Ungeduldig drängte sie sich ihm entgegen, soweit es möglich war. Sie wollte endlich seine Zunge in sich spüren, während seine Hände ihre Oberschenkel streichelten. Sie wollte ihre Finger in seine Haare krallen, während er es tat. Sie wollte ihn zu sich nach oben ziehen und spüren, wie er sich an sie presste, während er in sie eindrang. Sie wollte ihn küssen. Sie wünschte es sich mit aller Macht. Panik ergriff sie. Das hier zog sich schon viel zu lange hin.

Mühsam drängte sie die Erregung zurück, die ihre Kehle austrocknete und ihr die Sprache verschlug. »Marcus, bitte, mein Rücken, ich halte nicht mehr so lange durch«, stieß sie schließlich atemlos hervor, weil ihr nichts Besseres einfiel, um ihn dazu zu bringen, diese viel zu intimen Berührungen zu beenden und ihr die bedeutungslose Befriedigung zu verschaffen, die sie von Anfang an gewollt hatte.

Auch Marcus' Stimme war belegt und sein Atem abgehackt, als er ihr antwortete. Nur ein einziges Wort: »Warte.«

Laura hätte beinahe frustriert aufgeschrien. Sie wollte nicht mehr warten. Und dann hörte sie es, endlich. Das Geräusch seines Reißverschlusses und das Rascheln einer Kondompackung. Er nahm ihre Beine, drückte sie nach oben und spreizte sie, so dass er dazwischen Platz fand. Sie erwartete, dass er sie auch jetzt wieder quälen und sich unendlich viel Zeit lassen würde. Als er sofort in sie eindrang, keuchte sie auf. Warum bewegte er sich nicht? Warum hielt er still, ganz tief in ihr, heiß und pulsierend, genau wie sie?

Der Drang, die Arme um ihn zu legen und ihn tiefer in sich zu ziehen, damit er weitermachte, war kaum auszuhalten. Sie zwang ihre Finger, sich um das Holz der Leiter zu krallen, bis es weh tat. Der Schmerz spielte keine Rolle, wichtig war nur, Marcus jetzt nicht mit den Händen zu berühren. Erleichtert seufzte sie auf, als er sich schließlich bewegte. Verlangen ergriff ihren Körper, wuchs mit jedem seiner Stöße. Das sachte Schaukeln der Leiter über dem beinahe bodenlosen Abgrund, über dem sie hing, pumpte Adrenalin durch ihre Adern und trieb die Erregung unerträglich intensiv in den fernsten Winkel ihres Körpers. Erst als Marcus sich in seinem Höhepunkt verlor, gelang es auch ihr, sich in dieses neue, aufregende Gefühl hineinfallen zu lassen. Sein Zucken, seine letzten wilden Stöße vertrieben jeden Gedanken aus ihrem Kopf und ließen ihre erregte Anspannung in unzählige Schauer zerfallen, die sie immer wieder erbeben ließen.

Marcus' Keuchen mischte sich mit ihrem eigenen, als sie langsam wieder zu sich kam. Sie wartete auf das Gefühl der Leere und Losgelöstheit, das sie nach dem Sex immer verspürte, aber es stellte sich nicht ein. Die Empfindungen, die Marcus' Berührungen auf ihrer Haut und in ihrem Körper ausgelöst hatten, schienen sie immer noch zu durchdringen und sich in jede ihrer Zellen unwiderruflich einzuprägen.

Als ob es etwas bedeutet hätte.

Laura wand sich unter dem Seil. Plötzlich wollte sie es unbedingt loswerden. Nein, es hatte nichts bedeutet. Gar nichts. Es lag nur an der ungewohnten Stellung. Schließlich war es lange her, dass sie auf diese Art mit einem Mann geschlafen hatte. Vielleicht war es auch die Umgebung. Das Rauschen der Blätter, der milde Nachtwind, der weite Himmel über ihr. Mit Sicherheit hatten nur diese Äußerlichkeiten das Erlebnis zu etwas Besonderem gemacht. Nichts sonst.

Marcus ließ ihre Beine langsam zu Boden sinken und zog sich dann vorsichtig aus ihr zurück. Sie hörte das Klimpern seines Gürtels, als er sich die Kleidung richtete. Er zog ihr die Hose wieder an und dann den Hüftgurt, wobei er sanft mit einer Hand ihr Knie streichelte und dann ihren Oberschenkel.

Laura versuchte, die selbstverständliche Vertrautheit der Geste zu ignorieren und das Kribbeln, das sie in ihrem Bauch auslöste. Es lag nur daran, dass ihre Haut noch von der gerade empfundenen Lust überempfindlich war.

Marcus zog ihr die Schuhe an, löste das Seil um ihre Taille, nahm sie an der Hand und half ihr von der Leiter herunter. Sie verzog das Gesicht. Die Sprossen der Leiter hatten sich wirklich unangenehm in ihren Rücken gepresst. Nur war ihr das vorher gar nicht so aufgefallen.

»Entschuldige«, murmelte Marcus und sah ein wenig zerknirscht drein. »Ich hätte daran denken müssen, dass die Lage für dich auf Dauer etwas unbequem ist.«

»Macht nichts, das war es wert.« Sie warf ihm aus den Augenwinkeln einen unsicheren Blick zu. Er hielt immer noch ihre Hand und hatte offensichtlich nicht vor, sie so einfach loszulassen. Laura sah sich um. Direkt hinter ihr war die Leiter; wenn er jetzt versuchen würde, Laura an sich zu ziehen und zu küssen, konnte sie nicht ausweichen.

Sein Blick ruhte auf ihrem Gesicht, als gingen seine Gedanken in eine ähnliche Richtung wie ihre, und schließlich legte er ihr die Hände auf die Schultern. Laura hielt den Atem an und überlegte fieberhaft, wie sie ihn davon abbringen konnte.

»Dreh dich um«, sagte er unvermittelt.

»Wozu?«, fragte sie, ließ aber zitternd vor Erleichterung geschehen, dass er sie an den Schultern herumdrehte.

Er legte seine Hände auf ihren Rücken und massierte mit sanftem Druck alle Stellen, die er durch die Gurte erreichen konnte. »So besser?«

Laura unterdrückte ein Seufzen. »Ja, etwas, danke.« *Mach weiter,* hätte sie am liebsten gesagt, *hör nicht auf.* Sie hätte ewig hier so stehen bleiben können. Trotzdem schwieg sie, als er seine Hände sinken ließ.

»Wir sollten zusehen, dass wir nach unten kommen, es ist schon fast dunkel.«

»Okay.« Sie folgte ihm zu einer senkrechten Leiter und begann mit dem Abstieg. Es war ein direkterer Weg als der, den sie zuvor nach oben genommen hatten. Trotzdem bereitete die zunehmende Dunkelheit ihr immer mehr Schwierigkeiten.

Sie hörte Marcus leise fluchen. Wahrscheinlich machte er sich Vorwürfe, dass er die Zeit nicht besser im Auge behalten hatte. Tatsächlich konnte sie jetzt kaum noch etwas sehen und musste mehr als einmal die nächste Leitersprosse blind ertasten.

»Du bist gleich unten«, hörte sie Marcus' Stimme. »Nur noch ein paar Sprossen.«

Sie tastete sich noch etwas weiter nach unten, dann spürte sie Marcus' Hand an ihrem Ellbogen, die sie stützte, bis sie sicher auf dem Boden stand.

»Danke«, flüsterte sie.

»Nein, danke dir«, murmelte er und zog sie sanft an sich.

Lauras Herz schlug schneller. Sie legte die Hände auf seine Brust, um sich von ihm wegzuschieben, und spürte, dass sein Herz ebenso raste wie ihres. Er drückte sie etwas fester an sich, und Laura wusste, dass sie jetzt etwas tun musste, bevor es zu spät war. Sie hatte sich schon viel zu sehr über ihre Regeln hinweggesetzt. Sie durfte nicht zulassen, dass er auch noch diese letzte Barriere zwischen ihnen einriss. Schwach drückte sie mit ihren Händen gegen seine Brust, aber es wirkte wahrscheinlich eher wie eine Aufforderung. Sie spürte seinen warmen Atem auf ihren Lippen und schließlich seinen Mund, der ihren ganz sanft streifte.

Das Kribbeln, das seine Berührung in ihrem Bauch auslöste, brachte sie wieder zur Besinnung.

Hastig drehte sie den Kopf zur Seite, bevor Marcus sie richtig küssen konnte, und wand sich zitternd aus seiner Umarmung. »Nicht, ich …« Sie durchsuchte ihr Gehirn nach einer plausiblen Ausrede, die nicht zu sehr nach Claire klang. »Ich würde gern die Gurte loswerden. Und dann … dann muss ich gehen. Ich bin noch verabredet.«

»Dann heben wir uns das für nächstes Mal auf«, flüsterte Marcus.

»Nächstes Mal?« Ein nächstes Mal sollte es eigentlich nicht geben.

»Ich würde das gerne wiederholen«, sagte er. »Du etwa nicht?« Ein leises Lachen schwang in seiner Stimme mit. Er wusste genau, wie sehr es ihr gefallen hatte.

Sie biss sich auf die Lippen. Es war verlockend. Und gefährlich. Andererseits hatte er sie bis jetzt nicht erkannt. Es gab keinen Grund zu befürchten, dass er immer noch den Verdacht hegte, sie könnte Claire sein. Für ihn war sie eine andere, und dementsprechend war dieses Mal für ihn nicht das vierte Mal gewesen, sondern das erste. Und für Laura genau genommen auch. Claire hatte dreimal mit Marcus geschlafen, nicht Laura. Es gab keinen logischen Grund, ihn nicht noch einmal zu treffen. Vielleicht sogar noch zweimal.

»Doch, ich auch«, sagte sie schließlich und ignorierte die Stimme in ihrem Inneren, die ihr vorwarf, dass sie sich ihre Regeln zurechtbog. Sie würde die anderen Regeln beim nächsten Mal dafür umso mehr beherzigen, noch mehr darauf achten, Marcus nichts über sich zu verraten und nichts über ihn zu erfahren. Noch mehr Laura zu sein und noch weniger Claire, damit er nicht doch Verdacht schöpfte. Sich weiter mit Marcus zu treffen, war immerhin ungefährlicher als ein One-Night-Stand mit einem Wildfremden.

Solange zwischen ihnen nichts weiter geschah als Sex. Und solange sie ihre Gefühle unter Kontrolle behielt.

Kapitel 7

Nie hätte Marcus geglaubt, dass Laura eine ähnliche Faszination auf ihn ausüben könnte wie Claire, obwohl sie so vollkommen anders war. Sie hatte so etwas an sich, eine unbewusste Sinnlichkeit, die ihn reizte und dazu führte, dass seine Gedanken ständig zu ihr wanderten, ganz egal, worauf er sich gerade zu konzentrieren versuchte. Allein, wie sie im Hochseilgarten auf ihn reagiert hatte. Er hatte gemerkt, dass das Schwanken der Bäume sie ebenso erregt hatte wie ihn und dass sie den Adrenalinrausch hemmungslos genoss, den es in ihr auslöste. Sein Herz schlug höher bei dem Gedanken, sie endlich wiederzusehen.

Marcus folgte dem Navi in eine kleine Seitenstraße, wo er Laura treffen würde. Sie hatte vorgeschlagen, sie an einer U-Bahn-Station in der Nähe ihrer Wohnung abzuholen, weil er dort besser parken konnte, was in der Münchner Innenstadt sonst fast unmöglich war. Er lenkte das Auto auf den Parkplatz und stieg aus. Laura war schon da, aber sie stand mit dem Rücken zu ihm und hatte ihn noch nicht gesehen. Er ließ kurz seinen Blick über ihre Figur wandern und stellte zufrieden fest, dass sie für das, was er vorhatte, genau richtig angezogen war, obwohl er vergessen hatte, ihr zu sagen, wohin er mit ihr gehen wollte.

Sie trug ein rotes Kleid mit weitem Rock und Spaghettiträgern, das für den lauen Sommerabend luftig genug war, aber dennoch nicht zu leger für den Anlass. Ihre Haare hatte sie wieder in einem Pferdeschwanz zusammengefasst, was ihr wirklich gut stand, aber es juckte Marcus dennoch in den Fingern, die Spange zu lösen und zu sehen, wie sie mit offenen Haaren aussah.

Sie musste ihn kommen gehört haben, denn sie drehte sich zu ihm um und lächelte ihn strahlend an. Er fragte sich, wie er jemals hatte vermuten können, dass sie Claire sein könnte. Dieses leuchtende Strahlen war völlig anders als Claires berechnendes Verkaufslächeln.

»Hallo, Marcus.«

»Hallo, Laura.« Er beugte sich nach vorne, um ihr zur Begrüßung einen leichten Kuss auf die Lippen zu geben. Sie schien seine Absicht jedoch misszuverstehen, denn sie drehte den Kopf ein wenig und hauchte ihm stattdessen einen freundschaftlichen Kuss auf die Wange, der eine gar nicht freundschaftliche Reaktion in seiner Lendengegend hervorrief. Ihre Lippen waren weich auf seiner Wange, ungleich erregender, als das leichte Streifen ihrer Münder es gewesen wäre. Ihr Pferdeschwanz streifte seine Nase, und ein betörender Duft stieg daraus auf, der in ihm das Verlangen weckte, seine Pläne für den Abend über den Haufen zu werfen und Lauras unschuldigen Kuss in etwas Heißes, Leidenschaftliches zu verwandeln. Nur mühsam konnte er sich dazu bringen, sie wegzuschieben, statt sie auf den Hals zu küssen oder mit der Zunge ihre zarte Ohrmuschel zu erkunden. Dafür war später noch Zeit, und sie wirkte gerade so, als würde sie sich diese Zeit gerne nehmen. Also hielt er ihr seinen Arm hin, und sie hakte sich bei ihm unter.

»Du siehst wunderbar aus«, murmelte er und hoffte, dass sie nicht hörte, wie heiser seine Stimme klang.

Sie lächelte unsicher. »Findest du? Ich war mir nicht sicher, ob es nicht vielleicht zu viel ist, nur für …« Sie verstummte und warf stirnrunzelnd einen Blick auf seinen Aufzug. »Du bist auch ziemlich schick. Sogar mit Jackett und Krawatte.«

Er zuckte mit den Achseln. »Krawatte ist Pflicht.«

»Wieso denn Pflicht? Also ich bestehe sicher nicht darauf. Auch wenn ich es durchaus … sexy finde.« Sie versuchte sich an einem koketten Augenaufschlag, der allerdings eher niedlich wirkte.

»Du vielleicht nicht, aber ich fürchte, die Vorschriften im Prinzenhof tun es.«

Laura stolperte, und er musste sie stützen, damit sie nicht hinfiel. Er zog die Augenbrauen zusammen. »Alles in Ordnung?«

Sie räusperte sich. »Oh, ja. Ich bin nur gestolpert. Neue Schuhe.«

Reflexartig zuckte sein Blick nach unten, blieb aber an ihren nackten Beinen hängen, ohne ihre Schuhe wirklich zu registrieren. »Hübsch«, sagte er.

Sie schien es gar nicht zu hören. Mit einem Mal wirkte sie angespannt, und das Lächeln war völlig aus ihrem Gesicht verschwunden. »Habe ich das richtig verstanden, du willst zum Prinzenhof?«

Marcus warf ihr aus den Augenwinkeln einen Blick zu und hatte plötzlich einen Verdacht, warum sie so verkrampft wirkte. Er schimpfte sich einen Idioten, dass er nicht daran gedacht hatte, dass sie sich in einem so vornehmen Restaurant vielleicht nicht wohl fühlen würde. Er mochte die Atmosphäre und die Zuvorkommenheit, mit der man dort behandelt, ja geradezu auf Händen getragen wurde.

Als ihm wieder eingefallen war, dass Laura in der Bar mit so großer Sehnsucht in der Stimme gesagt hatte, dass sie gerne ausgeführt werden wollte, hatte er sofort an den Prinzenhof gedacht. Jetzt erinnerte er sich allerdings daran, dass ihn das Ambiente bei seinem ersten Besuch ein wenig eingeschüchtert hatte. Nicht gerade die ideale Voraussetzung für einen entspannten Abend.

»Wir können gern auch woanders hingehen, wenn dir das lieber ist«, bot er an. »Etwas Gemütlicheres vielleicht?« Es war wahrscheinlich ohnehin romantischer, ein Lokal aufzusuchen, in dem es etwas schummriger war.

Laura schüttelte heftig den Kopf. »Nein, schon gut. Prinzenhof ist … gut.«

Marcus öffnete die Beifahrertür und wartete, bis Laura eingestiegen war, dann umrundete er das Auto, stieg selbst ein und steckte den Schlüssel ins Schloss. Laura schaute starr nach vorne und blieb stumm, auch als er das Auto anließ und vom Parkplatz fuhr. Irgendwie lief das gar nicht wie geplant. Sie hatte doch etwas. Aber es war auch ziemlich deutlich, dass sie nicht darüber reden wollte.

»Wie geht es deinem Rücken?«, fragte er schließlich, in der Hoffnung, die Atmosphäre etwas aufzulockern.

Laura drehte ihm den Kopf zu. Sie wirkte, als wäre sie gar nicht richtig anwesend. »Wie bitte?«

»Dein Rücken«, wiederholte er.

»Oh. Ja, dem geht's gut. Alles bestens.« Ihr Lächeln wirkte gezwungen. Sie wandte sich wieder ab, um weiter aus dem Fenster zu starren.

Marcus krampfte die Hände um das Lenkrad. Was immer es war, so hatte das keinen Sinn. »Sollen wir wirklich nicht woanders hingehen? Ich möchte, dass du dich wohl fühlst.«

Sie drehte ihm wieder das Gesicht zu, und aus den Augenwinkeln sah er, dass sie für einen winzigen Moment erschrocken aussah. Vielleicht hatte er es sich auch nur eingebildet. Er konzentrierte sich wieder auf die Straße.

»Tut mir leid, ich war nur in Gedanken. Nein, mir ist das recht, ich war da schon öfter. Ich mag die Atmosphäre. Etwas steif, aber dagegen hab ich nichts.« Sie lief rot an und grinste dann. »Wie du wahrscheinlich letzte Woche gemerkt hast.«

Er lachte erleichtert. So war es schon besser.

***

»Du bist also Webdesignerin?« Marcus spießte ein Stück Poularde mit der Gabel auf.

Sie nickte. »Eigentlich bin ich Mediendesignerin«, sagte sie und konzentrierte sich dann wieder auf ihren Salat.

So war es schon die ganze Zeit. Er fragte sie etwas, und sie antwortete immer nur kurz und knapp. Innerlich seufzte er. Wenigstens lächelte sie jetzt hin und wieder, und er hatte tatsächlich das Gefühl, dass sie sich hier wohl fühlte. Trotzdem, es war anstrengend, das Gespräch am Laufen zu halten, wenn von ihr nichts zurückkam. Eigentlich hatte er geglaubt, dass sie sich ziemlich auf einer Wellenlänge befänden und es ihnen an Gesprächsstoff nicht mangeln würde. So konnte man sich täuschen. Vielleicht dachte sie aber auch nur, dass er sich nicht wirklich für sie interessierte, und wollte ihn nicht langweilen. Oder sie mochte es nicht, von ihm ausgefragt zu werden. Möglicherweise war es die bessere Strategie, ihr etwas über sich zu erzählen, anstatt sie die ganze Zeit auszuquetschen.

»Ich bin eigentlich Statiker. Irgendwann wurde mir das zu theoretisch. Immer nur die Berechnungen im Büro. Dann hat Robert mich angesprochen, ob ich nicht Lust hätte, ihm beim Bau eines Hochseilgartens unter die Arme zu greifen. So ist unsere gemeinsame Anlage entstanden, und seitdem will ich nichts anderes mehr machen. Es reizt mich, immer neue Möglichkeiten zu finden, den Hochseilgarten in die Natur zu integrieren, ohne zu viel Schaden anzurichten.« Er merkte, dass er auf dem besten Wege war, Laura seinen üblichen Vortrag zu halten, und bremste sich etwas. Er wollte ihre Aufmerksamkeit gewinnen und sie nicht langweilen. »Und ich habe schon immer gerne mit natürlichen Materialien …«

Laura sah von ihrem Teller auf. »Umweltschutz finde ich auch sehr wichtig«, unterbrach sie ihn. Sie lächelte kurz, dann senkte sie wieder den Kopf.

Marcus starrte sie an. Gut. Offensichtlich wollte sie auch nichts über ihn wissen. Was wollte sie dann? Er ließ die Gabel sinken und trank seinen Weißwein beinahe in einem Zug aus. Sofort eilte ein Kellner herbei und füllte sein Glas wieder zwei Fingerbreit auf. Marcus widerstand der Versuchung, das auch gleich runterzustürzen, und wartete, bis der junge Mann sich wieder zurückgezogen hatte.

»Der Sommer ist dieses Jahr wirklich warm«, sagte er schließlich.

»Hm«, machte Laura freundlich.

»Ich hoffe, du magst Käse.« Er ging jetzt dazu über, einfach alles zu sagen, was ihm in den Sinn kam. »Es gibt hier eine exzellente Käseauswahl.«

»Klingt gut.«

Gott, sie machte ihn wahnsinnig! »Du machst mich wahnsinnig«, rutschte es ihm heraus.

Sie schrak auf. »Wie bitte?«

Vielleicht war das nicht so günstig gewesen, er wollte sie ja eigentlich nicht vor den Kopf stoßen.

Er räusperte sich. »Scharf.«

Sie blinzelte. Offensichtlich kam sie nicht mehr mit, was ihn nicht wunderte, er konnte sich selbst kaum noch folgen. Er neigte sich ein wenig zu ihr und flüsterte: »Du machst mich wahnsinnig scharf.«

Ein Lächeln breitete sich auf ihrem Gesicht aus. Diesmal ein echtes. »Oh.« Wenn sie jetzt wieder den Kopf senkte und den

Teller weiter anstarrte, dann würde er sich sehr beherrschen müssen, um nicht frustriert aufzuschreien, was nicht ganz dem üblichen Verhaltensmuster in diesem Etablissement entsprach.

Zum Glück senkte sie den Kopf nicht. Sie hielt seinen Blick fest, rutschte ein wenig an ihn heran und sagte: »Darauf warte ich schon den ganzen Abend.«

Er atmete erleichtert auf. Er hatte also doch ein Thema gefunden, das ihr zusagte. Nur leider keines, das sie hier so nebenbei beim Essen besprechen konnten.

»Ich kann mich überhaupt nicht konzentrieren, weil ich nur daran denken kann, dass wir …« Sie verstummte und warf einen Blick über die Schulter, als ob sie sich versichern wollte, dass niemand in der Nähe war. »Dass wir endlich zum interessanten Teil des Abends übergehen.«

»Sollen wir das Dessert auslassen?«, fragte er.

Sie verdrehte die Augen. »Oh Gott, bitte, ja.«

Er lachte. »Okay. Aber weißt du, du hättest mir einiges ersparen können, wenn du das einfach gleich gesagt hättest.« Es war ja nicht so, als hätte er es auf ein Date abgesehen gehabt. Er hatte nur nicht wie ein ungehobelter Wilder über sie herfallen wollen.

»Tut mir leid.« Sie machte ein zerknirschtes Gesicht. »Ich wollte nicht unhöflich sein.«

Er sparte sich eine Antwort darauf. »Ist es dir recht, wenn wir zu mir fahren?«, fragte er.

»Zu dir?« Sie sah aus wie ein in die Enge getriebenes Kaninchen.

»Ja, oder möchtest du lieber woandershin?«

Ihre Stirn lag in Falten, als würde sie angestrengt darüber nachdenken. Schließlich schüttelte sie den Kopf. »Nein, ist mir recht.«

»Laura, bitte, sag mir einfach, wenn dir etwas anderes lieber ist, okay?«

»Okay.«

Es klang nicht so, als würde sie es wirklich ernst meinen. Warum war sie heute nur so anders als im Hochseilgarten? Letzte Woche war alles so einfach gewesen. Locker und ungezwungen. Nicht so verkrampft und angespannt wie jetzt.

***

Laura wusste, dass sie es Marcus ziemlich schwergemacht hatte, und sie wusste auch, dass sie sich damit auf gefährliches Terrain begab. Sie hatte sich bemüht, ihn nicht völlig abzuweisen und freundlich zu bleiben, aber ihr Verhalten war dennoch zu sehr Claire gewesen. Deswegen hatte sie auch den Gedanken verworfen, ihm vorzuschlagen, in ein Hotel zu gehen. Es würde ihn wahrscheinlich misstrauisch machen.

»Laura?«

Sie sah auf und merkte erst jetzt, dass das Auto in einer Tiefgarage stand. In welchem Stadtteil befanden sie sich überhaupt? Bevor ihre Gedanken abgedriftet waren, waren sie an irgendeiner U-Bahn-Station vorbeigekommen. Möglicherweise waren sie im Lehel. Dunkel erinnerte sie sich daran, dass sie an einigen neu renovierten Altbauten vorbeigekommen waren.

»Wir sind da.« Marcus hatte die Beifahrertür geöffnet und hielt ihr eine Hand hin. Sie griff danach und versuchte zu ignorieren, wie gut es sich anfühlte, seine Haut auf ihrer zu spüren.

Sie fuhren mit dem Aufzug nach oben, und Marcus führte sie in seine Wohnung. Der großzügige Flur, der für eine Altbauwohnung ebenso typisch war wie die hohen Decken und die weißen Flügeltüren, deutete darauf hin, dass die Wohnung um einiges größer war als ihre. Hochseilgartenbau musste sich für Marcus ziemlich lohnen. Sie ließ sich von ihm den Mantel abnehmen und dann in sein Wohnzimmer führen. Ein hochfloriger, weißer Teppich bedeckte den Großteil des Dielenbodens und verlieh dem ansonsten sehr schlicht eingerichteten Raum Wärme. Überall standen abstrakte Skulpturen aus Holz. Einige sahen aus, als wären sie lediglich außergewöhnlich gewachsene Baumstämme, andere waren mit Werkzeugen in Form gebracht worden. Laura lächelte. Marcus musste Holz wirklich sehr mögen, genau, wie er es beim Essen gesagt hatte. Sie stellte ihre Handtasche neben dem Sofa ab und ging zu einer der Skulpturen, einem merkwürdig verdrehten Stück Holz ohne Rinde, das unnatürlich glatt aussah. Sie hob eine Hand, um es zu berühren.

»Darf ich?«, fragte sie über ihre Schulter.

»Nur zu.« Die Dielen knarzten, als Marcus zu ihr herüberkam.

Mit den Fingerspitzen berührte sie die Oberfläche der Skulptur. Sie war beinahe so glatt wie Porzellan. »Unglaublich.«

»Du musst sie mit der ganzen Hand berühren. Und am besten mit geschlossenen Augen.«

Sie warf ihm aus den Augenwinkeln einen Blick zu, um zu sehen, ob er sich einen Scherz erlaubte oder sie vielleicht nur dazu bringen wollte, die Augen zu schließen, damit er seine Hände auf ihre legen konnte. Sie hätte nichts dagegen gehabt. Marcus hatte seine Hände jedoch fest in den Hosentaschen vergraben. Auch gut.

Sie schloss die Augen und legte beide Hände auf die Skulptur. Dann ließ sie sie langsam daran auf- und abgleiten, spürte die verdrehte Form und die wunderbar warme Oberfläche. Es war ein interessantes Spiel für ihre Sinne, das sie sogar ein wenig erregte. »Was ist das?«

»Das ist eine Forcola von einer venezianischen Gondel, sie

dient als Ablage für die Riemenstange, mit der die Gondel gesteuert wird.«

Laura öffnete die Augen und betrachtete das Ding genauer. »Tatsächlich, das sieht wirklich so aus. Hier ist die Kuhle.« Sie fuhr mit der Hand hinein. »Und deswegen ist das Holz auch so glatt. Es muss wirklich uralt und lange in Benutzung gewesen sein.«

Marcus' Augen leuchteten, als er das Stück Holz betrachtete, und sie konnte seine Faszination dafür verstehen. Es war nicht einfach nur ein Stück toter Baum, es hatte eine Geschichte.

»Es ist eines meiner Lieblingsstücke, weil es so echt ist. Es hat Vergangenheit, die Menschen, die es benutzt haben, leben darin weiter.«

»So etwas in der Art dachte ich auch gerade. Das ist wirklich unglaublich«, hauchte sie. Ihre Finger wanderten über die glatte Oberfläche, unfähig, sich davon zu lösen.

»Es gibt nicht viele Leute, die das verstehen«, sagte Marcus rauh, und als sie zu ihm aufsah, bemerkte sie, dass sein Blick beinahe zärtlich auf ihr ruhte.

Laura zog ihre Hand weg, als hätte sie sich verbrannt. Was tat sie da nur? Sie hatte sich doch vorgenommen, nichts über Marcus zu erfahren, und das schloss seine Vorlieben für bestimmte Einrichtungsgegenstände mit ein. Sie war nur aus einem Grund hier. Sex, nichts sonst. Sie warf Marcus einen Blick zu. Er schien sich zu freuen, endlich etwas zu haben, worüber er mit ihr reden konnte, nachdem sie es ihm den ganzen Abend so schwergemacht hatte.

Es war ihr nicht leichtgefallen, ihn so vor den Kopf zu stoßen. Sie hätte wahnsinnig gern mit ihm geredet, ihm etwas von sich erzählt und mehr über ihn erfahren, aber gerade weil sie es so gerne wollte, durfte sie das auf keinen Fall tun. Außerdem konnte es ihr egal sein, wenn sie ihn verärgerte und er auf

Dauer nichts mit ihr zu tun haben wollte. Eigentlich konnte ihr das sogar nur recht sein. Sie wollte ja gar nicht, dass er sie mochte. Und noch weniger wollte sie, dass er sie so zärtlich ansah wie gerade eben. Sie würde ihn nach heute nur noch einmal treffen und dann nicht wieder. Der Gedanke versetzte ihr einen Stich. Verärgert strich sie ihren Rock glatt. *Du magst nur die Aussicht nicht, dass du dann erst mal ohne Sex auskommen musst, weil du keine fremden Kerle mehr aufreißen willst.*

Trotzdem tat es ihr jetzt beinahe leid, schon wieder ein Gespräch zu sabotieren. »Möchtest du mir nicht etwas zu trinken anbieten?«

Insgeheim hoffte sie natürlich, dass er kurz in die Küche verschwinden würde, damit sie auf die Suche nach dem Schlafzimmer gehen konnte. Sie wollte sich von Marcus nicht die ganze Wohnung zeigen lassen, weil sie auf keinen Fall noch mehr interessante Sachen entdecken wollte, die Gesprächsstoff bieten und ihn ihr noch sympathischer machen würden. Sie wollte nur das Bett finden, mit ihm schlafen und danach in Ruhe da liegen und die Gefühle auskosten. Sosehr der Sex im Hochseilgarten ihr gefallen hatte, so sehr hatte sie auch die Ruhe danach vermisst. Neben ihm zu liegen und nur zu spüren.

»Aber natürlich möchte ich das. Was würde dir denn zusagen?«

Sie überlegte, was ihn möglichst lange beschäftigen würde. »Rotwein. Ja.« Mit etwas Glück gehörte er zu denen, die einen guten Wein vorher dekantierten. Mit Sicherheit gehörte er nicht zu denen, die Weine mit Schraubverschluss kauften, also würde er zumindest ein paar Momente mit dem Entkorken zu tun haben.

»Kein Problem. Irgendwelche Vorlieben?«

Sie zuckte mit den Achseln. »Das überlasse ich dir. Aber ich mag es, wenn er vorher ein wenig geatmet hat.« Sie hoffte, dass er den Hinweis verstehen würde.

»Natürlich. Das dauert dann aber ein bisschen.«

»Macht nichts. Auf etwas Gutes warte ich gerne ein wenig.«

Seine Mundwinkel hoben sich ein wenig, und Laura schoss das Blut in die Wangen. Verlegen deutete sie auf das Sofa. »Ich bin hier.«

Sobald er verschwunden war und sie hörte, dass er in der Küche zugange war, verließ sie das Wohnzimmer. Sie ging zur ersten Tür, die nur angelehnt war, stieß sie ein Stück auf und warf einen kurzen Blick hinein. Immer noch fiel genug Licht durch die Fenster, dass sie die Lampe nicht einschalten musste. Ein Schreibtisch, kein Bett. Nicht das Schlafzimmer. Sie zog den Kopf wieder zurück, denn mehr wollte sie gar nicht sehen, und ging zur nächsten Tür. Sie war zu, aber nicht abgesperrt.

Laura drückte die Klinke hinunter und öffnete die Tür. Entsetzt sog sie die Luft ein. »Wow!« Sofort legte sie sich eine Hand auf den Mund, aber es war zu spät.

Marcus hatte sie gehört und stand jetzt ebenfalls im Gang. Als er sah, dass sie die Zimmertür geöffnet hatte, weiteten sich seine Augen für einen Sekundenbruchteil.

»Tut mir leid, ich … Ich wollte nicht spionieren.« *Lügnerin.* »Ich habe nur das Badezimmer gesucht und mich in der Tür geirrt.«

Marcus kam auf sie zu. »Nein, mir tut es leid, dass du das sehen musstest.« In seinen Augen blitzte der Schalk. »Ich sollte die Tür wohl absperren, wenn ich Besuch erwarte.«

Laura kicherte. »Ja, das wäre vielleicht besser.« Es war wirklich kein schöner Anblick. Es war zwar nicht gerade eine Folterkammer, außer vielleicht für alle, die Ordnung nicht als völlig überflüssig betrachteten, aber das Zimmer hatte so rein gar nichts mit der restlichen Wohnung gemein, dass sie sich fragte, wie das zusammenpasste. »Was muss ich auch durch die Wohnung laufen und mich in der Tür irren? Dafür kannst du ja nichts.«

»Das ist Fabians Zimmer. Er ist siebzehn. Das ist wirklich die einzige Entschuldigung, die ich dir anbieten kann.«

»Da bin ich aber erleichtert, dass die satanische Unordnung da drin nicht dein Werk ist.« Sie atmete übertrieben erleichtert aus. Dann fiel ihr plötzlich auf, was er gesagt hatte. »Warte. Du hast einen siebzehnjährigen Sohn?« Sie hatte keine Ahnung, wie alt Marcus war, aber das hätte sie eigentlich nicht für möglich gehalten.

Marcus hustete, als hätte er sich verschluckt. »Sag mal, für wie alt hältst du mich?«

Laura konnte nicht anders, sie musste lachen. »Ich weiß nicht, du könntest ja früh angefangen haben. Wie alt bist du denn?«

»Vierunddreißig.«

»Na, siehst du. Theoretisch wäre es möglich. So was passiert, ich verurteile niemanden.« Laura grinste.

Marcus schüttelte lachend den Kopf. »Er ist nicht mein Sohn, und so gern ich ihn habe, ich bin ganz froh darüber. Er ist mein Halbbruder.«

»Und er wohnt bei dir?« Eigentlich wollte sie dazu gar nichts hören. Sie wollte nicht wissen, dass er seinen kleinen Bruder netterweise bei sich wohnen ließ. Wenn schon, dann hätte sie lieber gehört, dass er einen Sohn hatte, den er nie besuchte. Das hätte es leichter gemacht, ihn nicht zu mögen.

Marcus zuckte mit den Schultern. »Hin und wieder. Er streitet ziemlich oft mit seiner Mutter, dann haut er ab und bleibt eine Weile hier.«

»Und die Mutter findet das in Ordnung?«

»Ich schätze, sie ist froh, dass er zu mir kommt und nicht sonst wohin verschwindet. So weiß sie wenigstens, wo er ist.« Marcus griff nach der Klinke und zog die Tür ins Schloss. »Ich will nicht, dass er sich mit mir auch noch streitet, deswegen hab ich beschlossen, dass er da drin schalten und walten darf, wie er will. Solange er nicht von mir verlangt, dass ich reingehe.«

Laura hätte gerne noch mehr gefragt. Sie hätte gern gewusst, ob er noch andere Geschwister hatte. Außerdem hätte sie gern gewusst, ob er genauso unter der Scheidung seiner Eltern gelitten hatte wie sie. Es war ja sehr wahrscheinlich, dass seine Eltern geschieden waren, wenn er einen jüngeren Halbbruder hatte. Sie fragte nicht weiter. Sie hatte ohnehin schon viel zu viel erfahren.

»Aber keine Sorge, im Moment scheint alles in Ordnung zu sein, ich denke nicht, dass wir damit rechnen müssen, dass er heute hier aufschlägt.«

»Selbst wenn, es würde mir nichts ausmachen«, erwiderte sie, bevor sie darüber nachdenken konnte, wie das auf ihn wirken musste.

Marcus musterte sie beinahe überrascht. »Nein, das würde es wohl wirklich nicht, oder? Du würdest das Gleiche für deine Beinahe-Schwägerin tun.« Ein warmes Leuchten war in seine Augen getreten, das Laura für einen Moment atemlos machte und direkt in ihr Herz drang. Bis ihr wieder einfiel, dass sie nicht wollte, dass ein Mann sie jemals wieder so ansah. Schon gar nicht ein Mann, den sie mögen könnte. Sie senkte den Blick und suchte nach etwas, was sie sagen konnte, um ihn davon abzuhalten, sie so anzusehen. Aber er kam ihr zuvor.

»Ich hätte allerdings nichts dagegen, wenn wir heute ungestört bleiben«, flüsterte er. »Das Schlafzimmer ist übrigens hier.« Er deutete auf die verbliebene Tür auf der anderen Seite des Ganges.

Laura hob den Kopf und sah, dass er grinste. Ihre Wangen wurden heiß. »Woher weißt du …?«

»Ich habe an das Gleiche gedacht«, sagte er und nahm ihre Hand. Er führte sie an seine Lippen und hauchte einen federleichten Kuss auf ihre Handfläche, der Lauras Sinne in Aufruhr versetzte. »Es dauert eine Weile, bis der Wein so weit ist«, murmelte er. Mit einer Hand fasste er in ihren Nacken und zog sie ein Stück zu sich. Sein Blick zuckte zu ihren Lippen. Lauras Mund wurde trocken. Er wollte sie küssen. Er hatte es schon vorhin versucht, da hatte sie sich noch aus der Affäre ziehen können. Jetzt wäre es zu auffällig, wenn sie es wieder täte. Sein Gesicht näherte sich ihrem, und Laura versuchte verzweifelt, einen Grund zu finden, ihn nicht zu küssen. Gleichzeitig hoffte sie, dass ihr keiner einfallen würde. Die kurze Berührung seiner Lippen im Hochseilgarten verfolgte sie jetzt noch. Mehr als einmal hatte sie sich gefragt, wie es wäre, ihn zu küssen, und ob es sich so gut anfühlen würde, wie sie es sich vorstellte.

Marcus zog sie jetzt ganz in seine Arme und drückte sie an sich. Sie legte die Hände auf seine Brust, spürte die Wärme, die von seiner Haut ausging, und die Muskeln, die sich unter seinem Hemd abzeichneten. Sie musste den Kopf nur ein ganz klein wenig in den Nacken legen, damit er sie küssen konnte. Sie schloss die Augen, als sie Marcus' Lippen schon fast auf ihren fühlte, und es kribbelte in ihrem Bauch. Schnell senkte sie den Kopf, bevor sie noch etwas tat, was sie hinterher bedauern würde. Küssen war unnötig, wenn man nur Sex wollte. Küssen, das war für Verliebte, und sie war nicht verliebt. Und warum kribbelte es? Kribbeln war nicht gut. Erregung war das, was sie spüren wollte.

Sie gab Marcus keine Zeit, sich zu fragen, warum sie den Kuss abgebrochen hatte. Hektisch machte sie sich an seiner Krawatte zu schaffen, öffnete den Knoten und ließ sie zu Boden fallen. Dann rupfte sie an seinem Hemd, riss schließlich daran, bis ein paar Knöpfe nachgaben, abplatzten und sie den Stoff beiseiteschieben konnte. Sie wusste, dass es verdächtig war, dass sie ihn nicht küsste, und sie wusste, dass es nur eine Frage der Zeit war, bis er anfing, sich darüber zu wundern.

Sie musste ihm ein Zugeständnis machen, um ihn abzulenken. Sie schob beide Hände unter den Stoff des Hemdes und öffnete es, bis Marcus' glatte Brust fast vollständig entblößt war. Sanft berührte sie mit ihren Lippen seine nackte Haut, die sich fest über seine Brustmuskeln spannte. Sie hörte seinen schneller werdenden Atem, als sie ihn mit kleinen Küssen übersäte und gleichzeitig ihre Hände über seine Seiten und seinen Rücken gleiten ließ.

»Laura …«, flüsterte er heiser.

Sie küsste die Kuhle an seinem Hals und knabberte vorsichtig an seiner Schulter. Sicher war es jetzt genug. Er versuchte nicht mehr, sie zu küssen. Das Opfer hatte sich gelohnt. Zeit, aufzuhören. Nur dass es kein Opfer gewesen war. Und sie wollte auch nicht aufhören. Seine Haut war wunderbar weich unter ihren Lippen und hinterließ einen ganz leichten, salzigen Geschmack auf ihrer Zunge. Nein, sie wollte nicht aufhören. Wie im Nebel bekam sie mit, dass er den Reißverschluss ihres Kleides öffnete und einen Träger über ihre Schulter schob. Er fuhr mit dem Daumen darüber, senkte den Kopf und küsste ihr Schlüsselbein. Verlangen sammelte sich in Lauras Unterleib, aber es war nicht das rohe Verlangen, das sie die letzten Male gespürt hatte. Nicht die animalische Lust auf Befriedigung. Es war die Sehnsucht, von ihm liebkost zu werden, seine Hände, seine Lippen und seine Haut überall auf sich zu spüren und mit ihm zu verschmelzen, bis sie eins waren. Laura erstarrte. Ihre Kehle war plötzlich eng, und das Schlucken fiel ihr schwer. Sosehr sie es wollte, sie durfte das nicht. Diese

Sehnsucht war zu gefährlich, zu überwältigend, zu zerstörerisch.

»Was ist?«, murmelte Marcus und berührte mit den Lippen die Rundung ihrer Schulter.

Laura duckte sich aus seiner Umarmung und presste ihre Hände fest aneinander, damit er nicht merkte, wie sehr sie zitterten. »Nichts. Ich …« Ihr Blick fiel auf die Schlafzimmertür. Wie hatte sie nur eine Sekunde lang daran denken können, im Bett mit ihm zu schlafen? Dort war zu viel Platz, zu viel Raum für ein Vorspiel, das sie nicht wollte. Das sie nicht ertragen konnte.

»Das Bad. Wo ist es?«

Er runzelte die Stirn. »Diese Tür.« Er deutete auf die weiße Holztür am Ende des Flures. Laura stürzte darauf zu und rettete sich hindurch, bevor Marcus etwas sagen konnte. Sie schloss die Tür und drehte den Schlüssel herum.

Mit dem Rücken ließ sie sich gegen das Holz sinken und rutschte daran nach unten. Sie presste die Hände auf die Augen. Sollte sie lieber gehen? Alles in ihr wehrte sich dagegen. Sie konnte Marcus nicht küssen, und sie durfte auch nicht zulassen, dass zu viel Intimität entstand, aber sie konnte den Gedanken kaum ertragen, auch noch auf den Rest verzichten zu müssen. Sie konnte jetzt nicht gehen, mit diesem schrecklichen Gefühl im Bauch, dass sie sich das Einzige versagt hatte, was ihr die letzten Tage erträglich gemacht hatte.

Sie atmete tief durch. Wenn sie Marcus nur sagen könnte, dass sie nicht gestreichelt werden wollte und nicht geküsst. Dass sie nur den Sex wollte, für den sie inzwischen mehr als bereit war. Aber das kam nicht in Frage. Eine andere Lösung musste her, eine, die dazu führen würde, dass er seine Hände bei sich behielt.

Etwas fiel ihr ein, sie war sich nur nicht sicher, was Marcus davon halten würde. Sie wartete noch einen Augenblick, bis ihre Hände nicht mehr zitterten, stand auf, warf einen Kontrollblick in den Spiegel und öffnete die Tür.

Er stand immer noch da, wo sie ihn zurückgelassen hatte, und wartete auf sie. »Alles in Ordnung?«, fragte er. Er sah ein wenig besorgt aus.

Laura atmete tief durch und schenkte ihm dann ein Lächeln. »Ja, ich musste mich nur noch mal frisch machen vorher.«

Er nickte, wirkte aber nicht völlig überzeugt. »Du würdest es mir sagen, wenn …«

Laura schluckte. Musste er so mitfühlend sein? Sie zog die Augenbrauen zusammen. *Schluss damit.*

»Ich will dich fesseln. Ans Bett.«

»Fesseln?« Er runzelte die Stirn.

»Ja. Ich … ich … stehe total darauf.« Nicht, dass sie das schon jemals gemacht hätte. Thomas und sie hatten eigentlich nie irgendwas Besonderes gemacht. Wenn er mal nicht oben gelegen hatte, war das für sie schon gewagt gewesen.

»Ich weiß nicht …«

Sie unterbrach ihn. »Komm schon, schließlich hast du mich auch schon gefesselt.« Natürlich war das nicht das Gleiche, und sie beide wussten es. Er hatte ihre Arme frei gelassen. Sie hätte sich zur Not selbst befreien können. Sie dagegen wollte seine Hände fesseln, und zwar definitiv so, dass er sich nicht befreien konnte.

»Laura, nicht, dass ich grundsätzlich was dagegen hätte, aber …«

Ihr Herz sank. Wenn er sich nicht von ihr fesseln ließ, dann konnte sie nicht bleiben, dann war es vorbei. Laura schloss die Augen. Sie wollte nicht, dass es vorbei war.

»Bitte«, flüsterte sie und hasste sich dafür, wie verzweifelt es klang. »Bitte, lass mich dich fesseln.«

Er kam zu ihr und wollte ihre Hand nehmen. Sie wich zurück. »Warum liegt dir so viel daran? Warum gerade heute? Wir haben doch alle Zeit der Welt, das läuft uns nicht weg.«

Was konnte sie ihm sagen? Welche Erklärung würde er akzeptieren und dann einwilligen? Für Koketterie war es jetzt zu spät, er hatte längst gemerkt, dass mehr dahintersteckte als nur das Verlangen nach einer aufregenden Spielart.

»Ich weiß, dass das Vertrauen braucht, und ich weiß, dass wir uns noch nicht gut kennen. Genau darum geht es. Ich ... ich brauche das Gefühl, die Kontrolle zu haben, weißt du? Gerade jetzt. Ich kann mich sonst nicht fallen lassen.«

»Letzte Woche hat es dich auch nicht gestört, keine Kontrolle zu haben.«

Natürlich war ihm das aufgefallen. »Gut, ich, ich wollte das nicht so deutlich sagen, aber letzte Woche ... da hast du etwas getan, was ich eigentlich nicht mag.« Verdammt, das war nicht fair von ihr. »Natürlich konntest du das nicht wissen«, fügte sie hastig hinzu. »Es gibt für mich zwei absolute Tabus: Oralsex und Analsex. Du ... du hast mich überrascht, und ich hab es nicht über mich gebracht, etwas zu sagen. Aber es hat eine Grenze überschritten, die ich nicht überschreiten wollte und auch in Zukunft nicht mehr überschreiten will.« Laura sah zu Boden. Sie wollte sein Gesicht nicht sehen, wenn ihm klarwurde, was sie da gesagt hatte. Dass ihr nicht gefallen hätte, was er letztes Mal getan hatte. Sie wollte auch nicht, dass er in ihrem Gesicht sah, was für eine große Lüge das war. Es gab diese Tabus tatsächlich, aber der Oralsex schloss eigentlich nur aus, dass sie einem Mann mit dem Mund Befriedigung verschaffte. Sie konnte den Gedanken nicht ertragen, so etwas Intimes zu tun, wie ihn in den Mund zu nehmen, und hatte es auch noch nie zuvor getan. Nicht einmal bei Thomas. Weil sie nichts verlangen wollte, was sie nicht zurückgeben konnte, hatte sie immer darauf bestanden, dass er es bei ihr auch nicht tat. Dazu kam, dass sie es noch nie wirklich zu schätzen gewusst hatte. Bis letzte Woche.

Zaghaft hob sie den Kopf. Sie erwartete, dass er wütend oder verletzt sein, sie vielleicht sogar rauswerfen würde, aber in seinen Augen stand nur Bedauern. Er nahm ihre Hand und fuhr beruhigend mit dem Daumen über ihren Handrücken.

»Ich wünschte, du hättest es mir gesagt. Wenn ich auch nur den leisesten Verdacht gehabt hätte, dass du das nicht magst, dann …« Er verstummte.

Laura schloss die Augen und widerstand der Versuchung, sich an ihn zu lehnen. Ein furchtbares Gefühl drückte ihr die Brust zusammen. Es war nicht richtig, ihn so anzulügen, ihn beinahe zu erpressen, damit er tat, was sie wollte. Ihre Augen begannen zu brennen. Wie tief war sie gesunken? Sie war immer stolz darauf gewesen, den Männern nichts vorzuspielen und gnadenlos ehrlich zu sein. Und jetzt log sie, um ihn zu erpressen, damit sie nicht auf ihr Vergnügen verzichten musste. Es war ihr sogar egal gewesen, dass sie ihn damit vielleicht verletzte. Ihr war egal gewesen, dass sie ihm einen Grund gab, sich Vorwürfe zu machen, obwohl er nichts falsch gemacht hatte. Zusätzlich hatte sie ihm jetzt wahrscheinlich auch noch die Erinnerung an ein Erlebnis verdorben, das für sie so unglaublich schön gewesen war, dass sie es niemals vergessen würde.

»Es tut mir leid, Marcus, es tut mir so leid. Ich sollte gehen.« Sie wischte sich ungeduldig über die Augen. »Es war nicht richtig, das zu verlangen.«

»Es war auch nicht falsch«, antwortete er leise. »Es war nur zu früh.«

Er zog sie an sich, und diesmal ließ sie ihren Kopf an seine Schulter sinken. Ihre Wange ruhte an seiner nackten Haut, und seine Wärme und sein typischer Geruch wirkten ungemein tröstlich auf sie. Er küsste sie auf den Scheitel und streichelte dann mit einer Hand über ihre Haare. Sie hätte ewig so dastehen können.

»Wenn du wirklich gehen möchtest, dann bringe ich dich nach Hause«, sagte Marcus schließlich. »Aber vielleicht möchtest du auch bleiben, und wir fangen einfach noch mal ganz von vorne an?«

»Willst du etwa noch mal ins Restaurant zurück?«

Er lachte. »Willst du das denn?«

»Um Himmels willen, nein!«

»Gut, ich auch nicht. Wie wäre es, wenn wir ins Wohnzimmer gehen und uns noch ein bisschen über meinen missratenen Bruder unterhalten?«

Jetzt musste auch Laura lachen. »Ich bin sicher, so schlimm ist er nicht. Er ist doch noch ein Teenager, das kann alles noch werden.«

»Ich hoffe sehr, dass du recht hast.«

»Ich spreche aus Erfahrung. Meine Schwägerin ist kurzfristig als Teenager auch ziemlich ausgetickt, aber jetzt verstehen wir uns richtig gut.«

»Deine Ex-Beinahe-Schwägerin?«

»Ja, genau die.« Laura grinste und ging langsam neben Marcus her ins Wohnzimmer zurück.

»Das macht mir direkt Hoffnung. Sie wirkte sehr nett.« Marcus steuerte ein schwarzes Ledersofa an, und Laura setzte sich.

»Ich könnte jetzt wirklich einen W…«, Laura verschluckte das Wort im letzten Moment und hustete, um die Pause zu überbrücken. Beinahe hätte sie Whisky gesagt. Whisky, den Claire in Marcus' Gegenwart getrunken hatte. »Ich könnte wirklich den Wein gebrauchen.«

»Ich bin gleich zurück.« Marcus ging kurz in die Küche und kam dann mit zwei langstieligen Rotweingläsern zurück. Sein Hemd stand immer noch offen, schließen konnte er es nicht mehr, weil sie die Knöpfe abgerissen hatte.

»Tut mir leid wegen deinem Hemd«, sagte Laura kleinlaut.

Marcus reichte ihr ein Weinglas. »Macht nichts, das bin ich gewohnt«, sagte er, ohne eine Miene zu verziehen.

Laura kicherte und nippte an dem Rotwein. »Was? Dass Frauen über dich herfallen und dir die Hemden aufreißen?«

»Ja.« Er machte ein nachdenkliches Gesicht. »Ich dachte immer, das wäre Leidenschaft, aber vielleicht mögen sie einfach meine Hemden nicht. Vielleicht sollte ich mal ein paar neue kaufen, anstatt immer nur die Knöpfe wieder annähen zu lassen.«

»Also mir gefällt es«, sagte Laura und griff nach dem Hemdkragen. Sie drehte ihn ein wenig hin und her und tat so, als ob sie das Hemd genauer in Augenschein nahm. »Gibt nichts daran auszusetzen. Abgesehen davon natürlich, dass es keine Knöpfe mehr hat.«

Marcus lachte. »Dann ist es wohl doch Leidenschaft. Vielleicht sollte ich es mir einfach sparen, die Knöpfe ersetzen zu lassen.«

Sie zupfte noch einmal an dem Hemd und wollte es dann wieder loslassen, als sie an Marcus' Schulter einen großen, dunklen Fleck bemerkte, der bisher immer vom Stoff verdeckt gewesen war.

Sie schob das Hemd noch etwas weiter zur Seite und sah, dass es ein Bluterguss war und daneben sogar ein wenig Schorf. Sie sog scharf die Luft ein. »Du meine Güte, was hast du denn gemacht?«

Ohne wirklich darüber nachzudenken, streckte sie die Hand aus und fuhr sanft mit den Fingerspitzen über die Stelle.

Marcus zuckte zusammen. Schnell nahm Laura die Hand weg und ließ den Stoff wieder über seine Schulter fallen.

»Ach, das ist nichts, das ist nur …«

Laura unterbrach ihn. »Herrje, ist das etwa aus der Bar, als du Sabrina vor diesen Kerlen beschützt hast?« Nein, das konnte nicht sein, das war doch mittlerweile zwei Wochen her. Außerdem erinnerte sie sich nicht daran, dass einer der Typen ihn angegriffen hatte.

»Nein, damit hat das gar nichts zu tun. Das hat mir Lukas verpasst.«

»Wie bitte? Warum das denn?«

»Ich war unaufmerksam, eigentlich bin ich selbst schuld.« Er lächelte gequält. »Ich habe ohnehin noch Glück gehabt, wenn Lukas richtig durchgezogen hätte … du solltest Erik mal sehen, wenn er manchmal von einem Kampf zurückkommt.«

Jetzt verstand Laura gar nichts mehr. »Kampf? Was für ein Kampf?« Sie hatte Marcus bisher eigentlich eher für ruhig und gelassen gehalten, dass er mit seinen Kumpels über irgendetwas so in Streit geriet, dass sie sich gegenseitig verletzten, konnte sie sich gar nicht vorstellen.

»Schwertkampf. Zuerst war es nur ein Workshop, aber Erik hat mich überredet, noch mal mitzukommen. Ich weiß, das klingt verrückt.«

Laura bemühte sich, das miese Gefühl zu ignorieren, das sich in ihrem Bauch bildete. »Ach, was heißt schon verrückt, jeder hat doch irgendein Hobby, das einige andere Leute für ziemlich bescheuert halten würden.« Sie dachte an ihr »Hobby«. One-Night-Stands mit Wildfremden. Wirklich bescheuert.

Marcus lachte. »Stimmt wahrscheinlich. Nur vielleicht nicht so gefährliche.«

»Ist das denn wirklich so gefährlich?«, fragte sie. »Es gibt doch bestimmt eine Schutzausrüstung.«

»Beim Training passiert normalerweise nichts weiter als hier und da ein blauer Fleck, der viel schlimmer aussieht, als er ist. Aber beim Freikampf, da geht es schon ganz anders zur Sache. Da bricht sich immer wieder jemand eine Rippe, und oft fließt auch Blut.«

Laura starrte ihn an. »Warum, bitte, macht man so was?«

Marcus zuckte mit den Achseln. »Es macht Spaß, schätze ich. Jeder Junge möchte doch gerne mal ein echter Ritter sein, mit allem Drum und Dran. Und einige Männer erfüllen sich diesen Traum dann eben und kämpfen. Mit Rüstung und echten Waffen. Warte.«

Marcus stellte sein Glas auf einem kleinen Beistelltisch ab und ging kurz aus dem Zimmer. Wenig später kam er zurück und hielt Laura einen Flyer hin.

Laura nahm das Blatt entgegen. Es war Werbung für einen Mittelaltermarkt, und darauf waren zwei kämpfende Männer in Rüstungen abgebildet.

»Das da ist Erik.« Er deutete auf einen der Männer. »Er kämpft auf dem Markt. Es gibt sogar eine Schlacht, jeder gegen jeden, das ist richtig wild. Vollkontakt, ohne Regeln. Ich bin auch da. Vielleicht magst du ja kommen?«

Lauras Hand krampfte sich um das Papier, und sie musste sich zwingen, es nicht zu zerknüllen. Meinte er das wirklich ernst? Er wollte sein Leben riskieren, nur um sich einen langgehegten Kindheitstraum zu erfüllen? Das war doch verrückt. Ihr wurde ganz anders bei dem Gedanken, dass er sich ernsthaft verletzen könnte. Sie schloss die Augen und atmete tief durch. Er sollte machen, was er wollte. Sie würde ihn ja sowieso nur noch ein weiteres Mal sehen und danach nie wieder. Was kümmerte es sie da, ob er Kopf und Kragen riskierte? Gar nichts. Er war ihr egal. Völlig egal. Ihr lag nichts an ihm, abgesehen davon, dass sie mit ihm schlafen wollte.

»Ich weiß nicht. Ich glaube, das ist nicht so meins.« Betont gleichgültig schob sie den Flyer in ihre Handtasche, die neben dem Sofa auf dem Boden stand, und nahm ihr Rotweinglas vom Tisch. Sie trank einen Schluck, dann noch einen und schließlich das ganze Glas, bis der Alkohol sich warm in ihr ausbreitete und die leise Angst vertrieb, die dort immer noch festsaß. Sie betrachtete Marcus über den Rand ihres Glases hinweg. Ob heute vielleicht doch noch etwas laufen würde? Er schien ihr nicht übelzunehmen, was vorhin passiert war. Natürlich wusste er auch nicht, wie sehr sie ihn belogen hatte und dass sie versucht hatte, ihn zu erpressen. Ob sie noch einmal einen Versuch wagen sollte? Fesseln stand natürlich nicht zur Debatte, aber vielleicht würde er seine Hände ja auch so ruhig halten, nach dem, was sie ihm über Kontrolle erzählt hatte.

***

Verwundert stellte Marcus fest, dass er enttäuscht war, weil Laura nicht zu dem Mittelaltermarkt kommen wollte. Aber was hatte er erwartet? Sie kannten sich kaum, und Mittelaltermärkte waren eben nicht jedermanns Sache. Trotzdem ließ er sich dazu hinreißen, sich vorzustellen, wie sie ihr Tuch als Zeichen ihrer Zuneigung um den Griff seines Schwertes band. Unwillkürlich musste er lächeln.

»Wegen vorhin.« Lauras Stimme schreckte Marcus auf, und er richtete seine Aufmerksamkeit wieder auf sie, die ihn zerknirscht ansah. »Es tut mir leid, dass ich so ausgerastet bin. Es ist nur … weil alles so schnell geht.« Es klirrte leise, als sie ihr leeres Weinglas auf den Couchtisch stellte.

Ihr Kleid war immer noch offen, und der linke Träger hing auf ihrem Oberarm. Der Ansatz ihrer linken Brust wölbte sich leicht aus dem Ausschnitt, und Marcus musste sich ziemlich beherrschen, um sich nicht nach vorne zu beugen und sie dort zu küssen. Eigentlich war er überzeugt gewesen, dass heute nichts mehr zwischen ihnen laufen würde, und er wäre auch damit zufrieden gewesen, weiter hier zu sitzen und mit ihr zu plaudern. Jetzt, da sie endlich etwas auftaute, war er sich doch ziemlich sicher, dass sie sich einiges zu erzählen hätten. Aber er erkannte den Ausdruck in ihren Augen. Er hatte ihn schon einmal gesehen im Hochseilgarten. Und dann noch ein weiteres Mal, vorhin im Prinzenhof, als sie ihm gesagt hatte, dass sie die ganze Zeit so schweigsam gewesen war, weil sie nur an eines denken konnte: mit ihm zu schlafen.

Sie rutschte etwas näher an ihn heran. »Vielleicht gibst du mir noch eine Chance.«

Marcus runzelte die Stirn. Sie hatte doch gar nichts getan. Es hatte eben ein Missverständnis gegeben. Das passierte, besonders wenn man sich noch nicht gut kannte. Sie stützte sich auf die linke Hand und beugte sich etwas näher zu ihm. Dann griff sie mit der rechten Hand nach seinem Gürtel. Es klimperte, als sie die Schnalle öffnete.

»Vielleicht können wir einfach da weitermachen, wo wir aufgehört haben«, flüsterte sie und sah ihn unter schweren Lidern hervor an. Erregung schoss in seine Lenden, als er seinen Reißverschluss hörte, und plötzlich waren ihre Finger in seinen Boxershorts. Ihre Fingerspitzen flatterten über seine Haut, ganz sanft und doch unglaublich erregend. Er schloss die Augen und atmete tief ein.

»Ich sehe, du bist nicht abgeneigt.« Ein zufriedenes Lächeln klang in ihrer Stimme mit, als sie ihre Finger um seinen bereits steif werdenden Schwanz schloss. Er stöhnte und öffnete einen Spaltbreit die Augen, um sie anzusehen. Ihre Augen glänzten, und ihre Wangen waren leicht gerötet.

Er hätte sie gern berührt, den Träger ihres Kleides noch weiter heruntergeschoben und ihre Brustwarze gereizt, bis sie sich ihm entgegenreckte und ihn anflehte, sie in den Mund zu nehmen. Er war sich nur nicht sicher, ob sie das wollte.

»Zeig mir, was du magst«, raunte er und richtete sich ein wenig auf, um sie auf seinen Schoß zu ziehen. Vielleicht würde sie sich sicherer fühlen, wenn sie auf ihm saß. Sie nahm ihre Hand aus seiner Hose und rückte ein Stück weg, aber ihr Lächeln blieb. Ein äußerst verführerisches Lächeln, dem jede Spur von Unsicherheit fehlte. Wahrscheinlich, weil sie sich jetzt wieder auf bekanntem Terrain bewegte.

»Ich würde gern das da drüben mal ausprobieren.« Sie deutete in eine Ecke des Wohnzimmers. Marcus wandte den Kopf und musste unwillkürlich lächeln.

»Den Sitzsack?« Fabian hatte den Sitzsack irgendwann angeschleppt, ihn dann aber nie benutzt. Er war nagelneu, ziemlich groß und rot und machte sich ganz gut als abstraktes Einrichtungsstück. Marcus konnte sich nicht daran erinnern, ihn jemals wirklich ausprobiert zu haben.

»Ja.« Zu seinem Bedauern schob Laura den Träger ihres Kleides hoch und stand auf. Sie streckte ihm die Hand hin, und als er sie nahm, zog sie daran, damit er ebenfalls aufstand.

»Ich muss dich warnen, ich habe keine Ahnung, ob das funktioniert«, sagte er.

»Ich auch nicht«, antwortete sie fröhlich. »Wir werden es herausfinden.« Sie zog ihn zu dem Sitzsack hinüber. »Bitte.« Sie wollte offensichtlich, dass er sich daraufsetzte, anscheinend hatte sie eine ähnliche Stellung im Sinn wie er auf der Couch. Er ließ sich in das riesige, kissenartige Möbelstück sinken, das sich sofort seinem Körper anpasste, ihn aber dennoch stützte. Er fand, dass das Ding eigentlich eher Liegesack heißen müsste.

Laura stand vor seinen Füßen und betrachtete ihn nachdenklich. Er fühlte, wie seine Erregung, die gerade etwas abgeflaut war, mit einem Schlag wieder zurückkam. Was hatte sie als Nächstes vor?

»Wir müssen die Hose loswerden, fürchte ich«, sagte sie sachlich und bückte sich, um daran zu ziehen.

»Meinst du wirklich?«, fragte Marcus neckend.

»Ja, daran führt kein Weg vorbei.«

»Tja, dann …« Er half ihr, seine Hose und die Boxershorts herunterzuziehen. Sie warf sie achtlos in eine Ecke.

»Gut«, sagte sie und unterzog ihn noch einmal einer genauen Musterung. Gott, wie konnte allein ihr Blick ihn schon so hart werden lassen? »Das Hemd kann bleiben, da ist eh nicht mehr viel dran.«

Er nickte ernst. »Vor allem keine Knöpfe.«

Ihr Mund verzog sich zu einem Grinsen. »Knöpfe werden überschätzt.« Ihr Blick fiel auf seine Beine, und als sie sah, dass er dort noch mehr blaue Flecken hatte, umwölkte sich ihre Stirn, und sie öffnete den Mund, wie um etwas zu sagen, und streckte eine Hand danach aus. Vielleicht dachte sie, dass sie ihm weh tun würde, wenn sie ihn berührte, denn sie zog die Hand wieder zurück. Er unterdrückte ein enttäuschtes Stöhnen.

Ihm war mittlerweile völlig egal, wo sie ihn berührte, solange sie es überhaupt tat.

Ihr Gesicht nahm einen entschlossenen Ausdruck an. »Gut. Was brauchen wir noch?«

Ich brauche deine Finger auf meiner Haut.

»Oh.« Sie ging zur Couch, bückte sich nach ihrer Handtasche und holte eine kleine Folienpackung heraus. »Sehr wichtig.« Sie schob sich die Packung in den Ausschnitt. Dann schlüpfte sie aus ihren Schuhen und kam barfuß zu ihm zurück. Endlich.

Auf halbem Wege blieb sie jedoch stehen und warf ihm unter schweren Lidern hervor einen Blick zu. »Wow, der Teppich ist weich!«, schwärmte sie. Mit den Zehen packte sie die langen Fasern und fuhr mit den Füßen hindurch. Sie ließ sich dabei extra Zeit und lächelte Marcus unschuldig an.

Ungeduldig wand er sich auf dem Sitzsack. Zu sehen, wie der Teppich über ihre weiche Haut strich und sie genüsslich die Augen schloss, zu hören, wie sie leise seufzte, ließ alles Blut in seine Lenden fließen und machte ihn schwindelig. »Ich wünschte, ich hätte das Ding nie gekauft«, sagte er gepresst.

Laura lachte und schnalzte mit der Zunge. »Oje. Armer Kerl.«

»Komm jetzt her, sonst stehe ich auf und hole dich«, knurrte er.

Aufreizend langsam kam Laura Schritt für Schritt auf ihn zu.

Er krallte die Hände in den Stoff des Sitzsackes. Seine Erektion pochte schmerzhaft. Endlich, nach einer halben Ewigkeit, war Laura bei ihm angekommen. Er atmete erleichtert aus, als sie sich über ihn beugte und ihre Hände neben ihm auf den Sitzsack stützte. Sie hatte bereits ein Knie neben seiner Hüfte plaziert, da hielt sie inne.

»Oh nein!«, sagte sie und machte ein entsetztes Gesicht. »Ich hab doch noch was vergessen.«

Marcus stöhnte auf und ließ den Kopf nach hinten fallen. Sie machte ihn wahnsinnig. Wirklich. Irgendwann demnächst würde er den Verstand verlieren.

»Willst du nicht wissen, was es ist?«, fragte sie.

Er sah sie an. Sie hatte sich vor ihm aufgebaut und schob einen Zeigefinger unter ihren Rock.

»Meine Güte. Willst du mich umbringen?«

Sie lachte leise. »Glaub mir, du willst, dass ich das tue.«

»Da bin ich mir nicht so sicher«, murmelte er.

Trotzdem konnte er den Blick nicht von ihrer Hand wenden, die geradezu quälend langsam den Rock nach oben schob und so ihren Oberschenkel entblößte. Mehr und immer mehr von ihrer nackten Haut wurde sichtbar, die sanfte Rundung zwischen ihren Beinen, die Leistenbeuge und schließlich ihr Slip. Mit dem Zeigefinger fuhr sie am spitzenbesetzten Saum ihres Höschens entlang. »Du willst doch sicher, dass ich das ausziehe, oder?«

Er schluckte hart.

»Wusste ich es doch.« Sie ließ einen Finger unter den Stoff gleiten, ein klein wenig tiefer als nötig, und dann zwischen ihre Beine. »Oh.« Sie leckte sich über die Lippen und versenkte ihren Finger noch etwas tiefer.

Marcus war kurz davor, seine Drohung wahr zu machen. Wenn sie nicht bald damit aufhörte, würde er sie einfach auf den Teppich werfen und über sie herfallen. Nachdem er das Kondom aus ihrem Ausschnitt gefischt hatte. Sie war wirklich eine Hexe. Er hätte nie gedacht, dass sie so viel Spaß daran haben könnte, ihn hinzuhalten. Und dass es ihm so viel Spaß machen könnte, hingehalten zu werden, auch wenn es gleichzeitig die reinste Folter war.

»Laura!«

Mit einem kecken Grinsen im Gesicht sah sie auf. »Also gut. Ich will mal nicht so sein.« Sie zog den Slip aus und ließ ihn liegen, wo er war. Dann kam sie wieder zu Marcus und kniete sich über ihn. Kurz verschwand der selbstsichere Ausdruck aus ihrem Gesicht, als ihr Blick zu seinen Händen wanderte. Er wusste, dass sie den aktiven Part übernehmen wollte, und auch, dass sie wollte, dass er seine Hände nicht benutzte. Er seufzte. Noch mehr Folter. Aber wenn sie das überzeugen konnte, dass er bereit war, ihre Grenzen zu respektieren, war es ein kleines Opfer. Er krallte seine Finger noch etwas fester in den Stoff und nickte ihr zu. Sie lächelte dankbar. Das selbstsichere Funkeln kehrte in ihre Augen zurück.

Sie ging etwas mehr in die Knie, und der weiche Stoff ihres Kleides streifte seinen Bauch und seine Oberschenkel. Ihre Knie pressten sich in seine Seiten. Erregung durchfuhr ihn bis in die Zehenspitzen, als sie sich immer weiter sinken ließ und er die Wärme spürte, die von ihrer Haut ausging. Dann, endlich, berührte sie ihn. Heiß und feucht und so nah, dass er die Zähne zusammenbeißen musste, um sie nicht auf sich zu ziehen. Sie kreiste ein wenig mit den Hüften, verteilte ihre Feuchtigkeit auf seiner Erektion und griff dann mit der Hand zwischen ihre Körper.

Weiße Punkte tanzten vor seinen Augen, als sie ihn mit den Fingern umschloss, und er spürte das Ziehen in seinen Lenden. Er ballte die Fäuste, spannte Bauch und Oberschenkel an. Wann würde sie ihm endlich das Kondom überstreifen? Am liebsten hätte er in ihren Ausschnitt gegriffen und es selbst erledigt.

Ihre Hand hob seinen Schwanz jetzt an, bis er in der richtigen Position war. Dann kam sie ihm ein Stück entgegen. Die Versuchung war groß, sie einfach an den Hüften zu packen und sich tief in sie zu stoßen, sie ganz auf sich zu ziehen und zu sehen, wie sie alles um sich herum vergaß. Wann würde sie endlich das verdammte Kondom herausrücken?

Marcus sah auf, in Lauras Gesicht. Er hatte erwartet, dass sie ihn beobachtete, dass sie weiter mit ihm spielte und dass es ihr Freude bereitete, zu sehen, wie sehr es ihn quälte. Stattdessen hatte sie den Kopf in den Nacken gelegt. Ihre Augen waren geschlossen und ihr Mund leicht geöffnet.

Verdammt. Sie hatte bereits alles um sich herum vergessen. Mit einem leisen Seufzer ließ sie sich auf ihn sinken, bevor er es verhindern konnte. Für einen Sekundenbruchteil nahm sie ihn in sich auf, bis er die Arme hob, sie an der Hüfte packte und nach oben schob.

»Hey!« Laura starrte ihn aus fiebrig glänzenden Augen an.

»Mir gefällt das auch nicht, aber hast du nicht was vergessen?«

Ihr verständnisloser Blick sagte alles. Er deutete auf ihren Ausschnitt.

Ihre Augen wurden riesengroß. Mit zittrigen Fingern fasste sie in ihren Ausschnitt. »Ich war so fixiert darauf, dass …« Ihr versagte die Stimme. »Ich bin es gewohnt, dass der Mann … meine Güte, wie konnte das nur passieren?« Sie zog die Packung heraus und starrte sie kurz an. Marcus machte sich ernsthaft Sorgen, dass der Schock sie dazu bringen würde, die ganze Sache abzubrechen, bis sie begann, wild an der kleinen Verpackung zu reißen. »Das Mistding geht nicht auf«, zischte sie.

Er hielt ihr die Hand hin. »Lass mich.«

Sie hielt inne, atmete tief ein, betrachtete die kleine Folienpackung, als hätte sie ihr etwas getan, und legte sie ihm dann mit einem Seufzen in die Handfläche. »Gut, mach du es.«

Wenige Sekunden später ließ er die leere Packung auf den Boden fallen und seine Hände wieder sinken. Und dann, endlich, erlöste Laura ihn.

Ohne ihn diesmal lange hinzuhalten, senkte sie sich auf ihn und nahm ihn in sich auf. Er hob ihr seine Hüfte entgegen, um ganz in sie einzudringen. Er ließ sie den Rhythmus bestimmen, in dem sie sich auf- und abbewegte, ihn tief in sich hineinpresste und dann wieder herausgleiten ließ. Irgendwann nahm sie die Hände vom Sitzsack, stützte sie auf seine Brust, um besseren Halt zu haben, und spannte die Oberschenkel um seine Hüften, um ihn noch tiefer in sich zu ziehen. Obwohl sie ihn kaum berührte, fühlte es sich für ihn an, als wäre sie überall. Als wäre da nichts anderes mehr als sie und ihr warmer

Körper, der ihn willkommen hieß, und ihre feuchte Hitze, die in seine Adern drang und mit seinem Blut durch seinen Körper rauschte. Ihr Atem wurde zu einem abgehackten Keuchen, und ihre Fingernägel bohrten sich in seine Haut, als sie sich immer schneller auf ihm bewegte.

Ihre Muskeln krampften sich um ihn, flehten ihn an, ihr zu geben, was sie brauchte. Seine Hand zuckte, um sich auf ihren Kitzler zu legen, sie zu reiben, bis sie kam, aber dann fiel ihm wieder ein, dass er seine Hände nicht benutzen durfte, und er hielt sich gerade noch davon ab. Es war das Letzte, wozu er fähig war, bevor die weißen Flecken vor seinen Augen explodierten. Zuckungen ergriffen seinen ganzen Körper, lösten alle Spannung und trieben ihn für ein paar Stöße noch tiefer in Lauras Körper, bis sie schließlich verebbten. Langsam klärte sich sein Blick, und er nahm wieder die Umgebung wahr. Und Laura, die immer noch auf ihm saß. Sie keuchte heftig, hatte den Kopf gesenkt, und ihre Haare hingen ihr feucht ins Gesicht. War sie gekommen? Er konnte es nicht sagen. Sie krampfte sich immer noch um ihn, aber war das das Nachbeben eines Höhepunktes oder nicht?

Er hätte ihr gern die Haare aus der Stirn gestrichen und sie dann zu sich heruntergezogen, aber er wollte lieber abwarten, bis sie ihm die Erlaubnis dazu gab. Er hoffte, dass er das nächste Mal keine Erlaubnis brauchen würde, wenn er dieses Mal bis zum Schluss durchhielt.

»Laura?«

Sie hob den Kopf. Ihre Augen waren glasig, und sie keuchte immer noch.

»Bist du gekommen?«

Sie schüttelte kurz den Kopf.

Er wand sich ein wenig unter ihr, um sich etwas aufrechter hinzusetzen. »Wenn du willst, kann ich …«

»Nein, schon gut«, unterbrach sie ihn. Es klang nicht verärgert oder enttäuscht, eher verwundert. »Das braucht es nicht. Es war gut, so wie es war. So … anders«, flüsterte sie. Ihr Blick ruhte auf ihm. Es sah aus, als ob sie ihn gar nicht wahrnahm.

Er wusste, was sie meinte. Es war etwas Besonderes gewesen, auch für ihn. Umso mehr verfluchte er die Tatsache, dass er sie jetzt nicht in seine Arme ziehen konnte. Er wollte ihre Haut an seiner spüren, während die letzten Nachwirkungen in seinem Körper verebbten.

Sie atmete ein, tief und schwer. Dann drückte sie sich von seiner Brust ab und stand auf. Sie sah sich ein wenig hilflos um, so als suchte sie einen Ort, an dem sie es sich bequem machen konnte.

»Wenn du willst, können wir in mein Bett umziehen.« Er sagte es nicht ohne einen gewissen Hintergedanken. Der Abend war noch lang, und er hätte Laura sehr gerne auch noch zu ihrem Recht verholfen. »Ich weiß nicht …« Sie machte einen Schritt rückwärts, immer noch nicht ganz wieder da. Sie sah richtiggehend verloren aus. Marcus setzte sich auf. Das war doch lächerlich. Er konnte sie da nicht einfach so stehenlassen. Der Sex war vorbei, er musste die Hände nicht mehr stillhalten. Er stand auf und ging auf sie zu.

»Wie wäre es dann mit einem Spaziergang?«

Sie bewegte sich immer noch nicht. »Ja. Nein.« Langsam wurde ihr Blick wieder klar. »Ich glaube, ich würde gerne nach Hause gehen. Sei mir nicht böse, aber es war ein langer Tag.« Zaghaft lächelte sie.

Marcus blieb stehen. Er sah ihr dabei zu, wie sie ihre Schuhe aufhob und sie anzog. »Willst du wirklich nicht noch bleiben?«

Sie sah zu ihm auf. Etwas wie Unbehagen leuchtete in ihren Augen. »Nein, ich … ich hab völlig die Zeit vergessen, ich muss wirklich weg. Aber ich komme wieder. Wenn du mich lässt.«

»Natürlich, ich würde mich freuen«, sagte er. »Wann?«

Sie schüttelte den Kopf. »Ich weiß nicht. Nächste Woche Samstag?«

»Warum nicht noch diese Woche?«, fragte er. »Warum so lange warten?«

Sie wirkte verunsichert, aber schließlich hob sie die Schultern. »Gut, warum nicht? Gleich morgen, wenn du willst.«

Er hielt ihr den Slip hin. »Soll ich den bis morgen für dich aufheben? Dein Sitznachbar in der U-Bahn würde sich vielleicht freuen.« Seine Mundwinkel zuckten amüsiert.

»Das hättest du wohl gern.« Sie schnappte sich den Slip und streifte ihn sich eilig über.

»Glaubst du das wirklich?« Er betrachtete ihre Lippen. Sie glänzten feucht und standen leicht offen. »Glaubst du wirklich, dass es mir gefallen würde, wenn ein anderer dich ansieht?« Seine Stimme klang heiser. Langsam senkte er den Kopf.

Lauras Augen weiteten sich, dann fuhr sie herum, wobei ihr Pferdeschwanz ihn an der Nase kitzelte, und riss die Tür auf. »Tut mir leid, ich muss wirklich los. Die Arbeit, ich muss noch … etwas vorbereiten. Das hatte ich total vergessen.« Sie drückte sich durch den Türspalt und rannte zur Treppe, ohne sich noch einmal umzusehen. Er hörte ihre Schritte auf den alten Stufen knarzen. Eigentlich hatte er anbieten wollen, sie zu fahren, aber offensichtlich wollte sie das nicht. Kurz überlegte er, ob er ihr trotzdem folgen sollte, weil sie so überstürzt aufgebrochen war. Aber sie hatte zugestimmt, sich wieder mit ihm zu treffen, also war sie vielleicht wirklich nur wegen der Arbeit so schnell verschwunden.

Marcus schloss die Tür und ging zurück ins Wohnzimmer, wo sein Blick auf den Sitzsack fiel. Er stellte sich vor, wie der Abend verlaufen wäre, wenn er damals in der Bar Claire wiedergefunden und Laura nie getroffen hätte. Sie hätten Sex gehabt und danach ihren Gedanken nachgehangen. Jeder für sich. Er hätte nicht erfahren, was sie bedrückte, wüsste immer noch nicht, warum sie jede Woche mit wildfremden Männern schlief. Und hätte ihr nichts über sich erzählt. Es wäre unkompliziert gewesen. Und völlig bedeutungslos. Vielleicht sogar sinnlos. Marcus betrachtete Lauras halbvolles Glas, das noch auf dem Couchtisch stand. Mit ihr war es nicht unkompliziert gewesen, wirklich nicht, wenn er an den Beginn des Abends dachte. Und wie sie ihn über den Rand des Glases hinweg angelächelt hatte. Das war nicht bedeutungslos gewesen. Ihre Augen waren nicht leer gewesen und ihre Worte nicht ausdruckslos. Er nahm das Glas, betrachtete es kurz und schüttelte dann den Kopf. Es war gut, dass er Claire nicht gefunden hatte. Denn nach dem, was er gerade mit Laura geteilt hatte, wollte er nichts Bedeutungsloses mehr.

Kapitel 8

Laura presste die Mappe mit den Unterlagen fest an ihre Brust, als sie die Tür zu dem Restaurant öffnete, in dem sie sich mit Christina zum Mittagessen verabredet hatte. Ihre Freundin war schon da und saß an einem kleinen runden Tisch direkt vor dem Panoramafenster.

»Hallo«, sagte Laura, gab ihrer Freundin einen Kuss auf die Wange und setzte sich dann ihr gegenüber.

»Hey.« Christina strahlte über das ganze Gesicht. »Ich kann es noch gar nicht fassen!«

Laura verdrehte die Augen, dann lachte sie. »Du weißt schon, dass das noch nichts bedeutet.«

»Ja, aber er hat dir die Unterlagen gegeben, wie genial ist das denn?«

Laura legte die Mappe mit den Papieren vor sich auf den Tisch. »Nur damit ich abschätzen kann, ob der Auftrag nicht viel zu groß für mich wäre. Und damit ich mir schon mal ein paar Sachen überlegen kann.« Laura konnte das Grinsen jetzt auch nicht mehr unterdrücken. »Oliver kommt demnächst von der Geschäftsreise zurück, dann will er mit mir essen gehen, damit wir sehen, ob wir uns eine Zusammenarbeit vorstellen könnten.« Es überraschte sie selbst ein wenig, dass sie sich darüber freuen konnte, dass Oliver sich gemeldet hatte. Er war am Telefon heute Morgen sehr freundlich und professionell gewesen und auch, als er ihr vorhin auf dem Weg zum Flughafen noch schnell die Unterlagen vorbeigebracht hatte. Offensichtlich konnte er Privates und Geschäftliches doch gut trennen, und sie konnte tatsächlich mit ihm zusammenarbeiten, ohne befürchten zu müssen, dass er ständig unpassende Andeutungen machte.

Christina klatschte in die Hände. »Wow, Laura, das klingt super. Das freut mich so für dich.«

»Und da ist noch was.« Laura wusste, dass sie mysteriös klang. Auf diesen Moment hatte sie sich schon die ganze Zeit gefreut. Auf Christinas Gesicht, wenn sie es ihr sagte.

»Was denn? Meine Güte, jetzt spann mich nicht so auf die Folter.«

»Die Firma, für die er arbeitet, die will nicht nur einen vollkommen neuen Internetauftritt, sie will auch ein neues Corporate Design, mit allem Drum und Dran. Alles aus einer Hand.« Laura machte ein bekümmertes Gesicht. »Na ja, und du weißt ja, ich mache gern Webdesign, aber dieser Corporate-Identity-Kram, Logos entwerfen und so, das ist nicht so mein Ding.«

Christina starrte sie mit geweiteten Augen an. »Meinst du, was ich denke, dass du meinst?«

Laura nickte. »Wenn ich den Auftrag bekomme, dann will ich, dass du das Corporate Design machst. Du würdest dann quasi für mich arbeiten …« Sie konnte nicht weitersprechen. Christina war über sie hergefallen und erdrückte sie beinahe.

»Das ist ja Wahnsinn!« Christina ließ sich wieder auf ihren Stuhl sinken. »Unglaublich, dass er das überhaupt in Erwägung zieht, wo wir doch beide kaum Erfahrung auf dem Gebiet vorzuweisen haben.«

Laura zuckte die Achseln. »Das würde er auch sicher nicht, wenn er nicht mit meinen Schwiegereltern bekannt wäre. Außerdem hat er es wohl nicht so rasend eilig, es ist noch ziemlich viel Zeit bis zum geplanten Launch der neuen Website.

Und wir werden natürlich kostenlos in Vorleistung gehen müssen, das ist dir klar, oder?«

»Natürlich. Er muss ja sehen, dass wir überhaupt was können, bevor er uns unter Vertrag nimmt.«

Laura schob ihrer Freundin die Mappe hin. »Da ist dieses ganze Corporate-Identity-Zeug drin. Inklusive der alten Sachen und der Anforderungen an das Neue. Schau es dir einfach mal an, vielleicht kannst du ein oder zwei Entwürfe machen, die ich ihm bei dem Abendessen zeigen kann?«

Christina hatte die Mappe bereits geöffnet. »Na klar! Gar kein Problem. Hach, ich freu mich riesig. Endlich mal wieder was anderes als immer nur Anträge in den Computer tippen.«

Die Begeisterung ihrer Freundin war ansteckend. Doch dann erlosch das Leuchten in Christinas Augen, und sie ließ die Mappe sinken. »Laura, meinst du nicht, dass du ein großes Risiko eingehst, wenn du mich das machen lässt? Solltest du …«, sie schluckte. »Solltest du nicht besser mit jemandem zusammenarbeiten, der mehr Erfahrung hat?«

»Was? Nein! Auf keinen Fall. Ich kenne niemanden, der in dem Bereich so talentiert ist wie du.« Es tat Laura weh, zu sehen, wie Christina ihr Talent bei der Datenerfassung verschwendete. Sie hatte den Job nach dem Studium angenommen, um erst mal was zu haben. Nach ihrem Abschluss hatte sie sich zunächst als Grafikdesignerin beworben, aber als eine Bewerbung nach der anderen fehlgeschlagen war, hatte sie es nie gewagt, ihren langweiligen Job zu kündigen und den Schritt in die Selbständigkeit zu gehen.

Laura war überzeugt, dass der mangelnde Erfolg ihrer Freundin nichts mit fehlendem Talent zu tun hatte, sondern einfach Pech war. Wenn sie ihrer Freundin eine Chance verschaffen konnte, zu beweisen, was sie wert war, dann würde sie das tun. Außerdem meinte sie ernst, was sie gesagt hatte. »Ich bin mir sicher, du wirst sie schon allein mit den Entwürfen umhauen!«

Christinas Hände krampften sich um die Mappe. »Glaubst du wirklich?«

»Ja, meine ich. Und wir sollten uns unbedingt noch mal treffen, um alles genau zu besprechen. Wir brauchen einen Schlachtplan. Noch haben wir den Auftrag ja nicht, und ich habe auch keine Ahnung, wie wahrscheinlich es ist, dass wir ihn bekommen.«

»Schlachtplan klingt gut!« Christina holte ihren Kalender aus ihrer Handtasche. »Wann hast du denn Zeit?«

»Viel zu oft.« Laura verzog das Gesicht. Da sie ihre One-Night-Stands hatte aufgeben müssen, nicht vorhatte, sich einen Freund zuzulegen, und sich heute zum letzten Mal mit Marcus traf, würde sie in nächster Zeit ziemlich viele freie Abende haben.

»Heute …«, murmelte Christina.

»Heute nicht!«, platzte Laura heraus. »Immer, nur heute nicht.« Sofort schimpfte sie sich eine Idiotin. Sie hatte Christina auf keinen Fall erzählen wollen, dass sie sich immer noch mit Marcus traf. Normalerweise erzählte sie Christina alles, aber sie wollte nicht, dass ihre Freundin einen falschen Eindruck bekam, und mochte sich auch ihre Neckereien nicht anhören.

»Ja, ich wollte gerade sagen, heute kann ich auch nicht. Hab da in der Bar einen kennengelernt, der ist ganz niedlich.«

Laura horchte auf. »Das sagst du mir erst jetzt? Erzähl!«

Christina öffnete den Mund, schloss ihn dann aber wieder und lächelte listig. »Netter Versuch! Du hast zuerst gesagt, dass du heute nicht kannst. Du bist zuerst dran, zu erklären, warum.«

Laura seufzte. Sie wollte Christina nicht anlügen, aber sie wollte ihr auch nicht die ganze Wahrheit sagen. »Ich treffe mich mit einem Typen zum Sex.«

»Was? An einem Sonntag?«

»Ja, an einem Sonntag.« Die Tatsache, dass es der Wochentag war, der ihre Freundin daran schockierte, brachte Laura zum Lachen.

Christina lachte jedoch nicht. »Laura, wolltest du nicht damit aufhören? Denk an deine Schwägerin. Sogar mir liegt der Schock noch im Magen, und ich war nicht einmal dabei.«

Laura hatte befürchtet, dass Christina das sagen würde. »Ich kenne ihn ja schon, irgendwie. Es ist also kein echter One-Night-Stand.« Sie presste die Hände ineinander. *Bitte frag nicht weiter, bitte frag nicht.*

»Oh? Wer ist es denn, kenne ich ihn?«

Laura seufzte. Natürlich fragte sie weiter. Sie schüttelte den Kopf.

»Komm schon, gib mir irgendwas. Sag mir wenigstens, wie oft du dich schon mit ihm getroffen hast.«

»Heute zum letzten Mal.«

»Also davor zwei Mal?«

»Verdammt, Christina, ist das so wichtig?« Laura warf die Serviette auf den Tisch und stand auf. Sie wollte nicht, dass Christina sie noch weiter löcherte. Irgendwann würde sie doch die Wahrheit aus ihr herauskitzeln. »Ich muss gehen.«

Christina stand auf, kam auf Laura zu und drückte sie wieder in ihren Sitz. »Nichts da. Ich weiß genau, dass du das immer sagst, wenn du nicht reden willst.«

»Gut. Ich will nicht reden.« Sie verschränkte die Arme vor der Brust.

Ihre Freundin schüttelte bedauernd den Kopf. »Was ist denn so schlimm daran, öfter als dreimal mit einem Mann auszugehen? Und selbst wenn es schlimm wäre – dass du es mir nicht sagst, ändert nichts daran, dass du es getan hast.«

»Ich gehe nicht mit ihm aus, okay? Das ist nur Sex. Und für mich spielt es eben eine Rolle, eine sehr große sogar. Nur dreimal, das ist wichtig, damit nicht mehr daraus wird, damit Marcus sich keine Hoffnungen macht und vielleicht versucht …« Sie verstummte.

»Marcus?«, fragte Christina sanft. »Magst du ihn denn?«

Laura sah auf ihre Hände. Wie konnte man ihn nicht mögen? Er war zuvorkommend, sympathisch, interessant und nicht aus der Ruhe zu bringen. Er liebte seinen aufsässigen Halbbruder und konnte sie auf eine Art ansehen, die ihre Knie weich werden ließ.

Genervt stöhnte sie auf. »Es ist völlig egal, ob ich ihn mag. Nach heute sehe ich ihn nicht wieder, dann waren es drei Mal, und dann ist Schluss.«

»Wie jetzt? Das dritte Mal mit ihm, das ist doch schon eine Weile her.«

»Bitte, zwing mich jetzt nicht, dir das zu erklären, okay? Das ist zu kompliziert.« Und zu verrückt. Ihre Freundin würde sie für bekloppt halten, wenn sie ihr von »Claire« erzählte, für schizophren vielleicht sogar, und sie zum Psychiater schicken. Nicht, dass sie da nicht schon gewesen wäre. Nach Thomas' Tod hatte eine Therapie ihr sehr geholfen, alles zu verarbeiten. Nur ihre Ängste waren geblieben, aber die hatte sie bis jetzt dank ihrer Regeln gut unter Kontrolle gehabt. »Ein andermal, ich verspreche es.« *Wenn das mit Marcus endgültig vorbei ist. Wenn ich nicht mehr dauernd daran denken muss, wie schön es gestern war und dass es heute das letzte Mal sein wird.* Ihr Magen krampfte sich bei dem Gedanken zusammen. Das letzte Mal.

»Tut mir leid, ich wollte dich nicht zwingen.« Christina lächelte schuldbewusst. »Okay, vielleicht ein bisschen, aber das war nicht richtig. Entschuldige.«

»Schon gut.« Laura winkte ab. »Erzähl mir lieber, wen du kennengelernt hast.«

***

Laura stand vor Marcus' Wohnungstür und starrte auf die Klingel. Wenn sie sie betätigte, würde Marcus aufmachen, und von da an lief die Zeit. Sie konnte nicht ewig bei ihm bleiben, und sie wollte es auch nicht. Eigentlich wollte sie es schnell hinter sich bringen. Kein unnötiges Geplauder heute. Es ging nur um Sex, und wenn der vorbei war, dann ... Laura schluckte. Sie wollte nicht daran denken, was danach unweigerlich sein musste. Jetzt wollte sie nur daran denken, dass sie einen letzten Abend zusammen hatten. Außerdem machte sie sich ein wenig Sorgen, weil sie ihn gestern einfach so stehengelassen hatte. Hoffentlich hatte ihn das nicht misstrauisch gemacht.

Sie legte den Finger auf die Klingel und drückte. Als sie durch die Tür das Knarzen hörte, das seine Schritte auf dem Dielenboden verursachten, machte ihr Magen einen aufgeregten Satz.

»Hallo, Laura.«

»Hallo.«

Marcus beugte sich zu ihr, und sie fürchtete, dass er sie küssen wollte. Stattdessen legte er zur Begrüßung leicht seine Wange an ihre. Es war nur eine winzige Berührung und ganz schnell vorbei, aber sie löste ein Kribbeln in ihrem Bauch aus.

»Möchtest du noch kurz reinkommen, bevor wir etwas essen gehen?«, fragte er ernst.

Sie starrte ihn an und überlegte händeringend, wie sie nein

sagen konnte, ohne unhöflich zu sein. Sie war gestern schon unhöflich genug gewesen. »Du willst essen gehen?«, fragte sie, um Zeit zu schinden.

»Natürlich. Du etwa nicht?«

Nein, auf keinen Fall! »Ähm, ich …«

Ein Grinsen breitete sich auf Marcus' Gesicht aus. »Ich hab nur Spaß gemacht. Komm rein.«

Laura lachte erleichtert auf und trat an ihm vorbei in die Wohnung. Im Flur blieb sie etwas ratlos stehen. Zum einen war sie sich noch nicht sicher, wie sie heute vorgehen wollte, zum anderen fragte sie sich, wie er sich den Abend vorgestellt hatte. Auf keinen Fall konnte sie sofort zur Sache kommen, auch wenn ihr das am liebsten gewesen wäre. Das war zu nah an Claire.

»Möchtest du etwas trinken?«

Sie nickte und folgte ihm in die lange, schmale Küche. »Du hast wirklich eine schöne Wohnung«, sagte sie, während er ihr Wasser einschenkte.

Er stellte die Flasche wieder weg und reichte ihr das Glas. »Ja, ich hab hier auch immer gerne gewohnt.«

Sie runzelte die Stirn. »Willst du denn umziehen?«

»Vielleicht, wenn sich was ergibt. Ich würde gern raus aus der Stadt, obwohl ich München mag. Einfach ein bisschen mehr ins Grüne. Das wäre auch ein besserer Ausgangspunkt für meine Arbeit.«

Sie nickte. »Kann ich verstehen. Immer der Stau auf dem Ring, die wenigen Parkplätze, die teure Miete. Ich würde auch gern …« Laura brach ab. Da ging ihr Vorsatz hin, heute besonders wenig mit ihm zu reden.

»Du würdest auch gern …?«

… nach draußen ziehen. In Richtung Alpen vielleicht. Laura hatte sich das schon immer gewünscht. Es war Thomas gewe-

sen, der in München hatte wohnen wollen. Und die Agentur, bei der sie früher gearbeitet hatte, hatte hier die Büros gehabt. Jetzt, da sie auf sich allein gestellt war, konnte sie vielleicht mal darüber nachdenken.

Marcus sah sie fragend an. Ein Ausdruck lag in seinen Augen, als würde er sich freuen, eine Gemeinsamkeit entdeckt zu haben.

Laura presste die Lippen zusammen. »Ach nein. Eigentlich nicht. Ich liebe es hier trotz allem. Wenn ich mir vorstelle, ich müsste jedes Mal mit der S-Bahn fahren, wenn ich in den Englischen Garten will! Und ich gehe so gern durch die Innenstadt, an der Oper vorbei, in den Hofgarten und an die Isar, wenn ich mal eine Pause brauche. Weißt du, ich arbeite von zu Hause aus, und manchmal muss ich einfach raus, dann machen mich meine vier Wände wahnsinnig.«

»Die Isar gibt es draußen auch«, sagte Marcus leise.

»Ja, aber das ist nicht das Gleiche. Sie ist da draußen irgendwie anders.«

Marcus sah sie mit gerunzelter Stirn an.

»Bestimmt findest du das merkwürdig.«

»Nein, ich habe nur gedacht, dass wir …« Er schüttelte den Kopf. »Dass wir da eben unterschiedlicher Meinung sind.«

Dass wir in diesem Punkt nicht zusammenpassen. Laura senkte den Blick und sah den Kohlensäureperlen in ihrem Glas dabei zu, wie sie langsam an die Oberfläche stiegen. Später würde sie Marcus vielleicht sagen müssen, dass sie überhaupt nicht vorhatte, jemals mit ihm zusammenzupassen. Und auch mit keinem anderen. Später, jetzt noch nicht.

»Wohnzimmer?«, fragte er.

Schlafzimmer, hätte sie am liebsten gesagt. Schließlich konnten sie es nicht schon wieder auf dem Sitzsack tun. Natürlich gab es auch noch die Couch, nur gingen ihr langsam die

Stellungen aus, in denen man sich wenig berührte. Das Einzige, was ihr jetzt noch einfiel, war, sich rückwärts auf ihn zu setzen, und dazu brauchte man Platz. Diese Stellung wäre auch im Bett ungefährlich, denn wenn sie ihm den Rücken zuwandte, konnte er sie schlecht streicheln. Höchstens ihren Rücken oder ihre Unterschenkel. Ja, das würde funktionieren.

Sie nickte trotzdem und gab sich zunächst mit dem Wohnzimmer zufrieden. Dort konnte sie Marcus schon ein bisschen in Stimmung bringen, vielleicht so wie gestern, aus der Ferne, ohne dass er sie berühren konnte. Das hatte ja ziemlich gut geklappt. Und dann konnten sie hoffentlich bald ins Schlafzimmer wechseln.

Marcus setzte sich mit ihr auf das Sofa, so dass ihre Knie sich berührten. Es fühlte sich schön an, und sie ließ es zu. Es wäre zu auffällig gewesen, ihr Bein wegzuziehen.

»Bist du gestern gut nach Hause gekommen?«, fragte Marcus schließlich nach einer Weile.

»Ja. Die U-Bahn ist ja in der Nähe.«

»Ich hätte dich wirklich gern gefahren.«

»Ich weiß.« Sie räusperte sich. »Es tut mir leid, dass ich so plötzlich wegmusste, aber ich musste wirklich dringend noch etwas vorbereiten.«

»Ich hatte schon befürchtet, es hätte vielleicht etwas mit der Kontrolle zu tun.«

Lauras Hand verkrampfte sich um ihr Glas. »Wie meinst du das?«, fragte sie, ohne den Blick von ihm abzuwenden. Er hatte wunderschöne Augen, grau. Warum merkte sie das erst jetzt?

»Ich dachte, vielleicht geht dir das alles etwas zu schnell.«

»Zu schnell?«

»Ja. Vielleicht möchtest du es langsamer angehen lassen. Wir kennen uns kaum, vielleicht sollten wir erst …«

»Nein!« Sie setzte sich gerade hin. Wollte er damit etwa sagen, dass sie heute nicht miteinander schlafen sollten? »Ich möchte es auf keinen Fall langsamer angehen lassen«, sagte sie vehement.

Ein amüsiertes Glitzern trat in seine Augen. »Gut, ich eigentlich auch nicht.« Er stellte sein Glas auf den niedrigen Tisch aus schwarzem Holz und lehnte sich dann wieder zurück. »Dann ist das mit der Kontrolle kein Thema mehr? Denn ich will auf keinen Fall, dass du dich wieder überrumpelt fühlst, dann sollten wir vielleicht lieber …«

»Nein!« Konnten ihm ihre Gefühle nicht einfach egal sein? Jetzt konnte sie die Ausrede mit der Kontrolle nicht mehr benutzen, sonst würde er vielleicht noch darauf bestehen, heute nicht mit ihr zu schlafen. »Nein, das mit der Kontrolle, also, das war nur, weil ich irgendwie Panik hatte, dass ich den Mund wieder nicht aufbekomme, wenn mir was nicht passt. Aber das … das ist jetzt erledigt.«

Er sah nicht vollständig überzeugt aus. »Wirklich?«

Sie rückte zu ihm und legte eine Hand auf sein Knie. Sofort wünschte sie sich, sie hätte es nicht getan. Es fühlte sich wunderbar an, ihn so selbstverständlich zu berühren. So als hätte sie das Recht dazu. »Wirklich. Das klingt vielleicht komisch, aber seit du gestern bewiesen hast, dass du deine Hände bei dir behalten kannst, ist das kein Problem mehr. Ich brauche nicht noch mehr Zeit, wirklich nicht.«

Marcus nahm ihre Hand von seinem Knie, zog sie an seine Lippen und küsste die Handfläche. Auf ihren Unterarmen bildete sich eine leichte Gänsehaut.

»Dann bin ich froh. Ich habe nämlich nicht vor, meine Hände heute bei mir zu behalten«, murmelte er und küsste ihr Handgelenk.

Laura fluchte innerlich. War ja klar, dass er das so interpretieren würde. Was jetzt? Wenn sie zuließ, dass er sie berührte, sie vielleicht sogar streichelte, wer sagte ihr dann, dass es nicht wieder so schiefging wie gestern? Das ungewollte Date war schon ein Desaster gewesen, aber was im Flur passiert war, dass er sie beinahe geküsst hatte, dass sie ihn hatte erpressen wollen, das hätte sie am liebsten aus ihrem Gedächtnis gestrichen. Erst danach hatte sich alles wieder eingerenkt, und der Sex war wirklich gut gewesen. Wunderbar. Unvergesslich. »Was hast du denn dann vor?«, fragte sie, um ihn von ihrer Hand abzulenken.

Als Marcus aufsah, versuchte sie unauffällig, ihren Arm aus seinem Griff zu winden, aber seine Finger hielten ihr Handgelenk so fest, dass es unmöglich war. Wenigstens hatte er für den Moment aufgehört, sie zu küssen.

»Ich würde gerne da weitermachen, wo wir gestern aufgehört haben«, sagte er.

»Oh, gut. Das würde ich auch gern.« Sie lächelte, froh, dass sie einer Meinung waren. Nur Sex, ohne lange Vorreden. Sie hatte zwar ans Bett gedacht, aber wenn er sich nicht daran störte, zweimal hintereinander das Gleiche zu machen, würde sie sich sicher nicht beschweren. Sie stand auf, entzog ihm dabei wie zufällig ihre Hand und ging zu dem roten Sitzsack hinüber. »Genauso wie gestern?« Abgesehen davon, dass er heute seine Hände benutzen wollte. Vielleicht konnte sie ihn dazu bringen, dass er sie einfach auf ihre Hüften legte?

Er war aufgestanden und stand jetzt dicht hinter ihr. »Nein, nicht hier.«

Sie drehte sich zu ihm um und sah zu ihm auf. Das Glitzern in seinen Augen ließ ihr den Atem stocken. Was hatte er vor? »Dann die Couch?«

Er schüttelte den Kopf. »Nein, auch nicht die Couch. Komm, ich zeige dir, was ich meine.« Er nahm ihre Hand und führte sie auf die Wohnzimmertür zu. Eine schlechte Vorahnung beschlich sie, und sie wäre am liebsten stehen geblieben. Sie zwang sich, weiterzugehen. Vielleicht wollte er sie ja nur ins Schlafzimmer bringen oder in sein Arbeitszimmer. Sie hatte sich gestern nicht wirklich dort umgesehen, vielleicht bot es auch noch ein paar interessante Möglichkeiten? Sie ließ sich von ihm in den Flur ziehen und in die Nähe des Zimmers, in dem sein Halbbruder wohnte. Ihr Herz begann beinahe schmerzhaft zu pochen, und ihre Kehle wurde eng. *Weiter ins Schlafzimmer, bitte.* Doch Marcus hielt inne, ziemlich genau an der Stelle, an der gestern alles aus dem Ruder gelaufen war.

»Marcus …« Sie brach ab. Wie konnte sie ihm jetzt sagen, dass sie das nicht wollte, nachdem sie ihm gerade eben erst gesagt hatte, dass jetzt alles in Ordnung wäre? Sie hatte nicht einmal protestiert, als er gesagt hatte, dass er seine Hände benutzen würde. Verzweifelt durchsuchte sie ihr Gehirn nach einem Ausweg. Leider fiel ihr nichts ein, was ihn nicht misstrauisch machen würde. Und ein weiteres Treffen würde es nicht geben. Heute war ihr letztes Mal mit ihm, und das wollte sie auskosten.

Marcus drehte sie zu sich und zog sie sanft an seine Brust, als ob er erwartete, dass sie nein sagen würde. Wahrscheinlich merkte er, dass sie ein wenig verkrampft war. Sie schnaubte. Ein wenig? Sie zwang sich, ihre Hände voneinander zu lösen und die Schultern sinken zu lassen. »Ich weiß nicht, ob ich das kann, so auf Knopfdruck. Vielleicht sollten wir wirklich lieber da weitermachen, wo wir gestern aufgehört haben. Ich könnte mich ausziehen und …«

Er schüttelte den Kopf. »Heute möchte ich mir Zeit nehmen.« Er hob eine Hand und legte sie auf ihre Wange. Laura blieb beinahe das Herz stehen. Die Berührung war auf eine merkwürdige Art viel intimer als alles, was sie bisher miteinander geteilt hatten. Unerträglich zärtlich.

»Aber ich hab doch gesagt, dass wir es nicht langsam angehen lassen müssen«, flüsterte sie.

Ihre Haut kribbelte unter seiner Hand, und sie schloss die Augen, als sich Verlangen in ihrem Unterleib regte. Seine Hand glitt ein wenig nach hinten und berührte ihre Ohrmuschel, nur ganz leicht, wie ein Kitzeln. Dann legte er die Hand in ihren Nacken und zog Laura ein wenig auf sich zu. Sie legte ihre Hände auf seine Brust, obwohl sie genau wusste, dass sie ihn nicht wegschieben konnte. Sie spürte seinen warmen Atem erst auf ihrer Wange, dann an ihrem Ohr.

»Ganz so langsam hatte ich es mir auch nicht vorgestellt«, murmelte er. Seine Lippen streiften sanft ihr Ohr und jagten unzählige kleine Schauer durch ihren Körper. Sie wusste, dass sie jetzt etwas sagen musste, wenn sie wollte, dass er aufhörte. Bevor es zu spät war. »Marcus, ich …«

Sie verstummte, als er sie auf die empfindliche Stelle hinter ihrem Ohr küsste, und konnte ein Seufzen nicht unterdrücken. Wenn sie nur gewusst hätte, was sie wollte.

Marcus fragte sich das offenbar auch, denn er zog sich ein wenig zurück, nur so weit, dass er sie ansehen konnte. »Ich habe immer noch das Gefühl, dass da irgendwas ist, was du mir nicht sagst.«

»Nein, ich … nein. Da ist nichts, wirklich.«

Ein ernster Ausdruck war in seine Augen getreten. »Laura, ich möchte wirklich nicht wieder etwas tun, was dir nicht gefällt. Ich möchte, dass du mir vertraust, auch wenn wir uns gerade erst kennengelernt haben.«

»Das tue ich, wirklich.« Es war die Wahrheit. Zumindest beim Sex vertraute sie ihm vollkommen. Es war sie selbst, ihr eigenes Herz, dem sie nicht vertraute.

»Gut, dann möchte ich, dass du versprichst, es mir zu sagen, wenn dir etwas unangenehm ist.«

Sie sah in seine Augen, in denen nichts stand als Sorge um sie und dass er ihr nicht weh tun wollte. Ihr Herz krampfte sich zusammen. Sie hatte das nicht verdient. Nicht sein Verständnis, nicht seine Sorge, nicht seine Zärtlichkeit. Und dennoch wollte sie das alles.

Sie nickte.

»Du bist sicher, dass es nichts gibt?«

Sie biss sich auf die Lippen. Jetzt wäre die perfekte Gelegenheit, ihm zu sagen, dass sie nicht geküsst und nicht gestreichelt werden wollte. Nur dass sie ihm nicht sagen konnte, warum, und dann würde er denken, dass sie ihn nicht mochte. Denn welchen anderen Grund konnte man schon dafür haben, jemanden nicht küssen zu wollen? Nein, das konnte sie nicht tun. Sie hatte ihn schon zu viel belogen, zu viel ausgenutzt. Sie schuldete ihm etwas, auch wenn er es nicht wusste. Wenn er je herausfand, wie sehr sie ihn belogen hatte, würde er bestimmt nicht mehr so verständnisvoll sein.

»Du kennst meine Tabus«, sagte sie ein wenig zögerlich.

»Kein Oral, kein Anal, sonst alles?«

Laura schluckte. Wollte sie das wirklich? War das klug? Es war das letzte Mal mit ihm, und bisher hatte sie ihre Gefühle gut unter Kontrolle halten können. Sie hatte sich bis jetzt nicht in ihn verliebt, und nur weil er sie jetzt ein wenig streichelte, würde das nicht gleich all ihre Vorsätze ins Wanken bringen. Außerdem war es gestern an der Stelle schiefgegangen, an der sie ihn gestreichelt und geküsst hatte. Wenn das das wirklich Gefährliche war, dann hatte sie es zumindest im Griff. Sie würde sich von ihm berühren lassen, würde ihn ihrerseits aber nicht berühren.

»Sonst alles«, sagte sie. Ihre Stimme war brüchig. Es fiel ihr unglaublich schwer.

»Bist du ganz sicher?«

Nein, nicht das winzigste bisschen. »Ja, ich bin sicher.«

Marcus nahm ihre Hände, die sie immer noch gegen seine Brust drückte, und legte sie um seinen Nacken. Er streichelte ihre nackten Arme, legte dann die Hände um ihre Taille und zog sie an sich. Laura wusste, dass sie es jetzt nicht mehr verhindern konnte. Es gab keinen Ausweg. Sie nahm sich vor, dabei nichts zu empfinden. Vielleicht half es, wenn sie an etwas anderes dachte. An etwas, das nichts mit ihm zu tun hatte, mit seinen wunderschönen Augen, in denen der Wunsch glitzerte, sie endlich zu küssen, und mit ihrem verräterischen Herz, das seinen Wunsch teilte. Nein, nicht ihr Herz. Das war nicht ihr Herz. Das war nur ihr Unterleib, nur ihre Lust.

Sie schloss die Augen, um nicht in sein Gesicht zu sehen, wollte vergessen, dass er es war. Sie versuchte, sich vorzustellen, dass er jemand war, den sie nicht mochte.

Aber als seine Lippen ihre berührten, ganz sanft und vorsichtig zuerst, wusste sie sofort, dass ihr Herz sich niemals täuschen lassen würde.

»Das wollte ich schon die ganze Zeit«, flüsterte er.

Ich auch. Sie versuchte, ihn nicht mit den Händen zu berühren, wenigstens nicht seine nackte Haut, sondern nur sein Hemd, als könnte ihr das noch etwas nutzen. Dann berührten seine Lippen wieder ihre, diesmal fester, unnachgiebiger. Er nahm sie in Besitz und ließ ihr keine Zeit mehr, an etwas anderes zu denken. Ein Ziehen machte sich in ihrem Unterleib bemerkbar, erst zart, dann immer stärker mit jedem seiner Küsse. Gleichzeitig spürte sie etwas in ihrer Brust, einen süßen Schmerz, der ihr den Atem raubte und alles um sie herum verschwimmen ließ. Laura presste sich an Marcus, rieb ihre Hüften an seinen, wollte seine Erregung spüren und wissen, dass es nur Leidenschaft war, die sie schwindelig machte, nichts sonst. Es musste Leidenschaft sein. Und dieser Kuss musste ein

Ende haben. Sie mussten endlich zur Sache kommen, gleich hier und jetzt, mitten im Gang, an der Wand, ganz egal. Sie löste die Hände von Marcus' Nacken und rupfte an seinem Hemd herum. Sie zog es aus seiner Hose und wollte es aufknöpfen, aber er hielt ihre Hände fest.

»Langsam, wir haben alle Zeit der Welt«, flüsterte er.

Sie entriss ihm ihre Hände und machte sich an seiner Hose zu schaffen. »Ich halte es aber nicht mehr aus.« Ihre Stimme klang abgehackt. Sie hielt es wirklich nicht mehr aus. Nicht den Kuss und nicht die Gefühle.

Marcus nahm ihre Hände wieder in seine, zog sie von seiner Hose weg und küsste ihre Fingerspitzen. Das Kribbeln jagte von dort über ihre Arme und direkt zwischen ihre Beine. »Ich weiß, mir geht es nicht anders«, flüsterte er. »Aber ich möchte dich diesmal ansehen. Ich möchte dich küssen und überall berühren, ohne dass Stoff zwischen uns ist.«

Seine Worte ließen sie erschauern, und sie spürte, wie sie feucht wurde. Sie wollte, dass er all die Dinge tat, die er gerade gesagt hatte. Dann konnte er sie wenigstens nicht mehr auf den Mund küssen.

»Gut, dann zieh mich aus, jetzt.« Sie hörte das Zittern in ihrer Stimme. *Es ist nur Sex. Nur Leidenschaft.* Er konnte sie berühren. Solange sie ihn nicht berührte, solange sie ihn nicht von sich aus küsste, konnte nichts schiefgehen.

Marcus lachte leise und ließ ihre Hände los. »Du bist wirklich ziemlich ungeduldig.«

Sie fasste in seinen Schritt und hörte, wie er scharf die Luft einsog. »Du auch.«

Sein Lachen wirkte jetzt gepresst. »Ja, aber ich kann mich zurückhalten. Du wirst sehen.« Dennoch nahm er sie an der Hand und zog sie zum Schlafzimmer. Sie nahm kaum die Einrichtung wahr, nur das große, weiße Bett und den weichen Teppich. Marcus hob sie hoch und warf sie auf die Matratze.

Laura kicherte nervös. »Sehr zurückhaltend.«

Marcus stand vor dem Bett und sah auf sie herunter. »Das war für dich«, sagte er und lächelte wölfisch. »Ein kleines Zugeständnis an deine Ungeduld. Mehr wird es davon nicht geben.« Er beugte sich über sie, stützte seine Hände neben ihren Kopf und seine Knie neben ihre Beine, so dass sie sich unter ihm kaum bewegen konnte. Dann küsste er sie, aber diesmal nicht auf den Mund. Seine Lippen berührten die kleine Kuhle hinter ihrem Ohr, ihren Hals, ihr Schlüsselbein, dann den Kragen ihrer Bluse. »Das Kleid hat mir besser gefallen«, grummelte er, während er sich an den Knöpfen zu schaffen machte. »Eigentlich sollte ich das Ding einfach aufreißen, gleiches Recht für alle.«

»Ich dachte, du wolltest dir Zeit nehmen«, neckte sie.

Er brummte etwas Unverständliches. Die obersten drei Knöpfe ihrer Bluse standen jetzt offen. Seine Hand wanderte langsam in ihre Bluse, unter dem Stoff entlang, bis seine Fingerspitzen den Ansatz ihrer Brust berührten. Laura hielt die Luft an. Es war ewig her, dass jemand sie dort angefasst hatte. Seine Fingerspitzen glitten über ihre Haut, zogen eine kribbelnde Spur bis zu ihrer Brustwarze, die längst hart aufgerichtet war. Laura konnte nicht anders, als sich seiner Hand entgegenzustrecken und sich zu wünschen, dass er sie dort liebkoste. Marcus ließ seine Hand ganz locker auf ihrer Brust liegen, während er sich neben Laura auf der Matratze niederließ und den Kopf in die andere Hand stützte. Laura schloss die Augen. Die Wärme seiner Haut auf ihrer Brust fühlte sich wundervoll an. Das Verlangen, seine Finger auf ihrer Brustwarze zu spüren, brachte sie beinahe um den Verstand. Sie drehte ihren Oberkörper ein wenig, in der Hoffnung, dass seine Hand verrutschen würde. Tatsächlich fing er an, seine Finger wieder zu bewegen. Er zog kleine Kreise um ihre Brustspitze, bewegte sich langsam darauf zu, reizte die immer empfindlicher werdende Haut und hielt schließlich kurz vor ihrer Brustwarze inne.

Laura stöhnte frustriert auf.

»Geduld ist wirklich nicht deine Stärke, oder?«

Sie schüttelte den Kopf. »Bitte, spann mich nicht so auf die Folter, das macht mich wahnsinnig.«

»Genau das soll es ja.« Ein Lächeln schwang in seiner Stimme mit. »Vielleicht spanne ich dich sogar noch ein wenig mehr auf die Folter. Es wäre sicher gut für dich, dich ein wenig in Geduld zu üben.« Er ließ seine Finger noch einmal um ihre Brustwarze kreisen, ohne sie zu berühren, und nahm dann seine Hand von ihrer Brust, um sich wieder den Knöpfen der Bluse zu widmen.

»Na warte.« Laura stieß seine Hand weg, setzte sich auf und öffnete hastig selbst die Knöpfe. Dann riss sie sich die Bluse vom Leib und warf sie auf den Boden. »So, das hast du jetzt davon.«

Marcus lachte. »Jetzt hast du's mir aber gezeigt.«

Im wahrsten Sinne des Wortes. Sie saß mit nacktem Oberkörper vor ihm, und er betrachtete offensichtlich interessiert, was sie ihm darbot. Sie spürte seinen Blick über ihre nackte Haut wandern, als wären es seine Hände, die sie überall berührten. Ihren Bauch, ihre Taille, ihre Brust. Ihre Brustwarzen wurden noch härter als zuvor, spannten sich beinahe schmerzhaft an. Laura stöhnte auf. Wenn er sie doch nur endlich anfassen würde.

Marcus schien es ähnlich zu gehen, denn er packte sie an der Taille und drückte sie zurück aufs Bett. »Dieses Mal hast du gewonnen«, sagte er rauh. Er beugte sich über sie und schloss, ohne zu zögern, seine Lippen um ihre Brustwarze. Die Plötzlichkeit, mit der sein heißer Mund über sie herfiel, ließ sie zusammenzucken und sandte einen Strom der Erregung durch ihren Körper. Wie hatte sie nur vergessen können, wie unglaublich es sich anfühlte? Dieses Ziehen, wenn er seine Lippen um ihre Brustwarze schloss und sie mit seiner Zunge reizte. Gleichzeitig spürte sie seine Hand an ihrer Taille, die unter den Bund ihres Rockes fuhr und sich zum Rand ihres Slips vortastete. Aber seine Finger fuhren nicht unter die Spitze am Saum, sondern darüber hinweg, zu ihrem Oberschenkel. Laura bäumte sich auf, seiner Hand entgegen. Sie wollte endlich seine Finger zwischen ihren Beinen spüren, wollte, dass er in sie eindrang. Doch er streichelte nur ihre Oberschenkel, ihre Hüften und ihren Bauch.

»Marcus, bitte …«

Er ließ von ihrer Brust ab, setzte sich auf und öffnete den Reißverschluss ihres Rocks. »Ich will mal nicht so sein.« Sein abgehackter Atem strafte seine ruhigen Worte Lügen. Er war mindestens genauso erregt wie sie. Ihr Rock landete neben der Bluse auf dem Boden, und sie trug nur noch den Slip. Laura versuchte gar nicht, ihn auszuziehen. Sicher wollte Marcus, dass sie ihn anbehielt, wollte sie noch weiter hinhalten. Aber er packte den Slip und riss ihn ihr mit einer einzigen Bewegung herunter.

»Keine Geduld mehr?«, fragte sie gepresst.

»Wenig«, knurrte er und spreizte ihre Beine. Lauras Unterleib krampfte sich verlangend zusammen. Sie schloss die Augen und wartete darauf, dass er sie nahm. Sie wollte ihn in sich spüren, wollte, dass er grob in sie eindrang und sie rücksichtslos zum Höhepunkt trieb.

Marcus' Hände packten ihre Oberschenkel, und sie hob sich ihm entgegen.

»Ich sagte wenig, nicht keine.« Er fuhr mit seinen Händen an ihren Oberschenkeln entlang. Es war nicht das sanfte, neckende Streicheln, das sie aus dem Hochseilgarten kannte. Seine Hände waren angespannt und fuhren besitzergreifend über ihre Haut nach oben, bis sie den Ansatz ihrer Beine erreichten. Seine Finger wanderten durch ihre Leistenbeuge, umschlossen schließlich ihren Schamhügel und legten sich auf ihren Kitzler. Laura keuchte auf, als er sie dort zu streicheln begann. Sie schüttelte den Kopf. Zu früh. *Hör auf,* wollte sie sagen, aber sie brachte kein Wort heraus. Sie spürte, wie ihre Erregung sich langsam, aber unaufhaltsam dem Höhepunkt näherte. Wenn Marcus sie nicht bald nahm, wäre sie fertig, bevor sie überhaupt richtig angefangen hatten. Er hörte nicht auf, aber er drang auch nicht in sie ein, nicht einmal mit einem Finger. Ihr wurde heiß und kalt, und sie warf den Kopf hin und her. Sie wollte nicht kommen, bevor sie richtig mit ihm geschlafen hatte, nicht heute, nicht, wenn es ihr letztes Mal war.

»Hör auf!«, brachte sie schließlich hervor. »Hör auf, bitte.«

Sofort nahm er seine Hand weg. Gerade noch rechtzeitig. Noch eine einzige Berührung, und es wäre um sie geschehen gewesen. Mühsam drängte sie das Verlangen ein wenig zurück und öffnete die Augen.

Marcus sah auf sie herunter. Leidenschaft verdunkelte seinen Blick. »Ist alles in Ordnung?«, fragte er mit mühsam beherrschter Stimme.

Sie nickte. »Ja, aber bitte, ich will nicht alleine …« Sie brach ab. Es kam ihr sehr intim vor, ihm das zu sagen. Sie setzte sich halb auf. Er war immer noch komplett angezogen. Vielleicht war das auch nicht verkehrt. Vielleicht war es besser, seine Haut nicht zu spüren. Sie setzte sich ganz auf und beugte sich zu ihm, um seine Hose zu öffnen und hineinzufassen. Diesmal ließ er sie gewähren. Seine Haut war samtig und doch bis zum Zerreißen gespannt. Hitze ging von ihm aus, eine Hitze, die sie unbedingt in sich spüren wollte. Sie griff in seine Hosentasche und atmete erleichtert auf, als sie dort eine kleine Packung vorfand. Wenn er jetzt erst noch ein Kondom hätte holen müssen, das hätte sie nicht ausgehalten. Sie öffnete die Packung und streifte ihm das Kondom über. Dann drehte sie sich um. Mittlerweile war ihr alles egal. Er würde sie schon nicht an dieser Stellung erkennen. Schließlich hatte Claire die nicht für sich gepachtet.

»Nein, warte.« Sie hörte das Geräusch seines Gürtels, dann das Rascheln seiner Hose. Sie drehte sich zu ihm um und sah, wie er sein Hemd aufknöpfte. Er streifte es ab und zog dann auch Socken und Unterhose aus. Laura hatte ihn noch nie wirklich nackt gesehen. Zumindest hatte sie nie bewusst hingeschaut. Er hatte einen wunderbaren Körper. Breite Schultern, eine muskulöse Brust, starke Arme. Laura hätte ihn ewig anstarren können, aber jetzt war er es, der keine Geduld mehr hatte. Er kniete sich neben sie aufs Bett und schob sie ganz nach oben, so dass sie in die weichen Kissen am Kopfende sank. Erst als er sich vor sie kniete und ihre Beine spreizte, wurde Laura klar, was er vorhatte. Bevor sie »Halt!« sagen konnte, bevor sie ihm sagen konnte, dass sie nach oben wollte, hatte er sich schon auf sie gelegt.

Nackte Haut. Seine nackte Haut. Er war überall um sie herum, berührte sie und versetzte ihre Sinne in Aufruhr. Er reizte sie, überreizte sie, bis sie glaubte, ihr Körper stünde in Flammen. Hatte es sich schon immer so angefühlt, von einem anderen Menschen im Arm gehalten zu werden? Es war so unglaublich lange her. Nur daran musste es liegen, sie war diesen Reiz nicht mehr gewohnt. Sie widerstand dem Verlangen, Marcus anzufassen, und krallte stattdessen die Hände in die Bettdecke. Solange nur er sie berührte, war alles in Ordnung. So lange war es nur Leidenschaft.

Marcus griff mit einer Hand zwischen ihre Beine, öffnete sie etwas weiter, bis sie ganz für ihn bereit war. Dann drang er in sie ein. Zuerst nur ein wenig, so dass sie gerade die Dehnung spürte. Sie hob sich ihm entgegen, lockte ihn, und schließlich gab er nach. Langsam glitt er ganz in sie, immer tiefer. Bis er innehielt und sie spüren ließ, wie es sich anfühlte, ihn ganz in sich zu haben. Warum machte er nicht weiter? Sie wünschte sich die rohe Leidenschaft zurück, die jetzt plötzlich etwas anderem Platz gemacht hatte.

Laura wandte den Kopf zur Seite. Sie wollte es nicht spüren, dieses unglaubliche Gefühl der Verbundenheit. Sie wollte nicht, dass es sich so anfühlte, als wären sie eins. Sie wollte das erregende Ziehen in ihrem Unterleib, nicht diesen bittersüßen Schmerz in ihrer Brust. »Mach weiter, bitte«, sagte sie mit schwankender Stimme. Marcus schien es nicht zu merken. »Marcus, bitte«, sagte sie noch einmal und mit solcher Verzweiflung in der Stimme, dass er es einfach hören musste. *Bitte vertreib dieses Gefühl.*

Diesmal kam er ihrer Aufforderung nach und begann, sich in ihr zu bewegen. Er zog sich zurück und drang dann langsam wieder tief in sie ein. Laura bäumte sich ihm entgegen, versuchte, ihn zu einem schnelleren Rhythmus zu zwingen, aber er ließ sich nicht beirren. Quälend langsam baute er ihr Verlangen Stück für Stück wieder auf. Sie schluchzte erleichtert, hieß die Erregung willkommen, gab sich ihm ganz hin und hoffte, dass es das Gefühl in ihrer Brust zu Asche verbrennen würde. Er verschwand nicht – dieser Wunsch, Marcus ganz nah zu sein, mit ihm eins zu werden und ihn nie wieder loszulassen. Er ließ sich einfach nicht verdrängen. Nicht, wenn er sie so sanft und zärtlich liebte. Noch einmal drängte sie sich ihm entgegen, damit er sie härter nahm, ihr vielleicht sogar weh tat. Alles, nur um dieses Gefühl zu vertreiben.

»Bitte, ich ertrage das nicht«, flüsterte sie mit erstickter Stimme.

Und endlich gab er ihr, was sie wollte. Er bewegte sich schneller, stieß heftiger in sie, immer härter und tiefer. Es schien, als habe er sein eigenes Verlangen die ganze Zeit mühsam im Zaum gehalten und ließe ihm jetzt endlich freien Lauf. Doch egal, wie heftig er sie nahm, es tat nicht weh. Ihre Erregung wurde immer größer und vereinte sich mit dem Gefühl in ihrer Brust, bis es jede Faser ihres Seins ergriff und sie hilflos ihrem Höhepunkt auslieferte. Und plötzlich war da noch mehr. Wärme, weiche Haut, sein Geruch, sein Atem an ihrem Ohr, seine Lippen. Er war auf sie gesunken, und sein Gewicht presste sie in die Matratze. Laura erschauerte unter ihm. Immer noch zuckte sie, und immer noch war er in ihr.

Sanft küsste er ihr Ohr, dann ihren Nacken, streichelte ihr Haar. Dann spannte er sich an, als ob er sich auf die Seite rollen wollte.

»Nein!« Laura hob die Arme und legte sie um seine Schultern, um ihn daran zu hindern. »Nein, bleib«, flüsterte sie. Sie begann, ihn zu streicheln, fühlte seine weiche Haut unter ihren Händen und das Spiel seiner Muskeln, wenn er sich ein wenig bewegte. Sie schloss die Augen und überließ sich ganz diesem Gefühl, in seiner Wärme, in seinem Körper eingeschlossen zu sein, sie ein Teil von ihm und er ein Teil von ihr. Schon lange hatte sie sich nicht mehr so gefühlt, vielleicht sogar noch nie. Sie wollte nicht daran denken, was es bedeutete. Es lag nur an der anderen Stellung, nur an ihrer überreizten Haut. Es war nur Leidenschaft, wie sie sie schon lange nicht mehr gespürt hatte. Es bedeutete gar nichts. Und bald war es vorbei.

»Du zitterst ja.« Marcus rollte sich von ihr herunter.

»Nein«, flüsterte sie. Sie wollte nicht, dass es schon vorbei war. Es war das letzte Mal, das einzige Mal, es durfte noch nicht enden. Aber Marcus setzte sich halb auf und zog die Decke über sie. Dann legte er sich neben sie und zog sie in seine Arme. Sie ließ es geschehen, unfähig, sich zu wehren, unfähig, zu tun, was vernünftig war, und endlich zu gehen, anstatt noch länger hier bei ihm zu bleiben. Sie kuschelte sich an seine Brust, genoss seine Hände, die ihr über die Haare fuhren, seine Lippen, die Küsse auf ihren Scheitel hauchten. Er hob ihr Gesicht etwas an und küsste ihre Nasenspitze, ihre Stirn, ihre Wangen. Dann küsste er sie auf den Mund, ganz sanft und lockend, bis sie nicht anders konnte, als sich für ihn zu öffnen. Diesmal war er vorsichtig, drang erst nur mit der Zungenspitze in ihren Mund, zärtlich, so als wollte er sie nicht erschrecken. Sie wollte seinen Kuss nicht erwidern, wollte dieses Gefühl in ihrer Brust nicht noch anheizen, das jetzt ihren ganzen Körper ergriff. Aber sie konnte seinem sanften Locken nicht widerstehen. Zuerst nur ganz leicht bewegte sie ihre eigene Zunge, fuhr mit der Spitze über seine Lippen und drang schließlich in seinen Mund ein. Er richtete sich etwas auf und drückte sie wieder in die Kissen, während sein Kuss immer fordernder wurde.

»Bleib heute Nacht hier«, murmelte er an ihren Lippen.

Laura verkrampfte sich, und ihr Herz machte einen Satz, als ihr klarwurde, dass er sie nicht einfach gehen lassen würde. Nicht nach dem, was sie gerade geteilt hatten. Wahrscheinlich wollte er noch mal mit ihr schlafen, und dann würde er darauf bestehen, dass sie bei ihm blieb. Er würde nicht zulassen, dass sie sich aus dem Staub machte und ihn auf nächstes Mal vertröstete. Er würde ihr keine Gelegenheit geben, ihn heimlich, still und leise zu verlassen, so wie sie es geplant hatte. Vielleicht, wenn sie eine Szene machte. Wenn sie ihm irgendetwas vorwarf, ihn beleidigte oder absichtlich verletzte. Ihre Kehle wurde eng. Das konnte sie nicht. Jetzt nicht mehr. Sie konnte ihm nicht weh tun, nur damit er ihr nicht folgte, wenn sie ging.

»Ja.« In ihr wehrte sich alles gegen die Lüge. Natürlich würde sie nicht bleiben. Das kam gar nicht in Frage. Wenn er jedoch glaubte, dass sie blieb, dann würde er sich vielleicht entspannen und einschlafen, und dann konnte sie sich davonschleichen. »Ja, ich bleibe«, sagte sie und hoffte, dass er nicht hörte, wie erstickt ihre Stimme klang.

Marcus begann wieder, sie zu küssen, doch Laura schüttelte den Kopf und schob seine Hand weg, die besitzergreifend auf ihrer Hüfte lag. »Später.« *Nie wieder.*

Er nickte nur, legte sich neben sie und nahm sie in seine Arme. Laura ließ es geschehen. Es machte jetzt keinen Unterschied mehr. Während sie seinem Atem lauschte, verfluchte sie die Tatsache, dass sie nicht bleiben konnte. Sie wollte es so gerne. Der süße Schmerz in ihrer Brust schwoll wieder an, und sie schmiegte sich noch enger an Marcus' Brust. Was würde geschehen, wenn sie jetzt die Augen schloss? Was, wenn sie morgen in seinen Armen erwachte? Ihr Atem ging schneller, allein bei dem Gedanken, ihn nicht zu verlassen. Sie wusste genau, was passieren würde. Die Gedanken würden wiederkommen. Die Ängste. Oder? Sie drängte sich noch fester an Marcus, als wollte sie es einfach nicht einsehen. An seinem ruhigen Atem hörte sie, dass er eingeschlafen war. Die Gelegenheit war perfekt. Sie sollte gehen. Aber seine gleichmäßigen Atemzüge wiegten sie in Sicherheit, ließen sie glauben, dass ihre Ängste vielleicht nicht kommen würden. Sie legte ihre Wange an Marcus' Brust, und sein gleichmäßiger Herzschlag weckte in ihr die Sehnsucht zu bleiben. Es wenigstens versuchen. Der Gedanke brachte sie zum Zittern, und ihr Mund wurde trocken. So trocken, dass sie es irgendwann nicht mehr aushielt und aufstand, um etwas zu trinken. Sie tapste zur Küche, holte sich so leise wie möglich ein Glas aus dem Schrank und füllte es mit Wasser. Der Gedanke, dass sie wirklich bleiben könnte, machte ihr Angst. Gleichzeitig konnte sie sich nichts Schöneres vorstellen. Sie würde das Glas wieder abstellen und zu ihm zurückgehen. Sie sah, wie sie das Zimmer betrat, um sich an ihn zu schmiegen und die Nacht mit ihm zu verbringen. Wie sie am Morgen danach in seinen Armen erwachte und er sie mit diesem Lächeln bedachte, das Schmetterlinge in ihrem Bauch tanzen ließ. Wie er sich mit einem behutsamen Kuss von ihr verabschiedete, um in sein Büro zu gehen. Ihr Handy klingelte, kaum dass er das Haus verlassen hatte, unwirklich, weit weg. Sie ging dran, immer noch eingehüllt von seiner Zärtlichkeit. Die Worte verstand sie nicht, wohl aber die Bedeutung. Das Handy entglitt ihr, sie stürzte aus der Wohnung, rannte die Treppe hinunter und auf die Straße vor dem Haus. Sie schrie auf, als sie ihn dort liegen sah, schrecklich bewegungslos und bleich. Sie stürzte zu ihm hin, fiel neben ihm auf die Knie. Blut. So viel Blut. Sie griff nach ihm, packte ihn, schüttelte ihn. Schrie ihn an, dass er aufwachen sollte. Aber sie wusste, dass es vergeblich war. Sie kannte diesen leeren Blick in seinen Augen.

Laura keuchte auf, beinahe wäre ihr das Glas aus der Hand gerutscht. Sie schloss die Finger so fest darum, dass sie glaubte, es müsste in ihrer Hand zerspringen, und versuchte, die Vision abzuschütteln. Sie sagte sich, dass das nicht passieren würde, aber das ließ die Vision nur erneut beginnen, noch schlimmer, noch heftiger, noch schmerzhafter. Wie hatte sie nur glauben können, sie hätte es hinter sich gelassen? Wie hatte sie nur glauben können, dass ihre Ängste sie gerade bei Marcus in Frieden lassen würden? Gerade bei ihm. Stattdessen waren sie schrecklich wie nie zuvor. Unaufhaltsam. Unerträglich. Sie musste ihn verlassen. Nur dann würden sie Ruhe geben.

Zitternd machte Laura sich auf den Weg zurück in sein Schlafzimmer, immer noch mit den Bildern im Kopf, wie er blass vor ihr lag, in seinem besten schwarzen Anzug, eine weitere viel zu reale, grausame Erinnerung. Laura biss sich auf die Lippen, bis es weh tat, um nicht laut aufzuschluchzen. Sie ging doch schon, sie verließ ihn, warum hörte es nicht auf? Im Schlafzimmer angekommen, wollte sie nur ihre Sachen aufheben und verschwinden, aber ihre Angst zwang sie, ihn anzusehen. Sie musterte ihn, nahm seinen Anblick noch einmal ganz in sich auf, sein Gesicht, seine Haare, die Schatten auf seiner Haut, das Heben und Senken seiner Brust. Als müsste sie sich vergewissern, dass ihre Vision noch nicht wahr geworden war. Kurz gaben die Bilder Ruhe, und der Schmerz in ihrer Brust überwog. Und das Bedürfnis, sich seinen Anblick für immer einzuprägen. Dann schnappte sie sich ihre Sachen, zog sich im Flur an und lief barfuß zur Tür hinaus. Dort sah sie sich noch einmal kurz um, hoffte verzweifelt, wider jede Vernunft, dass er aufwachen und sie sehen würde. Dass er sie aufhalten und zum Bleiben zwingen würde.

Nichts geschah.

Lauras Augen brannten. Wenn sie jetzt ging, war es vorbei. Er hatte nichts von ihr, keine Telefonnummer, keine Adresse. Er wusste nicht, wo sie arbeitete oder für wen. Er würde sie niemals finden. Ungeduldig wischte sie sich mit der Hand über das Gesicht und atmete tief durch.

Es war besser so. Noch nie hatte sie eine Vision wie diese gehabt. So verstörend, so echt, dass sie sogar jetzt zurückgehen wollte, nur um noch einmal zu sehen, dass er lebte. Mit aller Kraft, die sie in ihren zitternden Beinen noch hatte, zwang sie sich, stattdessen zur Wohnungstür zu gehen. Sie hätte sich längst von ihm trennen sollen. Nein. Eigentlich ging es noch viel weiter. Eigentlich hätte sie Marcus damals in der Bar niemals wählen dürfen. Mit ihm war schon das erste Mal zu gefährlich gewesen. Und sie hatte es vom ersten Moment an geahnt.

Kapitel 9

Laura saß mit Christina an dem kleinen Schreibtisch in ihrem Arbeitszimmer. Auf dem Bildschirm waren mehrere Dateien geöffnet, hauptsächlich Grafiken, die Christina angefertigt hatte.

»Das da gefällt mir sehr gut, Laura, was meinst du?«

»Hm, ja.«

»Ich finde, das drückt sehr gut den Charakter der Firma aus, dieses Familiäre, die alten Werte, die sie transportieren wollen. Oder findest du es altbacken?«

Laura betrachtete das Logo. Es war wirklich sehr gelungen. »Nein, mir gefällt es auch. Und die anderen Motive, die du daraus entwickelt hast, das ist alles sehr stimmig.« Laura legte den Kopf schief. »Vielleicht könntest du es mal mit einer etwas anderen Farbschattierung versuchen. So, wie es ist, gefällt es mir, aber ich glaube, es könnte noch besser wirken, wenn es etwas weniger blaustichig wäre.«

Christina runzelte die Stirn und betrachtete das Logo erst auf dem Display und dann den Ausdruck, den sie gemacht hatten. »Ja, du hast recht. Ich versuch es mal.«

Laura nickte zufrieden und schloss die Dateien. »Gut, dann haben wir eigentlich schon das Wichtigste erledigt. Den Rest schaffen wir auch noch bis zu dem Geschäftsessen nächste Woche.«

Christina stopfte den Ausdruck in ihre Mappe. »Soll ich da eigentlich mitkommen?«

»Nein. Er wollte ausdrücklich erst mal nur mit mir sprechen. Aber wenn es dir recht ist, nehme ich deine Entwürfe mit. Am besten gehen wir am Nachmittag davor noch mal gemeinsam alles durch, ja?«

»Ja, klar, das klingt gut.«

Laura klickte ein paarmal auf den Bildschirm. »Okay, dann lass uns jetzt mal kurz anschauen, wie wir dein Design und die Website …«

»Laura.« Christina legte ihr eine Hand auf den Arm. »Wir sollten eine Pause machen.«

»Ach was, wir haben doch gerade erst angefangen, wir müssen doch fertig werden.« Sie klickte ein Icon an, um den Entwurf für die Website zu öffnen.

»Wir sitzen hier seit fünf Stunden. Und du hast dir zwischendurch nicht mal was zu trinken geholt«, sagte Christina leise.

»Gut, dann trinke ich eben was, können wir dann weitermachen?«, fragte Laura mürrisch. Sie wandte den Blick nicht vom Bildschirm ab. Sie wollte Christinas besorgtes Gesicht nicht sehen.

»Wenn wir eine Pause gemacht haben, okay? Laura, bitte. Du hast dich in letzter Zeit so in die Arbeit vergraben, dass wir kaum noch Zeit zum Reden hatten.«

Laura seufzte und ließ sich in ihrem Stuhl nach hinten sinken. »Okay. Vielleicht hast du recht.«

Christina zog sie am Arm aus dem Stuhl. »Komm, wir gehen auf den Balkon. Die Sonne tut dir bestimmt gut.«

Laura zuckte nur mit den Achseln, ließ sich aber von Christina erst in die Küche ziehen, um etwas zu trinken zu holen, und dann auf ihren kleinen Balkon, auf dem gerade so zwei Stühle und ein Klapptisch Platz fanden. Sie ließ sich auf einen der Metallstühle sinken und stellte ihre Tasse mit einem leisen

Klirren auf dem Tisch ab. Ihre Gedanken kreisten schon wieder um den Auftrag. Dabei hatten sie ihn noch nicht einmal sicher, aber sie wollte ihr Möglichstes tun, dass sie ihn bekamen. »Ich habe gedacht, wenn wir das Logo …«

»Nein!« Christina rührte heftig in ihrem Kaffee. »Pause. Es wird jetzt nicht über den Auftrag geredet, okay?«

Laura wurde rot. »Entschuldige, ich bin da einfach so drin, ich kann an nichts anderes mehr denken.« Im selben Moment, in dem sie es sagte, wurde ihr klar, was für eine große Lüge das war. Sie beschäftigte sich ständig mit dem Auftrag, damit sie an nichts anderes denken musste.

»Ich versteh dich ja, aber das tut dir wirklich nicht gut. Bitte, schau dich mal an.«

Laura starrte in ihre Tasse. Im Kaffee konnte sie sich natürlich nicht sehen, aber das brauchte sie auch nicht. Sie wusste, dass sie schrecklich aussah. Übernächtigt und blass. Zu viel Arbeit, zu wenig Sport, zu wenig frische Luft. »Ich weiß.«

»Ich verordne dir ab jetzt zweimal täglich einen Spaziergang. Mit mir. Das baut dich sicher wieder auf, wirst sehen«, sagte Christina.

Laura zwang sich zu einem Lächeln. »Okay, warum nicht? Es kann sicher nicht schaden. Und du hast recht, wir hatten in letzter Zeit viel zu wenig Zeit miteinander. Paradox, schließlich haben wir noch nie so viel aufeinandergehockt wie zurzeit.« Sie setzte sich auf und lehnte sich ein wenig zu Christina. »Ich glaube, ich weiß nicht einmal, wie es jetzt mit diesem einen Kerl gelaufen ist. Seht ihr euch noch?«

Ihre Freundin schüttelte den Kopf. »Das war echt schnell wieder vorbei. Der war irgendwie merkwürdig. Es ist echt nicht leicht, einen Mann zu finden, der sexy und verständnisvoll ist und witzig und intelligent.«

Laura schluckte. Nein, das war wirklich nicht leicht. »Und

reich und gutaussehend, mit einem Haus in Florida und einer Villa am Comer See«, scherzte sie, obwohl sich in ihr alles zusammenkrampfte. Sie wollte Christina nicht merken lassen, dass sie es immer noch nicht verwunden hatte.

Christina sah sie nur mitleidig an und legte eine Hand auf ihre. »Ach, Laura.«

Laura wandte den Blick ab. Der mitleidige Ton in der Stimme ihrer Freundin war zu viel. »Schon gut. Es geht vorbei.«

Christina drückte ihre Hand noch etwas fester. »Wann?«, fragte sie sanft.

Laura schnaubte. »Willst du jetzt ein Datum wissen? Ich habe keine Ahnung.«

»Wie lange ist das jetzt her?«

Sieben Wochen und vier Tage. »Ich weiß es nicht.«

»Bestimmt eineinhalb Monate.«

Laura zuckte mit den Schultern. »Vielleicht.« Sie stand auf und lehnte sich an das Geländer. Hier im fünften Stock hatte man nur noch Baumkronen vor sich, aber wenn man nach unten schaute, sah man die große Straße, die direkt vor ihrem Haus vorbeiführte. Es war immer laut, auch nachts, aber das störte Laura nicht. Obwohl sie gerne etwas weiter draußen gewohnt hätte, liebte sie auch die Geräusche der Stadt. Und ganz besonders die Nähe zur Isar. *Die Isar gibt es draußen auch.* Sie zuckte zusammen. Marcus hatte das gesagt an ihrem letzten gemeinsamen Abend. Es kam ihr vor, als wäre das Jahre her.

»Laura, sag mir noch mal, warum du dich nicht mehr mit ihm triffst.«

Sie wusste, dass es eine rhetorische Frage war und dass Christina keinesfalls vergessen hatte, warum es Lauras Regeln gab. »Damit ich mich nicht verliebe«, flüsterte sie trotzdem.

Ein Stuhl quietschte, und plötzlich stand Christina neben ihr. »Siehst du denn nicht, dass du längst verliebt bist?«

Laura krallte die Finger um das Eisengeländer des Balkons. Es war heiß, wo die Sonne darauf geschienen hatte, und verbrannte fast ihre Haut. Sie packte noch fester zu. »Das ist nur Zuneigung. Guter Sex bedeutet nicht gleich Liebe. Das war alles, was wir hatten. Leidenschaft, mehr nicht.« Mehr nicht. Ihre Augen wurden feucht. Sie hielt das Gesicht in die Sonne, damit Christina es nicht bemerkte.

»Mag sein, dass du das glaubst. Nur wenn der Zweck des Ganzen ist, dass es dir nicht weh tut, dann erfüllt es den gerade nicht besonders gut.«

Laura ließ den Kopf wieder sinken. »Wie es mir jetzt geht, ist noch gar nichts dagegen, wie es mir bei Thomas gegangen ist. So etwas ... so etwas will ich nie wieder fühlen. Dann besser jetzt ein bisschen Wehmut, als später ...« Sie verstummte.

»Laura, ich versteh dich ja, wirklich, und ich habe nie etwas dagegen gesagt, dass du keinen Partner mehr willst, auch wenn ich gehofft habe, dass du dich irgendwann anders entscheidest. Ich hatte einfach immer das Gefühl, dass du tatsächlich zufrieden bist. Aber was du da tust, ist doch Wahnsinn. Du quälst dich jetzt, nur damit es dir später nicht noch schlechter geht, und nimmst dir dabei von vornherein jede Chance, glücklich zu sein.«

Glücklich sein. War das überhaupt eine Option? Würde ihre Angst überhaupt zulassen, dass sie wirklich glücklich wurde? »Ich kann das nicht. Du weißt, dass ich diese Ängste habe.«

»Ich weiß. Aber du sagst auch, dass es nicht mehr so schlimm ist wie früher. Stimmt das vielleicht nicht?«

Laura starrte in die rauschenden Baumkronen, als könnte sie dort die Antwort finden. »Doch. Sie waren fast weg.« Bis sie Marcus getroffen hatte. Bis er sie geküsst und im Arm gehalten hatte, so wie sie nie wieder hatte gehalten werden wollen.

»Waren?«

Laura erschauerte. Früher hatte sie nur die abstrakte Angst gekannt, einen neuen Partner wieder zu verlieren und auch die Kontrolle über ihr Leben, aber was sie jetzt empfand, war viel realer. Viel schrecklicher. Sie versuchte, es nicht ernst zu nehmen, es als überspannte Stressreaktion ihres Körpers abzutun, weil sie sonst völlig den Verstand verlieren würde. Wenn sie jetzt Christina davon erzählte, dann würde diese es ernst nehmen, sie würde sich Sorgen machen und Laura zwingen, den Ängsten Bedeutung beizumessen. Dann konnte Laura sie vielleicht nicht mehr in Schach halten. Nein. Sie konnte Christina nicht erzählen, was sie seit jener letzten Nacht mit Marcus ständig vor sich sah. Sie sah ihn, wie er auf sie zukam, sie in den Arm nahm, sie küsste. Sie spürte seine Wärme, als wäre er tatsächlich da. Im nächsten Moment sah sie ihn zusammensinken und auf der Erde liegen. Zu ihren Füßen, bleich und bewegungslos. Sie verfluchte sich selbst dafür, dass sie nicht einfach aufhören konnte, weiterzudenken. Dass sie vor sich sah, wie sie sich zu ihm hinunterbeugte und feststellte, dass er tot war. Seine Haut kalt, seine Augen leer. So wie damals. Sie konnte nicht verhindern, dass ein heftiger Schmerz ihr die Luft abdrückte, obwohl sie wusste, dass es nicht real war.

Auch jetzt musste sie sich stark auf ihre Umgebung konzentrieren, musste angestrengt auf die Verkehrsgeräusche unter sich horchen, um nicht wieder in eine Spirale aus düsteren Gedanken zu verfallen. Um sich nicht vorzustellen, wie Marcus blutend auf seinem Lenkrad lag oder mit gebrochenem Genick in ihren Armen. Um sich nicht von der Panik überwältigen zu lassen, die ihr die Kehle zuschnürte und es ihr schwarz vor Augen werden ließ. »Sind. Sie sind beinahe weg«, würgte sie hervor. Sie blinzelte heftig, um die Tränen aus ihren Augen zu vertreiben.

»Dann verstehe ich nicht, warum du dich nicht weiter mit ihm triffst.«

Gott, wie gern sie das wollte! Sie wollte ihn wiedersehen, sein Lächeln, wollte seine Stimme hören, seine Haut auf ihrer spüren und seine Lippen auf ihrem Mund. Sie konnte es nicht. Nicht, solange sie ihn immer wieder sterben sah. Wenn sie sich nie wieder mit ihm traf, dann würde es irgendwann aufhören. Irgendwann würde sie ihn vergessen, und dann wären auch die grauenhaften Gedanken weg. »Ich könnte eine Trennung nicht ertragen. Ich will nie wieder so werden wie nach Thomas' Tod. So … leer. Das hat mich alles gekostet, was mir lieb war. Ich war einfach gar nicht mehr da. Und das will ich nie wieder, okay?«, fauchte Laura. Sie stieß sich vom Geländer ab und ging nach drinnen. »Die Pause ist vorbei!«

Sie wartete nicht ab, ob Christina ihr folgte. Wenn das ihre Vorstellung von einer wohltuenden Pause war, wollte Laura in Zukunft lieber darauf verzichten. Sie setzte sich wieder an ihren Computer.

»Laura, es tut mir leid.« Christina stand in der Tür.

»Schon gut. Wir sollten dringend mal eine Sicherung machen, bevor wir weitermachen. Kannst du mir bitte aus meiner Handtasche das rosa Täschchen bringen? Da sind meine USB-Sticks drin.«

Christina zögerte kurz, als wollte sie noch etwas sagen, nickte dann aber. Sie verschwand zur Tür hinaus und kam dann mit dem Täschchen wieder. »Hier. Und schau mal, das war auch noch in deiner Tasche. Willst du dahin?«

Laura nahm das Täschchen entgegen und betrachtete dann das Blatt in Christinas Hand. Es war der Flyer für den Mittelaltermarkt. Sie wusste selbst nicht genau, warum sie ihn immer noch mit sich herumtrug. Sie hätte ihn längst entsorgen sollen. Genau wie seine Visitenkarte.

»Da findet auch einer von diesen Freikämpfen statt, von denen du mir erzählt hast. Die, wo immer Blut fließt und so.« Christina grinste.

Laura starrte auf den Flyer. *Wo immer Blut fließt.* Marcus wollte dort kämpfen, das hatte er erzählt. Laura rieb sich mit einer Hand über die Stirn. War das der Grund, warum sie ihn ständig sterben sah? Weil sie sich Sorgen machte, dass er tatsächlich gefährlich verletzt werden könnte?

»Laura? Du bist ja leichenblass. Komm, bestimmt ist es nicht so schlimm, das ist doch sicher übertrieben.«

Sie schüttelte den Kopf. »Nein. Das ist nicht übertrieben«, sagte sie tonlos. Zumindest glaubte sie das nicht. Nicht, seitdem sie gesehen hatte, wie Marcus nach dem Training aussah. Sie konnte den Blick immer noch nicht von dem Flyer abwenden. Wenn das der Grund für ihre Ängste war, dass sie tatsächlich glaubte, dass Marcus in Gefahr war, dann konnte sie sie vielleicht stoppen. Vielleicht musste sie bloß Marcus davon überzeugen, dass er nicht kämpfen durfte. Auf diesem Markt nicht und auf keinem anderen. Im selben Moment fiel ihr auf, wie bescheuert dieser Gedanke war. Wenn er es wirklich wollte, würde er sich nicht einfach davon abhalten lassen. Vielleicht das eine Mal, aber nicht für immer. Trotzdem. Vielleicht würde es auch reichen, zu sehen, dass es ihm gutging.

»Lass uns hingehen, ja? Ich war noch nie auf so was. Und hier steht, wer gewandet kommt, das heißt kostümiert, der zahlt weniger Eintritt und darf abends am Gelage teilnehmen. Ein Rittergelage, Laura!« Christinas Augen leuchteten. Laura wusste, wie gern sie sich verkleidete.

»Okay, gut. Wir machen es. Ist vielleicht ganz nett, mal wieder rauszukommen.« Und vielleicht gab es ja doch eine Möglichkeit, Marcus vom Kämpfen abzuhalten. Natürlich würde sie Christina nichts davon erzählen. Sie würde ihr gar nicht sagen, dass Marcus dort war. Ihre Freundin würde ihr sonst nur noch mehr zureden, dass sie wieder mit Marcus ausging. Und das hatte sie auf keinen Fall vor. Sie wollte bloß die schrecklichen Visionen loswerden.

»Prima! Komm, lass uns gleich mal nachsehen, was man sich da so als Kostüm zaubern kann. Ich habe noch so ein grünes Kleid, das hatte ich mal auf einem Faschingsball an. Das ist relativ originalgetreu, glaube ich. Und für dich können wir vielleicht etwas kombinieren. Für den Anfang.«

»Okay.«

»Wirklich? Ich hätte jetzt gedacht, du sagst, dass wir arbeiten müssen.«

Laura lachte. »Na ja, ein bisschen Zeit können wir schon erübrigen. Die Kostüme sollen ja überzeugend sein, auch wenn sie sicher nicht perfekt sein werden.« Sie öffnete den Internetbrowser. »Ich möchte auf jeden Fall was mit Schleier. Ich habe noch dieses riesige, gelbe Dreieckstuch von meiner Oma, das könnte ich nehmen.«

»Warum denn das?«

»Ich weiß nicht«, log sie. »Ich finde, das hat was.« Tatsächlich wollte sie nicht riskieren, dass Marcus sie erkannte. Es würde ziemlich schwierig werden, ihn noch einmal zu täuschen. Es kam wirklich nur ein Kostüm in Frage, das ihr Gesicht verhüllte. Außerdem würde sie ihre Stimme verstellen müssen, wenn sie mit ihm sprach. Eigentlich war es lächerlich. Was sollte schon passieren, wenn er sie erkannte?

Dann will er mit dir ausgehen. Dann wird er dich überreden wollen, ihn wiederzusehen. Vielleicht wird er dir auch Vorhaltungen machen, dass du einfach weggegangen bist. Dass du ihn belogen hast. Laura schluckte schwer. *Vielleicht wird er versuchen, dich zu küssen.*

Und dann hörst du nie auf, ihn sterben zu sehen.

Kapitel 10

Marcus saß im Lagerbereich des Mittelaltermarktes auf einem mit Leinen bespannten Hocker und bearbeitete sein Schwert. Eriks Schwert, verbesserte er sich. Neben ihm begann eine junge Frau, die auch zu Eriks Lagergruppe gehörte, Fackeln aufzustellen. Noch war es nicht richtig dunkel, aber spätestens nach der Schlacht würden sie zusätzliches Licht brauchen.

Marktbesucher schlenderten durch das Lager, blieben immer wieder stehen und betrachteten die Darsteller, deren Anliegen es war, das Leben im Mittelalter so authentisch wie möglich nachzustellen. Sie spielten eigentlich gar nicht, sie lebten es, bis hin zu den Zelten, Betten und Truhen, in denen sie ihre Habseligkeiten aufbewahrten. Marcus fühlte sich zwischen ihnen wie ein Hochstapler. Er nahm zum ersten Mal an einem Lager teil, sah aber aus, als hätte er das schon hundert Mal gemacht, weil Erik ihm Waffen und Gewandung geliehen hatte. Zum Glück war der Sommer vorbei, denn sonst hätte er in seinem langärmeligen Hemd mit dem Waffenrock darüber ziemlich geschwitzt. Aber jetzt, Anfang September, war das genau die richtige Kleidung, und er musste zugeben, dass er sich darin wohl fühlte.

»Mach das ja ordentlich scharf!«

Marcus sah auf. Erik deutete auf das Schwert, das Marcus gerade mit Schleifpapier bearbeitete. Marcus runzelte die Stirn. Scharf?

Ein amüsiertes Funkeln trat in Eriks Augen. Marcus beschlich eine Ahnung. Er wandte sich um, zu dem Weg, auf dem die Marktbesucher entlanggingen. Dort stand eine Frau und starrte mit großen Augen das Schwert an. Sie war ebenfalls in Gewandung oder hatte es zumindest versucht. Er war sich nicht ganz sicher, er kannte sich zu wenig aus, aber richtig authentisch wirkte ihre Kleidung nicht. Eher wie ein umfunktioniertes Dirndl. Es war ein langes rotes Kleid mit einem geschnürten Mieder und einer langärmeligen weißen Bluse. Um die Taille hatte sie eine braune Schärpe geschlungen. Kopf und Schultern der Frau wurden komplett von einem großen gelben Tuch mit langen Fransen verhüllt. Nur die Augen waren frei. Marcus verzog den Mund. Viel zu stark geschminkt für seinen Geschmack. Vielleicht hatte sie die Augen besonders betonen wollen, nachdem sie das Einzige waren, was man von ihrem Gesicht sah?

»Ist das wirklich scharf?«, fragte sie. Ihre Stimme klang ein wenig merkwürdig. Ziemlich hoch.

»Das hoffe ich doch«, grollte Erik, der wohl auch gemerkt hatte, dass die Frau sich nicht besonders gut mit dem Mittelalter auskannte. Erik schlenderte zu ihr hinüber und stellte sich neben sie. Die Frau musterte ihn unsicher. Marcus konnte es ihr nicht verübeln. Erik war ohnehin eine imposante Erscheinung, allein wegen seiner Größe, aber jetzt in seiner Rüstung, bereit für den Kampf, wirkte er durchaus bedrohlich.

Erik zog die Augenbrauen zusammen und warf Marcus einen warnenden Blick zu. »Wenn ich nachher merke, dass du das nicht ordentlich gemacht hast, Bursche, dann probier ich es an deinen Fingern aus.«

Marcus beugte seinen Kopf über das Schwert, um sein Grinsen zu verstecken, und feilte weiter an den Kanten herum.

»Und damit wird gekämpft? Mit scharfen Schwertern?« Bildete er sich das nur ein, oder zitterte ihre Stimme?

»Na sicher. Wie soll ich meinem Gegner denn sonst den Arm abtrennen?«, erwiderte Erik im Brustton der Überzeugung. Marcus hörte die Frau entsetzt einatmen. Kurz war es still, dann lachte sie nervös. »Okay, ich verstehe schon. Ich meine, das ist sicher nur gestellt, so ein Schaukampf, ja?«

»Nein. Das gibt es zwar auch, aber in diesem Fall ist alles echt.«

»Aber warum macht man denn so was?« Die Stimme der Frau klang jetzt regelrecht schrill.

Warum regte sie sich nur so auf?

»Weil es erst richtig Spaß macht, wenn Blut spritzt.«

Marcus verdrehte die Augen. Jetzt übertrieb Erik es aber.

»Wie kann man denn nur so ein Risiko eingehen?«

Marcus zuckte zusammen. Das klang sehr nach dem, was Laura gesagt hatte. *Verdammt.* Eigentlich hatte er sich vorgenommen, Laura aus seinem Gedächtnis zu verbannen.

»Ach, was heißt schon Risiko. Ein Kieferbruch hier, eine Platzwunde da. Halb so wild.«

Marcus beschloss, dem ein Ende zu machen, bevor die Frau noch einen Herzinfarkt erlitt. Er stand auf, lehnte das Schwert an den Hocker und ging zu den beiden hinüber.

»Das ist doch Wahnsinn, da mitzumachen«, keuchte die Frau gerade.

»Das sollte doch jeder selbst entscheiden, oder nicht?«, sagte Marcus und klopfte Erik auf die Schulter.

Die Frau hatte das Gesicht abgewandt. »Ja«, grummelte sie. Und dann etwas, was Marcus nicht ganz verstand, aber es klang wie: »Das gehört verboten.«

Er konnte nicht anders, er musste grinsen. »Es ist doch schade, wenn die Schwerter zur Dekoration verkommen«, sagte er.

Sie schnaubte. »Ach, es lässt sich bestimmt etwas anderes finden, was man damit machen kann.«

»Zum Beispiel?«

»Ich weiß nicht. Kokosnüsse spalten? Melonen schneiden? Holz hacken?«

Marcus sog in gespieltem Entsetzen die Luft ein. »Holz hacken? Mit so einem Schwert? Erik würde mich umbringen.« Er grinste, als er daran dachte, dass sie nach dem letzten Kampf tatsächlich versucht hatten, ein Schwert als Säge zu benutzen, weil es in der Schlacht so viele Scharten abbekommen hatte, dass die Kante wie ein Sägeblatt aussah.

Erik nickte. »Allerdings, Bursche.«

Marcus schüttelte den Kopf. »Willst du mich jetzt wirklich die ganze Zeit so nennen?«

»Sicher. So gehört sich das.«

Marcus seufzte. Es war eine Tradition der Lagergruppe, zu der Erik gehörte, Neulinge auf dem ersten Markt niemals mit ihrem Namen anzusprechen. Das musste man sich ihrer Meinung nach erst verdienen.

»Hey! Da bist du ja. Ich suche dich schon, warum lässt du mich einfach stehen?« Eine braunhaarige Schönheit in einem etwas authentischeren grünen Kleid hatte sich neben die Verschleierte gestellt und die Hände in die Seiten gestemmt. Sie starrte ihre Freundin vorwurfsvoll an. Dann bemerkte sie Marcus und Erik, und ihr Gesicht hellte sich auf. »Oh. Hallo, holde Recken. Oder so.« Sie stieß ihre Freundin mit dem Ellbogen an. »Hast dir zwei Kerle geangelt und sagst mir nicht Bescheid.« Sie schnalzte mit der Zunge und warf Erik einen koketten Blick zu.

Erik lachte. Dann wandte er sich wieder zu Marcus um. »Hey, steh nicht faul rum. Weiterschleifen.« Marcus rührte sich nicht vom Fleck. Erik warf der Verschleierten einen lauernden Blick zu, dann sah er erneut Marcus an. »Komm schon, vielleicht poliert dir die holde Maid hinterher ja zur Belohnung das Schwert.« Erik grinste anzüglich.

Marcus unterdrückte ein Grinsen und sah seinen Freund fragend an. So derbe Zoten waren sonst gar nicht seine Art.

Erik deutete mit dem Kinn auf die Verschleierte. »Die Gute ist offensichtlich eine Dame des horizontalen Gewerbes.«

»Hey! Ein bisschen Nachsicht wäre ganz nett, okay? Ich weiß, dass unsere Kostüme nicht so super authentisch sind, aber es ist schließlich unser erstes Mal!«, sagte die Frau im grünen Kleid.

Erik lachte dröhnend. »Oh, das erste Mal? Das bezweifle ich. Und es ist authentischer, als du wahrscheinlich glaubst.«

Die Augen der Verschleierten waren verengt. »Wie meinst du das?«

Erik zupfte an dem gelben Schleier. Die Verschleierte rupfte ihm den Stoff aus der Hand und wich ein Stück zurück.

»Das Gelb ist es, was Euch verrät, holde Maid. Oder besser gesagt: nicht ganz so holde Maid. Gelb war im Mittelalter die Farbe der Prostituierten«, erklärte er.

Marcus bemühte sich, nicht zu lächeln. Er hatte gut lachen, Erik hatte ihm einfach etwas gegeben, was er anziehen sollte. Hätte er sich alleine eine Gewandung zusammensuchen müssen, wer weiß, in welche Fallen er getappt wäre.

»Zieht also einfach den Schleier aus, mein Fräulein, dann kann man Euch nichts Schlechtes mehr nachsagen. Obwohl, wenn Ihr denn wirklich eine Dirne seid, dann müsst Ihr etwas Gelbes tragen, damit man Euch erkennt. So ist das Gesetz.«

Die Verschleierte schüttelte heftig den Kopf. »Den Schleier werde ich auf keinen Fall ablegen.«

»Warum nicht?«, fragte Marcus. Sie begann, ihn zu interessieren. Er hätte gern ihr Gesicht gesehen.

Die Frau warf ihm einen Blick zu. Einen ziemlich mörderischen Blick. »Damit die Freier mich interessant finden, deshalb«, zischte sie. »Nur wer bezahlt hat, darf unter den Schleier gucken.«

Marcus überlegte, ob sie das durchziehen und ihn einen Blick auf ihr Gesicht werfen lassen würde, wenn er sie bezahlte. Er hatte allerdings den Eindruck, dass diese Frage sie vielleicht dazu gebracht hätte, ihre Vorbehalte gegen scharfe Waffen abzulegen und das Schwert gegen ihn einzusetzen, deswegen blieb er stumm.

»Eigentlich versteckt sie nur ihre viel zu große Nase«, sagte die Frau in dem grünen Kleid und kicherte.

Marcus betrachtete die Wölbung des Schleiers genauer, ungefähr an der Stelle, wo die Nase sein musste. Er konnte sich nicht vorstellen, dass darunter eine riesige Nase stecken könnte. Sie sah eher klein aus, so wie die von Laura. Er schüttelte den Kopf. Er tat es schon wieder. Warum nur musste er jede Frau, die ihm begegnete, mit Laura vergleichen? Weil er sich einfach nicht damit abfinden konnte, dass sie ihn verlassen hatte, dass sie gegangen war, ohne sich zu verabschieden und ohne ihm eine Möglichkeit zu geben, sie zu finden. »Wirklich? Kann ich mir gar nicht vorstellen«, sagte er schließlich.

Die Verschleierte nickte vehement. »Oh ja, die ist riesig. Wirklich kein schöner Anblick. Ich würde keinen einzigen Freier mehr abbekommen, wenn ich die unverschleiert durch die Gegend tragen würde.«

Die Versuchung, herauszufinden, ob sie den Handel wirklich abschließen würde, wurde immer größer. Schließlich arbeiteten viele hier auf dem Markt tatsächlich als das, als was sie sich verkleideten, und nahmen auch Geld dafür. Natürlich glaubte er nicht, dass sie sich tatsächlich als Prostituierte anbot, aber er hätte gern gewusst, wie weit sie gehen würde, wenn er sie herausforderte. Laura würde es wahrscheinlich bis zum bitteren Ende durchziehen. Der Gedanke versetzte ihm einen Stich. Der Gedanke, dass sie mit jemand anderem schlief. Er schimpfte sich einen Idioten. Natürlich tat sie das. Sie hatte kein weiteres

Interesse an ihm, das hatte sie deutlich gezeigt, dabei war der letzte Abend mit ihr für ihn eine echte Offenbarung gewesen. Er hatte so etwas noch nie erlebt, dieses Gefühl, mit einem anderen Menschen eins zu sein. Er schüttelte den Kopf. Laura hatte sich sicher längst anderweitig orientiert. Wenn er daran dachte, dass sie wahrscheinlich gerade mit einem anderen Kerl im Bett lag, bekam er Lust, die Verschleierte in die nächste Ecke zu zerren und wirklich zu testen, wozu sie bereit war.

»Dürfen wir die holden Namen erfahren?«, fragte Erik.

Die Frau im grünen Kleid lächelte. »Na klar. Ich heiße Christina, und das ist …«

»Christina!«, zischte die Verschleierte.

»Oh, wie nett, zwei Fräulein mit dem gleichen Namen?«

»Ja! Genau.«

Die erste Christina runzelte die Stirn. Wahrscheinlich war es oft ein Ärgernis für die beiden, dass sie den gleichen Vornamen hatten.

»Das ist praktisch, dann muss ich mir nur einen Namen merken«, sagte Erik.

Die braunhaarige Christina lachte. »Das kenne ich, ich vergesse auch ständig alle Namen.«

»Ich werde Tina genannt, damit man uns nicht verwechselt«, sagte die Verschleierte.

»Ich heiße Erik, und das hier ist mein guter Freund …«

»Ja, das ist alles schön und gut, aber … aber man hat uns einen Kampf versprochen!«, sagte Tina und packte Marcus am Arm. »Ihr solltet uns unbedingt zeigen, wo der stattfindet. Nicht dass wir noch was verpassen.«

Marcus starrte auf die Hand, die seinen Arm umfasst hielt und daran zog. Tina wollte ihn offensichtlich von Erik und Christina trennen. Er fragte sich, was sie damit bezweckte. Wollte sie sich an ihn ranmachen? Versuchte sie am Ende, mit ihm zu flirten? Dann war sie ziemlich schlecht darin. Und warum interessierte sie dann sein Name nicht? Oder war es Zufall gewesen, dass sie Erik genau in dem Moment unterbrochen hatte, in dem er Marcus hatte vorstellen wollen? Er sah sich nach Erik um.

»Geh nur, ich kümmere mich selbst um das Schwert, wir kommen gleich nach«, sagte er und zwinkerte Marcus zu. »Wollt ihr mir Gesellschaft leisten, Christina, ganz züchtig?«, hörte Marcus ihn noch sagen, als Tina wieder an seiner Tunika zog.

»Wo geht's lang?«, fragte sie.

Marcus deutete in die richtige Richtung. »Der Kampfplatz ist am anderen Ende. Wir müssen einmal über den Markt.«

»Gut, dann führ mich hin«, befahl sie. Sie räusperte sich und sagte ein wenig freundlicher: »Bitte.«

Marcus nickte. Er bot ihr seinen Arm an, und sie hakte sich unter. Schweigend schlängelten sie sich durch die Besuchermassen. Vorbei an einem Stand mit duftenden Fleischspießen, einem Grüppchen seliger Honigmet-Trinker und dem Zelt mit dem Badezuber. Der Vorhang stand offen, die fünf Männer und Frauen, die sich gerade splitterfasernackt im Zuber entspannten, hatten wohl nichts dagegen, dass man ihnen dabei zusah.

Tina schien das alles gar nicht wahrzunehmen. Sie starrte nur stur geradeaus, als könnte sie es kaum erwarten, den Kampfplatz zu erreichen.

»Plötzlich doch so blutrünstig?«, fragte er und führte sie an einem Stand mit Armbrüsten und Messern vorbei.

»Oh nein, ich hoffe natürlich, das Ganze aufhalten zu können«, sagte sie. Es war unmöglich zu sagen, ob es ein Scherz war oder ob sie es ernst meinte. Sie klang jedenfalls, als wäre sie zu allem bereit.

»Aufhalten? Wie stellst du dir das vor?«

»Ich weiß nicht. Vielleicht mache ich meinem Gewerbe Ehre und reiße mir die Klamotten herunter?«

Marcus lachte. »Ja, das könnte zumindest für eine Weile funktionieren.«

Tina sah zu ihm auf, und jetzt lag etwas Lauerndes in ihrem Blick, etwas, das vorher nicht da gewesen war. »Tatsächlich? Dann wärst du nicht abgeneigt, den Kampf ausfallen zu lassen, wenn ich dich mit meinen körperlichen Reizen besteche?«

Marcus hätte sich beinahe verschluckt. Sie hatte wohl doch geflirtet. Oder sie war eine wirklich gute Schauspielerin, denn er war sich ziemlich sicher, dass sie das Angebot ernst meinte.

»Ich nehme am Kampf gar nicht teil«, sagte er vorsichtig und fragte sich, ob sie dann zum nächsten Kerl mit einem Waffengurt weiterziehen würde, um den vom Kämpfen abzuhalten. Aber als er jetzt in ihre Augen sah, war der Ausdruck darin ein völlig anderer. Überraschung, vielleicht sogar Erleichterung.

»Du nimmst gar nicht teil?« Ihre Stimme überschlug sich beinahe.

»Nein, ich bin doch nicht verrückt. Einen Anfänger wie mich verspeisen die zum Frühstück.«

»Und du hast es auch nicht vor? Überhaupt nicht?« Die Frage war fast nur noch ein Flüstern.

Er schüttelte den Kopf. »Nein, überhaupt nicht. Ich habe mal beim Training mitgemacht, aber ich kämpfe nicht. Dafür hänge ich viel zu sehr an meinen Gliedmaßen.«

Tina schloss die Augen und murmelte etwas, was er durch den Schleier nicht verstehen konnte. Sie schien unheimlich erleichtert, dass er nicht mitkämpfte. Konnte das wirklich sein? Er war doch für sie ein völlig Fremder. Oder?

Er blieb stehen. Sie hatten den Kampfplatz erreicht. Ein großes, mit Seilen abgetrenntes Wiesenstück, auf dem sich bereits die ersten Schlachtreihen zusammenfanden.

»Gehst du jetzt zum Nächsten und versuchst, ihn vom Kämpfen abzuhalten?«, fragte er. Wenn sie es tat, dann war sie einfach verrückt. Wenn sie es nicht tat, war es ihr die ganze Zeit um ihn gegangen, und das ließ nur einen Schluss zu: dass sie ihn kannte.

»Oh, äh, nein. Ich fürchte, für die kommt jede Hilfe zu spät.« Sie machte eine ausholende Handbewegung und schloss damit die Wikinger, Ordensritter und Axtkämpfer ein, die sich bereits auf der Wiese aufwärmten. »Ich sehe ein, dass mein Ansinnen zum Scheitern verurteilt ist, und mache mich aus dem Staub«, sagte sie theatralisch.

Marcus war sich jetzt sicher, dass sie ihn kannte, dass sie wegen ihm da war. Ein Verdacht beschlich ihn, wer sie sein könnte. Und warum sie derart verschleiert war. Laura wollte nicht, dass er sie fand, da ergab es Sinn, dass sie auch nicht wollte, dass er sie erkannte. Aber warum? Wenn er ihr doch offensichtlich etwas bedeutete? Sonst wäre sie schließlich nicht hier.

Er packte ihren Arm, bevor sie in der Menge verschwinden konnte, zog sie zu sich heran und musterte ihr Gesicht genauer. Unmöglich, durch den dicken, entstellenden Lidstrich zu sehen, ob es Lauras Augen waren, die ihn erschrocken anstarrten. Er war sich trotzdem relativ sicher und erwog ernsthaft, ihr das Tuch herunterzureißen, nur um zu sehen, ob er recht hatte. So weit wollte er dann allerdings doch nicht gehen. Wenn sie tatsächlich Laura war, würde er sie damit vertreiben, und das wollte er nicht riskieren. Wenn er sie in Ruhe ausfragen wollte, um endlich herauszufinden, warum sie ihn nach jener Nacht einfach verlassen hatte, musste er es behutsam angehen.

»Du solltest lieber dableiben.«

Sie warf ihm einen fragenden Blick zu. »Sollte ich? Warum denn?«

»Du willst doch das Gelage nicht verpassen, oder?«

Sie hob die Schultern. »Eigentlich interessiert mich das gar nicht so.«

»Soll aber lustig sein. Lagerfeuer, Musik und so weiter.«

»Wenn du meinst. Lässt du jetzt meinen Arm los? Ich würde gern gehen.«

Das lief nicht ganz wie geplant, er musste wohl deutlicher werden. »Es wird auch Einzelduelle geben, und wer herausgefordert wird, kann nicht ablehnen. Das müsste doch deinen Ehrgeiz wecken, etwas dagegen zu unternehmen.« Er zwinkerte ihr zu.

»Duelle?«, hauchte sie.

»Ja.« Er zog sie näher zu sich. »Vielleicht solltest du bleiben und darauf achten, dass … niemand aus Versehen darin verwickelt wird.«

An der Bewegung ihres Tuches sah er, dass ihr Atem schneller ging. Ihre Augen waren geweitet. »Ja, vielleicht hast du recht.« Ihre Stimme klang zittrig.

Marcus' Magen zog sich zusammen. Er hatte geglaubt, dass sie sich ein wenig Sorgen machte und gekommen war, um ihn von einer Dummheit abzuhalten, aber jetzt sah es aus, als hätte sie wirklich Angst um ihn. Es tat ihm beinahe leid, dass er ihr diesen Streich spielte. Beinahe. Wenn sie wirklich Laura war, dann schuldete sie ihm eine Erklärung, und die konnte er nur bekommen, wenn sie blieb.

Ein lautes »Klong« zog seine Aufmerksamkeit auf sich. Der erste Kampf begann, und »Tina« starrte wie gebannt auf die beiden Kämpfer. »Sind die Schwerter wirklich scharf?«, fragte sie leise.

»Nein. Erik hat nur Spaß gemacht.«

Er hörte sie erleichtert ausatmen. »Aber du hast das Schwert doch geschliffen, oder nicht?«

»Ja, ich habe die alten Scharten abgeschliffen. Damit es keine scharfen Ecken oder Kanten gibt, die jemanden verletzen könnten.«

Sie lachte leise. »Da habt ihr mich ja ganz schön reingelegt. Dann … dann ist das gar nicht so gefährlich? Und das mit den Kieferbrüchen ist auch ausgedacht?«

Marcus schüttelte den Kopf. »Nein, das nicht. Hier wird Vollkontakt gekämpft, ohne Regeln. Da passiert fast jedes Mal was. Meistens nur Kleinigkeiten, Nasenbluten oder mal ein gebrochener Finger. Aber es kann auch richtig gefährlich werden. Bei manchen Gruppen denkt man, die müssten einen eigenen Flügel im örtlichen Krankenhaus gepachtet haben.«

Tina blieb still. Offensichtlich konnte sie darüber nicht lachen. Sie deutete nur ein Kopfschütteln an und beobachtete weiterhin die Kämpfer, die jetzt mit lautem Gebrüll aufeinander losgingen.

***

Laura saß auf einer grob gezimmerten Holzbank und starrte in die Flammen. Marcus war den ganzen Abend an ihrer Seite gewesen, aber gerade hatte er sich für eine Weile zu seinem Freund auf die andere Seite des Lagerfeuers gesetzt. Sie war froh darüber. In seiner Gesellschaft zu sein, war die reinste Folter gewesen. Schon sein Anblick hatte ihr den Atem verschlagen. Der blaue Waffenrock stand ihm unheimlich gut, und der Waffengurt mit dem Schwert verlieh ihm etwas Animalisches. Seine schwarzen Haare waren etwas länger als beim letzten Mal, so als hätte er sie sich wachsen lassen, damit es zur Gewandung passte. Es war wahnsinnig anziehend, und jedes Mal, wenn ihm eine Strähne über die Augen fiel, hatte sie sich zurückhalten müssen, um sie ihm nicht aus dem Gesicht zu streichen.

Und das war nicht alles. Sie hatte vergessen, wie wohl sie sich bei ihm fühlte. Es war so schwer, nicht auf ihn einzugehen, seine Fragen, seine interessanten Bemerkungen. Es war so schwer, nicht in seine Augen zu sehen oder auf seine Lippen zu starren. Nicht zu erschauern, wenn sie seine Stimme hörte oder wenn er sie wie zufällig am Arm berührte. Ein paarmal hatte sie geglaubt, dass er einen Verdacht hegte, wer sie war, weil er so viel über sie hatte wissen wollen. Umso erleichterter würde sie sein, wenn der Abend vorbei war und sie ihn nicht mehr wiedersehen durfte. Sie fluchte innerlich. Musste. Nicht wieder sehen musste. Dass sie überhaupt auf seinen Vorschlag eingegangen war, war absurd, und ihn vor jeder Gefahr beschützen zu wollen, ein sinnloses Unterfangen. Laura sagte sich, dass es reichen würde zu sehen, dass er heute unverletzt blieb. Dann würden ihre Ängste sicherlich verschwinden. Das mussten sie einfach.

Laura zuckte fast zusammen, als sie daran dachte, was sie vor sich gesehen hatte, als er ihr von den Duellen erzählt hatte. Sie schüttelte sich und drängte das Bild mit aller Macht zurück. Wenn doch nur Christina bei ihr gewesen wäre, um sie abzulenken, aber die saß auf der anderen Seite neben diesem Erik. Laura stand auf. Eigentlich gab es keinen Grund, warum sie sich nicht auch dazusetzen sollte. Sie würde sich einfach nicht neben Marcus setzen, sondern neben Christina. Sie ging um das Feuer herum, aber gerade als sie sich setzen wollte, stand Christina auf. »Ich gehe mal eben um die Ecke«, sagte sie zu Erik und Marcus und ging an Laura vorbei, ohne sie zu bemerken.

Etwas ratlos blieb sie in den Schatten stehen.

»Du musst diese Laura endlich vergessen.« Das war Eriks Stimme.

Laura horchte auf. Offensichtlich hatten Erik und Marcus sie nicht bemerkt.

Marcus brummte etwas Unverständliches.

»Das ist doch schon ewig her, und du kanntest sie nicht mal richtig.«

Ihr Herz machte einen Satz. Bedeutete das etwa, dass er sie auch vermisste? Sie hatte versucht, nicht darüber nachzudenken, weil es keine Rolle spielen sollte. Trotzdem musste sie zugeben, dass sie ein wenig gehofft hatte, dass ihre kurze Affäre auch für ihn etwas Besonderes gewesen war.

Erik stand auf. Laura wich ein Stück zurück, damit er sie nicht sofort sah. Er ging in einem Halbkreis um das Feuer herum und redete kurz auf eine junge Frau in einem wunderschönen hellblauen Kleid ein. Sie sah aus, wie man sich ein Burgfräulein vorstellte. Lange blonde Zöpfe, hübsches Gesicht mit großen Augen. Ihr Blick huschte kurz zu der Stelle, wo Marcus saß. Dann lächelte sie und stand auf.

Lauras Magen krampfte sich zusammen, als Erik das Burgfräulein um das Feuer führte und sie sich neben Marcus setzte. Erik wollte die beiden verkuppeln, eindeutig. Laura konnte nicht sehen oder hören, was Marcus dazu sagte, weil er mit dem Rücken zu ihr saß, aber sie fühlte sich plötzlich elend.

»Hey, Laura, alles okay? Du stehst hier so alleine rum.«

Laura sah sich um. Christina stand hinter ihr.

»Willst du nicht endlich mal das Tuch abnehmen? Das ist doch albern.«

Nur zu gern hätte sie es abgenommen. Es ging ihr tierisch auf die Nerven, ständig Stoff vor Mund und Nase zu haben, aber es ging eben nicht anders. Sie musste durchhalten, solange sie hier waren. Lauras Blick wanderte zum Feuer. Vielleicht sollten sie einfach gehen. Marcus hatte jetzt jemand anderen, der auf ihn achtgab. Das Burgfräulein hatte ihm eine Hand auf die Schulter gelegt, und er ließ es geschehen. Ein heftiger Stich durchfuhr ihre Brust. Der Wunsch, an die Stelle des Burgfräuleins treten zu können, so sorglos neben ihm zu sitzen, ohne die Angst; ihn spüren zu können, ohne danach die Bilder zu sehen, brachte sie beinahe um den Verstand. Als sie tief einatmete, um den Schmerz zu vertreiben, verfing sich das Tuch in ihrem Mund. Sie lockerte es etwas und hob es an. Die kühle Nachtluft, die in ihre Lungen strömte, tat ihr gut.

»Komm, gehen wir zurück ans Feuer. Erik ist echt nett.«

Christina ging schon vor, aber Laura blieb, wo sie war. »Geh du ruhig«, sagte sie, als Christina sich umsah. »Es ist nur noch ein Platz frei. Den überlasse ich dir. Ich bleibe noch kurz hier.« Sie hob vielsagend den Schleier. »Frische Luft.«

Christina verdrehte die Augen, drehte sich dann um und setzte sich wieder neben Erik. Natürlich konnte sie nicht wissen, wie wichtig das Tuch für Laura war. Laura hatte ihr nicht gesagt, dass Eriks schwarzhaariger Freund Marcus war, und weil alle ihn nur mit »Bursche« ansprachen, hatte sie es bis jetzt auch nicht herausgefunden.

Das Burgfräulein beugte sich gerade zu Marcus und flüsterte ihm etwas ins Ohr. Lauras Kehle wurde eng. Na und? Was interessierte sie das? Sie hatte sich gegen ihn entschieden, wollte nichts mehr von ihm. Sollte das Burgfräulein ihn haben. Marcus schob ihre Hand von seiner Schulter. Das bedeutete allerdings noch nicht, dass er nichts von ihr wollte. Die Frau rückte näher an ihn heran und zog ihn zu sich herunter. Meine Güte, die ging ja ganz schön ran. Wollte sie ihn jetzt schon küssen? Laura wartete nicht ab, um herauszufinden, ob er das auch wollte. Sie überwand die kurze Distanz zum Feuer, räusperte sich laut und tippte Marcus auf die Schulter, bevor sie überhaupt darüber nachdenken konnte, was sie da tat.

»Ich glaube, da liegt ein Missverständnis vor.«

Das Burgfräulein sah auf. Sie hatte umwerfend lange Wimpern. »Wie bitte?«

Auch Marcus sah zu Laura auf, mit einem merkwürdigen Glitzern in den Augen.

»Ja, äh, dieser Herr hier hat mich gebucht«, sagte sie und zupfte kokett an ihrem gelben Schleier.

Marcus' Lippen verzogen sich zu einem winzigen Lächeln, das ihr Herz höherschlagen ließ. Anscheinend hatte er mit dem Burgfräulein doch nichts anfangen wollen und war froh, ihr zu entkommen. »Tatsächlich?«, fragte er.

Sie nickte heftig. »Du hast mich gebeten, hierzubleiben und mich um dich zu kümmern, oder etwa nicht?« Genauso hatte er es zwar nicht gesagt, aber er hatte es so gemeint.

Laura fühlte eine Hand auf ihrem Arm. Christina. »Was machst du da?«, zischte sie so leise, dass nur Laura es hörte. »Willst du ihn etwa abschleppen? Ich meine, so One-Night-Stand-mäßig?«

»Und wenn?«, gab Laura ebenso leise zurück.

»Ich dachte, das wolltest du nicht mehr. Du kennst ihn doch gar nicht, woher weißt du, dass er nicht gefährlich ist?«

Laura sah Marcus an, der jetzt aufgestanden war. *Ich weiß es eben.* »Das geht dich nichts an«, sagte sie immer noch im Flüsterton. Dann wandte sie sich wieder Marcus zu. »Also?«

Sein wölfisches Lächeln verschlug ihr den Atem. Es wirkte, als hätte er tatsächlich vor, ihre Dienste in Anspruch zu nehmen.

»Natürlich, du hast recht«, sagte er.

Laura nahm zufrieden zur Kenntnis, dass das Burgfräulein eine enttäuschte Schnute zog und sich dann wieder auf ihren alten Platz setzte. »Wir bleiben in der Nähe, keine Sorge«, flüsterte sie Christina noch zu, denn schließlich meinte ihre Freundin es nur gut und konnte nicht wissen, dass von Marcus keine Gefahr drohte. Nicht diese Gefahr jedenfalls.

Marcus streckte die Hand aus, und sie legte ihre hinein. Das Gefühl, endlich wieder seine Haut zu spüren, überwältigte sie beinahe. Erik grinste wissend, während Marcus Laura wegführte. Sie fragte nicht, wohin er sie brachte. In diesem Moment wäre sie mit ihm überall hingegangen, wenn sie ihn nur weiter spüren konnte. Sie gingen durch die Reihen der Stände, die jetzt abgeschlossen und dunkel waren. Die meisten Gäste waren gegangen, und alle Darsteller und auch einige Verkäufer waren beim Lagerfeuer. Irgendwann blieb Marcus vor einem größeren Zelt stehen. Er hielt die Plane zur Seite und zog Laura ins Innere, wo man kaum die Hand vor Augen erkennen konnte, sobald die Plane wieder vor den Eingang gefallen war.

»Wo sind wir?«, fragte Laura. Die Luft kam ihr feucht vor, und es roch nach Seife.

»Beim Badezuber«, erklärte Marcus. »Der Besitzer ist ein Freund von Erik. Warte, ich mache das Licht an. Wenn ich es finde.«

Beinahe hätte Laura ihn davon abgehalten, aber das wäre natürlich zu auffällig gewesen. So konnte sie nur hoffen, dass er es nicht finden würde. Tatsächlich hörte sie ihn leise fluchen, und irgendwann sagte er: »Ich geb's auf.«

Erleichterung durchströmte sie. Das bedeutete, dass sie endlich den Schleier loswerden konnte. »Macht nichts, im Dunkeln ist es doch sehr gemütlich.«

Laura spürte, dass Marcus näher kam. Sie konnte auch seine Umrisse erkennen. Er tastete nach ihren Händen und zog sie dann zu sich. Ihr wurde klar, dass es nur eine Möglichkeit gab, wie diese Begegnung weitergehen konnte. Zumindest, wenn sie es zuließ.

Marcus küsste ihre Handflächen, ihre Fingerspitzen, legte sich ihre Arme um den Hals und zog sie fest an seine Brust. Laura legte ihren Kopf auf seine Schulter, sog seinen Geruch ein und schloss die Augen.

»Darauf habe ich so lange gewartet«, flüsterte er. Er legte seine Wange an ihr Haar, das immer noch von dem Schleier bedeckt war.

So lange? Kälte fraß sich in ihre Eingeweide. Ahnte er doch etwas? »Vorhin sah es so aus, als ob du dich für das Burgfräulein interessierst.«

Sie spürte, wie er an ihrem Schleier herumzupfte, ihn langsam löste und ein wenig zur Seite schob, so dass er sie in die kleine Kuhle hinter dem Ohr küssen konnte. Er lachte leise, als sie erschauerte. »Du bist die Einzige, die mich interessiert.«

Er zog noch etwas mehr an dem Schleier, wickelte ihn vorsichtig ab, bis er nur noch lose um ihre Schultern hing. »Verdammtes Licht«, murmelte er und küsste ihren Hals, dann ihren Nacken und ihre Schulter. Ihre Haut kribbelte, wo seine Lippen sie berührten und eine Welle der Erregung durch ihren Körper sandten. Durch den Stoff seiner Hose konnte sie spüren, dass es ihm ebenso erging.

»Ich wünschte, du wärst schon viel früher gekommen.«

Früher? »Ich … ich war doch die ganze Zeit da.«

Er hielt inne. »Das meine ich nicht.«

Er wusste es. Wie hatte das passieren können? Wieso wusste er es? Laura wollte sich von ihm wegdrücken, aber er hielt sie mit eisernem Griff umfangen.

»Ich weiß nicht, was du meinst.« Ihre Stimme schwankte. Vielleicht vermutete er es nur. Sie musste ihn ablenken. Sie musste irgendetwas tun, das ihn zweifelsfrei davon überzeugen würde, dass er sich irrte. Dass sie nicht Laura war. Aber was konnte sie tun? Laura machte alles mit, konnte sie ihm irgendetwas verweigern, würde er dann glauben, dass sie jemand anders war? Nur weil sie sich weigerte, im Badezuber mit ihm Sex zu haben? Nein, das würde niemals funktionieren.

Und es stimmte ja auch nicht, dass Laura zu allem bereit war. Sie hatte zwei unumstößliche Tabus, und die hatte sie Marcus ziemlich eindrucksvoll klargemacht. Wenn sie eines davon brach, wenn sie etwas tat, von dem er absolut sicher war, dass Laura es niemals tun würde, dann konnte sie ihn vielleicht überzeugen, dass sie jemand anders war. Laura presste die Augenlider zusammen und atmete tief durch. War sie wirklich so verzweifelt? Wollte sie das wirklich tun, nur damit er sie nicht erkannte?

»Ich meine, dass ich dich wiedersehen wollte und nicht wusste, wie ich dich finden kann.« Seine Stimme war rauh vor Verlangen. Und noch etwas anderes schwang darin mit, etwas Gefährliches, das sich auch in ihrem eigenen Herzen eingenistet hatte.

Sie musste es tun. Es gab keine andere Möglichkeit, sich vor ihm zu schützen und vor den Gefühlen, die in ihrer Brust verrücktspielten und ihr den Atem nahmen, wenn er sie festhielt, so wie jetzt.

»Ich weiß nicht, was du meinst«, flüsterte sie. »Ich glaube, du verwechselst mich.«

Jetzt, tu es jetzt. Bevor er sich noch sicherer wird. Ihre Brust zog sich vor Aufregung zusammen, als sie sich nach unten sinken ließ, bis sie vor ihm kniete. Sie hob den Waffenrock ein Stück an und öffnete die Schnürung seiner Beinlinge. »Was soll das werden?«, fragte Marcus.

Er sog scharf die Luft ein, als sie seine Erektion in die Hand nahm. Sie fuhr mit dem Daumen über die Spitze, streichelte und massierte ihn. Sie zögerte es hinaus. Sie hatte das nie tun wollen, allein der Gedanke hatte sie immer abgestoßen. Aber als sie jetzt den Mund öffnete und sich Marcus ganz langsam näherte, merkte sie, dass es ihr nichts ausmachte. Nicht bei ihm. Sie spürte keinerlei Abscheu. Nur Neugier, wie es sich anfühlen würde, wenn er in ihren Mund eindrang.

Sie war sich nur nicht ganz sicher, was sie jetzt tun sollte. Bisher hatte sie sich nie dafür interessiert, wie man es richtig machte. Sie konnte sich nur von ihrem Bauchgefühl leiten lassen.

Vorsichtig schob sie die Zunge vor und berührte seinen samtigen Schaft mit der Zungenspitze. Nur ganz leicht, als wollte sie eine Kostprobe nehmen. Er schmeckte salzig und ein wenig bitter. Sie wagte sich etwas weiter vor, umkreiste seine Eichel und drang schließlich in die winzige Öffnung ein. Ein herber Geschmack benetzte ihre Zunge, fremd, aber unheimlich aufregend. Hitze breitete sich zwischen ihren Beinen aus. Nie hätte sie geglaubt, dass allein sein Geschmack sie erregen könnte.

»Verdammt, was tust du da?«, stöhnte Marcus. Sie hörte, dass er verunsichert war. Das trieb sie weiter an. Sie schob ihre Hände unter den Stoff seiner Hose und umfasste seine Oberschenkel. Sie waren hart und sehnig unter ihren Fingern. Angespannt. Laura ließ ihre Zunge mutiger über seine samtige, straff gespannte Haut gleiten. Marcus' Hände lagen jetzt auf ihren Schultern, gaben ihr Rückhalt, während sie langsam die Lippen etwas weiter öffnete. Sie legte ihren halb geöffneten Mund auf seine Eichel und begann vorsichtig, an der weichen Haut zwischen ihren Lippen zu saugen. So als wollte sie ihn in sich spüren, es ihm aber noch nicht erlauben, in sie einzudringen. Marcus drängte gegen ihren Mund, seine Hände zogen sie auf sich zu, aber sie gab nicht nach. Noch nicht. Sie wollte diese Begegnung auskosten, dieses neue Gefühl. Ein Gefühl der Demütigung, so vor ihm zu knien und ihm ausgeliefert zu sein. Und ein Gefühl der Macht, ihn nur mit dem Mund so unter Kontrolle zu haben und halb um den Verstand zu bringen. Sie öffnete ihre Lippen etwas weiter und ließ zu, dass er in sie eindrang, nur ein Stück, so dass sie noch mit der Zunge seine Spitze umkreisen konnte. Heißes Verlangen schoss in ihren Unterleib, als er ihre Lippen schließlich ganz auseinanderzwang und ihren Mund in Besitz nahm. Sie umklammerte seine Oberschenkel, um sich an ihm festzuhalten, während er immer heftiger in sie stieß.

Feuchtigkeit sammelte sich zwischen ihren Beinen, und sie wollte ihn so sehr dort in sich spüren, dass sie versucht war, abzubrechen. Doch das brachte sie nicht fertig. Es war bisher so anders gewesen, so viel besser, als sie es sich jemals vorgestellt hatte, dass sie es jetzt bis zum Ende durchziehen wollte. Sie wollte alles wissen. Alles schmecken. Ihn ganz in sich aufnehmen.

»Wir sollten jetzt besser aufhören«, keuchte er und versuchte, sich aus ihr zurückzuziehen.

Sie schüttelte den Kopf, was ihm ein Stöhnen entlockte, und saugte ihn wieder tiefer in sich. Sie presste ihre Hände von hinten gegen seine Oberschenkel und drückte ihn so tief in ihre Kehle, wie sie konnte. Ein leichter Würgereiz überkam sie, aber sie ignorierte es. Sie wollte, dass Marcus ihr alles gab.

Mit einem letzten Stöhnen stieß er sich noch einmal in sie, die Hände in ihre Schultern gekrallt. Heiße Flüssigkeit schoss in ihren Mund. Laura hatte immer gedacht, dass es sich merkwürdig anfühlen würde, vielleicht sogar abstoßend, dass es unnatürlich war und Überwindung kostete. Stattdessen war es das Natürlichste, was sie je getan hatte, die ganze, salzig herbe

Flüssigkeit zu schlucken, bis er sich völlig erschöpft hatte und sich aus ihr zurückzog.

Selten hatte sie etwas so erregt. Ihr Unterleib pochte, und ihre Schamlippen fühlten sich geschwollen an, so sehr, dass es schmerzte. Sie sank erschöpft auf die Fersen und wünschte sich nur noch, dass Marcus sie hier und jetzt nahm.

***

Marcus starrte in die Dunkelheit zu seinen Füßen und verfluchte erneut die Tatsache, dass er nichts erkennen konnte. Er konnte nicht glauben, was sie gerade getan hatte. Hatte sie ihn etwa angelogen, als sie ihm gesagt hatte, dass das eines ihrer absoluten Tabus war? Unwahrscheinlich, nicht wenn er sich an ihr Gesicht erinnerte, daran, wie entsetzt sie gewesen war, als sie es ihm gesagt hatte.

Sie kniete immer noch vor ihm, berührte ihn aber nicht mehr. Sie war unnatürlich still. Er konnte kaum ihre Atemzüge ausmachen. Bereute sie es vielleicht? Ein Anflug von schlechtem Gewissen überkam ihn. Er hätte nicht zulassen dürfen, dass sie das tat. Er hatte gewusst, dass sie es nicht wollte, und hatte sie es dennoch tun lassen. Er war sogar in ihrem Mund gekommen, was er eigentlich nicht vorgehabt hatte, weil er vermutete, dass es ihr erstes Mal war. Aber sie hatte nicht zugelassen, dass er sich aus ihr zurückzog, hatte ihn sogar festgehalten. Und es hatte sich so verdammt gut angefühlt.

Er hörte Laura leise stöhnen. Tat ihr etwas weh? War er zu grob gewesen? Er fuhr sich mit der Hand durch die Haare. Verdammt, er hätte sie wirklich aufhalten müssen. Beschämt ließ er sich auf die Knie nieder und fand im Dunkeln ihre Hände. Er liebte ihre Hände, liebte es, ihre Fingerspitzen zu küssen und die winzigen Schwielen direkt unterhalb der Ringfinger. Normalerweise waren ihre Hände eher kühl, aber jetzt fühlten sie sich warm an. Nein. Heiß.

»Alles in Ordnung?«, fragte er. »Tut dir was weh?« Er versuchte, ihr Gesicht zu erkennen, wenigstens ein Glitzern ihrer Augen.

»Nein, ja, ich weiß nicht«, flüsterte sie. Ihre Stimme zitterte leicht.

Sein Magen krampfte sich zusammen. Was hatte er nur getan? Eigentlich hatte er nur mit ihr reden wollen, herausfinden, warum sie das alles tat und warum sie ihn verlassen hatte, einfach so. Während er sich dank ihr zum ersten Mal seit langem wieder vorstellen konnte, mit jemandem zusammen zu sein. Er hatte sie damit konfrontieren wollen, aber dann war sie plötzlich auf die Knie gegangen und richtiggehend über ihn hergefallen. Nicht, dass das sein Verhalten entschuldigte.

»Es tut mir leid, ich hätte nicht zulassen dürfen, dass du das machst.«

Ihre Finger erstarrten. »Was meinst du? Ich habe das gern gemacht, ich mache das dauernd, ich liebe es.«

Marcus zog die Augenbrauen zusammen. Was redete sie da nur? »Ich dachte, du wolltest das niemals tun, ich dachte, es wäre eines deiner absoluten Tabus?«

Sie lachte, aber es klang zu schrill, nervös. »Was? Nein. Ich sage dir, du verwechselst mich. Ich mochte das schon immer, du hast doch wohl gemerkt, dass es mir gefallen hat, oder?«

Darum ging es also? Sie hatte es nur getan, um ihm weiszumachen, dass sie eine andere war? Marcus fuhr sich mit der Hand über die Augen. Warum war es ihr nur so wichtig, dass er sie nicht erkannte? Sie schien ja regelrecht Angst davor zu haben, wenn sie zu solchen drastischen Maßnahmen griff. Panik vielleicht sogar. Er erinnerte sich daran, wie verletzlich sie heute Nachmittag auf ihn gewirkt hatte. Seine Brust zog sich zusammen.

»Hier, soll ich es dir beweisen?« Sie fasste nach seiner Hand und schob sie unter ihren Rock und direkt zwischen ihre Beine. Es stimmte. Es hatte ihr wirklich gefallen. Er war sich nicht sicher, ob er sie jemals dermaßen feucht erlebt hatte. Ihre Schamlippen waren so geschwollen und heiß vor Erregung, dass er sich fragte, ob es ihr vielleicht sogar weh tat. Das würde zumindest die kryptische Antwort auf seine Frage erklären. Das Verlangen, mit den Fingern in sie einzudringen, ließ seine Hand erzittern und seinen Schwanz schon wieder hart werden, aber er riss sich zusammen und zog seine Hand zurück. Er würde jetzt nicht auch noch über sie herfallen, nicht nach dem, was sie gerade getan hatte. Sie hatte eines ihrer Tabus gebrochen, um ihn davon zu überzeugen, dass sie jemand anders war.

»Nicht«, stöhnte sie. »Mach weiter, bitte.«

Glaubte sie wirklich, dass sie ihn überzeugt hatte? Am Anfang hatte er ihre Verkleidung nicht durchschaut, der Schleier über Haaren und Gesicht, und dann dieser grauenhafte, aufdringliche Lidstrich, aber jetzt war er sich absolut sicher, dass sie es war. Nicht nur, weil sie im Laufe des Tages immer mehr vergessen hatte, ihre Stimme zu verstellen. Er wollte es ihr sagen, ihr ins Gesicht sagen, dass er wusste, wer sie war, aber er hatte das dumpfe Gefühl, dass sie dann wieder davonlaufen würde. Vielleicht war es besser, sie in Sicherheit zu wiegen und erst herauszufinden, was hinter alldem steckte, bevor er ihr verriet, dass ihr kleines Täuschungsmanöver sein Ziel völlig verfehlt hatte.

Er beschloss, sie für den Moment in dem Glauben zu lassen, dass es funktioniert hatte. Diesmal würde er sie allerdings nicht gehen lassen, ohne zu wissen, wie er sie finden konnte.

»Vielleicht hast du recht, ich glaube, ich habe dich wirklich verwechselt. In dem Fall solltest du mir sagen, wer du bist«, sagte er.

»Tina«, antwortete sie. »Das hat sich seit vorhin nicht geändert.«

Er musste lächeln. »Okay, Tina. Vielleicht sollte ich dich besser zu den anderen zurückbringen. Immerhin habe ich dich verwechselt, es wäre nicht richtig …«

Sie lehnte sich nach vorne und legte die Hände auf seine Oberschenkel. »Ich will aber nicht zu den anderen zurück.«

Das hätte er sich eigentlich denken können.

»Und mir ist egal, ob es richtig ist.« Das auch.

Er räusperte sich. »Ich schlafe eigentlich nicht einfach mit jeder Frau, die mir über den Weg läuft.« Natürlich war ihm völlig klar, dass Laura einen anderen Eindruck von ihm haben musste.

Sie schnaubte, dann hustete sie. War das etwa ein verstecktes Lachen? »Ja, okay. Aber heute machst du doch bestimmt eine Ausnahme?«

Eigentlich hatte er sagen wollen, dass er die Frau, für die er sie gehalten hatte, nein, die Frau, von der er wusste, dass sie es war, zu sehr mochte und hoffte, sie zu finden. Dass er nicht mit einer anderen Frau schlafen wollte, nicht mit Tina, sondern nur mit Laura. Damit sie nicht glaubte, dass er einfach mit jeder in die Kiste stieg.

Aber ihm fiel ein, was sie für ihn getan hatte, und er erinnerte sich nur zu gut an ihr leises Stöhnen und ihre heftige Erregung. Sie wollte, dass er mit ihr schlief, und sie hatte verdient, dass er ihr das gleiche Vergnügen schenkte, das sie ihm geschenkt hatte. Irgendwann würde sie erfahren, dass er in Tina längst Laura erkannt hatte, als er mit ihr geschlafen hatte, und würde dann hoffentlich eine etwas bessere Meinung von ihm haben.

Marcus stand auf und zog sie mit sich hoch. Sie protestierte leise, wahrscheinlich dachte sie, er wolle zu den anderen zurückgehen. »Ich muss gestehen, dass es mir sehr schwerfallen würde, dich jetzt einfach so gehen zu lassen.«

Er hörte ihr erleichtertes Ausatmen, dann spürte er ihre Finger an seiner Bruche, der mittelalterlichen Version einer Boxershorts. »Gut, dann schnell, ich halte es kaum noch aus.«

Marcus schüttelte lächelnd den Kopf. *Ungeduldig wie immer.* Er nahm ihre Hände von der Bruche und zog sie ein Stück in Richtung des Badezubers. »Ich dachte eigentlich, wir gehen es langsam an. Dieser Zuber reizt mich schon die ganze Zeit.« Er wartete ihre Antwort nicht ab, sondern griff nach ihrem Mieder. Er tastete nach der Schleife der Schnürung, fand sie und zog sie auf, bis sie locker genug war, dass er den darunter liegenden Reißverschluss erreichen konnte. Langsam schob er ihr Kleid und Bluse von den Schultern und küsste sie auf die nackte Haut. Ihr Geruch stieg ihm in die Nase. Sie roch ein wenig anders als zuvor. Nicht so süßlich, sondern eher sportlich. Er vergrub seine Nase in ihrem Nacken und sog gierig diesen neuen Geruch ein. Er spürte, wie sie unter seinen Händen eine Gänsehaut bekam. Mit einem letzten Ruck streifte er ihr das Kleid ab, dann ihren Slip. Beim letzten Mal, als sie sich geliebt hatten, war es noch Sommer gewesen, aber jetzt war die Luft ziemlich kühl, und Laura fror bestimmt. Ohne zu zögern, hob er sie auf seine Arme und über den Rand des glücklicherweise recht niedrigen Zubers. Vorsichtig ließ er sie in das warme Wasser hinab. Ihr wohliges Seufzen machte ihm nur zu deutlich bewusst, dass er selbst noch angezogen war. Ungeduldig machte er sich an seiner Kleidung zu schaffen, zog sich komplett aus und griff dann in den Beutel, der zu seiner Gewandung gehörte. Jetzt war er wirklich froh, dass er am Mittag einfach den kompletten Inhalt seiner Hosentasche in den Beutel geleert hatte. Sonst hätten sie am Ende noch mit mittelalterlichen Methoden verhüten müssen.

Mit dem Kondom in der Hand suchte er die kleine Holzleiter, über die man normalerweise in den Zuber gelangte, und ließ sich schließlich selbst ins Wasser gleiten. Es war herrlich warm. Er schob sich am Rand entlang, bis er Laura fand, die sich gegen die Holzwand lehnte. Sie saß auf einem kleinen Absatz, der genau für diesen Zweck im Inneren des Zubers angebracht war. Er kniete sich vor sie und legte beide Hände rechts und links neben sie an die Holzwand, damit sie nicht entkommen konnte. Obwohl sie das anscheinend gar nicht wollte. Er hörte, wie ihr Atem sich beschleunigte, als er sich an sie drückte und sie seine Erregung spürte. Er lachte leise. Er hatte nicht vor, ihrer Ungeduld Vorschub zu leisten. Nicht sehr jedenfalls. Er beugte sich zu ihr, legte seine Wange an ihre und küsste die empfindliche Ohrmuschel. Als sie ihre Hände auf seine Brust legte und ihn zu streicheln begann, wurde ihm bewusst, wie sehr er das alles vermisst hatte. Ihre Berührung, ihren Geruch, ihre Haut auf seiner. Wie konnte man etwas so sehr vermissen, was man erst wenige Male gespürt hatte? Er genoss das Kribbeln seiner Haut, wenn sie ihn streichelte, und das Gefühl der Erregung, das ihn immer steifer werden ließ.

»Halt das, ich brauche jetzt beide Hände«, raunte er und drückte ihr das Kondom in die Hand, bis er spürte, wie sich ihre Finger um die Packung schlossen.

Mit der linken Hand streichelte er ihre Schulter und glitt an ihrer Seite hinunter bis zu ihrer Brust, die halb aus dem Wasser herausschaute. Wie gern hätte er das gesehen. So konnte er sich nur vorstellen, wie kleine Wassertropfen ihre Haut hinabliefen, über die weiche Rundung ihrer Brust und bis zu ihrer aufgerichteten Brustwarze. Vorsichtig zupfte er daran, neckend, reizte sie noch mehr, bis sie ganz hart war. Ihre Brust wurde schwerer, als er sie behutsam aus dem Wasser hob. Er schloss seine Lippen um ihre Brustspitze und knabberte mit den Zähnen daran, bis Laura aufkeuchte und sich ihm verlangend entgegenbog. Marcus stöhnte heiser, weil sie so auf ihn reagierte. Wieso nur hatte sie sich einfach davongeschlichen, wenn doch so offensichtlich war, wie sehr sie ihn begehrte? Sie spreizte leicht die Beine und zog an seinem Nacken, damit er dazwischenglitt. Dass sie ihn so sehr wollte, machte ihn beinahe schwach. Am liebsten hätte er sie sofort genommen, aber er wollte es auskosten. So wie letztes Mal, in jener Nacht, in der er das Gefühl gehabt hatte, dass zwischen ihnen alles stimmte. Er streichelte ihre Knie, dann ihre Oberschenkelinnenseiten und fand schließlich die Stelle zwischen ihren Beinen, die heiß und bereit für ihn war. Behutsam ließ er einen Finger in sie gleiten, dann noch einen. Sanft drückte er nach oben, gegen die kleine Rauhheit in ihrem weichen Fleisch, die sich sofort unter seiner Berührung ausdehnte und anschwoll. Laura spreizte die Beine noch weiter und begann ungeduldig, an seinen Haaren zu ziehen, als könnte sie ihn so dazu bringen, sie endlich zu erlösen.

»Ein wenig Geduld noch«, flüsterte er und musste ein Lachen unterdrücken, als sie protestierend wimmerte. Er liebte es, sie zu reizen und ihre Lust zu steigern, bis sie ihn anflehte. Auch letztes Mal hatte er es getan und war belohnt worden, damit, dass sie sich so hatte fallen lassen wie nie zuvor. Er rutschte ein Stück nach oben, so dass ihre Gesichter auf gleicher Höhe waren, und berührte ihren Mund mit seinem. Sie sog überrascht die Luft ein, und er nutzte die Gelegenheit, mit der Zunge in ihren Mund zu dringen. Er küsste sie langsam, erkundete ihren Mund und ihren Geschmack, fragte sich, ob er sich selbst in ihrem Mund schmecken konnte. Der Gedanke ließ seine Erektion zucken und verminderte seine eigene Geduld auf ein Minimum. Mit einem Ruck entzog er Laura seine

Finger, die immer noch ihr Innerstes liebkosten, und stand auf. Er griff nach ihrer Hand, öffnete ihre Finger, die sich zitternd von der kleinen Packung lösten, riss sie auf und streifte sich das Kondom über.

Dann setzte er sich neben Laura auf den Absatz, lehnte sich mit dem Rücken gegen den Zuber und zog sie auf sich. »Halt dich an der Wand fest«, wies er sie an, bevor er sie langsam zu sich herunterzog.

Das Wasser war warm, aber dennoch spürte er den Unterschied, als sie seine Spitze in sich aufnahm und dann den Rest von ihm. Heiß hieß sie ihn willkommen, mit weit gespreizten Schenkeln über ihm kniend. Ihre harten Brustwarzen streiften seine Brust, sandten zusätzliche Schauer durch seinen Körper und direkt in seine Lenden. Er biss sich auf die Lippen und presste die Augenlider zusammen. Geduld, Geduld. Verdammte Geduld! Er packte ihre Hüften fester, presste seine Finger in ihre zarte Haut, um sie ganz auf sich zu ziehen, bis er so tief in ihr war wie überhaupt möglich. Er wollte sie ganz, wollte alles von ihr.

Ihre Haare kitzelten ihn an der Wange, als sie leise aufschrie und den Kopf nach vorne sinken ließ. Sie murmelte etwas an seinem Hals, das er nicht verstand, und blieb einfach so auf ihm sitzen, mit ihm, ganz tief in sie versenkt. Obwohl er es kaum noch aushielt, wünschte er sich, er möge nie enden, dieser Moment, in dem sie sich nicht nur ihm, sondern auch der Zärtlichkeit zwischen ihnen so vorbehaltlos hingab. Dann, quälend langsam, begann sie, sich zu bewegen, und die atemberaubende Intimität wich wilder Lust. Sie zog sich um ihn zusammen, richtete sich ein wenig auf und sank dann wieder auf ihn herunter. Er wusste, er sollte sie den Rhythmus bestimmen lassen, sollte es ihr überlassen, wie schnell sie ihn um den Verstand bringen wollte. Er konnte es nicht.

Geduld war plötzlich ein Fremdwort. Er zog Laura wieder auf sich, presste sie an sich, hielt sie fest und stieß dann beinahe grob in sie, hungrig, verlangend, ohne die Möglichkeit aufzuhören. Er verlor sich in ihrem Geruch, der um ihn herum war, in ihrer Haut, die ihn überall berührte, und ihren leisen Lauten, die ihm zeigten, dass sie es genauso genoss wie er. Es kostete ihn jeden Rest Selbstbeherrschung, nicht völlig den Bezug zur Realität zu verlieren und sich ganz seinem Verlangen zu überlassen. Das hier war für sie. Sie war diesmal dran. Er zwang sich, eine Hand von ihrer Hüfte zu lösen, und ließ sie zwischen ihre Beine gleiten, wo er begann, sanft ihren Kitzler zu reiben. Laura erstarrte unter seinen Händen. Dann warf sie den Kopf in den Nacken und drängte sich immer heftiger seiner Hand entgegen, bis sie schließlich aufschrie und zu zucken begann.

Er wollte ihr Gesicht sehen. Er wollte sehen, wie ihre Wangen sich röteten, wollte ihren halb geöffneten Mund sehen und ihre Haare, die sich schweißverklebt um ihr Gesicht lockten. Er wollte sehen, wie ihr Höhepunkt sie völlig auflöste, alle Schutzwälle einriss, alle Gründe beseitigte, die sie haben mochte, um dieses merkwürdige Spiel zu spielen, bis nichts mehr übrig war, was sie trennte. Aber er konnte sie nur spüren. Für den Moment musste das genügen. Er überließ sich dem unglaublichen Gefühl ihres Körpers, der auf ihm zuckte und erschauerte, bis sein eigener Höhepunkt ihn mit sich fortriss.

***

Laura hatte ihren Kopf an Marcus' Wange gepresst und hielt seinen Hals umschlungen. Sie hatte das Gefühl, wenn er jetzt das Licht anschaltete, würde er alles sehen können, was sie vor ihm verheimlichen wollte. Alles, was sie für ihn fühlte, alles, was sie nicht fühlen wollte, und alles, was sie ihm nicht sagen konnte. Eigentlich hätte ihr das Angst machen sollen, aber merkwürdigerweise fand sie den Gedanken tröstlich. Wenn er es von alleine sehen könnte, dann müsste sie es ihm nicht sagen. Vielleicht wäre dann alles leichter. Dann brauchte er sie nur anzusehen, um ihre Ängste zu erkennen und zu wissen, dass sie niemals in der Lage sein würde, mit ihm zusammen zu sein. Sie klammerte sich fester an ihn, wollte nicht loslassen, obwohl sie wusste, dass sie es bald müssen würde. Sie drückte ihre Brust gegen seine und spürte seinen gleichmäßigen Herzschlag im Einklang mit ihrem.

Sie hatte einen schrecklichen Fehler gemacht.

Sie war nur aus einem Grund hierhergekommen: Um ihre Ängste zu vertreiben und dann ohne sie weiterzuleben. Und ohne ihn. Im warmen Wasser, mit ihm so nah an ihrem Körper, mit dem Gefühl in ihrer Brust, dass sie zusammengehörten, wurde ihr klar, dass sie vollkommen versagt hatte. Obwohl sie im Moment Ruhe gaben, wusste sie, dass die Ängste noch da waren. Die Bilder, die sie immer sah. Sie versteckten sich ganz tief in ihrem Bewusstsein, bereit, über sie herzufallen, sobald sie Marcus losließ.

Er küsste sanft ihre Schläfe und streichelte ihren Rücken. »Alles in Ordnung? Du zitterst.«

»Ja, alles in Ordnung. Mir ist nur etwas kalt.«

»Dann sollten wir vielleicht …«

»Nein!« Sie presste ihre Wange an seine Schulter. »Noch nicht.« Niemals. Hier, in seinen Armen in der Dunkelheit war alles in Ordnung. Sobald er sie losließ, würde sie ihn wieder sterben sehen.

»Komm heute mit zu mir«, murmelte er in ihr Ohr. »Bleib bei mir.«

Sie wollte ja sagen. Sie wollte nichts so sehr, wie bei ihm zu bleiben und ihn festzuhalten. Vielleicht würde das ihre Ängste ja beruhigen, immerhin hielt er sie jetzt auch in Schach.

Ihr Herz begann zu rasen. Konnte das eine Lösung sein? Dass sie sich nicht von ihm trennte, sondern immer mit ihm zusammenblieb? Sie sah es vor sich, wie es wäre, ihn jeden Tag zu sehen, mit ihm aufzuwachen und einzuschlafen. Jeden Tag in seinen Armen zu verbringen und den Ängsten keinen Raum mehr zu geben, weil er immer bei ihr war. Eiseskälte erfasste sie und umschloss ihr Herz. Es ging nicht. Natürlich ging es nicht. Man konnte keine Beziehung führen, in der man vierundzwanzig Stunden am Tag zusammen war, das war lächerlich. Sie würde nicht den ganzen Tag neben ihm sitzen, nicht jede Nacht in seinen Armen verbringen. Sie würde mit ihm zusammen aufwachen und dann zusehen, wie er das Haus verließ. Manchmal vielleicht wochenlang, wenn er einen Auftrag in einer anderen Stadt hatte. Dann wären die schrecklichen Bilder in ihrem Kopf ihre einzige Gesellschaft. Nein. Es war unmöglich.

»Ich kann nicht«, sagte sie mit brüchiger Stimme. »Ich kann einfach nicht, es tut mir leid.«

»Dann lass mich dich nach Hause bringen«, bat er sanft.

Sie schüttelte den Kopf. »Nein. Ich gehe allein.«

Seine Arme schlossen sich etwas fester um sie, als hätte er Angst, sie könne sich einfach in Luft auflösen. Sie schloss die Augen, genoss das Gefühl der trügerischen Sicherheit, das er ihr bot. Nur ein kleines bisschen noch.

Schließlich, nach einer halben Ewigkeit, die doch nur ein viel zu kurzer Augenblick war, wand sie sich sanft aus seiner Umarmung. »Tust du mir einen Gefallen? Bleibst du noch hier drin, während ich mich anziehe?«

»Damit du einfach verschwinden kannst?« Seine Stimme klang aufgewühlt und ungläubig.

»Das werde ich sowieso. Bitte. Bitte tu das für mich.« Sie stand auf, ohne seine Antwort abzuwarten, und stieg aus dem Zuber. Sie hoffte inständig, dass er ihr den Gefallen tun würde. Aber natürlich tat er das nicht. Er stand schon neben ihr, während sie noch versuchte, ihr Kleid über ihre nasse Haut zu ziehen.

»Ich lasse dich nicht einfach so gehen«, sagte er. »Das ist viel zu gefährlich.« Ihm war anzuhören, dass er es so meinte. Er würde ihr folgen, ob sie wollte oder nicht. Sie seufzte. Es war so ein unglaublich großer Fehler gewesen, hierherzukommen. Ein schöner, wunderbarer Fehler.

Mit klammen Fingern wickelte sie sich das Tuch um die Schultern und um ihr Gesicht. Ihr grauste bei der Vorstellung, wie ihre Augen jetzt aussehen mussten. Das Make-up, das ohnehin schon gruselig gewesen war, war jetzt sicher völlig zerlaufen. Sie konnte nur hoffen, dass niemand das Pech hatte, ihr auf dem Weg zum Auto zu begegnen.

»Es ist nicht gefährlich.« *Nicht so gefährlich wie deine Begleitung*. Er durfte nicht wissen, was für ein Auto sie fuhr. Es war sicher möglich herauszufinden, welche Adresse zu dem Kennzeichen gehörte. Ihr war jedoch völlig klar, dass sie ihn nicht aufhalten konnte. Sie konnte nur an seinen Anstand appellieren.

»Bitte. Du darfst mir nicht folgen, versprich mir das.«

»Nein, das werde ich ganz sicher nicht.«

Laura fluchte innerlich. Wieso war er nur so stur? »Ich möchte es aber nicht. Du solltest das akzeptieren.« Es versetzte ihr einen Stich, dass sie ihm das antun musste.

Sie hörte ihn etwas murmeln, beinahe knurren.

»Stattdessen wäre ich dir sehr dankbar, wenn du meiner Freundin ausrichten würdest, dass ich schon gegangen bin. Sie wird es verstehen.« Tatsächlich war sie sich da alles andere als sicher. Christina würde wahrscheinlich unheimlich wütend sein, dass Laura sie einfach so zurückgelassen hatte, aber Laura konnte sich jetzt einfach nicht ihren Fragen stellen. Und sie konnte das Leuchten in ihren Augen nicht ertragen, wenn sie ihr von diesem Erik erzählte. Morgen, da würde sie es aushalten, zu hören, wie glücklich Christina war und wie sehr sie sich darauf freute, Erik wiederzusehen. Morgen. Nicht heute Nacht.

Marcus seufzte. »Also gut.«

Dankbarkeit, Erleichterung und Enttäuschung vermischten sich in ihr zu einem kaum aushaltbaren Gefühlschaos. Sie musste endlich weg. Im Dunkeln tastete sie nach Marcus' Hand, nahm sie in ihre und küsste seinen Handrücken. Sie ließ ihn los, bevor er sie an sich ziehen konnte, und duckte sich unter der Zeltplane nach draußen. Kalte Nachtluft drang in ihre Lungen, und sie versuchte, alle widersprüchlichen Gefühle einfach wegzuatmen. Für den Bruchteil einer Sekunde herrschte Ruhe. Bis sie merkte, dass es keine Ruhe war, sondern Leere. Eine Leere, die sie nicht mehr gefühlt hatte, seit sie das erste Mal Claire gewesen war.

***

Marcus verfluchte seinen Anstand, der ihm gebot, ihre Wünsche zu respektieren. Er würde ihr nicht folgen. Wenn er wirklich geglaubt hätte, dass sie in Gefahr geraten könnte, hätte er es natürlich getan. Aber er hatte das nur gesagt, um ihr nicht zu verraten, warum er sie wirklich begleiten wollte. Außerdem war es wahrscheinlich sowieso nicht besonders zielführend. Ihr Autokennzeichen würde ihm nicht viel nutzen, und er war nicht mit seinem eigenen Auto hier, so dass er ihr nicht bis nach Hause folgen konnte. Stattdessen hatte sie ihm unwissentlich eine viel bessere Möglichkeit aufgezeigt, sie wiederzufinden. Ihre Freundin.

Marcus zog sich Bruche, Beinlinge und Waffenrock über und verließ das Zelt. Er schaute den Weg zum Ausgang entlang. Von Laura war nichts mehr zu sehen. In der Ferne hörte er leise Stimmen aus der Richtung des Lagerfeuers. Er wandte sich vom Ausgang ab und ging mit langen Schritten auf das Lager zu. Lauras Freundin Christina musste ihm einfach helfen. Dass sie sich offensichtlich gut mit Erik verstand, konnte dabei nur von Vorteil sein.

Das Feuer brannte immer noch hell, wenn auch nicht mehr ganz so hoch wie vorher. Die groben Holzbänke waren immer noch voll besetzt, und ein Barde hatte seine Laute ausgepackt. Die meisten Darsteller wirkten zutiefst entspannt, und für einen Moment fühlte sich Marcus wirklich um fünfhundert Jahre in der Zeit zurückversetzt. Er schüttelte den Kopf, um die trügerische Ruhe zu vertreiben. Tatsächlich machte er sich ein wenig Sorgen, dass Erik und Christina sich inzwischen selbst in die Büsche geschlagen hatten. Umso erleichterter war er, als er sie ein wenig abseits des Feuers ausmachen konnte. Sie standen in enger Umarmung, wahrscheinlich küssten sie sich. Doch darauf konnte er jetzt keine Rücksicht nehmen.

Er ging auf sie zu und räusperte sich laut, um ihre Aufmerksamkeit zu erregen.

»Was ist? Merkst du nicht, dass wir beschäftigt sind?« Erik klang ungehalten, und Marcus konnte es ihm nicht verdenken.

»Tut mir leid.« Er wandte sich an Christina. »Ich habe eine Nachricht von deiner Freundin.«

Christina horchte auf. »Wie bitte?«

»Sie ist gegangen.«

»Einfach so?«, fragte Erik.

Marcus zuckte mit den Schultern. Christina presste die Lippen aufeinander und schüttelte den Kopf. »Verdammt«, zischte sie.

»Du musst mir ihre Nummer geben oder ihre Adresse, irgendwas«, sagte Marcus. »Bitte.«

Christina sah auf und betrachtete ihn plötzlich interessiert. Dann seufzte sie. »Tut mir leid, aber wenn sie die dir nicht selber gegeben hat …«

Marcus hätte sie am liebsten an den Schultern gepackt und geschüttelt. Er biss die Zähne zusammen. Sie war die Letzte, die für das ganze Chaos etwas konnte. »Bitte, ich brauche ihre Nummer.«

Christina sah ihn mitleidig an. »Ich glaube, das hat wirklich keinen Sinn. Was immer zwischen euch war, ich weiß, dass … dass es jemand anderen gibt.«

»Verdammt, ich lasse nicht zu, dass sie sich schon wieder einfach aus dem Staub macht!«, knurrte Marcus beinahe feindselig.

Erik zog die Augenbrauen zusammen und legte ihm beruhigend eine Hand auf die Schulter. »Mann, Marcus, was ist denn los mit dir? So kenne ich dich gar nicht.«

Christina sog scharf die Luft ein. »Warte. Du bist Marcus?« Sie legte sich eine Hand auf die Stirn. »Natürlich, das ergibt Sinn. Deshalb wollte sie hierher. Du meine Güte, wie konnte ich das nicht merken …«

Marcus schnaubte. »Sie ist offensichtlich sehr gut darin, Dinge geheim zu halten, die sie für sich behalten will.«

Christina nickte. »Hör zu, ich glaube, es ist keine gute Idee, wenn du einfach zu ihr gehst. Sie wird abblocken und wahrscheinlich völlig ausrasten, dass ich dir ihre Adresse gegeben habe.«

Marcus nickte grimmig. »Gut möglich.«

»Ich glaube, es ist besser, wenn wir uns in Ruhe etwas überlegen.«

»Wir? Du willst mir helfen? Warum?«

Christinas Augen glänzten verräterisch. »Du fragst mich, warum? Verdammt, weil du der Erste seit Jahren bist, der überhaupt zu ihr durchdringt. Weil ich will, dass sie …« Sie verstummte. Wahrscheinlich wollte sie nicht einfach so das Gefühlsleben ihrer Freundin vor anderen ausbreiten. Sie wischte sich über die Augen und sah ihn dann entschlossen an. »Weil ich glaube, dass du eine echte Chance hast.«

Kapitel 11

Laura betrachtete über das langstielige Glas hinweg, wie Oliver in den Unterlagen blätterte. Sie nippte an dem Wein und konnte nicht umhin, Olivers exquisiten Geschmack zu bewundern. Zwar hatte der Sommelier ihn beraten, aber am Ende hatte Oliver auf einem bestimmten Jahrgang bestanden. Er kannte sich offensichtlich ziemlich gut aus. Laura nippte noch einmal an dem Wein und genoss das Bouquet, das sich in ihrem Mund entfaltete und beinahe ihre Aufregung in Luft auflöste. Beinahe. Es hing so unglaublich viel davon ab, dass sie diesen Auftrag bekamen. Die Zukunft ihrer Firma und die von Christina. Ihre Freundin setzte alle Hoffnung auf dieses Projekt. Seit Laura ihr davon erzählt hatte, malte sie sich aus, dass es sie bekannt machen würde und sie ihren anderen Job dann endlich kündigen könnte.

Wenn Oliver doch nur mal etwas sagen würde. Schon seit einer gefühlten Ewigkeit starrte er auf die Unterlagen, betrachtete die Logos und Designvorlagen für die Website und brummte ab und an etwas Unverständliches. Laura hätte ihm am liebsten die Blätter aus der Hand gerissen und sie kommentiert, aber sie hatten alles bereits einmal durchgesprochen, und er hatte sich ein paar Minuten ausgebeten, um sich die Unterlagen noch einmal in Ruhe anzusehen.

Lauras Herzschlag pulsierte hinauf bis hinter ihre Augen, wo sich ein kleines, aber gemeines Stechen bemerkbar machte wie immer, wenn sie aufgeregt war. Wenn sie nichts dagegen unternahm, würde sich das Stechen bald zu einem blendenden Schmerz auswachsen. Sie wollte nur noch abwarten, wie Olivers Urteil ausfiel, bevor sie sich kurz zurückzog, um eine Tablette zu nehmen.

Endlich klappte er den Ordner zu und legte die Unterlagen beiseite. Er sah auf, atmete tief durch und verzog dann skeptisch den Mund. Lauras Herz sank. »Ich bin mir nicht ganz sicher, ob das das Richtige ist.«

Nein! Was passte ihm denn nicht? Sie war überzeugt, dass sie gute Arbeit abgeliefert hatten. »Oh«, sagte sie nur.

Oliver ließ sich in seinem Stuhl nach hinten sinken und überkreuzte die Beine. »Bitte, versteh mich nicht falsch. Ich finde die Entwürfe durchaus gelungen. Man merkt zwar, dass noch nicht so viel Erfahrung dahintersteht, aber insgesamt ist das durchaus etwas, was man in Erwägung ziehen könnte.«

Laura atmete erleichtert auf. »Dann verstehe ich nicht …«

Oliver betrachtete sie mit einem abschätzenden Blick, der ihr eine Gänsehaut verschaffte. »Lass es mich erklären. Du bist sehr unerfahren, und das ist ein sehr großer Auftrag. Wenn ich auf dich setze, hängt mein Job auch mit drin, sollte es schiefgehen. Du verstehst sicher, dass das ein ziemlich großes Risiko für mich ist.«

Sie richtete sich etwas auf und nickte. »Natürlich, aber ich versichere dir …«

Er winkte ungeduldig ab. »Jaja. Das nutzt mir alles nichts.« Bedauernd schüttelte er den Kopf. »Eigentlich kann ich es mir wirklich nicht leisten, dir den Auftrag zu geben.«

Laura nahm die Serviette, die vor ihr auf dem Tisch lag, und knüllte sie zwischen ihren Fingern. Was nun? Wollte er ihr eine Chance geben oder nicht?

»Es könnte aber sein, dass ich es dennoch tue.«

Laura sah von der Serviette auf. Das Bedauern in Olivers

Augen war einem merkwürdigen Glitzern gewichen. Einem sehr besitzergreifenden Glitzern. Laura fröstelte es.

»Ich müsste wissen, dass du bereit bist, dich für den Erfolg einzusetzen. Dass du bereit bist, *alles* zu geben.« Er lächelte süffisant. »Wüsstest du vielleicht eine Möglichkeit, mir das zu beweisen?« Seine Stimme hatte einen schmeichelnden Ton angenommen, der Lauras Magen in Aufruhr versetzte. Verstand sie ihn richtig? Sie verengte die Augen und entschloss sich, auf die Frage lieber nicht zu antworten. Es war besser, seine Erklärung abzuwarten.

Er seufzte theatralisch. »Gib dir keine Mühe, mich geschockt anzustarren. Ich weiß, dass du nicht so verklemmt bist, wie deine lieben Schwiegereltern wahrscheinlich denken.«

Lauras Mund war plötzlich wie ausgetrocknet. Sie griff nach dem Weinglas und spülte den Rest in einem Zug hinunter. Es hätte Dreckwasser sein können, sie hätte den Unterschied nicht gemerkt. Fieberhaft überlegte sie, was sie dazu sagen konnte. Sie wollte sich die Chance nicht ruinieren, aber er glaubte doch nicht ernsthaft, dass sie mit ihm schlafen würde, um den Auftrag zu bekommen? Sie stählte sich innerlich und versuchte, ihrer Stimme einen festen Klang zu geben. »Ich glaube nicht, dass das eine gute Idee ist.«

Oliver richtete sich auf und lehnte sich dann über den Tisch, um ihre Hand in seine zu nehmen. Seine Hand war kalt und irgendwie schlaff. Laura hätte sie am liebsten abgeschüttelt. Wie hatte sie nur jemals mit ihm schlafen können?

»Das glaube ich sehr wohl. Ich halte es sogar für eine ausgezeichnete Idee.« Er verzog die Lippen zu einem Lächeln und starrte unverhohlen in ihren Ausschnitt. Sie war froh, heute kein extrem freizügiges Kleid angezogen zu haben. Sie war schließlich geschäftlich hier, nicht, um sich einen Kerl aufzureißen.

»Immerhin weiß ich, dass du es draufhast.« Er beugte sich noch etwas mehr zu ihr, so nah, dass sein Atem ihr Ohr streifte. »Ich weiß, dass du schön eng bist, genau richtig für mich. Und ich weiß, wie gierig du bist und dass du es brauchst, richtig durchgefickt zu werden. Betrachte es als Vorteil für uns beide, wenn du willst.«

Lauras Wangen wurden heiß. Sie hätte dem Arschloch am liebsten eine geknallt, aber dann musste sie an Christina denken und an ihre Freude über diese Chance. Sie sah auf ihre Finger, die sich in die Serviette krampften, damit sie nicht doch in Versuchung kam, dem Mistkerl eine ordentliche Ohrfeige zu verpassen. Gott, wie sie es hasste, in dieser Bittstellerposition zu sein! Es war nicht fair, dass sie sich nicht wehren konnte, wenn sie sich nicht jede Chance verbauen wollte.

Sie rückte ein Stück von Oliver ab und räusperte sich. Es fiel ihr unheimlich schwer, ihre Stimme unter Kontrolle zu halten. »Ich muss mich kurz frisch machen, ich bin gleich wieder da.« Als sie aufstehen wollte, hielt Oliver sie am Handgelenk fest. Seine Berührung jagte Schauer der Abscheu durch ihren Körper. »Ja, tu das. Wenn du willst, können wir es dann gleich hier erledigen, ich stehe auf den Kick, vielleicht erwischt zu werden.«

Laura funkelte ihn böse an und entzog ihm ihre Hand. Dann rauschte sie in Richtung Toiletten davon. Wie konnte er es wagen? Sie riss die Tür zur Damentoilette auf, stürmte zu den Waschbecken und stützte sich darauf. Verdammt. Er konnte es wagen, weil sie es sich nicht leisten konnte, sich zu wehren, und er das genau wusste. Eigentlich sollte sie ihn anzeigen, aber dann stünde ihre Aussage gegen seine, mit ihrer Firma wäre es aus und auch mit Christinas Hoffnungen. Laura drehte den Wasserhahn auf, hielt ihre Hände unter das eisige Wasser und betupfte dann ihre heißen Wangen. Die Abkühlung war nur von kurzer Dauer.

Sie sollte ihn in die Wüste schicken. Sie sollte nicht einmal in Erwägung ziehen, sein »Angebot« – sie schnaubte – anzunehmen. Warum tat sie es dann? Warum hatte sich längst der Gedanke in ihren Kopf geschlichen, dass es ja nur ein Mal war und dass sie sich nicht so anstellen sollte? Immerhin hatte sie schon mit vielen wildfremden Männern Sex gehabt. Ihn eingeschlossen.

»Ach, verdammt«, fluchte sie und schlug mit der flachen Hand auf den Rand des Waschbeckens. Dann atmete sie tief durch. Sie musste mit Christina reden. Immerhin steckte sie auch mit in dieser Sache drin. Vielleicht hatte sie eine Idee, wie Laura die Situation noch drehen konnte. Vielleicht kannte sie einen Kniff. Laura versicherte sich, dass die Toilettenkabinen leer waren, dann holte sie ihr Handy heraus und tippte auf Christinas Namen.

»Christina?«, sagte sie, als sie das Klicken in der Leitung hörte.

»Laura? Oh mein Gott, wie läuft es? Weißt du schon was? Was hat er gesagt?«

Christinas aufgeregte Freude schnürte ihr beinahe die Kehle zu. Sie holte tief Luft. »Er sagt, dass wir zu unerfahren sind, aber dass er uns den Auftrag vielleicht trotzdem gibt.«

Gejubel erklang am anderen Ende der Leitung. »Das klingt doch super! Wann sagt er uns Bescheid?«

Laura rieb sich mit der Hand über die Stirn. »Sofort.« Sie sprach weiter, bevor Christina auch nur Luft holen konnte. »Es gibt eine Bedingung.«

»Welche? Sollen wir noch mal was neu machen? Braucht er mehr Auswahl? Ich kann …«

»Nein«, unterbrach Laura sie. »Er will, dass ich mit ihm schlafe.«

Kurz herrschte Schweigen, dann lachte Christina auf. »Haha, sehr witzig, Laura. Jetzt im Ernst, was will er wirklich?«

»Dass ich mit ihm schlafe.«

Diesmal hielt das Schweigen länger an. »Mein Gott, meint er das ernst?«, flüsterte Christina schließlich.

Laura nickte. Wut und Demütigung trieben ihr die Tränen in die Augen. »Ja. Sonst haben wir keine Chance.«

»Das ist wirklich unglaublich! Unglaublich! Wie kann er es wagen? So ein Arsch!«

Laura wusste nicht, warum, vielleicht lag es daran, dass sie mit dem Gedanken spielte, es tatsächlich zu tun, aber sie sagte: »Na ja, es wäre ja nur ein Mal.«

Christina sog scharf die Luft ein. »Laura! Das meinst du doch nicht ernst. Auf so was darfst du nicht eingehen, so was musst du anzeigen.« Laura lächelte bitter, schließlich waren das genau ihre Gedanken gewesen. Nur dass sie es sich nicht leisten konnte. Sie nicht und Christina auch nicht.

»Ich weiß, aber das hilft uns nicht weiter. Und ich habe sowieso schon mal mit ihm geschlafen. Es wäre nur ein weiterer One-Night-Stand, genau wie all die anderen. Es macht keinen Unterschied, wieso ich mit ihm schlafe.« Natürlich war das eine Lüge. Aus irgendeinem Grund hatte sie plötzlich das Bedürfnis, sich zu rechtfertigen dafür, dass sie überhaupt daran dachte, Olivers absurde, beleidigende Bedingung anzunehmen.

»Das ist doch Blödsinn, und das weißt du genau!«

»Ach was. Ich hätte ja auch was davon. Zurzeit hab ich keine One-Night-Stands, ihn kenne ich, er wird mir nichts tun. So käme ich auch mal wieder zu Action.« Es klang beinahe sarkastisch.

»Und was ist mit Marcus?«

Laura zuckte zusammen. Marcus. Seit dem Mittelaltermarkt vor zwei Wochen verfolgten die Gedanken an ihn sie ständig und überallhin. Sie sehnte sich nach seiner Stimme, seinen Berührungen, seiner Gesellschaft. Und sie sah ihn sterben. Jeden verdammten Tag.

»Was soll mit ihm sein?« Ihre Stimme hatte plötzlich einen brüchigen Klang angenommen. »Ich werde ihn nicht wiedersehen, und du weißt genau, warum.«

»Ja, verdammt, ich weiß es. Aber wenn du Sex willst, dann triff dich lieber mit ihm, anstatt so was auch nur in Erwägung zu ziehen!« Christina klang jetzt wirklich wütend.

»Nein, das kommt nicht in Frage!« Laura merkte, dass sie beinahe brüllte, und bemühte sich, sich etwas zu beruhigen, bevor sie weitersprach. Es war nicht Christinas Schuld. Nichts von alledem. »Außerdem löst das unser Problem nicht. Wir brauchen diesen Job.«

Christina schnaubte. »Oh nein, schieb nicht ›uns‹ vor. Wenn du das tust, dann bist du damit allein. Ich will keinen Job, den wir auf diese Art bekommen haben, und ich will nicht mit dem Scheißkerl zusammenarbeiten, der so was verlangt.« *Und nicht mit einer Frau, die auf so was eingeht.* Es hallte in Lauras Kopf wider, als hätte Christina es laut gesagt. Sie schluckte hart.

»Okay. Okay, beruhig dich, du hast ja recht.« Sie biss sich auf die Lippe. »Ich hatte auch eigentlich gehofft, dass du eine Idee hättest, wie wir da rauskommen. Vielleicht eine Möglichkeit, das Ganze umzudrehen?« Laura merkte, wie bescheuert das klang, noch während sie es sagte.

»Nein«, sagte Christina unversöhnlich. »Du kannst ihm sagen, was für ein Arsch er ist und dass er sich entschuldigen soll. Wenn er dann noch will, dass wir für ihn arbeiten, okay.«

Laura musste grinsen. Christina war wirklich kompromisslos, was so was anging. Und eigentlich hatte sie recht damit. Trotzdem … Laura konnte diese eine echte Chance, die sie zum ersten Mal seit Jahren bekam, nicht einfach so aufgeben. »Okay, ich rede mit ihm. Vielleicht hat er das ja nur im Affekt gesagt, vielleicht tut es ihm schon wieder leid.« Laura war völlig klar, dass das Blödsinn war. Genauso wie ihr klar war, dass sie es Christina nie würde erzählen können, falls sie sich doch dafür entschied, sich von Oliver erpressen zu lassen.

»Gut, mach das. Und wenn er so was noch mal versucht, zeigst du ihn an! So geht's nicht.«

Laura nickte und verabschiedete sich, dann überprüfte sie noch einmal ihr Aussehen, steckte all ihre Wut in ein heuchlerisches Lächeln und ging zurück zum Tisch.

Oliver trommelte mit den Fingern auf die Tischplatte, und sein Fuß wippte.

»Entschuldige, dass es so lange gedauert hat.« Sie setzte sich. »Ich habe über dein … Angebot nachgedacht. Falls ich es annehme, dann möchte ich nichts überstürzen.« Sie zeigte ihm ihren besten koketten Augenaufschlag. »Ich möchte doch, dass es etwas Besonderes ist, nicht so zwischen Tür und Angel.«

Oliver hörte auf, auf den Tisch zu trommeln, und lächelte schmierig. »Das klingt gut. Dann gib mir Bescheid, wenn du dich entschieden hast, wie wir das regeln.« Er stand auf, kam zu ihr und beugte sich zu ihr herunter. Laura zuckte zusammen und wandte sich ein wenig von ihm ab. Sie hätte es ihm durchaus zugetraut, dass er ihr hier vor allen Leuten in den Ausschnitt griff. »Und sobald ich deine gierige Pussy ordentlich rangenommen habe, bekommst du von mir das Okay für den Auftrag.« Er wandte sich ab, ohne sich zu verabschieden, und ging.

Laura überkam das Bedürfnis, sich zu duschen. Sie fühlte sich schmutzig und benutzt, jetzt schon, dabei hatte er sie noch gar nicht richtig angefasst. Sie hatte ihm noch nicht einmal zugesagt, dass er es durfte. Wenn ihr ihre Selbstachtung irgendetwas bedeutete, dann sollte sie Olivers Angebot nicht einmal in Erwägung ziehen. Dennoch tat sie es.

Laura griff in ihre Tasche und zog eine kleine, sehr abgegriffene Karte heraus. »Marcus Seeger, Hochseilgartenbau.« Darunter seine Nummer. Die Nummer, die sie beinahe jeden Tag anstarrte und die sie schon mehrmals halb in ihr Handy eingetippt hatte, nur um sie dann wieder zu löschen. Es hatte sich nichts geändert. Fast nichts. Nur dass Laura sich so unglaublich alleine fühlte. Es wäre so schön, jemanden zum Reden zu haben, jemanden, der nicht Christina war. Früher hatte sie dieses Bedürfnis nicht gehabt, früher hatte ihr nie etwas gefehlt, aber früher hätte sie auch nicht im Traum daran gedacht, für einen Auftrag mit einem Kerl ins Bett zu gehen. Sie fragte sich, was Marcus wohl dazu sagen würde, und musste unwillkürlich an sein Verhalten in der Bar denken. Ein Lächeln schlich sich auf ihre Lippen. Wahrscheinlich hätte er gar nichts gesagt, sondern Oliver am Kragen gepackt und zur nächsten Polizeidienststelle geschleift.

Sie fuhr mit dem Finger über die schwarzen Buchstaben, dann schob sie die Karte behutsam wieder in die Seitentasche ihrer Handtasche. Sie zwang sich, tief Luft zu holen und die stechende Sehnsucht aus ihrem Herzen zu vertreiben. Den Wunsch, seine Nummer endlich zu Ende zu wählen und am anderen Ende der Leitung seine Stimme zu hören.

Kapitel 12

Marcus sortierte gerade ein paar Papiere ein, als er die Klingel hörte. Sein Herzschlag beschleunigte sich. Es war außerhalb der Geschäftszeiten, es konnten keine Kunden sein, und Christina erwartete er erst etwas später. Eigentlich wusste er, dass es nicht Laura sein konnte, dennoch hoffte er es. Schließlich hatte sie ihn schon einmal in der Arbeit aufgesucht. Zwar nicht hier in seinem Büro, sondern in seinem Waldseilgarten, aber sie hatte seine Karte, es wäre möglich, dass sie hierherkam. Theoretisch. Sehr theoretisch.

Er ging zur Tür und öffnete. Normalerweise machte das sein Assistent, aber der hatte schon Feierabend. »Christina.« Er sah sich unauffällig um, aber sie kam allein. Enttäuschung wallte in ihm auf, auch wenn er natürlich gewusst hatte, wie unwahrscheinlich es war, dass sie Laura mitbringen würde. Er bemühte sich um ein Lächeln. »Du bist früh dran. Komm rein.«

»Hallo, Marcus.« Christina lächelte ebenfalls.

Er führte sie in sein Büro, wo sie zur Wand mit den Fotos ging, um sich ein paar Bilder anzusehen, während er ihr etwas zu trinken holte. Als er zurückkam, betrachtete sie gerade eine Aufnahme des Waldseilgartens. In letzter Zeit hatte er es vermieden, dieses Foto anzuschauen, manchmal war er sogar kurz davor gewesen, es abzuhängen. Es weckte zu viele Erinnerungen.

»Ist das der Waldseilgarten, wo Laura und du …« Sie hustete. »Ähm, also wo ihr euch mal getroffen habt?«

Marcus' Mundwinkel zuckten. »Laura hat dir davon erzählt?« Er stellte sich neben sie, reichte ihr den Orangensaft und warf schließlich doch einen Blick auf das Foto. Erregung schoss in seine Lenden, als er die Röhre sah, in der er Lauras Nacken geküsst hatte. Er konnte beinahe ihr Haar riechen, so lebendig war die Erinnerung.

Christinas Wangen nahmen einen leichten rosa Schimmer an. »Äh, ja. Muss ja sehr … heiß gewesen sein.«

Marcus lachte. »Sicher. Es war ja Hochsommer.«

Christina kicherte. »Ja, stimmt. Ich nehme an, bei dem Dreckwetter, das wir gerade haben, wäre es etwas … unangenehm geworden.«

Ein Bild entstand vor Marcus' Augen: Laura und er, im Hochseilgarten, während es schüttete und Blätter um sie herumwehten. Bei dem Wetter wäre er nie mit ihr da raufgegangen, aber hätte es damals im Sommer einfach so zu regnen begonnen, sie hätten es beide wahrscheinlich nicht einmal bemerkt. Er löste den Blick von dem Bild und vertrieb den Gedanken an Laura aus seinem Kopf. Jetzt an sie zu denken, an ihre wunderschönen Augen, ihre sinnlichen Lippen und ihr freches Mundwerk, würde ihm nicht weiterhelfen. Es würde ihn höchstens vor Christina in Verlegenheit bringen, wenn er nicht aufhören konnte, sich Laura halbnackt und an die Leiter gefesselt vorzustellen.

Er deutete auf einen der beiden bequemen Sessel vor seinem Schreibtisch. »Setz dich.« Christina nickte und ließ sich in den roten Ledersessel sinken. Marcus nahm ihr gegenüber in dem anderen Sessel Platz.

Als Christina ihn angerufen und um ein Treffen gebeten hatte, hatte er sofort zugesagt, obwohl er sich mittlerweile nicht mehr so sicher war, ob das Ganze eine gute Idee war. Er mochte Laura, sehr sogar. Wenn er ehrlich zu sich war, empfand er sogar viel mehr als das. Andererseits kannte er sie kaum, und alles, was er wirklich von ihr wusste, war, dass sie nicht von ihm gefunden werden wollte. Vielleicht sollte er das einfach akzeptieren, auch wenn er den Gedanken hasste, Laura aufzugeben. Sie war die erste Frau seit Jahren, mit der er sich eine längere Beziehung vorstellen konnte. Er mochte ihre Aufgeschlossenheit und ihre Spontaneität, aber auch ihre Willensstärke und ihre Sturheit. Und da war noch etwas, etwas, das er sich nicht erklären konnte, etwas, das über alle nüchternen Aufzählungen von Charaktereigenschaften hinausging. Etwas, das ihr eigen war und das beinahe vom ersten Moment an dazu geführt hatte, dass sie für immer ein Stück seiner Seele in Händen halten würde.

»Wie geht es ihr?«, fragte er leise und mit abgewandtem Blick.

Als Christina lange nicht antwortete, sah er auf. Das Elend stand ihr ins Gesicht geschrieben. Lauras Elend? Marcus setzte sich auf. »Mein Gott, ist alles in Ordnung mit ihr?«

»Jaja, keine Sorge«, versicherte Christina hastig. »Es geht ihr gut. Na ja. Irgendwie.«

»Was soll das bedeuten?«

Christina starrte in ihren Saft und trank dann langsam einen Schluck. Dann sah sie auf. »Ich kann dir das wirklich nicht sagen, es tut mir leid. Ich … ich fühle mich sowieso schon wie eine Verräterin.«

Marcus krallte eine Hand in die Lehne des Sessels. Warum konnte sie ihm nicht sagen, was los war? »Gut, und was jetzt? Wie stellst du dir das alles vor?«

Am Telefon hatte Christina etwas von einem Plan gesagt, aber nicht, worum es dabei ging. Sie richtete sich etwas auf und stellte den Orangensaft auf den Tisch. »Ich will sie zu dir locken.«

Marcus schnaubte. »Wozu soll das gut sein?« Außer dazu, dass er sie endlich wiedersehen konnte. »Sie will mich nicht sehen.«

»Weil sie denkt, dass du mit ihr ausgehen möchtest.«

»Ja, verdammt, das will ich ja auch. Aber sie will nicht, und ich habe keinen blassen Schimmer, warum das so ist.« Er hatte lange hin und her überlegt und jede Möglichkeit abgewägt. Vielleicht war sie verheiratet, vielleicht hatte sie keine Lust auf eine Beziehung … oder sie mochte ihn einfach nicht genug und wollte nur mit ihm schlafen. Allein Letzteres zu denken, kam ihm ungerecht vor. Er musste sich schon sehr täuschen, wenn Laura nicht auch etwas für ihn empfunden hatte. Mehr als nur etwas.

»Bitte, ich weiß, es ist frustrierend, aber ich kann dir nichts sagen. Es ist nicht meine Geschichte. Laura muss dir das erzählen. Ich könnte ihr Vertrauen niemals so missbrauchen.«

Marcus nickte mit zusammengebissenen Zähnen.

»Aber ich kann dir sagen, dass ich sie noch nie so gesehen habe. Sie weint sich die Augen aus wegen dir, auch wenn sie glaubt, dass ich es nicht merke«, flüsterte sie.

Es war absurd, dass ihn das freute. Es sollte ihm nicht gefallen, dass Laura litt, aber dass sie ihn offensichtlich vermisste, ließ sein Herz höherschlagen. Vielleicht gab es doch Hoffnung. »Wie willst du sie dazu bringen, dass sie sich mit mir trifft?«

»Na ja, sie glaubt, dass du sie immer noch nicht erkannt hast.«

»Immer noch nicht?«, fragte er.

Christina schlug sich die Hand vor den Mund. »Weißt du es etwa nicht?«

»Was?« Aber noch während er fragte, wurde ihm klar, was sie meinte. Ein Verdacht drängte an die Oberfläche, der tief in seinem Unterbewusstsein vergraben gewesen war, seit er auf dem Mittelaltermarkt diesen anderen Geruch an Laura wahrgenommen hatte. Diesen frischen, sportlichen Geruch. Claires Geruch. Es passte alles zusammen. Auch dass Laura Claire so mühelos aus seinem Kopf vertrieben hatte. Weil sie ein und dieselbe war. »Sie war es von Anfang an, nicht wahr? In der Bar. Claire.« Vielleicht hatte etwas in ihm es längst gewusst, und er hatte sich deshalb so zu Laura hingezogen gefühlt.

Christina nickte.

Warum tat sie das? Warum hatte sie so große Angst, dass er sie erkannte? Unglaublich, dass sie ihn so hatte täuschen können. Aber Claire und Laura, das waren zwei so unterschiedliche Persönlichkeiten, dass es kaum zu fassen war, dass sie zu der gleichen Frau gehörten. Er fragte sich, welche von ihnen gespielt war. Oder waren sie beide Facetten eines vielschichtigen Charakters? Er seufzte. »Gut, und jetzt?«

»Ich habe mir was überlegt. Ich werde sie überreden, dass sie sich wieder mit dir trifft.«

Marcus zog zweifelnd eine Augenbraue hoch.

»Lass das nur meine Sorge sein, das kriege ich hin. Das Wichtige ist, dass sie glaubt, dass du sie für jemand anderen hältst. Ich schlage ihr vor, dass ich mich mit dir zu einem kleinen Stelldichein verabrede. Irgendwo, wo es dunkel ist. Statt mir soll sie dann hingehen.«

Marcus schüttelte den Kopf. »Nein, das halte ich für keine gute Idee.«

Christina runzelte die Stirn. »Wieso nicht?«

»Ich will nicht, dass sie denkt, dass ich wahllos mit jeder Frau ins Bett steige. Sie denkt doch ohnehin schon, dass ich sie bisher für drei verschiedene Frauen gehalten habe. Jetzt also vier? Das kann nicht von Vorteil sein.«

Christina biss sich auf die Lippen. »Ja, das stimmt, das ist nicht gut. Ich sehe nur leider keine andere Möglichkeit. Und es wäre auch sicher nicht für lang.« Sie beugte sich ein Stück zu ihm. »Ich habe das Gefühl, dass sie etwas auftaut. Jedes Mal, wenn ihr euch seht, ein bisschen mehr. Ich hoffe, nein, ich glaube, es wird keine drei Mal brauchen, damit sie endlich einsieht, dass ihr zusammengehört.«

Er konnte selbst nur hoffen, dass Christina recht hatte. »Ich denke, ich sollte mich einfach noch mal mit ›Tina‹ treffen. Du kannst Laura sagen, dass du dich mir gegenüber als Tina ausgegeben hast, um Zeit und Ort zu vereinbaren, und dass ich glaube, dass Tina meine Nummer von Erik hat.« Eigentlich gefiel es ihm nicht, Laura so zu täuschen, aber sie hatte ihn auch getäuscht, mehr als einmal, und sie ließ ihm keine andere Wahl. Alles, was Laura bisher als Grund für ein Treffen zugelassen hatte, war Sex. Langsam mussten ihr die Ideen ausgehen, ihn zu treffen, ohne dass er sie erkannte. Vielleicht, wenn ihr wirklich etwas an ihm lag, würde sie auf Christinas Plan eingehen.

Christina wiegte nachdenklich den Kopf. »Das hatte ich auch schon überlegt, aber ich hatte den Eindruck, dass sie das für zu gefährlich halten würde, nachdem du sie beinahe erkannt hast. Trotzdem, ich werde es versuchen.«

»Gut. Zweimal, dann ist Schluss. Wenn sie das Rätsel dann nicht von selbst auflöst, werde ich es tun. Dann stelle ich sie zur Rede und hoffe einfach, dass sie mir endlich sagt, warum sie sich so verhält. Und dass sie dann mit mir ausgehen will.« Er grinste schief.

Christina schloss kurz die Augen und ließ dann die Schultern sinken. »Ich möchte sie so gerne wieder glücklich sehen.«

Das wollte er auch. Nichts wollte er so sehr wie das.

Kapitel 13

Laura sah sich noch einmal um, dann begann sie den Abstieg. Es war eine lange, enge Wendeltreppe, die sie tief nach unten führte. In die Katakomben. Die Härchen in ihrem Nacken stellten sich auf. Es war dunkel, das einzige Licht kam von der Taschenlampe, die sie auf Christinas Hinweis hin mitgenommen hatte.

Sie heftete den Blick auf die ausgetretenen Steinstufen zu ihren Füßen. Ein Schatten huschte durch den Lichtkegel. Laura hätte beinahe die Lampe fallen lassen. Nicht, weil sie Angst vor Mäusen hatte, sondern weil ihre Nerven bis zum Zerreißen gespannt waren. Mehr als einmal war sie kurz davor gewesen, umzukehren. Es war eine schlechte Idee. Eine enorm schlechte Idee. Aber irgendwie zählte das plötzlich nicht mehr. Vernunft spielte keine Rolle, alle Argumente erschienen sinnlos. Sie wollte Marcus wiedersehen. Ängste hin oder her. Schlimmer konnte es ohnehin kaum werden.

Sie ging weiter, immer tiefer in den Bauch des kleinen Museums. Sie wusste nicht genau, was hier ausgestellt wurde, nur dass es irgendetwas mit dem Mittelalter zu tun hatte. Wie Christina es geschafft hatte, gerade hier ein Treffen zu arrangieren, wusste Laura nicht. Wahrscheinlich hatte dieser Erik seine Finger im Spiel. Ihr sollte es recht sein. Es war neutraler Boden, alles andere war unwichtig.

An der untersten Treppenstufe blieb sie kurz stehen. Vor ihr führte eine dicke Holztür, die nur angelehnt war, in den einzigen Raum hier unten. Laura starrte die Tür an und war sich nicht ganz sicher, ob sie hindurchgehen wollte. Ein Kellerraum in einem Museum für Mittelalterkram? Das konnte doch eigentlich nur eine Folterkammer sein. Sie war ja mittlerweile vielem gegenüber aufgeschlossen, aber das hatte sie dann doch nicht im Sinn gehabt. Zumindest nicht für heute. Sie atmete tief durch, stieß die Tür auf und trat ein.

Es war keine Folterkammer. Eigentlich schade. So eine Streckbank hätte sich vielleicht ganz gut für ihre Zwecke geeignet. Andererseits, wenn sie daran dachte, was auf einer echten Streckbank alles passiert sein konnte, wurde ihr ganz anders.

Laura ließ den Lichtkegel der Taschenlampe durch den Raum gleiten. Tatsächlich gab es hier keinerlei mittelalterliche Einrichtung. Die wäre wahrscheinlich auch viel zu kostbar gewesen, um irgendwelchen Leuten darauf ein Rendezvous zu genehmigen. Stattdessen handelte es sich um eine Art Werkstatt. Sie vermutete, dass hier Wandbehänge und Kleider für das Museum angefertigt wurden. Laura sah eine Nähmaschine auf einem Tisch und in einem Regal jede Menge unterschiedlicher Stoffballen. Die Wände waren komplett mit Stoffen behängt, das meiste davon sah aus wie Samt. Wie Reste, die man zusammengenäht hatte, um sie nicht zu vergeuden. In der Mitte des Raumes standen zwei Schneiderpuppen, an denen halbfertige Kostüme hingen. Es gab ein paar Stühle, und auf dem Boden lag ein ziemlich ausgetretener Teppich.

Laura überlegte, was sich hier wohl eignen würde, um mit Marcus zu schlafen. Die Stühle sahen nicht so wahnsinnig stabil aus und der Teppich etwas dünn. Sie beschloss, die Entscheidung Marcus zu überlassen. Er hatte den Ort ausgesucht, er würde wissen, was zu tun war. Blieb nur die Frage, ausziehen oder nicht? Der Raum war ziemlich warm.

Als sie Schritte auf der Treppe hörte, begann ihr Herz zu rasen. Er kam. Marcus. Endlich. Die ganzen letzten schwierigen Wochen hindurch hatte sie sich auf ihn gefreut. Oliver wurde immer aufdringlicher, Christina immer wütender, weil sie ihn noch nicht abgewiesen hatte, und ihre Ängste ließen einfach nicht nach. Dazu kam, dass sie nicht flüchten konnte. Ihr Mechanismus, mit all dem Stress umzugehen, ihre One-Night-Stands, waren ihr genommen worden. Noch ein Grund, auf diese verrückte Idee von Marcus einzugehen. Die Schritte näherten sich der Tür, und die Angeln knarrten, als sie aufgestoßen wurde.

»Hallo?« Marcus' dunkle Stimme umgarnte Lauras Sinne in der Finsternis und schärfte sie. »Tina?«

Laura räusperte sich. Sie hatte sich vorgenommen, so wenig wie möglich zu reden, damit er sie nicht doch noch an der Stimme erkannte. Auf dem Mittelaltermarkt hatte sie Glück gehabt, und das wollte sie jetzt nicht auf die Probe stellen.

»Bleib, wo du bist, ich finde dich«, sagte er.

Ich wünschte, das würdest du. Lauras Kehle wurde eng. Sie wünschte es sich wirklich. Jeden Tag hoffte sie, dass er einfach vor der Tür stehen würde, dass er ihre Gesellschaft einfordern und ihr keine Wahl lassen würde. Natürlich war das unmöglich. Er hatte nichts von ihr, keinerlei Kontaktdaten, er würde niemals einfach so bei ihr auftauchen, und sie würden niemals zusammen sein.

Laura zuckte zusammen, als sie plötzlich Marcus' Hand auf ihrem Oberarm spürte. Beinahe hätte sie seinen Namen gesagt.

Er schloss seine Finger um ihren Arm und zog Laura an seine Brust. Eine Weile standen sie einfach nur so da. Sie hörte ihn atmen. Sie drängte sich an ihn und genoss den Frieden, den sie plötzlich empfand. Er war hier. Ihre Ängste waren fort. Sie würden später wiederkommen, vielleicht stärker als zuvor, aber das war ihr jetzt egal. Nichts zählte mehr, als ihre Hände über seine Brust gleiten zu lassen, über seine Schultern und durch seine Haare. Ohne zu überlegen, was sie tat, hob sie ihm ihr Gesicht entgegen und zog ihn zu sich herunter. Hungrig suchte sie seine Lippen, forderte ein, auf was sie so lange hatte verzichten müssen.

Marcus erwiderte ihren Kuss mit einer verzweifelten Rauhheit, die ihren ganzen Körper kribbeln ließ. Wenn er sie bisher sanft und liebevoll geküsst hatte, tat er es jetzt wild und rücksichtslos, so als hätte man es auch ihm zu lange vorenthalten. Er zwang ihre Lippen förmlich auseinander und drang in sie ein. Unwillkürlich musste sie daran denken, wie es gewesen war, ihn mit dem Mund zu verwöhnen, und bekam eine Gänsehaut. Sie klammerte sich an ihn wie eine Ertrinkende. Ihre Knie gaben ein wenig nach, und sofort zog Marcus sie wieder fester an sich. Er drängte sie gegen die Wand hinter ihnen, die durch den Samtbehang gut gepolstert war. Laura wandte das Gesicht zur Seite, als Marcus kurz von ihren Lippen abließ und sie in den Nacken küsste. Der weiche Samt an ihrer Wange bildete einen aufregenden Kontrast zu Marcus' Bartstoppeln, die über die zarte Haut an ihrem Hals kratzten und ihr einen Stromstoß nach dem anderen versetzten. Sie hob eine Hand und legte sie an seine Wange. Er hatte bisher noch nie Bartstoppeln gehabt. Sie ließ ihre Fingerspitzen darüber gleiten, betastete sie, als könnte sie sich dann besser vorstellen, wie er damit aussah. Sicher stand ihm ein dunkler Schatten auf den Wangen unheimlich gut. Es würde ihm etwas Wildes, Ursprüngliches verleihen. Etwas, das zu seinem wölfischen Blick passte.

»Du hast zu viel an«, murmelte er und zupfte an ihrer langärmeligen Bluse, die ihm den Zugang zu ihrer Schulter verwehrte. Er fuhr sanft mit einer Hand den Rand der Bluse entlang, um die Knopfleiste zu finden. »Klug. Eine Bluse mit Reißverschluss«, flüsterte er und zog den Reißverschluss mit einer einzigen, flüssigen Bewegung auf. Sie war sich sicher, wenn jetzt das Licht an gewesen wäre, hätte sie das wölfische Grinsen sehen können. Das Lächeln, das sie überkam, war nur von kurzer Dauer. Marcus schob ihr mit einem Ruck die Bluse von den Schultern und umfasste eine ihrer Brüste. Laura keuchte auf, als er mit seinem Daumen über ihre Brustwarze fuhr und gleichzeitig ihren Mund mit seinem verschloss. Er ging heute ganz schön ran. Irgendwann in den letzten Wochen war ihm seine Geduld wohl auch abhandengekommen. Ohne von ihrem Mund abzulassen, fuhr er mit einer Hand an ihrer Seite entlang nach unten und fand den Saum ihres Rockes. Er machte ein zustimmendes Geräusch und noch eines, als er unter ihren Rock fuhr und ihre halterlosen Strümpfe entdeckte. Kurz löste er sich von ihren Lippen. »Du bist gut vorbereitet«, raunte er. Seine Stimme klang abgehackt.

»Besser, als du ahnst«, flüsterte Laura und schob seine Hand noch etwas weiter unter ihren Rock. Marcus' Finger glitten zwischen ihre Beine, ungehindert von einem Slip. Sie hörte ihn leise stöhnen. Auf dem Weg hierher war sie sich schon ziemlich verwegen vorgekommen, so ganz ohne Unterwäsche, aber jetzt fühlte sie sich geradezu waghalsig. Wie im Nebel hörte sie, wie Marcus seine Hose öffnete.

Er schob ihren Rock nach oben, dann drängte er sie wieder gegen die Wand, presste sie so fest dagegen, dass sie sich fühlte, als würde er sie jeden Moment erdrücken. Sie mochte das Gefühl, so von ihm genommen zu werden. Roh und wild. Sie mochte die Vorstellung, dass er zu keinem klaren Gedanken fähig war und nicht mehr warten konnte. Er nahm ihre Oberschenkel, zog sie nach oben und legte sie sich um die Hüfte. Dann drang er mit einem einzigen Stoß tief in sie ein. Laura schrie auf und ließ den Kopf auf seine Schulter fallen. Gefühle überwältigten sie, Dehnung, Hitze, Verbundenheit, Erregung, Lust. Sie klammerte sich an Marcus, als ginge es um ihr Leben. Ihre Muskeln zogen sich um ihn zusammen, und sie spürte eine Nähe, eine Echtheit, die sie noch nie zuvor mit ihm gespürt hatte.

»Verdammt«, zischte er.

»Was ist?«, keuchte sie.

»Kondom«, sagte er gepresst.

Daran lag es also. Der Gedanke, es ohne Kondom mit ihm zu tun, war verlockend. Sie wollte es. Sie wollte nicht, dass etwas zwischen ihnen stand, zwischen ihnen und all den Empfindungen, die sie beinahe überwältigten. Als er sich aus ihr zurückziehen wollte, klammerte sie die Beine fest um ihn. »Nicht, wir brauchen das nicht.«

»Bist du sicher?«

»Ja, absolut sicher.« Es kam ihr zwar verrückt vor, aber es machte die ganze Situation noch aufregender. »Mach weiter, bitte«, hauchte sie in sein Ohr.

Er bewegte sich nicht. Seine Muskeln unter ihren Händen waren angespannt, und ein dünner Schweißfilm überzog seinen Nacken. Es musste ihn eine Menge Anstrengung kosten, zu verharren, still zu stehen, bis er eine Entscheidung getroffen hatte.

Laura zog ihre Muskeln um ihn zusammen. Der Gedanke, dass er ohne Kondom in ihr kommen würde, raubte ihr beinahe den Verstand.

»Zur Hölle«, knurrte er und begann, sich in ihr zu bewegen.

Erst langsam, dann immer schneller. Ihre Beine um ihn geschlungen, war sie völlig von ihm abhängig, dass er sie stützte und hielt, während er sie nahm. Sie war hilflos an ihn gepresst und er ganz in ihr versenkt. Ihr Kitzler pochte unter dem

Druck seines Körpers, und sie versuchte, ihn noch tiefer in sich zu ziehen. Sie konnte nur an eines denken, daran, dass sie alles von ihm haben würde, wenn er jetzt kam, dass es endlich keine Grenzen mehr zwischen ihnen gab.

Sie küsste ihn noch einmal, obwohl ihr Mund schon wund war. Nahm auch noch seine Zunge in sich auf und drängte mit ihrer in seinen Mund.

»Willst du das wirklich?«, murmelte er an ihren Lippen, und sie hörte ihm an, dass er sich kaum noch beherrschen konnte.

»Das ist das Einzige, was ich will«, keuchte sie. »Bitte.«

Er stöhnte etwas Unverständliches und drang dann noch einmal tief in sie ein. Beinahe sofort begann er zu zucken, sie noch härter und fester gegen die Wand zu stoßen, gegen den Samt, der ihre Sinne streichelte, als Marcus sich in seinem Höhepunkt verlor.

Zu spüren, zu wissen, dass er sich in sie ergoss, ungehindert, ohne Barriere, gab Laura den Rest. Der Orgasmus packte sie, fegte über sie hinweg und ließ sie völlig ausgelaugt zurück.

Gemeinsam sanken sie zu Boden, Marcus immer noch in ihr. Seine Stirn ruhte an ihrer, sein Atem vermischte sich mit ihrem. Er drehte sich um, lehnte sich gegen die Wand und zog sie mit sich, so dass sie auf ihm saß. Dann ließ er die Arme sinken. Laura sank gegen ihn, legte den Kopf an seine Schulter und gab ihm kleine, zärtliche Küsse auf den Hals. »Das war unglaublich«, flüsterte sie.

Er sagte nichts. Tat es ihm etwa leid? Natürlich konnte er sich nicht ganz sicher sein, dass sie ihm wegen der Verhütung die Wahrheit gesagt hatte. Er wusste nicht, dass sie ihn niemals auf diese Art anlügen würde. Sie hoffte, betete, dass er es nicht bereute. Es hatte sich so intensiv angefühlt, sie konnte den Gedanken nicht ertragen, dass die Erinnerung daran für ihn getrübt wurde.

Sie küsste seine Ohrmuschel und seine Wange. Seine Bartstoppeln kitzelten ihren Mund. »Du kannst mir vertrauen«, flüsterte sie an seinem Ohr. »Mach dir keine Gedanken, bitte.«

»Jetzt ist es ohnehin zu spät.« Sie versuchte, aus seiner Stimme herauszuhören, was er von alledem hielt. War er verärgert, machte er sich vielleicht sogar Vorwürfe?

»Es tut mir leid, ich wollte nicht …« Ihre Stimme überschlug sich beinahe.

»Nein. Mir tut es nicht leid.« Er nahm ihre Hände und küsste die Fingerspitzen, wie er es immer tat. Sie liebte das winzige Kribbeln, das seine Küsse dort auslösten und das sich in ihren ganzen Körper ausbreitete.

Sie küsste ihn noch einmal. »Gut, mir auch nicht.«

Er zog sie in einen weiteren Kuss, roh und voll blankem Gefühl. Sie kannte dieses Gefühl, sie wusste, was es war, aber sie traute sich nicht, es zu benennen. Ihm einen Namen zu geben, würde es real machen.

»Ist es nicht merkwürdig, dass man so etwas fühlen kann für jemanden, den man kaum kennt?«, fragte Marcus leise in die Dunkelheit.

Lauras Augen wurden feucht. Er hatte es also auch gespürt. Es ging ihm genau wie ihr. Sie sog zitternd den Atem ein. »Ja, ist es.«

»Das muss etwas bedeuten«, sagte er weiter.

Der Schreck fuhr ihr in die Glieder. »Was meinst du?« Meinte er etwa, dass sie sich schon länger kannten? Wusste er, wer sie war?

»Ich meine, dass man so etwas nicht loslassen darf.«

Sie schloss erleichtert die Augen und atmete tief durch. »Ja«, sagte sie, nur um die Stille zu füllen.

»Ja?« Er setzte sich plötzlich etwas auf, so dass sie beinahe von seinem Schoß rutschte. »Heißt das, du willst mich wiedersehen?«

»Natürlich.« Wie konnte er daran zweifeln? Sie wollte ihn unbedingt wiedersehen. Noch einmal. Dann waren es wieder drei Male, und es war vorbei. Wie es danach weitergehen sollte, wusste sie nicht. Wahrscheinlich konnte sie nur hoffen, dass er einen langen Auftrag im Ausland bekam, sonst würde sie es niemals schaffen, sich von ihm fernzuhalten. Gleichzeitig versetzte ihr die Vorstellung, er könne wochen-, vielleicht monatelang fortbleiben, einen Stich. Ihn nicht zu sehen, war schlimm genug, aber zu wissen, dass er völlig außer Reichweite war, wäre schrecklich.

»Dann gib mir deine Handynummer.«

Laura zuckte zusammen. Oh, das war schlecht. Sehr schlecht. Bisher hatte sie es immer vermeiden können, dass er sie nach ihrer Nummer fragte. »Ähm, jetzt … jetzt ist mir kalt. Ich muss mich erst mal anziehen.«

Sie schob sich von ihm herunter, wand sich aus seinen Armen und suchte nach ihrer Bluse. Sie fand sie schließlich auf dem Boden und zog sie sich hastig über. Sie musste dringend verschwinden. Bevor er noch auf die Idee kam, sie nach Hause zu bringen. Noch war er ein wenig benebelt, das musste sie ausnutzen. Sie zog sich ihre Stiefel wieder an und schnappte sich ihre Jacke. Dann stand sie auf.

»Ich melde mich bei dir.« Sie rannte zur Tür und die Treppe hinauf, so schnell es im Dunkeln ging. Sie hörte Marcus protestieren, hörte, wie er aufstand und die Tür öffnete, dann seine Schritte auf der Treppe. Verdammt, so war das nicht ausgemacht! Christina hatte gesagt, er hätte akzeptiert, dass sie es im Dunkeln tun wollte und dass es nur um Sex ging. Warum verfolgte er sie dann? Sie nahm drei Stufen auf einmal.

***

Marcus lauschte den Geräuschen, die davon zeugten, dass Laura sich anzog. Ihm war klar, dass er einen Fehler gemacht hatte. Anstatt die Zeit vor dem Sex zu nutzen, um mit Laura zu reden, war er einfach über sie hergefallen. Dabei hätte er wissen müssen, dass sie gehen wollen würde, sobald der Sex vorbei war. Aber es war zu verlockend gewesen, wie sie da vor ihm gestanden hatte, ohne Unterwäsche und bereit, sich von ihm nehmen zu lassen.

Sein Magen zog sich zusammen, als er daran dachte. Er hatte sie ohne Kondom genommen, ohne Schutz, etwas, was er noch nie zuvor getan hatte, wenn er nicht in einer Beziehung gewesen war. Aber er vertraute ihr, was er sich in Anbetracht der Umstände nicht wirklich erklären konnte. Er zog sein Hemd zurecht und schloss seine Hose. Vielleicht konnte er sie doch irgendwie zum Bleiben überreden.

»Ich melde mich bei dir«, sagte sie. Es klang gehetzt, so, als hätte sie sich mit dem Anziehen sehr beeilt. Er hörte eilige Schritte in Richtung Tür. Marcus sprang auf. Verdammt, er würde nicht zulassen, dass sie einfach wieder verschwand. Er folgte ihr durch die Tür, hörte ihre Stiefel auf der Treppe klappern. Sie hatte nicht viel Vorsprung.

Mit großen Schritten folgte er ihr nach oben. Er nahm mehrere Stufen auf einmal und drückte sich von der Wand ab. Bald hörte er ihr Keuchen vor sich, laut und beinahe verzweifelt. Sie musste wissen, dass sie ihm nicht entkommen konnte. Er sah ihren Umriss, kam ihr immer näher, streckte eine Hand aus und erwischte Laura am Arm. Er packte zu und riss sie herum, so dass sie zwei Stufen nach unten stolperte und gegen ihn fiel.

»Lass mich los«, schrie sie und trommelte mit den Fäusten auf ihn ein.

Er hielt sie an beiden Armen fest, schob sie gegen die Wand und presste sie mit seinem Körper dagegen. Sie hatte aufgehört zu schreien, aber ihr Atem rasselte in der Dunkelheit, und sie wand sich unter seinem Körper, in dem Versuch, sich zu befreien. Hatte sie etwa Angst vor ihm? »Es tut mir leid, ich will dir nicht weh tun. Ich will nur, dass du nicht wieder verschwindest, ohne vorher mit mir zu reden.«

»Ich will nicht reden.« Ihre Stimme zitterte vor Wut. »Lass mich gehen.«

Er konnte nicht. Er sollte es, aber er konnte es nicht. »Wovor hast du Angst?«, fragte er leise.

Sie erstarrte, hörte auf, sich zu wehren, und stand ganz still. »Ich habe keine Angst.« Ihre Stimme klang brüchig, und er fühlte das heftige Pochen ihres Herzschlags an seiner Brust.

»Dann bleib.«

Sie schwieg lange, gab keinerlei Geräusch von sich, doch ihr Körper entspannte sich etwas. Er wollte sie nicht loslassen, noch nicht, aber er lockerte seinen Griff um ihre Arme und streichelte mit den Daumen über ihre weiche Haut, um sie zu beruhigen. Er begann zu hoffen, dass sie ja sagen würde.

»Ich kann nicht.« Sie sagte es so leise, dass er sich fragte, ob sie es wirklich ernst meinte. »Bitte, lass mich los.« Die rohe Verzweiflung in ihrer Stimme erwischte ihn kalt. Sie klang nicht nur ängstlich, sondern gequält und hoffnungslos. Was tat er hier eigentlich? Er hielt sie gegen ihren Willen fest und versuchte, eine Antwort zu erzwingen. »Es tut mir leid«, flüsterte er.

Sie zerrte an ihren Händen, um sich zu befreien, und diesmal ließ er sie gewähren. Er trat ein Stück zurück und gab den Weg nach oben frei. Sie lief jedoch nicht sofort los, sondern rieb sich die Arme, wo seine Finger sich in ihr Fleisch gebohrt hatten. Das schlechte Gewissen drehte ihm beinahe den Magen um.

»Mir auch«, sagte sie schließlich. Sie schob sich an ihm vorbei und stieg langsam die Treppe hinauf. Sie wollte nicht, dass er ihr folgte, und diesmal respektierte er ihren Wunsch. Er lehnte sich gegen die Mauer und spürte die Kälte der alten Steine durch sein Hemd dringen, während er Lauras Schritten lauschte, die langsam in der Dunkelheit verhallten.

Natürlich hatte sie gelogen. Sie hatte schreckliche Angst. Deswegen floh sie immer wieder und hielt ihre Identität geheim. Deswegen konnte sie nicht zugeben, dass sie ihn mochte. Er rieb sich mit der Hand über die Stirn. Er wusste nicht, wovor sie solche Angst hatte, aber die Verzweiflung in ihrer Stimme würde er nie mehr vergessen.

Kapitel 14

Laura saß auf dem Bett in einem Hotel etwas außerhalb der Stadt und starrte auf ihre Hände hinunter. Ihre Augen fühlten sich müde an, erschöpft, so als hätte sie sie schon ewig nicht mehr geschlossen. Seit dem letzten Treffen mit Marcus konnte sie kaum schlafen. Ihre Visionen, die schrecklichen Bilder, die sie immer und immer wieder sah, ließen ihr keine Ruhe. Sie hielten sie unbarmherzig wach, mit ihrer Stille, ihrer Kälte und seinem Blut. Immer wieder sein Blut. Trotzdem hatte sie nicht anders gekonnt, als sich ein weiteres Mal als Tina mit ihm zu treffen, und hatte ihn über Christina kontaktiert.

Sie stand auf und ging ruhelos in dem kleinen Zimmer umher. Es war ländlich eingerichtet, aber doch elegant, mit viel Holz und einem schmiedeeisernen Bett. Ein flauschiger Teppich lag auf dem Boden, und rote Samtvorhänge verdeckten die großen Fenster. Es gab sogar einen Kamin, aber Laura hatte ausdrücklich darum gebeten, dort kein Feuer zu entzünden. Selbst ein niedergebranntes Feuer war noch zu hell. Wenn Marcus kam, musste es dunkel sein.

Laura ging wieder zum Bett, setzte sich hin und strich gedankenverloren über die edle Seide der Bettwäsche. Es war ein Zimmer für Liebende, vielleicht war es sogar das Zimmer, das Paare buchten, die unten im großen Saal des Hotels ihre Hochzeit gefeiert hatten. Kitschige Bilder entstanden vor ihren Augen, von einem Mann in einem schwarzen Anzug und einer Frau in einem ausladenden weißen Kleid. Sie lachten und hielten sich in den Armen, küssten sich. Er hob sie hoch und trug sie über die Schwelle des Zimmers.

Laura schüttelte den Kopf. Solche Gedanken hatte sie sich lange abgewöhnt, und Romantik hatte sicher keine Rolle gespielt, als sie nach einem geeigneten Ort für das letzte Treffen gesucht hatte. Sie hatte dieses Hotel nur ausgesucht, weil es so ganz anders war als das, in dem sie zum ersten Mal mit Marcus geschlafen hatte. Damals, als sie noch Claire gewesen war. Es war verdächtig, dass sie sich in einem Hotel trafen, also wollte sie wenigstens, dass es sich so weit wie möglich von dem anderen Hotel unterschied.

Das letzte Mal. Sie stand wieder auf, ging zum Fenster und schob den Vorhang zurück. Ihre Hand zitterte. Sie ignorierte es. Sie starrte hinunter in den kleinen Rosengarten, der vom Vollmond in silbriges Licht getaucht wurde. Die Rosen waren längst verblüht, die Blätter braun. Im Sommer musste es paradiesisch sein, dort unten auf der weißen Bank zu sitzen und den Duft der Rosen einzuatmen.

Laura zog die Vorhänge mit einem Ruck zu, so dass kein Mondlicht mehr ins Zimmer fallen konnte. Im Sommer würde sie nicht hier sein. Nach heute Nacht würde sie nie wieder hierherkommen. Es wäre unerträglich.

Sie begann, im Zimmer auf und ab zu laufen, und starrte immer wieder auf ihre Uhr. Wo blieb er? Sie erlaubte sich nicht, sich auszumalen, dass er vielleicht nicht kommen würde. Christina hatte ihr versichert, dass er immer noch glaubte, dass sie Tina war, und dass er mit Begeisterung zugesagt hatte. Dass er sich darauf freute. Ihre Brust schmerzte, wenn sie daran dachte. Wie konnte sie ihm das antun? Ihn absichtlich täuschen, nur um mit ihm zu schlafen, obwohl sie wusste, dass er mehr wollte. Wenigstens wusste er nicht, wer sie wirklich war. Kaum möglich, dass er sich bereits in Tina verliebt hatte. Auch aus diesem Grund durfte er nie ihre echte Identität erfahren. Er sollte sich keine Hoffnungen machen. Wenn er glaubte, dass sie Tina war, würde es leichter für ihn sein, alles zu vergessen. Er sollte nicht das Gleiche fühlen wie sie. Diese Sehnsucht, mit ihm zusammen zu sein, und das Wissen, dass es unmöglich war.

Schritte näherten sich auf dem Flur und versetzten ihr Herz in Aufruhr. Als sie den Schlüssel im Schloss hörte, sprang sie zum Lichtschalter. Dunkelheit umfing sie, nur durchbrochen von dem Licht, das durch den Türspalt ins Zimmer fiel, als Marcus eintrat. Sie drückte sich in eine Ecke hinter der Tür, bis ein leises Klicken ihr anzeigte, dass sie geschlossen war.

Sie trat aus ihrem Versteck in die beinahe vollkommene Dunkelheit des Zimmers und erahnte, wo Marcus ungefähr stand. »Hallo«, sagte sie und streckte eine Hand nach ihm aus. Ihre Fingerspitzen berührten seine Hand. Er nahm sie in seine und zog Laura behutsam zu sich. Kurz sah sie vor sich, wie er sie auf der Treppe herumgerissen und an die Wand gepresst hatte. In dem Moment hatte sie gemerkt, wie sehr sie seine Geduld tatsächlich erschöpft hatte. Wie sehr ihm das alles zusetzte, ihm, den sonst nichts aus der Ruhe brachte. Es hatte ihr auch Angst gemacht. Angst, dass sie seinem Drängen nachgeben könnte.

»Hallo«, sagte er leise. Laura erschauerte wie immer, wenn sie seine Stimme hörte. So voller Verheißung. Kurz streifte er ihre Lippen mit seinen. Sie drängte sich an ihn und wollte ihn küssen, aber er hielt sie auf Abstand.

»Was ist los?«, fragte sie mit einem unguten Gefühl.

»Nichts. Ich will nur nicht wieder so über dich herfallen wie letztes Mal.«

Die Erinnerung daran, wie er einfach in sie eingedrungen war, wie er sie an die Wand gepresst hatte, nahm ihr für einen winzigen Augenblick den Atem. »Was ist, wenn ich genau das will?«

Sein leises Lachen durchdrang sie und versetzte ihren ganzen Körper in Schwingung. »Dann wirst du heute wahrscheinlich auf eine harte Probe gestellt.«

»Oder ich muss dafür sorgen, dass du den Kopf verlierst.« Sie drängte sich wieder an ihn und drückte ihre Hüfte mit voller Absicht gegen seinen Schritt.

»Dazu ist es zu spät.« Sein warmer Atem streifte ihre Wange. »Das hast du längst«, flüsterte er.

»Umso besser.« Sie schob sich ein Stück von ihm weg, nahm seine Hand und führte ihn langsam zum Bett. Sie ließ sich darauf sinken und zog ihn mit sich, so dass er halb auf ihr lag. Eigentlich hatte sie gar nichts dagegen, es heute langsamer angehen zu lassen. Genau aus diesem Grund hatte sie ja das Hotel ausgesucht. Sie wollte das letzte Mal mit Marcus richtig auskosten. Sie wollte sich Zeit nehmen, wollte, dass sie beide nackt waren, damit sie ihn noch einmal richtig spüren konnte.

Sie hob eine Hand und tastete nach seiner Krawatte. Als sie den Knoten gefunden hatte, zog sie daran, um die Krawatte zu lockern. Marcus' Finger schlossen sich um ihre Hand.

»Warte.« Er küsste ihre Fingerspitzen. Ein wohliger Schauer rieselte von ihren Fingern bis in ihren Unterleib. »Ich würde gerne das Licht anmachen. Ich möchte dich ansehen.«

Sie versteifte sich. »Ich … ich weiß nicht. Lieber nicht.«

»Hast du etwa Angst, dass mir nicht gefallen könnte, was ich sehe?« Sie versuchte, sich auf eine Antwort zu konzentrieren, aber das war unglaublich schwer, wenn er gleichzeitig ihr Handgelenk küsste, ihren Unterarm, ihre Ellenbeuge, und unzählige Erregungsschauer durch ihren Körper sandte. Seine andere Hand fuhr unter ihr Top und schob es ein wenig hoch.

»Ja, ja, genau«, stammelte sie. »Das ist es.«

Seine Fingerspitzen glitten über ihren Bauch und umkreisten ihren Bauchnabel. Seine Haare kitzelten sie, als er sie auf die weiche Haut an ihrer Seite küsste. »Vielleicht ist es Zeit, sich dieser Angst zu stellen.« Er küsste ihren Rippenbogen, schob das Top etwas weiter nach oben und näherte sich ihrer Brust. Seine andere Hand streichelte immer noch ihren Bauch.

Laura bog sich ihm entgegen. »Oh nein … das … ich …« Sie schüttelte den Kopf, um ihre benebelten Gedanken zu klären. Marcus küsste sie zwischen die Brüste. Ihre Brustwarzen waren längst hart, in der Erwartung, seine Lippen zu spüren. »Das geht nicht«, brachte sie schließlich heraus. Er hörte auf, sie zu küssen, gerade als er die Rundung ihrer Brust erreicht hatte, und setzte sich auf. Enttäuscht ließ Laura sich zurück aufs Bett fallen und atmete zitternd ein.

»Meinst du nicht, es wäre besser, es darauf ankommen zu lassen? Was soll schon passieren?«

Was sollte das? Warum beharrte er so darauf? »Du hast doch gewusst, dass ich es nur im Dunkeln machen möchte«, sagte sie. Sie setzte sich auf und griff wieder nach seiner Krawatte. Diesmal ließ er zu, dass sie sie lockerte und schließlich ganz aufzog. Sie ließ sich mit Absicht Zeit, streichelte seinen Hals, küsste seine Wange, während sie ihm die Krawatte auszog. Dann öffnete sie den obersten Knopf seines Hemdes.

Wieder griff er nach ihrer Hand. Sie verdrehte die Augen. »Komm schon, so langsam müssen wir es auch nicht angehen lassen, oder?«

»Vielleicht hast du ja vor etwas ganz anderem Angst.«

Lauras Hände zitterten. Sie hielt inne und atmete tief ein. *Ganz ruhig, er weiß nichts. Woher sollte er plötzlich Bescheid wissen?* »Ich habe keine Angst, ich mag nur eben nicht bei Licht mit einem Mann schlafen, das ist so ein Tick von mir«, log sie und hoffte, dass er die Ungeduld in ihrer Stimme für unterdrückte Leidenschaft halten würde. Sie schob einen weiteren Knopf durch das Knopfloch, und er ließ es zu.

Energisch zog sie den Stoff beiseite und küsste ihn auf die Stelle zwischen den Schlüsselbeinen. »Lass uns das einfach vergessen, okay? Wir brauchen kein Licht, um etwas zu sehen. Es reicht, wenn wir etwas fühlen.«

Er schwieg, dann spürte sie an seiner Bewegung, dass er nickte. »Gut.«

Sie atmete erleichtert auf und machte sich am nächsten Knopf zu schaffen.

»Reiß mir nur nicht das Hemd auf, ich habe keinen Ersatz dabei.«

Sie erstarrte. Der Knopf rutschte ihr durch die Finger. »Was hast du gesagt?«, hauchte sie. Sie musste sich verhört haben. Oder er hatte es einfach nur so dahingesagt. Sie biss sich auf die Lippen. Was, wenn nicht? Was, wenn es eine Anspielung war, ein Test, um zu sehen, wie sie darauf reagierte?

»Du hast mich sehr gut verstanden.«

Sie schluckte und nahm die Arbeit an den Knöpfen wieder auf. Hastig öffnete sie einen nach dem anderen, während ihre Gedanken in ihrem Kopf wild kreisten. Er ahnte etwas. Vielleicht sogar etwas mehr. Sie musste ihn davon abbringen, zu seinem Besten und zu ihrem. Das hatte schon einmal geklappt. Auf dem Mittelaltermarkt. Das Gleiche noch mal zu tun, würde allerdings nicht viel nutzen. Sie musste sich etwas anderes einfallen lassen. Etwas Drastisches. Und es durfte nicht unnatürlich wirken, also musste sie erst einmal weitermachen wie bisher.

»Okay, ich gebe mir Mühe«, sagte sie und öffnete seine Hose, um das Hemd herauszuziehen. Endlich hatte sie es vollständig geöffnet. Sie schob es ihm von den Schultern und berührte dabei mit den Handflächen seine Haut. Die Muskeln seiner Arme fühlten sich wunderbar an. Stark und tröstlich.

Sie ließ ihre Hände über seine nackte Brust gleiten, dann über seinen Bauch. Er stöhnte leise, als sie in seine Hose griff. Kurz streichelte sie seinen bereits halb steifen Schwanz. Bald würde sie ihn in sich spüren und damit all seine Bedenken zerstreuen. Die Vorstellung ließ sie erschauern. Sie zupfte ungeduldig an seinen Boxershorts. Eigentlich hätte sie nervös sein müssen, denn das, was sie vorhatte, war völlig neu für sie. Stattdessen konnte sie es plötzlich kaum noch erwarten.

Marcus schob sacht ihre Hände weg, setzte sich auf und zog sich Schuhe, Socken und Hose aus.

In der Zwischenzeit hatte Laura sich selbst komplett ausgezogen, damit er diese Zeit nicht nutzen konnte, um es noch länger hinauszuzögern. Marcus lag auf dem Bett und wartete auf sie. Ein Anflug von Scham überkam sie. Es war eine Weile her, dass sie beide völlig nackt gewesen waren, und sie wusste noch genau, wie intim es sich angefühlt hatte, seine Haut direkt auf ihrer zu haben. Ihn überall zu berühren. Zitternd atmete sie ein und kniete sich dann auf das Bett.

Er griff nach ihr und zog sie zu sich herunter, rollte sich auf sie und küsste sie. Sein Kuss versetzte ihr Innerstes in Aufruhr, seine Haut ihren Körper und seine leise gemurmelten Worte ihr Herz. Ihre Hände glitten über seinen Rücken, als ob sie Halt suchten. Sie bog sich ihm entgegen, rieb ihre Brüste an seiner Brust und fühlte, wie ihre Brustwarzen unter der Berührung hart wurden. Erregung schoss in ihren Unterleib, und ihr Kitzler begann, verlangend zu pulsieren. Marcus' Erektion drückte sich gegen ihren Unterschenkel, und sie drehte sich ihm entgegen. Sie legte ein Bein über seine Hüfte, wollte ihn auf sich ziehen, aber er ließ es nicht zu. Stattdessen rutschte er ein Stück nach unten, knabberte kurz an ihrer Brustwarze, leckte und umkreiste sie, zwickte hinein, bis Laura aufstöhnte. Er küsste das weiche Fleisch ihrer Brüste, ihren Bauch, ihre

Schenkel und näherte sich langsam dem Zentrum ihrer Lust. Sie ließ die Oberschenkel auseinandersinken, um ihn dort willkommen zu heißen. Seit er sie im Hochseilgarten mit dem Mund verwöhnt hatte, sehnte sie sich danach, dass er es wieder tat. Zwar hatte sie ihm gesagt, dass sie das nicht wollte, aber das war Laura gewesen, nicht Tina. Tina durfte es genießen, ohne Verdacht zu erregen.

Er küsste die Innenseiten ihrer Oberschenkel, leckte die zarte Haut und heizte ihr Verlangen an. Seine Lippen streiften ihre Schamlippen, küssten sie und wanderten schließlich weiter zu ihrem Kitzler. Sie schob sich ihm entgegen, wollte nicht mehr länger darauf warten. Er presste seine Zungenspitze auf ihre empfindsamste Stelle, ließ sie darüber flattern, zart wie ein Schmetterling, bis sich alles in ihr vor Lust zusammenzog. Mit etwas mehr Druck leckte er über ihre Schamlippen, ließ die Zunge für einen winzigen Moment dazwischen gleiten, zuckte aber sofort zurück, als sie sich ihm entgegenhob.

»Keine Geduld mehr?«, fragte er mit einem Lachen in der Stimme.

Lauras Hände krampften sich in die Bettdecke. Das waren ihre Worte. Sie hatte das zu ihm gesagt. Als er angefangen hatte, sie zu lecken, hatte sie geglaubt, dass sie vielleicht gar nicht zu der anderen Maßnahme würde greifen müssen, aber jetzt sah es doch danach aus. Am besten, sie tat es gleich. Sie wollte hochrutschen, sich umdrehen, aber er packte sie an der Hüfte und drückte sie in die Matratze.

»Oh nein, wir sind noch nicht fertig«, sagte er entschieden.

Er senkte seine Lippen auf ihren Kitzler und begann, daran zu saugen. Zuerst sanft, dann etwas stärker. Laura keuchte auf, als ein leichter Schmerz durch ihren Unterleib zuckte. Ein Schmerz, der sie noch feuchter werden ließ und schließlich dem Gefühl völliger Erregung wich.

Sie vergrub ihre Hände in seinem Haar und zog ihn tiefer auf sich herunter. Ein Finger drang in sie ein, dann zwei. Zuerst blieben sie vorne am Eingang, reizten die leichte Schwellung, bis Laura glaubte, es nicht mehr auszuhalten. Dann stieß er die Finger tief in sie, während er immer noch erbarmungslos mit dem Mund ihren Kitzler bearbeitete. Laura stöhnte auf. Sie ließ seinen Kopf los und zog an seinen Armen, damit er endlich nach oben rutschte und sie nahm. Er kam ihrem Wunsch nach, aber in seinem eigenen Tempo. Quälend langsam schob er sich an ihr entlang nach oben, küsste die Haut an ihrem Bauch, ihrer Seite und unter ihrer Brust. Er widmete sich noch einmal ausgiebig ihren Brustwarzen, während er seine Erektion gegen die Innenseite ihres Oberschenkels drückte. Laura wand und räkelte sich unter ihm, um ihn dazu zu bewegen, sein Necken aufzugeben.

Endlich packte er ihre Oberschenkel und spreizte sie, bis sie ganz für ihn geöffnet war. Ihr Kitzler pochte, und ihre Scheide zog sich erwartungsvoll zusammen. Sie zuckte, als sie seine Eichel spürte, die sich an ihrer Feuchtigkeit rieb und dann behutsam in sie eindrang. Sie warf den Kopf in den Nacken und hob sich ihm entgegen, um ihn schneller in sich zu haben, aber er zögerte es hinaus, dehnte sie langsam, Stück für Stück, bis er sie ganz ausfüllte. Sie war sich bewusst, dass es auch dieses Mal keine Barriere zwischen ihnen gab, keine Schicht aus Latex. Sie legte die Hände auf seinen Rücken und zog ihn noch tiefer in sich. Sie wollte, dass er sich in sie stieß, bis er kam. Jetzt.

Langsam bewegte er sich in ihr, und jeder seiner Stöße ließ sie erbeben. Er küsste sie auf den Mund, in den Nacken und auf die Brust, und sie gab sich ihm ganz hin, genoss das Gefühl, von ihm in die Matratze gepresst zu werden und sich selbst zu verlieren.

»Ich lasse dich nie wieder gehen«, flüsterte er heiß an ihrem Ohr. »Nie wieder.«

Laura erschauerte und klammerte sich an ihn. Sie wollte

auch nicht, dass er sie wieder gehen ließ. Sie wollte am liebsten für immer mit ihm zusammen sein.

Mit einem Schlag fiel ihr wieder ein, was sie vorgehabt hatte. Was sie immer noch vorhatte. Es musste sein, wenn sie ihn überzeugen wollte, dass er sich irrte. Sie musste es tun. Für ihn und für sich. Es war das Schwerste, was sie je getan hatte. Sie spürte ihren Höhepunkt schon, es brauchte nur noch eine winzige Berührung. Im letzten Moment presste sie die Hände gegen Marcus' Brust und schob ihn weg.

»Warte«, keuchte sie. »Ich … ich möchte etwas anderes machen.«

Marcus hielt inne und ließ sich von ihr wegschieben. Sie drehte sich auf den Bauch, ging auf alle viere und spreizte ein wenig die Beine. Sie war sich nicht sicher, was dafür der beste Winkel war. Sie musste sich auf Marcus verlassen. Er packte ihre Hüften und wollte wieder in sie eindringen.

Sie drehte sich weg. »Nein, nicht so. Nimm mich … von hinten.« Sie reckte ihm ihren Hintern entgegen und begann vor Aufregung zu zittern.

***

Marcus' Finger krampften sich in Lauras Haut. Er konnte nicht fassen, was sie da gerade tat. Er hatte sich völlig in ihr verloren, in ihrer weichen, feuchten Hitze, ihrem wunderbaren Körper, ihrem Geruch. Er hatte all seine Vorsätze, dass er sie zuerst zum Reden bringen wollte, vergessen und beschlossen, sie einfach hinterher festzuhalten. Es war vielleicht nicht klug gewesen, das laut zu sagen, aber was sie jetzt tat, erschreckte ihn. Dass sie so weit gehen würde, dass sie ihr wichtigstes Tabu brach, nur damit er sie nicht erkannte, das hätte er nicht gedacht. Wie groß musste ihre Angst sein, wenn sie zu so etwas bereit war? Er löste seine Hände von ihren Hüften und massierte beruhigend ihre Pobacken.

Wie weit würde sie gehen? Würde sie es wirklich durchziehen? Und konnte er das überhaupt tun? Wenn er seine Täuschung weiter aufrechterhalten wollte, musste er es. Wenn er sie weiter in dem Glauben lassen wollte, dass er sie für Tina hielt. Er musste es tun und, verdammt, er wollte es.

»Willst du das wirklich?«, fragte er.

»Ja!« Ihre Stimme klang drängend. Wahrscheinlich wollte sie es schnell hinter sich bringen.

»Hast du das überhaupt schon mal gemacht?«, fragte er sanft.

Schweigen. »Ja. Ja, natürlich, schon oft.«

Er starrte in die Dunkelheit, auf die Umrisse ihres Hinterns. Ließ seine Hände langsam zwischen ihre Pobacken gleiten. Sie zuckte zusammen, als er sie vorsichtig dort berührte und leicht zu massieren begann. Sein Schwanz pochte vor Verlangen. Es war so verlockend, wie sie sich ihm darbot. Der ultimative Vertrauensbeweis.

Er stöhnte leise und ließ die Hände sinken. Genau deswegen konnte er es nicht tun. Sie bot es ihm an, um ihn zu überzeugen, dass sie nicht Laura war. Nicht weil sie ihm vertraute, sondern weil sie ihm aus irgendeinem Grund nicht vertraute. Es war nicht richtig, und so wollte er es auch nicht. Er wollte, dass sie neugierig darauf war, dass sie wissen wollte, wie es sich anfühlte, und dass sie ihm genug vertraute, um zu wissen, dass er ihr nicht weh tun würde.

Nichts davon war der Fall. Im Gegenteil, sie hatte sogar Angst, das merkte er an ihrem angespannten Körper und dem heftigen Zittern, das sie gepackt hatte. Er setzte sich neben sie, zog sie in seine Arme und streichelte sie. »Verdammt, Laura, warum tust du das nur?«

Sie erstarrte in seiner Umarmung. »Marcus, bitte.« Ihre Stimme brach. »Bitte tu das nicht. Lass uns einfach weitermachen.«

»Nein, Laura.«

»Ich … ich bin nicht …«

»Ich weiß, wer du bist. Schon die ganze Zeit.«

»Die ganze Zeit?«, fragte sie leise. Es klang furchtbar hilflos.

Er küsste sie auf die Schläfe. »Seit dem Mittelaltermarkt. Da hast du mich kurz verwirrt, aber eigentlich wusste ich es die ganze Zeit.«

Sie sackte gegen ihn, ließ sich von ihm streicheln und beruhigen.

»Warum wolltest du das tun?«, fragte er rauh.

Sie zögerte einen Moment, bevor sie antwortete: »Ich dachte, du wolltest es.«

Sein Herz zog sich zusammen. »Du solltest niemals etwas tun, was du nicht willst. Niemals. Für niemanden.«

»Ich wollte es auch«, flüsterte sie. Ihre Lippen bewegten sich an seiner Brust, und er streichelte über ihre Haare. Die Nähe fühlte sich wunderbar an. Er wünschte sich, er könnte sie immer so halten und sie würde es immer so zulassen.

»Ich weiß, dass du es getan hast, damit ich dich für Tina halte.«

Sie verspannte sich unter seiner Berührung. »Es tut mir leid.« Ihre Stimme war nur noch ein Wispern. Eine Weile sagten sie beide nichts. Sie schmiegte sich an seine Brust, und er legte seine Wange an ihre Haare.

»Wenn du es wusstest, warum bist du dann weiter zu mir gekommen?«, fragte sie schließlich.

Er atmete tief durch. Wahrscheinlich würde sie das nicht hören wollen, nicht, wenn seine Vermutung auch nur annähernd in die richtige Richtung ging. Dennoch würde er es ihr sagen.

Wenn er es nicht tat, würde er es ewig bereuen. »Ich habe mich in dich verliebt.«

Sie atmete ein paarmal tief ein und aus, als müsste sie erst die Kraft finden, zu antworten. »Du kennst mich doch gar nicht, du kannst nicht verliebt sein.«

»Ich kenne mehr Seiten von dir, als viele Paare nach mehreren Jahren voneinander kennen. Und ich liebe sie alle.« Das Letzte flüsterte er. Er streichelte ihren Rücken, und als sie wieder zu zittern begann, zog er die Decke über sie. »Die draufgängerische, knallharte Claire. Die fröhliche Laura, die zu jedem Blödsinn bereit ist. Die verletzliche Tina, die sich um mich sorgt.« Seine Stimme schwankte, als er daran dachte, wie unbedingt sie hatte verhindern wollen, dass er bei einem Kampf verletzt wurde. »Ich frage mich nur, wovor sie alle Angst haben.«

Jetzt setzte Laura sich auf. Immer noch konnte er sie nicht erkennen. Wie er die ewige Dunkelheit leid war. Er griff über Laura hinweg nach dem Kabel der Nachttischlampe und schaltete sie ein. Laura blinzelte in das Licht, und auch seine Augen mussten sich erst daran gewöhnen. Sie war leichenblass.

»Verstehst du nicht? Das war alles nur gespielt. Es gibt keine verschiedenen Seiten. Es gibt nur Claire, auch wenn ich nicht so heiße.«

Glaubte sie das wirklich? »Das war vielleicht mal so, aber so ist es nicht mehr.« Er dachte an die Veränderung, die sie durchgemacht hatte, seit er sie kannte. Sie hatte nicht berührt werden wollen, hatte nur Befriedigung gesucht. Sie hatte nichts erzählen wollen und sich nicht für ihn interessiert.

»Es ist immer noch so«, beharrte sie. Ihre Stimme war etwas lauter geworden. »Das andere war alles nur gespielt, damit du mich nicht erkennst. Ich bin nicht fröhlich und ich …« Sie schluckte hörbar. »Ich fühle nichts, gar nichts. Ich bin kalt. Sex ist nur Befriedigung für mich.«

Er schnaubte verärgert. Wie konnte sie nur so etwas behaupten nach allem, was er gerade erlebt hatte? Sie steckte voller Gefühl, voller Leidenschaft und Wärme. »Das glaubst du doch selbst nicht. Ich habe noch nie so etwas erlebt wie mit dir, und ich glaube, dass es dir genauso geht.«

»Du weißt nicht, was ich fühle.« Ihre Augen funkelten zornig. »Du weißt gar nichts. Für mich hat sich alles gleich angefühlt, von Anfang an. Das vorhin, das war gar nichts. Ich hatte ja nicht mal einen Orgasmus!«

Verdammt, jetzt machte sie ihn wirklich wütend. Er packte sie am Arm und zog sie zu sich. Mit einer Hand griff er unter die Decke und fasste zwischen ihre Beine. »Du bist feucht, sogar jetzt noch!«, knurrte er.

Sie wollte seine Hand wegschieben, aber er ließ es nicht zu. Er schob den Finger tief in sie und streichelte ihr heißes Fleisch. Sie keuchte auf und schloss die Augen. »Das ist nur Leidenschaft«, sagte sie gepresst. Sie hielt seine Hand immer noch umfasst, aber sie drückte jetzt nicht mehr dagegen. Ihre Hüften bewegten sich ganz leicht, und verlangend zog sie sich um seine Finger zusammen.

»Nur Leidenschaft?«, fragte er mit mühsam unterdrückter Wut. Er stieß sie in die Kissen, spreizte ihre Beine und drang mit einem heftigen Stoß in sie ein. Sie keuchte überrascht auf und bog sich ihm entgegen.

»Hör auf«, sagte sie. »Nein.« Sie hatte den Kopf zur Seite gedreht und die Augen fest geschlossen. Vorsichtig bewegte er sich in ihr, machte nur winzige Bewegungen, um ihre Lust zu wecken und ihr zu beweisen, dass sie mehr fühlte als pure Leidenschaft. Er beugte sich zu ihr hinunter und drückte sie mit seinem ganzen Gewicht in die Kissen. Er küsste sie auf die Wange, auf den Hals, dann hinters Ohr. »Ich würde nie etwas tun, was du nicht willst. Also sag noch mal, dass ich aufhören soll.

Wenn du es wirklich willst, dann werde ich es tun.« Er schob seine Hüften nach vorne, um noch etwas tiefer in sie einzudringen. Ihr Kitzler pochte unter seinem Drängen, und sie zog sich erneut um ihn zusammen. Sie wollte nicht, dass er aufhörte, und wenn sie es behauptete, war es nichts weiter als eine Lüge. Eine Lüge, die er akzeptieren würde, aber dennoch eine Lüge.

Sie schwieg. Er drang etwas fester in sie und beobachtete, wie ihre Wangen sich röteten und ihre Lippen sich öffneten. »Nein, hör nicht auf«, hauchte sie so leise, dass er sich fragte, ob er nicht bloß zu viel in einen ihrer Atemzüge interpretierte. Er atmete erleichtert auf und begann, sich schneller zu bewegen, immer heftiger in sie zu stoßen, bis sie die Beine anhob und ihn damit umschlang, damit er tiefer in sie eindringen konnte.

Er wollte noch mehr.

Er wollte, dass sie die Arme um ihn legte, ihn umklammerte und festhielt, wie sie es die letzten paar Male getan hatte.

»Gibst du jetzt zu, dass du mehr empfindest als Leidenschaft?«, fragte er.

Sie schüttelte mit geschlossenen Augen den Kopf. Es machte ihn wahnsinnig, sie so zu sehen. Vollkommen gefangen in ihrer Erregung, wie sie unter jedem seiner Stöße erbebte und ihr ganzer Körper ihn anflehte, sie endlich zu erlösen. Er wollte sie nicht erlösen. Er wollte, dass sie zugab, dass es ihr genauso viel bedeutete wie ihm. Er wollte hören, dass sie auch die Verbundenheit spürte, das Gefühl, mit ihm eins zu sein.

»Sag es«, raunte er. »Sag es endlich.«

Sie öffnete die Augen und sah ihn an, aber ihr Blick war benebelt. »Nein.«

»Verdammt!«, fluchte er und senkte den Kopf, um sie zu küssen.

***

Laura hatte erwartet, dass sein Kuss grob sein würde, vielleicht sogar brutal. Aber er war zärtlich und lockend und berührte ihr Herz. Es war unerträglich, und doch konnte sie den Kopf nicht abwenden. Er hatte recht, natürlich hatte er recht. Unter all der Leidenschaft, die er in ihr weckte, war etwas anderes, ein viel tieferes Gefühl. Eine Verbundenheit, die sie noch nie zuvor mit einem anderen Mann gespürt hatte, und eine Sehnsucht danach, das Gefühl nie wieder aufzugeben. Das Verlangen, immer mit ihm zusammen zu sein und ihn jeden einzelnen Tag so zu spüren.

Natürlich würde sie das niemals zugeben. Und es war so schwer, ihm zu widerstehen. Jede seiner Bewegungen rührte an der Sehnsucht in ihrem Inneren und strafte ihre Behauptung Lügen. Sie hob die Arme und legte sie um seinen Hals. Sie fuhr mit den Fingern durch seine Haare und erwiderte schließlich seinen Kuss. Hungrig zog er sie noch fester an sich. Ihre Lust schwoll an, vereinte sich mit der Sehnsucht in ihrer Brust und trug sie dem Höhepunkt entgegen. Als er es schließlich aufgab, ihr ein Zugeständnis entringen zu wollen, das sie ihm nicht geben konnte, und aus seinen sanften, lockenden Bewegungen feste, drängende Stöße wurden, riss er sie mit sich in einen gemeinsamen Höhepunkt, wie Laura ihn noch nie zuvor erlebt hatte.

Erschöpft ließ er sich auf sie sinken. Sie liebte es, seine Wärme zu spüren und seinen Atem an ihrem Ohr.

»Sag es«, flüsterte er wieder. »Sag es.«

Sie wollte es sagen. Sie wollte es zugeben. Sie wollte vergessen, was sie davon abhielt, mit ihm zusammen zu sein. Die Angst davor, dass es nicht halten würde, die Angst davor, sich dann völlig selbst zu verlieren. Die Angst, dass er starb. Sie klammerte sich an seinen Hals und küsste seine Wange. Sie könnte es nicht ertragen, ihn zu verlieren.

»Nein«, flüsterte sie. Es hatte sich nichts geändert. Alles war noch genauso wie damals, als sie ihn kennengelernt hatte. Sie hatte zwar Gefühle für ihn, aber das änderte nichts. Sie musste diese Gefühle vergessen, dann konnte sie wieder zu ihrem normalen Leben zurückkehren. Diese ganze Affäre mit ihm war ein großer Fehler gewesen. Ebenso, wie es ein Fehler gewesen war, ihre One-Night-Stands aufzugeben. Sie brauchte das, sie brauchte die körperliche Befriedigung. Nur deshalb hatte sie sich in diese Sache hineinziehen lassen.

Sie musste es beenden, jetzt sofort, und dann so schnell wie möglich zu ihrem alten Leben zurückkehren. Einem Leben ohne die Bilder von Blut und Tod in ihrem Kopf.

Sie hob die Hände und drückte sie gegen seine Brust, damit er sie aufstehen ließ. Er erhob sich, und sie rollte sich unter ihm heraus. Alles in ihr sträubte sich dagegen, aber es war besser, wenn sie es nicht länger hinauszögerte. *Ich habe mich in dich verliebt*. Laura presste die Lippen aufeinander und griff nach ihrer Unterwäsche. *Ich lasse dich nicht gehen, nie wieder.* Die Worte kreisten in ihrem Kopf und nisteten sich in ihrem Herzen ein. Das hatte sie nicht gewollt. Sie hatte nicht gewollt, dass er so für sie empfand.

Die Matratze bewegte sich unter ihr, und sie spürte seinen Körper an ihrem Rücken. »Ich möchte, dass du bleibst«, sagte er. »Ich will mit dir ausgehen, ich will dich richtig kennenlernen, mit dir zusammen sein.«

Laura stand auf und rupfte an ihrer Jeans. Ihr Blick war verschwommen, als sie nach dem Top griff. »Ich kann nicht.«

Er stand ebenfalls auf, packte sie am Arm und drehte sie zu sich herum. Sie starrte auf ihre Hände, die das Top hin und her drehten. Es war Seide, die Falten bekäme sie nie wieder raus.

»Sag mir doch, wovor du Angst hast. Gemeinsam können wir vielleicht etwas dagegen tun.«

»Ich habe keine Angst.« Sie schrie fast.

Marcus nahm ihre Hände und zwang sie, stillzuhalten. Wahrscheinlich konnte er nicht mit ansehen, wie sie den Stoff malträtierte.

»Netter Versuch«, sagte er sanft.

Die zärtliche Berührung seiner Hände machte sie schwindelig. Warum war das alles nur so schwer? Warum konnte sie sich nicht einfach fallen lassen? Und wie konnte sie es ihm so erklären, dass er es akzeptierte? »Ich kann nicht. Ich kann keine Beziehung führen. Ich … ich fühle nichts. Auch nicht für dich.« Die Lüge schnürte ihr die Kehle zu.

Der Griff seiner Hände wurde fester, beinahe unangenehm. Sie sah auf und wünschte sofort, sie hätte es nicht getan. Seine Lippen waren zusammengepresst und seine Augen schrecklich leer. »Das glaube ich dir nicht. Du kannst nicht immer noch behaupten wollen, dass dir das alles nichts bedeutet.«

Sie entwand ihm ihre Hände und trat einen Schritt zurück. »Doch.« Sie gab ihrer Stimme einen harten Klang. »Es war nur Leidenschaft. Nichts Besonderes für mich. Eine flüchtige Affäre. Bedeutungslos.« Sie nahm all ihre Kraft zusammen. »Genau wie du.«

Sie sah das verletzte Glimmen in seinen Augen, bevor er es erstickte und Wut in ihnen zu flackern begann. »Ich weiß, dass du lügst«, sagte er gefährlich ruhig. »Du empfindest etwas für mich, egal wie sehr du es bestreitest.«

Sie lächelte zittrig, um den Tumult zu maskieren, der in ihrem Inneren tobte. »Gut, wie du willst. Ich werde dir beweisen, dass das nicht stimmt. Ich beweise dir, dass ich immer noch Claire bin, der es nur um Befriedigung geht.« *Und mir selbst auch.*

»Egal, was du tust, das werde ich dir nie glauben.«

Sie sah ihm fest in die Augen, während sie ihr Handy aus

der Tasche zog. Sie strich über den Bildschirm, wartete, bis sie die Icons sah, dann tippte sie auf »Kontakte«. Sie hatte selbst nicht gewusst, was sie tun musste, aber jetzt war es ihr klar. Es gab nur eine Möglichkeit.

Sie tippte auf die Nummer und dann auf abheben.

»Hallo?«

»Oliver? Hier ist Laura.«

Laura drängte den Widerwillen in ihrem Bauch zurück und das Bedürfnis, sofort wieder aufzulegen. Sie warf Marcus einen triumphierenden Blick zu. Seine Fäuste waren geballt, und sie konnte ihm ansehen, dass er ihr am liebsten das Handy aus der Hand geschlagen hätte.

»Laura? Wie schön, von dir zu hören.«

»Tut mir leid, dass ich so spät noch anrufe, aber ich wollte dich fragen, ob dein Angebot noch gilt.«

Marcus verschränkte die Arme.

»Ja, natürlich, hast du es dir überlegt?« Nicht zu fassen. Er redete darüber, als hätte er sie zu einem Picknick eingeladen und sie nicht mit Sex erpresst.

Sie räusperte sich. »Ja, und ich würde das Angebot gerne annehmen«, säuselte sie.

Marcus war dazu übergegangen, sich anzuziehen. Seine Miene wirkte ruhig, aber sie sah an der Art, wie er an seinem Hemd zerrte, dass seine Gelassenheit nur gespielt war.

»Gut, das freut mich. Wann …«

Sie unterbrach ihn. »Jetzt gleich.«

Kurze Stille am anderen Ende der Leitung. »Jetzt gleich? Ich weiß nicht, ob ich hier wegkann …«

Laura verdrehte die Augen. *Schick die andere weg, die du gerade erpresst, dann hast du Zeit.* »Jetzt gleich oder gar nicht«, sagte sie.

»Dann in einer Stunde im *Sheraton*.«

Natürlich wählte er das *Sheraton*. Laura schüttelte sich. Sie hasste das *Sheraton*. Egal, darauf kam es nicht an. »Gut.« Sie tippte auf das Display, um das Gespräch zu beenden, und schob das Handy wieder in die Tasche. Dann zog sie sich das Top über und schließlich ihre Jacke. Sie warf Marcus einen letzten Blick zu und musste sich beherrschen, nicht zu ihm zu gehen und ihn zu küssen. Sie stählte sich.

»Du entschuldigst mich?«

Er war jetzt ebenfalls ganz angezogen und kam auf sie zu wie ein Raubtier. Verdammt, er würde sie nicht gehen lassen. Hoffentlich würde er sie nicht gehen lassen. Sie wich ein Stück zurück, bis sie mit dem Rücken gegen die Tür stieß. Marcus blieb stehen.

Ein ironisches Lächeln lag auf seinen Lippen. »Keine Sorge, ich werde dich nicht aufhalten.«

Sie sah ihn unsicher an.

»Nur zu, beweise mir, dass du es ernst meinst.« Er glaubte ihr nicht. Vielleicht vermutete er sogar, dass es Oliver gar nicht gab. Dass sie mit niemandem telefoniert, sondern nur so getan hatte.

»Komm doch mit und schau zu, wenn ich mit Oliver schlafe«, fauchte sie. »Dann siehst du auch gleich, dass das zwischen dir und mir nichts Besonderes war.«

Zitternd drehte sie sich um und griff nach der Türklinke. Sie zog die Tür auf, trat auf den Gang und lief zur Treppe. Die Stufen verschwammen vor ihren Augen. Sie würde ihm schon zeigen, dass sie einfach weitermachen konnte wie zuvor. Und dabei konnte sie auch noch den Auftrag retten für sich und Christina. Es war die perfekte Lösung.

***

Marcus starrte die offene Tür an. Er wusste, er sollte ihr nachlaufen, sie aufhalten, aber sie würde sich nicht abhalten lassen, wenn sie es wirklich wollte. Außerdem glaubte er nicht, dass es diesen Oliver wirklich gab. Laura hatte das Gespräch entweder simuliert, oder sie hatte Christina angerufen. Wahrscheinlich Letzteres. Sie würde zu Christina fahren und ihre Wunden lecken.

Trotzdem nagte die Ungewissheit an ihm, während er die Treppe hinunterging. Was, wenn er sich irrte? Die Vorstellung, dass sie mit einem anderen Kerl ins Bett ging, machte ihn wahnsinnig. Er knallte den Zimmerschlüssel so laut auf die Theke, dass der Rezeptionist zusammenzuckte. Ihr Körper war noch warm von seiner Berührung, feucht von der Leidenschaft, die sie geteilt hatten, und ihre Lippen geschwollen von seinen Küssen. Würde sie wirklich jetzt sofort mit einem anderen schlafen? Er versuchte, sich einzureden, dass sie so weit nicht gehen würde, aber er traute es ihr zu.

Er bezahlte die Rechnung und ging dann zu seinem Auto. Den Regen, der eingesetzt hatte, spürte er kaum. Wenn sie es tat, war das dann wirklich der Beweis? Bedeutete das wirklich, dass sie nichts für ihn empfand? Er stieg ein und schlug die Fahrertür hinter sich zu. Er rammte den Schlüssel ins Zündschloss und ließ das Auto an. *Sheraton*. Sie fuhr ins *Sheraton*. Oder vielleicht auch nicht. Es gab ja immer noch die Möglichkeit, dass sie gelogen hatte. Dass sie nur zu Christina fuhr. Er wischte sich mit einer Hand über die Stirn. Dann zog er sein Handy aus der Tasche und wählte Christinas Nummer.

»Ja?«

»Christina? Hier ist Marcus.«

»Oh, gut! Wie lief es?«

»Frag nicht. Es war ein Desaster.« Vielleicht nicht von Anfang an, aber der Schluss war definitiv ein Desaster gewesen.

»Oh nein!«, hauchte Christina. »Was ist passiert?«

Marcus zog eine Grimasse. Das würde er ihr sicher nicht auf die Nase binden. »Wir haben uns gestritten. Ich glaube, dass sie zu dir will. Hat sie dich nicht gerade angerufen?«

»Was? Nein. Ich habe seit gestern nichts mehr von ihr gehört.«

Marcus' Magen krampfte sich zusammen. So viel zu dieser Theorie. »Gut, dann fährt sie wahrscheinlich nach Hause.« *Gott, bitte lass sie nach Hause fahren.* Er räusperte sich. »Kennst du einen Oliver?«

»Oliver?« Kurz herrschte Stille. Marcus hoffte, dass sie nein sagen würde. »Ach ja. Das ist dieser Arsch, der …« Christina verstummte.

Marcus setzte sich aufrecht hin. »Der was?«

»Ich glaube nicht, dass Laura wollen würde, dass ich dir das erzähle. Er ist ein widerlicher Mistkerl, das muss reichen.«

»Laura will sich mit ihm treffen, jetzt gleich. Sie … sie behauptet, dass sie mit ihm schlafen will.«

»Was?«, kreischte Christina.

Marcus hielt das Telefon ein Stück von seinem Ohr weg.

»Mist, ich fass es nicht. Ich dachte, das wäre abgehakt.« Christina klang jetzt richtig aufgeregt. »Oliver will ihr einen großen Auftrag verschaffen, wenn sie mit ihm schläft.«

Marcus schloss die Augen und umklammerte das Lenkrad. »Das würde sie doch nicht tun, oder?«

»Ich weiß es nicht. Sie hat darüber nachgedacht, ernsthaft. Vielleicht … vielleicht tut sie es. Weißt du, wo sie sich mit ihm trifft?«

***

Marcus trat aus dem Aufzug im fünften Stock des *Sheraton*. Er wusste, welches Zimmer sie genommen hatte. Christina hatte es für ihn herausgefunden. Sie hatte Laura unter einem Vorwand angerufen, ihr alles entlockt und sie gebeten, ihr wenigstens die Zimmernummer zu sagen, für den Fall, dass etwas schiefging. Damit jemand wusste, wo sie war. Mit langen Schritten hastete er den Gang entlang. Musste dieses Hotel so riesig sein? Laura hatte vielleicht eine halbe Stunde Vorsprung. Nicht viel, aber genug, wenn er daran dachte, wie die ersten Treffen zwischen ihnen abgelaufen waren.

Er sah sie vor sich, wie sie auf dem Bett gekniet hatte, kaum sichtbar in der Dunkelheit. Nur dass es diesmal nicht er sein würde, der hinter ihr stand, sondern dieser Oliver. Marcus biss die Zähne zusammen. Er hatte nicht gelogen. Er würde sie nicht aufhalten. Wenn sie das tat, wenn sie so weit ging, um ihm zu beweisen, dass sie nicht mit ihm zusammen sein wollte, dann würde er ihr ihren Willen lassen. Dann war sie für ihn abgehakt. Auch wenn es ihm einen Stich versetzte und er sie am liebsten eigenhändig davon abgehalten hätte. Auch wenn er den Kerl am liebsten von ihr runterziehen würde. Er würde es nicht tun. Es war ihre Entscheidung, und er wollte keine Beziehung mit jemandem, der sich gegen ihn entschied.

Marcus blieb stehen. Nur noch zwei Türen bis zu dem Zimmer. Er brachte es nicht fertig, direkt davor stehen zu bleiben. Er wollte nicht hören, was dort drinnen vor sich ging. Die Hoffnung, dass sie es nicht durchziehen würde, machte ihn schwindelig. Wenn sie tatsächlich etwas für ihn empfand, wenn sie ihn wirklich belogen hatte, dann würde sie es sich anders überlegen. Dann würde sie jetzt aus der Tür kommen, völlig aufgewühlt und am Boden zerstört, dass sie überhaupt daran gedacht hatte, zu ihren alten Gewohnheiten zurückzukehren oder sogar noch weiter zu gehen als bisher.

Als die Tür sich einen Spalt öffnete, begann sein Herz zu rasen. Laura schob sich durch die Öffnung, zog die Tür hinter sich ins Schloss und lehnte sich mit geschlossenen Augen dagegen. Ihre Haare waren zerwühlt und ihre Lippen gerötet. Marcus stand da wie gelähmt. Sie sah aus, als hätte sie tatsächlich gerade Sex gehabt. Guten Sex. Das konnte natürlich auch täuschen. Vielleicht hatte sie rechtzeitig abgebrochen, vielleicht hatte sie es nicht getan. Doch dann verzog sich ihr Gesicht zu einem Lächeln, und sie legte sich eine Hand auf die Brust. Es wirkte gedankenverloren und zufrieden. Erfüllt.

Eiseskälte ergriff Marcus. Er wollte auf Laura zugehen, mit ihr reden, aber eigentlich war das überflüssig. Es war deutlich zu sehen, was gerade in diesem Zimmer passiert war. Stumm stand er da und starrte Laura an, während in seinem Inneren Wut und Fassungslosigkeit die Oberhand gewannen und die Gefühle, die er für Laura hatte, niederdrückten, bis ein stechender Schmerz an ihre Stelle trat. Er klammerte sich an die Wut, ließ sich von ihr mitreißen, um das andere nicht fühlen zu müssen. Er wollte gerade in die Schatten zurückweichen und Laura sich selbst überlassen, da schlug sie die Augen auf.

Das Entsetzen, ihn hier zu sehen, stand ihr ins Gesicht geschrieben. »Marcus«, flüsterte sie.

Er atmete tief ein, um seine Wut unter Kontrolle zu bekommen. Er wollte sie nicht anschreien, wozu auch? Langsam trat er einen Schritt auf sie zu.

»Du hast es tatsächlich getan.« Seine Stimme zitterte, offensichtlich gelang es ihm nicht besonders gut, seine Wut im Zaum zu halten. Lauras Augen weiteten sich. Gut. Er hatte plötzlich das perverse Bedürfnis, sie spüren zu lassen, wie er sich in diesem Moment fühlte. Er wollte, dass sie genauso litt wie er.

Kapitel 15

Als Laura ihr Auto vor dem *Sheraton* parkte, hatte es gerade begonnen zu regnen. Sie hätte doch besser in die Tiefgarage fahren sollen. Sie dachte kurz darüber nach, zog dann aber den Schlüssel ab und stieg aus. Auf die paar Tropfen kam es nicht an. Sie ging zur Rezeption und holte sich die Schlüsselkarte für das Zimmer, die Oliver für sie hinterlegt hatte. Er wartete oben auf sie, er hatte ihr vor wenigen Minuten eine SMS geschrieben. Mit dem Aufzug fuhr sie in den fünften Stock und ging den langen Gang zum Zimmer entlang. 509. Sie hob die Schlüsselkarte und starrte sie an. Sie war der Schlüssel zu ihrem alten Leben, nur dass sie endlich Erfolg im Beruf haben würde und keine Ängste mehr, die sie quälten. Sie wollte es, und Oliver würde ihr dabei helfen. Er würde ihr den Auftrag geben, und er würde die Erinnerung an Marcus auslöschen, mit jedem seiner Stöße in ihren Körper. Sie drehte die Karte und schob sie ins Schloss. Das leise Klicken durchfuhr sie wie ein Stromschlag.

Im Zimmer herrschte gedämpftes Licht. Als sie eintrat, sah sie zunächst nur das Fußende des Bettes und Olivers nackte Beine. Sie ging ein paar Schritte in den Raum hinein, an der Garderobe vorbei. Oliver lag splitternackt auf dem Bett. Ihr Magen krampfte sich zusammen, als sie das Kondom sah, das auf dem Nachttisch lag. Er hatte an alles gedacht und wollte eindeutig keine Zeit verlieren. Sie schluckte schwer. Dann atmete sie tief durch, richtete sich auf und riss sich zusammen.

Genauso wollte sie es auch. Schnell und unkompliziert. Körperliche Befriedigung und innere Leere.

»Hallo.« Laura verfluchte das Zittern in ihrer Stimme. Es war nur Sex, verdammt. Oliver hatte sich beim letzten Mal nicht allzu dumm angestellt. Kein Grund zur Aufregung.

»Laura.« Oliver setzte sich auf und lächelte. Wieder fragte sie sich, wie er so fröhlich sein konnte, obwohl er eine Frau erpresste, damit sie mit ihm schlief. Vielleicht fehlte ihm ja der Sinn dafür, dass er etwas Falsches tat? Es gab solche Menschen. Ihnen war einfach nicht bewusst, dass sie sich außerhalb dessen bewegten, was angemessen war. Laura wünschte sich, sie wäre auch so, und verdrängte das ungute Gefühl, das ihr wie ein Klumpen im Magen lag. Das Gefühl, dass sie etwas furchtbar Falsches tat. Das hier war ein Geschäft wie jedes andere, und es ging um Sex, so wie immer. So wie früher. Sie ließ ihren Blick an Olivers Figur entlangwandern. Er war gut gebaut, etwas kräftiger als … die meisten anderen. Es war kein Opfer, mit ihm zu schlafen, sicher nicht.

Sie begann, sich auszuziehen, und versuchte mit Absicht nicht, sich vor Oliver zu verstecken. Sie erwartete, dass es sie erregen würde, wenn er ihr dabei zusah.

»Du hast echt geile Titten. Ich freu mich schon darauf, sie zu lecken.« Olivers schmeichlerischer Ton jagte ihr einen kalten Schauder über den Rücken. Sie versuchte, seine Stimme auszublenden. Ihr konnte egal sein, was er von ihr hielt und wie er es ausdrückte, Hauptsache, er gab ihr, was sie brauchte.

Als sie nackt war, legte sie sich zu ihm aufs Bett. Ohne Vorwarnung griff er ihr an die Brust und begann, sie zu kneten. Ein Kribbeln regte sich in ihr. Sie brauchte einen Moment, bis sie feststellte, dass es Abscheu war.

»Hey, was ist los? Letztes Mal warst du nicht so verspannt.« Er zwickte in ihre Brustwarze und beugte sich dann vor, um mit der Zunge daran zu lecken. Laura schloss die Augen und wandte den Kopf ab. Eigentlich war ihr völlig egal, was er mit ihr machte, solange es nur zum Ziel führte. Solange er nur endlich alle Erinnerungen an Marcus vertrieb.

»Warte. Du warst doch die, die es nicht mochte, wenn man ihre Titten leckt, oder? Sag das doch gleich.« Sein Lachen ließ Laura zusammenzucken. Sie wünschte sich, er würde endlich ihre Beine spreizen und sie nehmen, dann wäre es vorbei. Gerade als sie etwas sagen wollte, fuhr er mit seiner Hand zwischen ihre Oberschenkel und drückte sie brutal auseinander.

»Du willst heute wohl überzeugt werden, was, Süße?« Er spreizte ihre Beine noch etwas weiter. Laura presste die Augenlider zusammen. Am liebsten hätte sie sich zur Seite gedreht und sich zusammengerollt, nur damit er sie nicht ansehen konnte. Sie zwang sich, liegen zu bleiben. Sie wollte es so. Es war nur ihre Ungeduld, die Tatsache, dass er sie nicht einfach endlich nahm, die ihr gegen den Strich ging. »Ich erinnere mich noch daran, wie feucht du warst. Das ist schon was Besonderes. Nicht jede ist gleich so geil wie du.« Er schob eine Hand ihren Oberschenkel entlang, fuhr damit zwischen ihre Beine und stieß drei Finger rücksichtslos in sie.

Laura unterdrückte einen Schrei, als ein stechender Schmerz sich in ihren Unterleib bohrte.

»Verdammt«, zischte Oliver. »Staubtrocken. Was ist los mit dir?«

Laura atmete tief ein und verdrängte den Schmerz, den seine Finger immer noch in ihr hervorriefen. Verflucht, warum sperrte ihr Körper sich? Sie hatte nie Probleme, feucht zu werden, und sie würde sich auch nicht davon abhalten lassen. »Nichts. Mach weiter, das wird schon«, sagte sie gepresst. Sie musste sich eben dazu zwingen, irgendwann würde es schon gehen. Sie musste sich nur erst wieder daran gewöhnen, dass es so schnell ging. Früher hatte sie nie ein Vorspiel gebraucht, aber vielleicht hatte Marcus sie verdorben. Er hatte ihr gezeigt, wie schön es sein konnte. Wie einzigartig. Sie schüttelte heftig den Kopf. An Marcus zu denken, würde ihr jetzt auch nicht weiterhelfen. Doch egal, wie sehr sie versuchte, die Gedanken an ihn zu verdrängen, auf einmal war es unmöglich. Sie konnte nicht anders, als sich vorzustellen, wie er sie küsste, wie er mit den Fingern in sie drang, wie er ihre Brustwarzen reizte und sie sanft lockte, bis die Lust unerträglich wurde. Ein winziger Anflug von Erregung kam in ihr auf.

»Na endlich!« Olivers Stimme drang wie ein Peitschenhieb in ihre Phantasie. Sie spürte, wie er sich über sie schob und nach dem Kondom griff.

Das Geräusch der zerreißenden Packung trieb ihr die Galle in den Mund, und als er seine Erektion gegen ihren Oberschenkel drückte, musste sie sich daran hindern, die Beine zusammenzupressen.

»Du bist heute widerspenstig. Echt heiß! Ich mag das.« Seine Finger bohrten sich schmerzhaft in ihre Oberschenkel. Laura hielt den Atem an. Gleich würde er sie nehmen, in sie eindringen, in sie stoßen, bis sie kam. Bis er kam. Verzweifelt wartete sie darauf, dass sich Verlangen in ihr regte. Stattdessen wuchs der Klumpen in ihrem Magen an, bis er ihr schließlich die Kehle zuschnürte. Was sie hier tat, war nicht richtig. Es war sogar abgrundtief falsch. Nicht nur, weil es abartig war, was Oliver von ihr verlangte, sondern auch, weil sie sich danach sehnte, bei jemand anderem zu sein. Andere Hände auf sich zu spüren, eine andere Stimme zu hören. Weil sie plötzlich nicht mehr wollte, dass Oliver alle Erinnerungen an Marcus vertrieb, und weil es ihr beinahe wie Blasphemie vorkam, ihren Körper mit Oliver zu teilen, nach dem, was sie erst vor wenigen Stunden mit Marcus erlebt hatte.

»Nein, nicht, hör auf«, flüsterte sie zaghaft, so als könnte sie noch nicht ganz glauben, dass sie wirklich die Konsequenzen tragen wollte. Kein Auftrag. Keine bedeutungslose Befriedigung. Trotzdem, sie konnte es nicht. Sie wollte das nicht mehr.

Sie hob die Hände und drückte gegen Olivers Brust. »Oliver, bitte!«

Sie spürte seine Eichel an ihren Schamlippen. Panik spülte über sie hinweg. Der Gedanke, dass er in sie eindrang, brachte sie zum Würgen. »Nein, hör auf, ich will das nicht«, schrie sie.

»Spinnst du?«, keuchte Oliver über ihr. »Jetzt höre ich bestimmt nicht mehr auf.«

»Lass mich los, ich hab's mir anders überlegt!« Sie hämmerte mit den Händen gegen seine Brust und wand ihre Hüften unter ihm, aber er war zu stark. Er packte ihre Hände und hielt sie mit einer Hand über ihrem Kopf fest. Mit der anderen Hand presste er ihren Unterleib gegen die Matratze. »Du kleines Miststück. Das gehört doch sicher zu deinem Tick. Du stehst doch auf so merkwürdige Rollenspiele.« Er schob seine Hüften gegen sie und rieb seinen Schwanz an ihrer Öffnung. »Verdammt, wenn das so weitergeht, dann brauche ich noch Gleitgel. Ob der Roomservice so was wohl bringt?« Er lachte gehässig und versuchte, in sie einzudringen. Laura schrie auf, als ein scharfer Schmerz sie durchzuckte. »Hör auf, du Schwein. Das tut weh!«

»Schrei nicht so laut, man wird dich hören!«, fuhr er sie an. Er senkte den Kopf und küsste sie, um sie zum Schweigen zu bringen. Brutal und unerbittlich, unausweichlich. Egal, wie sehr Laura versuchte, sich wegzudrehen. Ihr Kopf war zwischen ihren Armen gefangen. Tränen traten ihr in die Augen. Er sollte sie nicht küssen, nicht er.

Sie versuchte, Oliver in die Lippe zu beißen, aber das war gar nicht so einfach. Erst als er brutal mit der Zunge in ihren Mund drang, erwischte sie ihn. Sofort ließ er von ihr ab und schlug ihr mit der flachen Hand ins Gesicht. »Ich glaub, ich spinne, du miese Schlampe!« Er war von ihr heruntergerutscht und hielt sich den Mund. »Wenn du nicht willst, dann musst du es nur sagen, anstatt gleich auf mich loszugehen.«

Laura zitterte zu sehr, um ihm die Antwort entgegenzuschleudern, die er verdiente. Sie setzte sich auf und zog die Beine an den Körper. Die Haut zwischen ihren Beinen brannte von seinen rohen Versuchen, sie zu nehmen, und ihre Wange pochte, wo er sie getroffen hatte. Was hatte sie nur getan? Warum hatte sie es so weit kommen lassen? Hatte sie wirklich geglaubt, dass alles noch wie früher sein konnte? Nachdem sie mit Marcus erlebt hatte, was echte Leidenschaft war. Leidenschaft, die so viel mehr war als nur Lust. Marcus. Ihre Augen wurden feucht. Sie sehnte sich nach ihm, nach seiner Umarmung, nach tröstlichen Worten aus seinem Mund. Sie musste hier weg.

Durch ihre Haare hindurch beobachtete sie, wie Oliver ins Bad lief, und hörte ihn das Wasser aufdrehen. »Den Auftrag kannst du vergessen, das sag ich dir«, brüllte er.

Mühsam eroberte sich Laura die Kontrolle über ihren Körper zurück. Mit wackeligen Knien sprang sie vom Bett auf, hastete zu ihren Klamotten und zog sie sich über. Oliver schimpfte immer noch. Es klang nicht, als würde er bald wieder aus dem Bad kommen.

Laura versuchte, den Knopf ihrer Hose zu schließen, aber ihre Finger bebten so sehr, dass er ihr immer wieder wegrutschte. »Verdammt«, fluchte sie und begann zu schluchzen. Sie wollte fort sein, bevor Oliver aus dem Bad kam. Nur weg. Sie wollte zu Marcus, wollte ihm endlich sagen, dass es ihr leidtat und dass sie ihn auch liebte.

Schließlich gab sie es auf und ließ ihre Hose offen. Sie zog sich das Seidentop über, schlüpfte in ihre Schuhe, schnappte sich ihre Jacke und rannte zur Tür. Oliver murmelte etwas davon, dass die miese Schlampe schon sehen würde, was sie davon hatte. Sie hörte ihn ausspucken. Sie musste ihn ziemlich fies erwischt haben. Sie spürte keine Genugtuung, nur den Wunsch, so schnell wie möglich zu verschwinden.

Mit angehaltenem Atem drückte sie die Türklinke hinunter. Ihr Herz pochte unheimlich laut, beinahe so, als wollte es verraten, dass sie sich davonschlich. Sie blieb stehen und lauschte noch einmal, aber nichts rührte sich. Schnell schob sie sich auf den Gang und zog leise die Tür hinter sich ins Schloss. Erleichtert lehnte sie sich dagegen. Nur kurz verschnaufen. Kurz das Zittern loswerden und den Schmerz vergessen, den sie immer noch zwischen ihren Beinen und auf der Wange spürte. Sie wollte nicht, dass man ihr ansah, was Oliver beinahe getan hätte.

Eine Hand wanderte in ihre Hosentasche und umschloss Marcus' Visitenkarte. Die Pappe war inzwischen weich und verknickt. Vertraut und beruhigend, so wie er. Sie dachte an Marcus und daran, wie er sie ansehen würde, wenn sie ihm sagte, dass sie es sich anders überlegt hatte. Sie lächelte, so wie er lächeln würde. Ja, genau das wollte sie. Sie wollte ihm sagen, dass sie auch in ihn verliebt war. Sie wollte ihm endlich ihre Ängste anvertrauen. Ihr Herz zog sich schmerzhaft zusammen, weil sie sich so sehr nach ihm sehnte. Sie legte sich eine Hand auf die Brust.

Zeit, endlich hier zu verschwinden. Marcus durfte nie erfahren, dass sie tatsächlich vorgehabt hatte, mit Oliver zu schlafen. Er musste glauben, dass sie geblufft hatte. Gar nicht auszudenken, wenn er sie hier fand.

Sie richtete sich auf, strich sich die Kleidung glatt und hob den Kopf.

Ihr Herz setzte einen Schlag aus. Marcus stand vor ihr auf dem Gang. Sein Hemd klebte feucht an seiner Brust, und seine Haare hingen ihm tropfnass in die Stirn. Der Regen war offensichtlich stärker geworden.

»Marcus«, flüsterte sie. Er war hier. Auf einmal war da nur noch das Bedürfnis, sich in seine Arme zu werfen und von ihm gehalten zu werden. Zu spüren, wie er sie streichelte, und zu vergessen, was gerade passiert war. Sie machte einen Schritt auf ihn zu, wollte ihn anlächeln, aber das Lächeln gefror auf ihren Lippen, als sie in seine Augen sah. Wut.

»Du hast es tatsächlich getan.« Seine Stimme brach, und ein Muskel in seiner Wange zuckte.

»Bitte, lass es mich erklären.« Verdammt, warum musste ihre Stimme schwanken? Sie hatte nichts Falsches getan. Sie hatte es vorgehabt, aber sie hatte es nicht durchgezogen.

»Das brauchst du nicht. Es ist dir deutlich anzusehen, dass du bekommen hast, was du wolltest.« Der Sarkasmus in seiner Stimme tat weh.

»Marcus, ich habe …«

»Nein. Du wolltest, dass ich dir glaube, dass du nichts für mich empfindest. Das hast du erreicht. Ich werde dich in Zukunft in Ruhe lassen, damit du dein altes Leben weiterführen kannst.«

Lauras Kehle wurde eng. Sie wollte nicht in Ruhe gelassen werden. Auf gar keinen Fall wollte sie ihr altes Leben weiterführen. Das Zittern, das sie gerade erst losgeworden war, schüttelte sie wieder. »Bitte, lass es mich erklären.«

»Gut, erklär es mir.« Er baute sich mit verschränkten Armen vor ihr auf. Vielleicht glaubte er, dass seine Wut maskierte, wie er sich wirklich fühlte, aber Laura spürte, wie verletzt er war. Das war ihre Schuld. Sie hatte ihn so weit getrieben, weil sie zu lange gebraucht hatte, zu verstehen, dass er ihre einzige Chance war, jemals wieder ein normales, glückliches Leben zu führen. Ihre Augen begannen zu brennen. Sie konnte nicht fassen, dass sie es tatsächlich fertiggebracht hatte, seine unerschöpfliche Geduld zu zerstören. Und vielleicht auch seine Zuneigung für sie. Wenn er jetzt ging, dann hatte sie es nicht anders verdient. Sie starrte auf ihre Fußspitzen und wischte sich verstohlen eine Träne weg. Er sollte nicht glauben, dass sie ihn mit Tränen beeinflussen wollte.

Hinter ihr öffnete sich die Zimmertür. Laura drehte sich um und freute sich beinahe, Oliver dort zu sehen. Wenn er sie jetzt anschrie, wenn er seine Wut an ihr ausließ, dann würde Marcus sofort wissen, was vorgefallen war.

Olivers Blick zuckte zu Marcus, und seine Stirn umwölkte sich kurz, dann begann er zu lächeln. Er machte einen Schritt auf Laura zu. Bevor sie zurückweichen konnte, war er schon bei ihr und presste seine Lippen auf ihre Wange. Laura hätte ihm am liebsten eine geknallt.

»Danke, meine Süße, das war echt geil. Lass uns das bei Gelegenheit wiederholen«, sagte er. Er warf sich seine Jacke über die Schulter und verschwand den Gang hinunter. Laura starrte ihm nach. Glaubte er wirklich, sich so aus der Affäre ziehen zu können? Langsam drehte sie sich wieder zu Marcus.

Der Ausdruck in seinem Gesicht ließ ihr das Blut in den Adern gefrieren. Er schüttelte den Kopf. Dann wandte er sich ab, ohne ein Wort zu sagen, und ließ sie einfach stehen. Laura wollte ihm nachlaufen, ihn anflehen, ihr zu glauben. Sie wünschte sich so sehr, von ihm gehalten zu werden, dass es weh tat. Es würde nichts nützen. Sie hatte es verdorben. Sie sank gegen die Wand, weil ihre Knie sie nicht länger tragen wollten, und dann auf den Boden. Es war vorbei. Sie hatte ihn verloren.

Kapitel 16

Gemeinsam mit den anderen verließ Laura den Gruppenraum. Ein Lächeln lag auf ihren Lippen, als sie an die letzten beiden Sätze des Gruppenleiters dachte. *Ihr müsst eure Ängste nicht besiegen, ihr müsst sie annehmen als einen Teil von euch. Dann verlieren sie irgendwann ihren Schrecken.* Beim ersten Treffen hatte dieser kleine Vortrag ihr nur ein Schnauben entlockt, aber mittlerweile hatte sie festgestellt, dass es stimmte. Es war hart gewesen und schmerzhaft, die Visionen zuzulassen. Die Angst um Marcus, dass er starb und dass er leblos in ihren Armen lag. Anfangs war sie in Tränen ausgebrochen, mitten in der Gruppenarbeit. Doch niemand hatte sie dafür verurteilt, alle hatten das schon selbst erlebt.

Man hatte sie aufgefangen, freundlich und liebevoll, und sie hatte noch einmal von vorn begonnen. Sie hatte sich keine Mühe gegeben, die Ängste wegzuschieben, sondern hatte sie über sich hinwegrollen lassen. Hatte akzeptiert, dass sie manchmal kamen, und versucht, sie von außen zu betrachten, aus der Distanz, so wie es ihr beigebracht worden war. Meist wurde die Panik dann gar nicht so stark, und die schrecklichen Gedanken verschwanden schneller, wenn sie nicht dagegen ankämpfte. Sie hielt sich auch nicht mehr für verrückt, weil sie Angst hatte. Sie konnte es jetzt annehmen als Zeichen für das, was es bedeutete. Sie liebte Marcus, mit einer unbändigen Wildheit, die sie erschreckte, und mit einer Aussichtslosigkeit, die sie um den Verstand brachte. Seit sie sich das eingestanden hatte, waren ihre Ängste zwar nicht weniger geworden, aber weniger belastend. Zusätzlich hatte der Gruppenleiter ihnen ein paar Methoden verraten, die ihnen helfen sollten, sich aus der Angstspirale zu holen. Ein paar davon funktionierten erstaunlich gut.

Laura war völlig klar, dass sie noch einen langen Weg vor sich hatte, aber sie hatte endlich Hoffnung, dass sie es schaffen konnte.

Peter, ein Patient aus ihrer Gruppe, hielt ihr die Tür zur Straße auf. Laura lächelte ihn dankbar an und trat nach draußen. Sie atmete tief ein. Die Luft roch nach Frühling, obwohl es Anfang Dezember war und alle sich nach Schnee sehnten. Laura vermisste den Schnee nicht. Sie genoss das Gefühl, das die Sonne auf ihre Haut zeichnete. Es fühlte sich an wie ein Streicheln.

»Laura! Hi!«

Laura musste lachen, als sie Christinas freudiges Quietschen hörte. Christinas Arme schlossen sich um sie und drückten sie an sich.

»Na, alles gut?«

»Ja, bestens.« Sie lächelte. »Danke, dass du mich abholst.«

»Mach ich doch gern. Komm.« Christina hakte sich bei Laura unter und führte sie zu ihrem Auto. Laura hatte festgestellt, dass sie es nicht mochte, nach den Sitzungen allein zu sein. Es tat ihr gut, dass Christina sie danach abholte und den restlichen Nachmittag mit ihr verbrachte, auch wenn sie oft gar nicht über das redeten, was in der Sitzung passiert war. Oft redeten sie gar nicht besonders viel, sondern saßen nur nebeneinander, so wie jetzt, während Christina das Auto zu Lauras Wohnung lenkte.

Als Christina geparkt hatte, stiegen sie aus und erklommen die Treppe in den fünften Stock.

»Kaffee?«, fragte Laura.

»Hmm«, machte Christina. »Das klingt himmlisch.«

Laura steckte ein Pad in die Kaffeemaschine und stellte eine Tasse hinein. Sie drückte den Knopf und deckte den kleinen Tisch in ihrer Küche mit Milch, Zucker und ein bisschen Gebäck, während der Kaffee in die Tasse lief. Sie reichte Christina eine dampfende Tasse, wartete, bis ihre eigene fertig war, und setzte sich dann zu ihr an den Tisch. Der Geruch des Kaffees bedeutete für sie so etwas wie Wohlbefinden, er streichelte ihre Seele nach einer anstrengenden Sitzung. Sie schloss die Augen, sog das Aroma ein und nahm einen Schluck. »Das tut jetzt richtig gut.«

Als Christina nicht antwortete, sah sie auf. Ihre Freundin starrte in ihre Tasse, die noch völlig unberührt aussah.

»Hey, was ist denn los?«

»Was?« Christina sah auf. »Ach, nichts. Ich habe nur gerade wegen des Projektes etwas nachgedacht.«

»Ah. Gute Idee gehabt?«, fragte Laura und nippte noch einmal an ihrem Kaffee. Sie konnte sich immer noch nicht recht für das Projekt begeistern, auch wenn sie unglaublich dankbar war, dass sie es schließlich doch bekommen hatten. Sie verband damit zu viel Negatives.

»Ja, ich glaube, ich habe eine Lösung für das Problem mit den Farben. Muss ich nachher mal testen.«

Laura nickte. Das Projekt hatte ihre Firma gerettet und Christina endlich die Chance verschafft, in ihrem Beruf Erfahrung zu sammeln. Trotzdem verursachte es Laura immer noch Bauchschmerzen, wie sie daran gekommen war. Sie hatte lange gebraucht, um Oliver anzuzeigen, und nur Christinas Unterstützung und Überzeugungsarbeit hatten schließlich dazu geführt, dass sie es tat und sich auch bei seinem Boss über ihn beschwerte. Bei Befragungen hatte sich herausgestellt, dass

Laura nicht die Erste gewesen war, bei der er diese Masche abgezogen hatte. Die Beweise gegen ihn waren erdrückend. Seine Firma hatte sofort reagiert und ihn entlassen. Außerdem hatte man Laura und Christina die Chance gegeben, ihre Entwürfe vorzustellen. Sie hatten sich schließlich gegen einige andere Bewerber durchgesetzt und den Auftrag bekommen. Sosehr Laura davon überzeugt war, dass ihre Arbeit es verdient hatte, blieb doch ein schaler Beigeschmack und die Befürchtung, dass man ihnen den Auftrag als Wiedergutmachung gegeben hatte.

»Am Samstag gehe ich übrigens aus. Kommst du mit? Wir waren schon lange nicht mehr zusammen weg.« Christina gab sich Mühe, unbekümmert zu klingen, aber Laura hörte die angespannte Erwartung, die in ihrer Stimme mitschwang.

Sie hielt ihre Tasse etwas fester. »Ich weiß nicht.«

Christina seufzte und stellte ihre Tasse vor sich auf den Tisch. »Laura, komm schon.« Sie brach ab. »Es bringt doch nichts, wenn du dich hier einigelst. Bitte komm mit. Niemand verlangt, dass du dich nach einem Kerl umschaust. Wir gehen einfach nur ein bisschen tanzen oder so.«

Laura sah zu, wie der Kaffee in ihrer Tasse hin- und herschwappte. »Diesmal nicht.«

»Wann dann?«

Sie zuckte die Achseln. »Ich weiß nicht. Lass mir einfach noch ein bisschen Zeit, okay?«

»Natürlich, ich will dich nicht drängen. Ich mach mir nur Sorgen, dass … dass du …« Sie verstummte.

Laura schluckte schwer. Ihre Stimme klang brüchig, als sie schließlich sprach. »Keine Sorge, ich mache nicht wieder den gleichen Fehler. Ich will ja eine Beziehung. Irgendwann.« Der Schmerz, der sie plötzlich überfiel, schnürte ihr beinahe die Luft ab. Sie wollte eine Beziehung, aber nicht irgendwann und nicht mit irgendwem. In jeder Sitzung, in der sie die Bilder in ihrem Kopf etwas mehr in den Griff bekam, dachte sie an ihn. An sein Lächeln und wie stolz er wäre, dass sie wieder etwas sicherer geworden war. Sie stand auf und ging zum Spülbecken. Mit einem lauten Klappern stellte sie die Tasse hinein. Er würde nicht zurückkommen. Er würde sie nie so ansehen. Niemals. Sie drehte das heiße Wasser auf und verbrannte sich beinahe die Finger.

»Du hoffst immer noch, dass er zurückkommt, oder?«, sagte Christina leise.

Lauras Hände erstarrten, und die Tasse rollte in den Ausguss. Sie blinzelte, um die Tränen zurückzudrängen. Dann nickte sie. »Hat … hat er sich mal bei dir gemeldet?«, fragte sie. Christina hatte ihr alles erzählt; dass sie mit Marcus Kontakt gehabt und ihm geholfen hatte, sich mit ihr zu verabreden.

»Nein. Ich glaube, er ist immer noch im Ausland, und damals klang es so, als wollte er da auch eine Weile bleiben.«

»Ja«, sagte sie wie betäubt. Es hatte so geklungen, als wollte er für immer bleiben. Er hatte einen Auftrag in England angenommen, kurz nachdem er Laura mit Oliver im *Sheraton* vorgefunden hatte. Laura hatte seitdem nicht mehr mit ihm geredet. Ihre letzte Erinnerung war sein Gesicht, tropfnass vom Regen, und seine Augen voller Enttäuschung und Wut. Christina hatte danach mit ihm Kontakt aufgenommen, und Laura wusste nur, was sie ihr erzählt hatte.

»Du hättest ihm sagen sollen, was wirklich vorgefallen ist.«

»Vielleicht.« Laura nahm die Tasse wieder auf, spülte sie fertig ab und stellte sie in das Trockengestell. »Es gab keine Gelegenheit.«

Christina schnaubte. »Schon mal was von Telefon gehört?«

Gegen ihren Willen musste Laura grinsen. »Ganz dunkel.« Sie hatte ja darüber nachgedacht, aber es war ihr nicht richtig erschienen, all das am Telefon zu besprechen, es wirkte so verzweifelt. Sie warf Marcus nicht vor, dass er die Situation missverstanden hatte. Wie sollte er ihr vertrauen nach allem, was sie getan, und nachdem sie ihn monatelang belogen hatte? Trotzdem wollte sie nicht wie eine Bittstellerin wirken. Immerhin hatte sie auch nichts Falsches getan. »Vielleicht irgendwann. Wenn er wieder in München ist.«

Christina schnaubte ungeduldig. »Was, wenn er bis dahin …«

»Dann habe ich eben Pech gehabt«, sagte Laura mit fester Stimme. Sie wollte gar nicht daran denken, dass er vielleicht eine andere kennenlernen könnte. Es war unfair und egoistisch, aber sie wünschte sich, dass er sich genauso nach ihr sehnte wie sie sich nach ihm. Jedes Mal, wenn sie auf die Straße ging, hoffte sie, ihn zu sehen. Sie stellte sich vor, dass er auf sie zukam, dass er ihre Adresse herausgefunden und sie gesucht hatte, weil er es ohne sie nicht mehr aushielt. Jeden Morgen, wenn sie sich anzog, tat sie es in dem Bewusstsein, dass es der Tag sein könnte, an dem er auftauchte, obwohl sie tief im Herzen wusste, dass das nicht passieren würde. Einmal hatte sie sich dabei erwischt, wie sie überlegt hatte, zu seinem Büro zu fahren. Sicher war er ab und zu in München, wenn auch nur für einen Tag. Es war möglich. Es war unwahrscheinlich. Es war dumm.

Laura hing ihren Gedanken nach, bis Christina sich schließlich verabschiedete. »Überleg's dir halt, ob du mit weggehst. Ist ja noch etwas Zeit.«

Laura nickte und schloss dann die Tür hinter ihrer Freundin. Sie lehnte sich von innen dagegen und stellte sich vor, dass Marcus in diesem Moment draußen stand. Sie würde die Tür öffnen, und er würde sie in seine Arme ziehen.

Nein.

Laura stieß sich von der Tür ab. Das musste aufhören. Es gab keine Zukunft für sie beide. Sie hatte es verdorben mit ihren endlosen Lügen ihm und auch sich selbst gegenüber. Es war Zeit, den Tatsachen ins Auge zu sehen. Sie musste sich endlich davon lösen, auch wenn es weh tat. Sie hatte die Angst unter Kontrolle bekommen, jetzt war es Zeit, ihr restliches Leben in Angriff zu nehmen. Ohne richtig zu wissen, was sie tat, nahm sie ihren Autoschlüssel, schlüpfte in ihre Jacke und ging zu ihrem Auto. Etwas ratlos schloss sie es auf und setzte sich ans Steuer. Wie machte man das, loslassen? Wie riss man sich etwas aus der Seele, was zu einem Teil von einem geworden war? Sie startete das Auto. Vielleicht half es, Abschied zu nehmen. Noch mal den Ort zu besuchen, an dem ihre Gefühle ihren Anfang genommen hatten. Es war einen Versuch wert. Während sie das Auto durch die kristallklare Nacht steuerte, fragte sie sich, ob sie sich wieder selbst belog. Ob sie nur nach einem Vorwand suchte, noch einmal dorthin zu fahren. Und wenn schon. Es konnte zumindest nicht schaden.

Eine halbe Stunde später parkte sie das Auto und stieg aus. Der Kies knirschte unter ihren Stiefeln. Sie sah sich um. Alles war dunkel. Natürlich. Enttäuschung ballte sich in ihrem Magen zusammen. Irgendwie hatte sie wohl doch gehofft, ihn hier anzutreffen. Sie ging auf den hohen Zaun zu, flocht die Finger in den Draht und legte die Stirn daran. Wie dumm. Es war Winter, der Waldseilgarten war geschlossen. Natürlich war niemand da. Es hieß also doch Abschied nehmen. Laura starrte durch den Zaun und versuchte, in der Dunkelheit etwas zu erkennen. Sie sah ein paar Plattformen und ein paar Pfähle, ansonsten nicht viel. Plötzlich war es unheimlich wichtig, die Röhre zu finden, in der sie mit ihm gelegen hatte. Sie kniff die Augen zusammen. Da oben, der Schatten vielleicht? Schwer zu sagen. Ein Schauer überlief sie, als sie daran dachte, wie er über ihr gekniet hatte. Wie warm sein Atem in ihrem Nacken gewesen war und wie erregend seine Hand unter ihrem T-Shirt. Sie schloss die Augen und versuchte, die Tränen zurückzudrängen, die sich hinter ihren Lidern sammelten. Aber dann ließ sie sie zu. Vielleicht war es ja nötig, zu weinen, genauso wie die Ängste zu akzeptieren. Sie sank am Zaun entlang nach unten, umklammerte ihre Knie und legte den Kopf darauf. Kälte stieg vom Boden auf, aber sie konnte nicht aufstehen. Sie konnte nicht aufhören, zu weinen und daran zu denken, wie blind sie gewesen war.

***

»Hey.«

Lauras Herz begann zu rasen, als sie die dunkle Stimme hörte. Sie wollte den Kopf heben und dann aufstehen, aber ihre Glieder waren steif und gehorchten ihr nicht. Sie musste am Zaun kurz eingenickt sein, und auch eine warme Dezembernacht eignete sich nicht dafür, sie im Freien zu verbringen. Sie zitterte vor Kälte trotz der dicken Winterjacke, die sie trug.

»Alles in Ordnung?«

Enttäuschung spülte über sie hinweg. Nicht Marcus. Mit tauben Fingern griff sie nach dem Maschendraht und zog sich mühsam daran hoch. »Ja, alles … alles gut«, stammelte sie.

Der Mann lachte. »Ja, das sehe ich. Was machst du nur hier draußen? Wie lange bist du schon hier?« Der Strahl einer Taschenlampe fiel auf den Boden vor ihr.

»Ich weiß nicht. Wie viel Uhr ist es?« Ob er sie verstanden hatte? Ihr Gesicht war so kalt, dass sie kaum ein klares Wort bilden konnte.

»Sieben Uhr morgens. Du hast Glück, ich bin heute früh dran. Normalerweise komme ich erst um die Mittagszeit.«

Laura nickte, erwiderte aber nichts. Es wäre auch kaum gegangen, ihre Zähne hatten angefangen, aufeinanderzuschlagen.

»Komm, ich mach dir was Warmes zu trinken. Hab nichts Berühmtes, nur so Instantkram, aber Hauptsache heiß, oder? Ich bin übrigens Robert.«

Laura sah zu, wie Robert das Schloss aufsperrte, und ließ sich von ihm durch das Tor ziehen, das er sofort wieder sorgsam verschloss. Er führte sie am Arm zu der kleinen Hütte, die am Eingang stand. Drinnen war es nicht viel wärmer als draußen. Sie rieb sich die Arme.

»Sorry, aber hier zu heizen wäre absoluter Blödsinn.« Robert ging zu einem Stuhl und nahm eine dicke Decke von der Lehne, die er Laura brachte und ihr um die Schultern hängte. »Ich fürchte, das muss erst mal reichen, bis der Kaffee fertig ist. Setz dich.« Er deutete auf ein Sofa in einer Ecke der Hütte, und Laura ließ sich dankbar darauf fallen.

»Danke.« Sie schmiegte sich in die Decke. Unwillkürlich fragte sie sich, ob Marcus sich auch schon mal darin eingewickelt hatte. Roch die Decke nach ihm? Sie konnte es nicht sagen. Immerhin kroch langsam ein wenig Wärme in ihre Glieder. »Kaffee klingt toll.«

Robert lächelte und goss Wasser aus einem Wasserkocher in zwei Tassen. »Sehr gut, du taust schon auf. Man versteht dich gleich besser.« Er nahm eine Dose mit Zucker und einen Löffel.

Laura grinste schwach. »Ich bin übrigens Laura.«

Robert hielt inne, mit dem Löffel über der Tasse, und drehte sich zu ihr um. »Du bist Laura? Die Laura?«

Laura runzelte die Stirn. Hatte Marcus etwa von ihr erzählt? »Ähm, ich weiß nicht genau. Wenn du meinst, dass ich Marcus kenne, dann ja.«

»Ah«, machte Robert nur und kippte dann den restlichen

Zucker in die Tasse. »Hier.« Er reichte Laura eine Tasse. Sie nahm sie und schlang ihre steifen Finger darum. Die Tasse war beinahe unerträglich heiß, aber es tat zu gut, um gleich wieder loszulassen.

Robert hatte sich auf den Schreibtischstuhl gesetzt und musterte sie interessiert. Laura fragte sich, was Marcus ihm erzählt hatte, und spürte, wie ihre Wangen heiß wurden. Sicher war er nicht der Typ, der vor seinen Freunden mit seinen sexuellen Eskapaden angab.

»Ich will nicht unhöflich sein, aber hat es einen Grund, dass du dir hier am Zaun die Nacht um die Ohren geschlagen hast?«, fragte Robert schließlich.

Laura wurde noch röter. Sie senkte den Blick und nippte an ihrem Kaffee. Gar nicht schlecht für Instant, bloß etwas zu süß. »Ich weiß, dass er nicht da ist«, antwortete sie schließlich, nur um irgendwas zu sagen. »Ich wollte nur etwas frische Luft schnappen und kam hier vorbei und irgendwie …« Sie verstummte. Das klang völlig bescheuert. Kein Mensch mit dem geringsten bisschen Grips würde ihr das glauben.

»Bist du am Zaun eingeschlafen. Klar. Kann jedem passieren«, sagte Robert ernst. In seinen Augen blitzte der Schalk.

Laura holte Luft, um etwas zu erwidern. Dann zuckte sie nur hilflos mit den Achseln und nippte weiter an ihrem Kaffee. Sie ließ die Wärme des Getränks durch ihren Körper dringen und hing ihren Gedanken nach, während Robert sich kurz nach draußen verabschiedete, um ein Telefonat zu führen. Es war wirklich idiotisch gewesen, hierherzukommen. Abschied nehmen. Das hatte ja wahnsinnig gut funktioniert. Was für ein esoterischer Blödsinn. Demnächst würde sie noch anfangen, Marcus' Sachen zu verbrennen, um ihn zu vergessen. Sie schnaubte. Das ginge zumindest schnell. Sie hatte von ihm ja nur die Visitenkarte.

»Und? Wieder aufgewärmt?« Robert schob sich durch die Tür und schloss sie schnell hinter sich.

»Ja, super. Meine Beine fühlen sich schon nicht mehr wie nutzlose Eisklumpen an.«

»Okay. Bleib, solange du willst, ja? Ich muss sowieso eine kurze Runde drehen und ein paar Sachen in den Computer hacken. Soll ich dir noch einen Kaffee machen?«

»Ja, gern. Das ist wirklich nett von dir, danke. Nur etwas weniger Zucker.« Sie reichte ihm die Tasse, und er füllte ein wenig Instantpulver hinein, bevor er den Wasserkocher wieder einschaltete. »Kommst du jeden Tag her, auch wenn gar nicht offen ist?«

Robert nickte ihr über die Schulter zu. »Ja. Ich sehe nach dem Rechten und so. Es kommt leider durchaus vor, dass Leute über den Zaun steigen und vandalieren. Das passiert seltener, wenn sie sehen, dass täglich jemand kommt. Manchmal lasse ich ein oder zwei Tage aus, aber meistens bin ich täglich hier.« Er deutete auf den Rechner. »Meistens arbeite ich dann auch was.« Er reichte ihr eine dampfende Tasse. »So, ich geh dann mal.«

Laura nahm die Tasse und nickte. Robert lächelte ihr noch mal zu, dann schloss er die Tür hinter sich.

***

Laura blinzelte, richtete sich etwas auf und gähnte.

»Da schläft es sich bequemer als am Zaun, oder?«, fragte Robert, der wieder an dem kleinen Schreibtisch saß. Der Bildschirm war an, und Roberts Finger lagen auf der Tastatur.

»Allerdings.« Sie rieb sich die Augen und sah dann aus dem Fenster. Es wurde gerade erst richtig hell, also konnte sie nicht allzu lange hier gelegen haben. Sie setzte sich auf und streckte sich.

»Noch Kaffee?«

»Nein danke, ich glaube, ich sollte jetzt mal los. Ich will dich nicht länger aufhalten, du musst sicher weiter.«

Robert drehte sich zu ihr um. »Ach was. Ich kann hier genauso arbeiten wie woanders. Alles vernetzt.« Er musterte sie mit verengten Augen. »Warst du überhaupt schon mal oben?«

»Du meinst, im Waldseilgarten?« Sie betrachtete ihn prüfend. Hatte Marcus ihm wirklich nichts davon erzählt? In Roberts Augen regte sich jedenfalls nichts, das nach Erheiterung aussah. »Ja, Marcus hat mich mal rumgeführt und mir ein bisschen was gezeigt.« Lauras Wangen wurden heiß.

»Ah, okay. Hat er gar nicht erzählt.«

»Was hat er denn überhaupt erzählt?«, fragte Laura und hätte sich im nächsten Moment am liebsten dafür getreten. Sie klang wie ein Schulmädchen, das wissen wollte, was ihr Angebeteter von ihr hielt.

Robert zuckte mit den Achseln. »Nichts Besonderes. Nur dass ihr mal ausgegangen seid und dass daraus nichts wurde.«

»Ah.« Erleichtert stand sie auf. »Ja, das stimmt wohl.«

Robert war ebenfalls aufgestanden. »Okay, dann bringe ich dich mal zum Tor, außer du willst noch ein bisschen klettern oder so.« Er öffnete die Tür, und Laura trat nach draußen. Sie sah nach oben und erkannte die Röhren. Wahrscheinlich hatte Robert nur Spaß gemacht, aber mit einem Mal erschien es ihr sehr verlockend, noch mal hindurchzukriechen.

»Ginge das denn?«, fragte sie zaghaft. »Lust hätte ich schon, ehrlich gesagt.«

»Klar. Ich habe gestern erst alles überprüft, und es liegt ja auch kein Schnee. Hell genug ist es jetzt, also wenn du willst, gehe ich mit dir rauf.«

Laura biss sich auf die Lippen. »Ginge es vielleicht, dass ich alleine gehe? Oder ist das zu gefährlich?«

Roberts Blick wurde nachdenklich, dann nickte er. »Doch, das geht schon. Eigentlich ist es sogar so gedacht, dass man keine Führung braucht, und du warst ja schon mal oben. Ich helfe dir mit den Gurten und sage dir noch mal die ganzen Sicherheitsvorschriften, dann ist das okay.«

Froh, dass er nicht nachfragte, warum sie lieber alleine rauf wollte, folgte sie ihm zum Ausrüstungsschuppen, ließ sich die Gurte anlegen und hörte ihm aufmerksam zu, als er ihr noch mal die richtigen Verhaltensweisen erklärte. »Und wenn irgendwas sein sollte, schreist du einfach. Lass dir ruhig Zeit, ich arbeite eh.«

Sie nickte, klinkte sich in die Sicherungsschiene ein und legte die Hände auf die Leitersprossen. Da sie aus Holz waren, waren sie gar nicht so kalt. Sie zog sich auf die erste Ebene und dann auf die zweite, kämpfte sich durch die Übungen, bis sie endlich die Röhren erreichte. Sie legte sich bäuchlings hinein, starrte nach unten und ließ die Erinnerungen zu, die über sie hinwegtobten. Es tat weh, zu wissen, dass sie nie wieder mit ihm zusammen hier sein würde, aber sie versuchte, es zu akzeptieren und sich nicht dagegen zu wehren. Sie blinzelte, um die Feuchtigkeit aus ihren Augen zu vertreiben, und krabbelte dann weiter. Wenig später erreichte sie die Plattform, von der die Leiter ausging. Ihre Wangen wurden heiß, als sie die Sprossen berührte, an die sie gefesselt gewesen war. Die Erinnerung an das, was er hier mit ihr gemacht hatte, an seine Zunge, die sie berührte, und daran, wie er schließlich in sie eingedrungen war, nahm ihr den Atem. Es war das erste Mal gewesen, dass sie von ihren Regeln abgewichen war. Und inzwischen war sie froh darüber.

Sie ließ sich auf der Plattform nieder und blickte nach unten. Sie wusste, sie musste aufhören, ihm nachzuweinen, aber wenn sie sich vorstellte, wie es hätte sein können, krampfte sich alles in ihr zusammen. Sie ließ die Sehnsucht zu, nur für eine Weile. Dann wischte sie sich ungeduldig über die Augen und stand auf. Vorbei. Es musste ein Ende haben. Besser jetzt als später. Irgendwann würde es nicht mehr weh tun. Irgendwann würde sie vergessen, wie es sich angefühlt hatte, von ihm berührt zu werden. Wie seine Stimme sich anhörte und wie gut er roch. Sie würde vergessen, wie sehr sie sich wünschte, dass er hier wäre.

»Laura?«

Sie schüttelte den Kopf. Verdammte Halluzinationen. Er war in England, er konnte nicht hier sein. Dennoch drehte sie den Kopf und warf einen Blick über ihre Schulter. Ihre Augen weiteten sich. Langsam drehte sie sich um und stand auf. »Marcus.«

Sie versuchte mühsam, ihren Herzschlag zu beruhigen. Dass er hier war, musste nicht bedeuten, dass er mit ihr zusammen sein wollte. Es musste nicht einmal bedeuten, dass er sie gesucht hatte. Es mochte Zufall sein.

»Ich dachte, du bist in England.« Sie konnte nicht anders, als ihn von oben bis unten zu mustern. Als müssten ihre Augen ihre Finger ersetzen, die nicht wussten, ob sie ihn berühren durften. Er hatte sich nicht verändert, bis auf ein paar dunkle Schatten unter den Augen. Vielleicht war der Auftrag ziemlich stressig, oder er hatte einen langen Flug hinter sich. Am liebsten hätte sie sich in seine Arme geworfen, aber sie war sich nicht sicher, ob er das wollte. Laura verschwendete einen kurzen Gedanken daran, wie sie auf ihn wirken musste. In den Schlabbersachen von gestern und übernächtigt von der Nacht am Zaun. Es spielte wahrscheinlich keine Rolle.

»Ich bin zurückgekommen.« Sein Lächeln ließ ihre Knie schwach werden. »Wie du sehen kannst.«

»Wirst du denn nicht gebraucht?«

Marcus machte einen Schritt auf sie zu. »Die kommen eine

Weile ohne mich aus. Außerdem habe ich es nicht mehr ausgehalten.«

»Wieso nicht mehr ausgehalten?« Ihre Stimme überschlug sich, und sie schimpfte sich eine dumme Ziege. Wahrscheinlich hatte es gar nichts mit ihr zu tun, dass er zurückgekommen war. Kein Grund, beinahe einen Herzinfarkt zu kriegen.

Marcus nahm ihre Hand. Ihre Fingerspitzen kribbelten erwartungsvoll. »Ohne dich«, flüsterte er und küsste ihre Finger. Laura schloss die Augen. Er war wegen ihr hier, er war tatsächlich nur wegen ihr zurückgekommen.

»Ich habe versucht, dich zu vergessen.« Er ließ ihre Hand sinken, und alles in ihr schrie danach, endlich seine Arme um sich zu spüren und den Kopf an seine Schulter zu legen. »Aber ich konnte es einfach nicht. Nicht dich.« Die Wärme in seinen Augen ließ Schmetterlinge in Lauras Bauch tanzen. »Ich weiß, du willst dein Leben weiterleben wie zuvor.«

Sie schüttelte heftig den Kopf. »Das will ich schon lange nicht mehr. Nicht seit der Nacht mit …« Ihre Stimme wurde leiser, und schließlich verstummte sie.

Marcus nahm ihre Hand. »Mir ist egal, was damals passiert ist. Es spielt keine Rolle mehr, wirklich. Wir können ganz von vorne anfangen, wenn du willst, und vergessen, was davor war.«

»Nein. Das will ich nicht.« Sie legte ihm eine Hand auf die Wange, als er die Stirn runzelte. »Ich will nichts davon vergessen.« Sie wandte den Blick ab. »Außer vielleicht die Nacht im Sheraton«, flüsterte sie.

Endlich zog er sie in seine Arme und drückte sie an sich. Sie legte ihm die Arme um den Hals. »Ich habe nicht mit ihm geschlafen, weißt du? Ich wollte es, ich hatte es wirklich vor.« Sie schluckte schwer. Marcus' Hand streichelte liebevoll über ihren Rücken, und sie war dankbar, dass er sie nicht unterbrach. »Aber es war so widerlich, und ich musste die ganze Zeit nur daran denken, wie falsch es ist und dass ich … dass ich eigentlich nur bei dir sein wollte.«

»Laura …« Er küsste sie auf den Scheitel.

»Aber er hat mich nicht gehen lassen. Er hat nicht aufgehört, er hat einfach nicht aufgehört.« Sie vergrub das Gesicht an Marcus' Brust und spürte, wie er sich verkrampfte.

»Was sagst du da?«

»Er hat versucht, er hat …« Warum war es nur so schwer, es zu sagen? Sie hatte doch letztlich nichts falsch gemacht. »Er wollte es mit Gewalt tun.« Sie zuckte zusammen bei der Erinnerung, wie er versucht hatte, in sie einzudringen, und wie schmerzhaft das gewesen war. »Aber ich habe ihn gebissen, das hat ihn wohl zur Vernunft gebracht.«

»Gott, Laura, verdammt, und ich dachte … ich habe dich lächeln sehen, du sahst so zufrieden aus.« Er presste sie noch etwas fester an sich. »Es tut mir so leid.«

Lauras Kehle wurde eng. Deswegen hatte er also geglaubt, sie hätte es durchgezogen. »Ich habe an dich gedacht. Daran, was ich dir sagen wollte. Deshalb habe ich gelächelt.«

Marcus hob den Kopf. Es war ihm anzusehen, dass er sich schreckliche Vorwürfe machte. »Ich hätte dir helfen sollen, dich trösten. Stattdessen habe ich dir noch Vorwürfe gemacht. Kannst du mir jemals verzeihen?«

Laura lächelte ihn scheu an. »Ich habe dir nie die Schuld dafür gegeben. Ich habe dich so oft angelogen, wie solltest du mir vertrauen? Warum solltest du nicht das Schlechteste von mir denken?«

Marcus antwortete nicht, und Laura überließ sich einfach seiner Umarmung. Ihn zu spüren war alles, was jetzt zählte. Und dass er sie nie wieder losließ.

»Was wolltest du mir sagen?«, fragte er irgendwann. Seine Wange lag an ihrer. »Damals im Hotel?«

Sie nahm allen Mut zusammen und atmete tief ein. »Dass ich dich auch liebe und dass ich mit dir zusammen sein will.«

»Du glaubst gar nicht, wie sehr ich mir gewünscht habe, dass du das sagst«, murmelte er an ihren Lippen. Dann senkte er seinen Mund auf ihren und küsste sie. Laura vergaß alles um sich herum und überließ sich endlich ganz den Gefühlen, die über sie hereinbrachen.

Kapitel 17

Marcus stand hinter Laura, die gerade ihre Wohnungstür hinter ihren Schwiegereltern schloss. Sie drehte sich zu ihm um und lächelte erleichtert. »Danke, dass du dabei warst. Das hat mir sehr geholfen.«

Er nahm ihre Hand und küsste sie auf die Handfläche. »Das habe ich gern gemacht.«

»Ich kann immer noch nicht fassen, dass ich mich so geirrt habe. Die ganze Zeit dachte ich, dass es sie schlimm treffen würde, wenn ich ihnen sage, dass ich Thomas nicht mehr nachtrauere.« Laura warf ihm einen unsicheren Blick zu. Anscheinend fragte sie sich, ob es in Ordnung war, vor ihm über ihren ehemaligen Verlobten zu reden. Vielleicht hatte sie ihm deshalb bisher noch nicht allzu viel erzählt, weil sie nicht sicher war, wie er reagieren würde.

Er hatte nichts dagegen, im Gegenteil, er freute sich darüber, dass sie ihm endlich genug vertraute. Nur manchmal konnte er nicht umhin, sich zu fragen, ob Laura tief in ihrem Herzen wirklich über ihn hinweg war, so wie sie es glaubte. Immerhin war Thomas' Tod der Grund gewesen, warum sie mit den One-Night-Stands angefangen hatte.

Laura lehnte sich an Marcus' Brust, und er legte die Arme um sie. Er küsste ihren Scheitel und genoss es, sie endlich einfach festhalten zu können und zu wissen, dass sie bleiben würde.

»Ich glaube, ich hatte Angst, dass sie mich dann nicht mehr wollen«, flüsterte sie schließlich. »Ich dachte, dass ich nicht mehr dazugehöre, wenn diese letzte Verbindung zu Thomas weg ist.« Ihre Stimme brach, und sie vergrub das Gesicht in seinem Hemd.

Marcus streichelte ihren Rücken, bis sie sich unter seinen Händen löste und die Anspannung von ihr abzufallen schien. Er war wirklich froh, dass die Reaktion ihrer Schwiegereltern so positiv ausgefallen war. Sie waren zunächst verwundert gewesen, Marcus an Lauras Seite zu sehen, aber dann hatten sie sich vorbehaltlos gefreut. Ihre Schwiegermutter, Elisabeth, hatte sogar den Eindruck gemacht, als wäre sie geradezu erleichtert gewesen.

»Ich war so blind. Bestimmt haben sie die ganzen Geschäftsfreunde nicht nur angeschleppt, um mir einen Auftrag zu verschaffen, sondern auch, weil sie gehofft haben, dass ich vielleicht mit einem von ihnen auf einer Wellenlänge liege. Ja, wenn ich daran denke, wie sie mir Oliver damals regelrecht angepriesen haben …« Sie verstummte.

Marcus musste sich davon abhalten, die Hände nicht in ihren Rücken zu krallen. Allein die Erwähnung dieses Mistkerls machte ihn schon wütend. Vor allem, weil man ihm nichts würde nachweisen können. Laura hatte zu lange gezögert, ihn anzuzeigen, so dass es keine Möglichkeit mehr gab, Spuren zu sichern. Jetzt stand Aussage gegen Aussage, und Oliver würde wahrscheinlich ungeschoren davonkommen. Abgesehen von der Tatsache, dass er seinen Job verloren hatte, was Marcus nur wenig Genugtuung verschaffte.

Lauras Schwiegereltern hatten natürlich alles darüber erfahren, es hatte sich in ihrem Bekanntenkreis schnell herumgesprochen. Sie hatten sich Vorwürfe gemacht, und es hatte eine Weile gedauert, bis sie Laura glaubten, dass sie keine Schuld trugen. Dass Oliver und sie einander schon gekannt hatten, hatte Laura allerdings nicht erzählt, und auch nicht, dass sie monatelang wildfremde Männer abgeschleppt hatte, um mit ihnen zu schlafen.

Laura sah zu Marcus auf. Ihre Augen glänzten feucht. »Ich glaube, jetzt kann ich endlich alles hinter mir lassen und nach vorne schauen.«

Marcus zwang sich zu einem Lächeln. »Das hoffe ich«, flüsterte er.

Laura runzelte die Stirn. »Was meinst du damit?« Sie hob eine Hand und strich ihm ein paar Haare aus der Stirn. Er genoss das leise Kribbeln, das ihre Finger auf seiner Haut auslösten.

»Tut mir leid, das ist mir so rausgerutscht. Jetzt ist sicher nicht der richtige Zeitpunkt, um darüber zu reden.« Er nahm ihre Hand und wollte sie in ihr Wohnzimmer ziehen, aber Laura blieb stehen.

»Marcus, bitte. Wenn etwas los ist, dann möchte ich es wissen.«

Er drehte sich zu ihr um. Ihre Augen waren geweitet und ihre Hände ineinander verkrampft. Warum hatte er nicht den Mund halten können? Er hatte sich vorgenommen, Geduld zu haben und zu warten, bis sie ihm von selbst alles erzählte. Jetzt war es zu spät. Er hielt ihrem Blick stand und drückte ihre Hand. »Ich frage mich nur manchmal, ob du wirklich alles verarbeitet hast.«

Sie öffnete den Mund, wollte etwas erwidern, aber er schüttelte den Kopf. »Ich glaube dir, dass du das denkst, aber ich frage mich, ob es auch wirklich so ist. Immerhin hast du ganz schön drastische Maßnahmen ergriffen, um ihn zu vergessen.«

Laura sah ihn eine Weile schweigend an, dann nickte sie. »Du hast ein Recht, es zu erfahren. Alles. Komm, lass uns ins Wohnzimmer gehen, ja?«

***

»Nach dem Unfall, da wollte ich es erst gar nicht wahrhaben. Ich habe einfach weitergemacht wie vorher.« Laura saß neben ihm auf ihrem kleinen, grünen Sofa. Ihre Stimme war leise, und ihr Blick war auf ihre Hände gerichtet, die in ihren Rocksaum gekrallt waren. »Ich habe mir vorgestellt, er wäre nur auf Geschäftsreise.«

In Marcus zog sich alles zusammen, als er sich vorstellte, wie das für sie gewesen sein musste. Zu erfahren, dass der Mensch, den man liebte, nie wieder zurückkommen würde.

»Wenn Elisabeth nicht gewesen wäre, wäre ich wohl nicht mal zur Beerdigung gegangen. Sie hat mich gezwungen, mitzukommen und ihn noch einmal zu sehen.«

Laura schluckte hörbar. »Es war schwer. Wie er da lag, kalt und leblos.« Ihre Fäuste gruben sich in ihre Knie. Es musste die Hölle sein, das alles noch einmal zu durchleben.

»Du musst das nicht tun, nicht für mich. Ich kann warten.«

Laura nickte mit zusammengepressten Lippen. Es schien sie richtiggehend Kraft zu kosten, ihre Hand von ihrem Rock zu lösen und sie auf seine zu legen. »Ich weiß. Aber ich will es. Ich habe das noch nie jemandem erzählt. Es wird Zeit.« Sie sah auf. »Es fühlt sich richtig an. Außer … außer du willst das nicht hören, ich könnte verstehen, wenn das …«

»Nein, ich bin froh, dass du es mir anvertrauen willst.«

Sie atmete tief durch. »Als ich ihn da liegen sah, da wurde es unmöglich, es weiter zu leugnen. Er würde nie wieder durch die Tür unserer Wohnung kommen. Mein Leben, wie ich es seit meiner Schulzeit kannte, war vorbei.« Ihre Hand, die immer noch auf seiner lag, krampfte sich zusammen.

»Ich hatte einen Nervenzusammenbruch. Ohne Elisabeth und Martin … ich weiß nicht, was ohne sie mit mir passiert wäre. Wir haben uns aneinander festgehalten. Aber es war nicht genug. Ich konnte nicht sehen, wie es weitergehen sollte.

Ich sah nur, was ich verloren hatte. Ich habe mich völlig in mich selbst zurückgezogen. Die Ärzte wollten mich stationär aufnehmen, aber ich habe darauf bestanden, wieder arbeiten zu gehen. Ich wollte die Leere mit irgendetwas füllen.« Sie lächelte gequält. »Unmöglich. So eine Lücke kann man nicht füllen. Mit nichts.«

Ihre Worte versetzten Marcus einen Stich. Es klang sehr nach dem, was er befürchtet hatte. Es klang, als würde sie Thomas immer noch vermissen.

Plötzlich lag ihre Hand an seiner Wange. Er sah in ihre Augen, die warm leuchteten. »Das musst du verstehen. Diese Lücke wird immer da sein. Genauso, wie er immer ein Teil meines Lebens sein wird. Es ist wie eine alte Narbe, die gelegentlich ein wenig zieht, wenn man einen schlechten Tag hat. Das bedeutet nicht, dass ich ihn noch liebe.«

»Ich glaube, ich verstehe, was du meinst.« Worte, die ihm sein Verstand eingab, während sein Gefühl ihm etwas ganz anderes sagte. »Also bist du wieder arbeiten gegangen?«

Sie verzog das Gesicht. »Ich hätte auf die Ärzte hören sollen. Es war ein Desaster. Ich war nicht bei der Sache. Ich war völlig leer, wie ausgehöhlt. Wie ein Zombie, der nur so tut, als wüsste er, was Sache ist. Mir sind ständig Fehler unterlaufen, ich habe schlechte Arbeit abgeliefert oder Deadlines nicht eingehalten. Am Ende habe ich Launch-Daten von Websites verwechselt. Die Seite ging online. Es ging um eine Werbeaktion, Gutscheine für den Onlineshop, alles zeitlich begrenzt und als große Überraschung geplant. Bis der Fehler bemerkt wurde, war der Schaden schon ziemlich groß. Ich wurde gefeuert. Zu Recht, nach allem, was ich verbockt hatte.«

»Du hast wirklich ganz schön was durchgemacht. Ein Wunder, dass du dich danach getraut hast, eine eigene Firma aufzuziehen.«

Sie zuckte mit den Schultern. »Ich hatte keine Wahl. Niemand wollte mich einstellen. So was spricht sich rum.«

Er nickte. In seiner Branche war das nicht anders.

»Nach der Kündigung bin ich noch tiefer ins Loch gefallen. Ich hatte keinen Grund mehr, mich aufzuraffen. Meine Freunde konnten langsam, aber sicher nicht mehr aushalten, dass es mir immer schlechter ging und dass ich alle Versuche, mir zu helfen, abgeblockt habe.«

»Aber dafür sind Freunde doch da.«

»Ja, vielleicht. Ich glaube, ich war wirklich unausstehlich. Wenn man mir mit Therapie kam, wurde ich zur Furie. Ich habe es meinen Freunden wirklich schwergemacht. Ich … ich habe sie regelrecht vertrieben.« Es klang überrascht, so als wäre ihr das in diesem Moment erst klargeworden. »Nur Martin und Elisabeth haben nicht lockergelassen. Sie haben mich zu ihrer Familientherapie mitgenommen, und irgendwann konnte ich mir selbst Hilfe holen. Von da an ging es bergauf, sehr langsam. Es hat wirklich lange gedauert, bis ich wieder in der Lage war, ein normales Leben zu führen, aber irgendwann konnte ich es. Thomas' Wohnung aufgeben, die ich mir nur leisten konnte, weil seine Eltern darauf bestanden haben, dass ich dort wohnen blieb, bis es mir besserging. Vielleicht hätten sie mich sogar für immer dort wohnen lassen. Aber es war wichtig, diesen Schritt zu gehen. Eine eigene Wohnung, eine eigene Firma, ein eigenes Leben. Und dann kam Christina. Dank ihr ging es immer weiter bergauf.«

Marcus lächelte. »Ja, Christina ist wirklich was Besonderes.«

»Irgendwann …« Laura verstummte und leckte sich über die Lippen. »Irgendwann fing es an, dass man sich wunderte, warum ich keinen Freund hatte. Ich war verunsichert, ich habe mir einreden lassen, dass mir etwas fehlt, bis ich es selbst geglaubt habe. Also habe ich es versucht. Ich bin ausgegangen, wollte jemanden kennenlernen.«

Sie schloss kurz die Augen und drehte den Kopf leicht von ihm weg. »Jedes Mal, wenn ich mit einem Mann ins Gespräch kam, überkam mich die Panik. Wenn ich nur daran dachte, dass mehr daraus werden könnte, dass ich mich verlieben könnte, dann kam die Angst, alles wieder zu verlieren.« Ihre Stimme klang jetzt abgehackt. »Es hat mir die Luft abgedrückt, auch nur daran zu denken, wieder so zu werden, wie ich nach Thomas' Tod war. So leer. So verzweifelt und hilflos. Ich konnte das einfach nicht riskieren.«

Marcus schluckte schwer. Sie wirkte so verloren, so als würde sie sich gerade jetzt wieder in dieser Situation befinden. Als wäre es immer noch real für sie. Er wollte sie in seine Arme ziehen und trösten, aber sie schüttelte den Kopf.

»Halt nur meine Hand, bis ich fertig bin, okay?«, flüsterte sie.

»Okay.« Er nahm ihre Hand in beide Hände und streichelte mit dem Daumen ihr Handgelenk.

»Ich wollte aber nicht, dass etwas fehlt. Ich brauchte die Illusion, dass mein Leben in Ordnung war und dass ich so weitermachen konnte.«

»Deswegen die One-Night-Stands.«

Sie nickte. »Ich habe mir eingeredet, dass ich keinen Partner brauche. Zum Reden hatte ich Christina, für den Sex, na ja …« Sie lächelte ihn zaghaft an. »Dann habe ich dich kennengelernt.«

Er zog die Augenbrauen hoch.

»Okay, okay.« Sie lachte, und etwas von der Anspannung wich aus ihrem Gesicht. »Ich habe dich abgeschleppt.« Sie wurde wieder ernst. »Das hat alles geändert. Ich wollte dich wiedersehen, ich wollte meine dumme Regel brechen, ich mochte dich sofort. Ich wollte es mir nur nicht eingestehen. Aber du … du hast alle meine Schutzbarrieren eingerissen, egal wie sehr ich mich dagegen gewehrt habe.«

Ihre Augen leuchteten. »Und jetzt bin ich froh darum. So unglaublich froh.« Sie rückte ein Stück zu ihm heran und lehnte ihren Kopf an seine Schulter.

Er spürte ihr Zittern, als er einen Arm um sie legte. »Ich nehme an, es war ziemlich schwer für dich, das zu akzeptieren.«

»Ja, verdammt schwer«, flüsterte sie. »Weil ich dann auch in Kauf nehmen musste, was damit einherging. Die Angst, dich auch zu verlieren.«

Wie gern hätte er ihr gesagt, dass sie keine Angst haben musste, dass er sie nie verlassen würde. Es wäre eine Lüge gewesen. Niemand konnte so ein Versprechen geben, es stand nicht in seiner Macht, und er wollte sie nicht beleidigen, indem er es dennoch gab. Er streichelte ihren Arm und küsste sie auf den Scheitel, versuchte, ihr Rückhalt zu geben, so gut es eben ging.

»Ich sehe dich sterben.« Es kam plötzlich, beinahe aus dem Zusammenhang gerissen, so als hätte es sie große Überwindung gekostet, es zu sagen.

Seine Hand erstarrte mitten in der Bewegung und blieb bewegungslos auf ihrem Oberarm liegen. »Du siehst mich sterben?«

»Ja. Seit ich dich damals in deiner Wohnung zurückgelassen habe. Verstehst du, ich will das nicht.« Er fühlte, wie sie unter seiner Berührung zu zittern begann. »Ich stelle mir das nicht vor, nicht mit Absicht. Die Gedanken kommen einfach. Ich kann nichts dagegen tun.«

»Jetzt auch?«, fragte er sanft.

Sie schüttelte den Kopf. »Nein. Nie, wenn du bei mir bist. Nur, wenn du nicht da bist.« Ihre Stimme klang unsicher, als hätte sie Angst, dass die Ängste auch jetzt über sie hereinbrechen würden. Es musste schrecklich sein, den Menschen, den man liebte, sterben zu sehen, auch wenn es nur in Gedanken war. Er wollte es sich gar nicht vorstellen. Dass sie sich wegen ihm damit herumquälte, war furchtbar genug. »Kann ich irgendetwas tun?«

»Nein. Es wird besser, ich habe einen Weg gefunden, damit umzugehen. Ich brauche noch etwas Übung, aber …«

»Kein Wunder, dass du mich nicht mehr sehen wolltest.« Er zwang sich zu einem winzigen Lächeln.

Sie lachte freudlos auf. »Wollte? Ich wollte nichts anderes, als dich zu sehen. Nur weil ich diese Ängste hatte, wusste ich ja …« Sie holte Luft, und als sie weitersprach, sah sie ihn an. »Nur deswegen wusste ich, dass ich dich liebe.«

Er konnte nicht verhindern, dass Erleichterung ihn ergriff. Dass sie diese Ängste hatte, entsetzte ihn und machte ihn sprachlos, aber es war auch der Beweis, wie viel er ihr tatsächlich bedeutete. »Ich liebe dich auch. Und ich werde alles tun, was in meiner Macht steht, damit du diese Ängste nicht mehr ertragen musst.«

Ein zaghaftes Lächeln legte sich auf ihre Züge. »Das ist ganz einfach, du musst nur rund um die Uhr bei mir bleiben.«

»Das will ich sowieso.«

Sie lachte. »Und dein Job?«

Er zuckte mit den Schultern. »Kein Problem, ich nehme dich einfach mit. Ein Platz für deinen Laptop findet sich immer. Und Robert will schon lange mehr Verantwortung auch beim Design von neuen Anlagen übernehmen, ich gebe ihm die Chance. Dann muss ich nicht so oft weg.«

»Das ist doch verrückt, niemand kann rund um die Uhr zusammen sein.« Sie stupste ihn mit der Schulter an. »Ich habe das nicht ernst gemeint.«

»Ich weiß. Aber ich meine es vollkommen ernst.« Verwundert stellte er fest, dass es stimmte. Sie immer um sich zu haben, war eine wunderbare Vorstellung.

»Für immer? Das geht niemals gut.«

Er schüttelte den Kopf. »Nicht für immer. Aber vielleicht für den Anfang. Solange du brauchst, um dich sicher zu fühlen. So lange, bis du es nicht mehr möchtest.«

Ihre Augen begannen, feucht zu glänzen. »Ich liebe dich.«

***

Erschöpft lehnte Laura an Marcus. Seine Brust hob und senkte sich langsam, und seine Hand streichelte ihren Arm. Sie fühlte sich ausgelaugt, als hätte sie einen kilometerlangen Gewaltmarsch hinter sich. Es war schwer gewesen, Marcus zu erzählen, was in ihrem Kopf vorging. Es fühlte sich aber auch gut an, es endlich erzählt zu haben und damit nicht mehr alleine zu sein. Zu wissen, dass er hinter ihr stand, dass er sie nicht für verrückt hielt, war eine unglaubliche Erleichterung.

Wie von selbst begannen ihre Hände, über seine Brust zu gleiten, und machten sich schließlich an den Knöpfen seines Hemdes zu schaffen. Sie entblößte die glatte Haut, ließ ihre Hände in das Hemd gleiten und spürte Marcus' Muskeln. Bald war es nicht mehr genug, nur neben ihm zu sitzen. Sie richtete sich auf und setzte sich quer über seine Oberschenkel. Die letzten Knöpfe seines Hemdes fielen ihr zum Opfer, bevor sie es ihm von den Schultern schob und einen Kuss auf sein Schlüsselbein hauchte. Ein Schauer jagte durch sie hindurch, als Marcus' Hände unter ihr Top fuhren und ihren Rücken streichelten. Sie glitten über ihre Haut, die unter der Berührung zu erwachen, sensibel zu werden schien. Jede dieser wohltuenden Berührungen löste etwas von der Erschöpfung aus Lauras Körper und wich schließlich einem Anflug von Erregung. Durch den Stoff seiner Hose spürte sie, dass auch seine Erregung wuchs. Seine Hände glitten etwas tiefer, unter ihren Hosenbund und zu ihren Pobacken. Seine massierenden Bewegungen schickten wohlige Schauer durch ihren Unterleib, und jedes Mal, wenn seine Finger etwas weiter nach unten glitten, den Ansatz ihrer Oberschenkel berührten und sich ihren Schamlippen näherten, durchfuhr es sie wie ein winziger Stromstoß. Mehr als einmal kam er dabei gefährlich nahe an ihren Anus. Bald hatte er sie an jeder Stelle berührt, die er unter dem Stoff der Hose erreichen konnte, nur nicht dort. Neckend fuhr sein Finger durch ihre Pofalte, ließ die Haut kribbeln, ohne jedoch die kleine Öffnung darin auch nur zu streifen. Laura war sich bewusst, dass er ihre Grenzen wahren wollte. Trotzdem wollte sie nichts mehr, als dort berührt zu werden. Die empfindliche Haut schien überreizt von dem Verlangen, auch zum Kribbeln gebracht zu werden, ebenfalls seine Finger zu spüren. Laura stellte sich vor, wie es sich anfühlen würde, wenn er mit dem Finger dort in sie eindrang.

Sie stöhnte leise, als Marcus ihre Pobacken leicht auseinanderzog und ihr so einen Vorgeschmack auf das Gefühl verschaffte. Einen winzigen, viel zu kurzen Vorgeschmack. Und dann waren seine Hände plötzlich ganz verschwunden. Sie protestierte, bis sie bemerkte, dass er sich an ihrer Hose zu schaffen machte. Er schob Laura von seinem Schoß, bis sie vor ihm stand, und öffnete erst den Knopf und dann den Reißverschluss. Mit einer Hand schob er die Hose nach unten, während er mit der anderen die Innenseite ihrer Oberschenkel entlangstrich und sich immer mehr ihrer Scham näherte. Seine Handkante glitt durch ihre Feuchtigkeit und benetzte ihre Oberschenkel damit. Sie wünschte sich, dass er mit dem Finger in sie eindringen würde, erst in ihre Scheide, bis die Finger feucht und klebrig waren und ihre Lust beinahe nicht mehr auszuhalten. Dann würden sie die kurze Distanz ihres Damms überwinden und die andere Öffnung finden, sie vorsichtig dehnen und … Laura hatte keine Ahnung, wie es sein würde. Nicht die geringste. Würde es weh tun? Oder sich vielleicht nur merkwürdig anfühlen?

»Die Füße«, befahl Marcus, und Laura machte einen Schritt aus ihrer Hose heraus. Sie bekam kaum mit, dass er ihr die Socken auszog, dann wieder aufstand und ihr Top nach oben schob. Erst als er anfing, ihre Brüste zu kneten und ihre Brustwarzen zu reizen, brachte er Laura keuchend in die Gegenwart zurück. Sie sah, dass er sich in der Zwischenzeit auch ausgezogen hatte. Jetzt zog er sanft an ihrem Arm, um sie zurück zur Couch zu führen.

Laura schüttelte den Kopf. »Ich … ich will, dass …« Sie verstummte. Ihre Wangen wurden heiß. Wie drückte man das aus? Sie atmete tief ein. »Ich will das tun, wovon du mich damals abgehalten hast.«

Er blieb stehen und runzelte die Stirn. »Bist du sicher? Du musst das nicht tun.«

Sie leckte sich über die Lippen. »Willst du es denn nicht?«, fragte sie, obwohl sie deutlich sehen konnte, dass der Gedanke ihn noch mehr erregte.

Er lachte heiser. »Natürlich will ich. Aber ich kann darauf verzichten. Du musst das nicht tun, nicht mir zuliebe.«

Sie machte einen Schritt auf ihn zu und rieb ihre nackte Haut an seiner. Seine Erektion drückte sich in ihren Bauch, und ihr Unterleib zog sich mit dem Verlangen zusammen, ihn in sich zu spüren. »Ich will es. Ich will wissen, wie es sich anfühlt. Das wollte ich schon damals im Hotel.«

Marcus betrachtete sie einen Augenblick prüfend, dann nickte er. »Gut, dann komm.« Er nahm sie am Arm und zog sie in ihr Schlafzimmer, das zum größten Teil von ihrem Bett eingenommen wurde. Es war ein wenig schmaler als ein gewöhnliches Doppelbett.

Laura ließ sich darauf sinken und schob sich ein wenig nach oben, so dass sie den Schalter ihrer Nachttischlampe erreichen konnte. Der Raum wurde in warmes Licht getaucht, das die Aufregung, die ihr plötzlich die Kehle zuschnürte, nicht vertreiben konnte. Als die Matratze unter Laura schwankte und Marcus sich darauf niederließ, begann ihr Herz zu rasen. Sie konnte Marcus nicht sehen, sie spürte nur seine Wärme und dann seine Hand auf ihrem Rücken, in ihrer Taille, auf ihrem Po. Er küsste sanft ihre Schulterblätter und ihren Nacken, bis die Anspannung ein wenig daraus wich. Seine Hände drückten ihre Oberschenkel etwas nach oben. Sie lag immer noch auf der Seite, mit dem Rücken an seiner Brust. Er küsste ihren Hals, ihren Haaransatz und ihr Ohrläppchen. Seine Hände glitten langsam auf ihre Pofalte zu. Laura merkte, dass ihre Oberschenkel zitterten, und versuchte, sich zu beruhigen.

»Wenn ich aufhören soll, musst du es sagen. Es ist wichtig, dass du mich wissen lässt, wie es sich für dich anfühlt, okay?«, flüsterte er.

Sie nickte, ohne etwas zu sagen. Sie hätte keinen Ton herausgebracht.

»Ganz ruhig, es wird nicht weh tun, das verspreche ich dir.« Seine Hand drückte ihre Beine ein wenig auseinander und fuhr dazwischen. Seine Fingerspitzen tauchten in ihre Feuchtigkeit, massierten ihre Schamlippen, dann ihren Kitzler. Laura bog sich seiner Berührung entgegen, als ob sie ihn damit zwingen könnte, sie auszufüllen. Er ließ sie nicht länger warten, sondern drang mit zwei Fingern in sie ein. Tief, bis zum Anschlag. Kurz widmete er sich der kleinen Schwellung in ihrem weichen Fleisch, bis sie es kaum noch aushielt.

»Marcus, bitte …«

Sein heißer Atem streifte ihr Ohr. »Geduld, Liebling.«

Er zog seine Finger aus ihr zurück, verteilte ihre eigene Feuchtigkeit auf ihrem Damm und glitt in ihre Pofalte, streifte dort ihre Öffnung. Laura zuckte zusammen. Die Berührung erschien ihr unglaublich intensiv, schon jetzt. Ein feuchter Finger begann, sanften Druck auszuüben und dann zu kreisen. Jede Bewegung, jeder Druck schien direkt in ihren Kitzler zu schießen. Marcus drückte etwas fester, und eine Vorahnung von Dehnung ließ Laura aufstöhnen. Sie schob ihm ihren Po entgegen als Zeichen, dass sie bereit war, ihn in sich zu spüren. Der Druck nahm zu, wandelte sich langsam in ein Ziehen, als er langsam erst einen Finger in sie schob und dann den zweiten. Er hielt inne, gab ihr Zeit, sich an das neue Gefühl zu gewöhnen.

»Wie fühlt es sich an?«, fragte er.

»Gut, mach weiter.«

Er lachte leise. »Okay.«

Seine Finger schoben sich tiefer in sie, dehnten und massierten, zogen sich zurück und drangen wieder in sie ein. Ihre Muskeln zogen sich um ihn zusammen und verstärkten den köstlichen Zug auf ihren Kitzler, bis sie es kaum noch aushielt. Dennoch war es nicht genug. Sie wollte mehr, sie wollte noch mehr gedehnt werden, wollte seinen Schwanz in sich.

»Jetzt, ich will dich spüren.« Ihre Stimme klang abgehackt, ihr Atem ging stoßweise.

Marcus zog seine Finger aus ihr zurück. Eine unangenehme Leere blieb, ein unerfülltes Verlangen und die Vorfreude auf mehr. Erwartungsvoll ging sie auf alle viere. Marcus schüttelte den Kopf. Er streifte sich ein Kondom über und legte sich auf den Rücken.

»Setz dich auf mich.«

Sie runzelte die Stirn und betrachtete ihn fragend. »Ich dachte …«

Er nahm ihre Hände und zog sie zu sich herunter, um sie auf den Mund zu küssen. »Vertrau mir. So kannst du es steuern, du kannst die Geschwindigkeit bestimmen.«

Sie biss sich auf die Lippen. Sie hatte sich gewünscht, dass er sie nahm, rücksichtslos und hart. Gehörte das nicht irgendwie dazu?

Er strich ihr zärtlich ein paar Haare aus der Stirn. »Ich weiß, was du denkst, aber dafür ist später noch Zeit. Für das erste Mal ist es so besser, glaub mir.«

»Okay«, flüsterte sie. Sie spreizte die Beine und setzte sich auf ihn. Ihre feuchten Schamlippen streiften seinen Bauch, dann seine Erektion. Unwillkürlich musste sie grinsen, als Marcus die Augen schloss und leise stöhnte. Es fühlte sich gut an, ihn mit einer kleinen Berührung schon so in der Hand zu haben. Sie griff unter sich, packte ihn und rieb seine Erektion an ihrem Kitzler. Dann ließ sie seine Erektion kurz in sich gleiten, nicht ganz, nur ein Stück. Er biss sich auf die Unterlippe und hob seine Hüften etwas an.

»Na, na, nicht gierig werden«, flüsterte sie und lächelte.

Er lachte heiser. »Na warte.« Seine Hände legten sich auf ihre Hüften und zogen sie mit einem Ruck ganz auf sich herunter. Erregung schoss durch sie hindurch. Sie blieb einen Moment auf ihm sitzen, spürte ihn in sich und erhob sich dann wieder. Die Versuchung, einfach so weiterzumachen, war groß, aber die Neugier auf das Unbekannte noch größer. Sie ließ ihn ganz herausgleiten.

Er öffnete die Augen. Sie packte ihn wieder, brachte ihn in Position, diesmal zwischen ihren Pobacken. Sie spürte die Feuchtigkeit ihrer eigenen Lust an der empfindsamen Öffnung. Langsam ließ sie sich auf ihn sinken, spürte, wie er in sie drängte, sie langsam weitete. Sein Schwanz war deutlich breiter als seine Finger, und sie hielt inne, als sie ein leichtes Brennen spürte. Sie hörte Marcus keuchen, aber er bewegte sich nicht.

Er hielt sein Versprechen. Jetzt wusste sie, dass er recht gehabt hatte. Es war gut, dass sie selbst bestimmen konnte, ob und wann sie weitermachen wollte. Sie wartete, bis das Brennen verschwand, dann ließ sie sich wieder ein Stück tiefer sinken. Langsam glitt er in sie, überwand den Widerstand, den merkwürdigen Druck, das Brennen, das langsam zu einem leichten Schmerz wurde. Einem Schmerz, der sich mit der Lust in ihrem Bauch vereinigte und sie antrieb, Marcus endlich ganz in sich aufzunehmen.

Sie sank noch ein Stück und keuchte auf, als er in sie hineinglitt. Sofort war der Schmerz verschwunden und machte einem Gefühl der Dehnung Platz, wie sie es noch nie gekannt hatte. Das Gefühl, völlig ausgefüllt zu sein, ergriff ihren ganzen Unterleib und ließ ihre Scheide vor Leere pulsieren. Marcus schien es zu spüren, schien zu spüren, dass sie mehr von ihm brauchte. Mit zwei Fingern drang er in sie ein, liebkoste gleichzeitig mit dem Daumen ihren Kitzler. Das Gefühl, von zwei Seiten von ihm genommen zu werden, war überwältigend. Beinahe überreizend.

Und doch nicht genug. Sie ließ sich noch etwas tiefer sinken, nahm ihn ganz in sich auf und begann dann langsam, sich rhythmisch auf ihm zu bewegen. Jedes erneute Eindringen, jede neue Dehnung brachte sie näher an den Rand des Orgasmus. Marcus' Atem ging jetzt abgehackt, seine Beine spannten sich unter ihr an, und seine Hand krallte sich in ihre Oberschenkel, ohne ihr jedoch die Macht über ihn zu nehmen. Laura bewegte sich schneller, bis ihr gesamter Unterleib vor Erregung pochte, bis ihre Muskeln sich verzweifelt um sein Glied und um seine Finger zusammenzogen. Bis ihre Erregung schließlich ihren ganzen Körper packte und sie wild zuckend kommen ließ. Ihre Arme begannen zu kribbeln, und ihr Kopf wurde leicht. Sie stützte sich mit den Händen auf Marcus' Brust ab, bis er nach wenigen Stößen ebenfalls kam, dann fiel sie nach vorne. Keine Sekunde länger konnte sie sich aufrecht halten.

Marcus legte die Arme um sie und drückte sie fest an seine Brust. Ihre Wange lag an seiner feuchten Haut, und sie hörte sein Herz heftig pochen.

»Hat es deine Erwartungen erfüllt?«, fragte er.

Ihre Lippen verzogen sich zu einem Grinsen. »Oh ja. Und wie! Oder nein. So hätte ich mir das nie vorstellen können. So unglaublich.«

Er küsste ihren Scheitel. »Du bist unglaublich.«

Sie kuschelte sich an ihn und genoss das Gefühl, überall von ihm berührt zu werden. Sie konnte sich nicht vorstellen, jemals ohne ihn auszukommen. Sie wollte es auch nicht.

»Vielleicht mache ich das wirklich«, flüsterte sie. »Mit dir mitkommen, wenn du woanders einen Auftrag hast.«

»Das hoffe ich.« Seine Arme pressten sie etwas fester an sich. »Ich halte es kaum aus, von dir getrennt zu sein. Die letzten zwei Monate kamen mir eher vor wie zwei Jahre.«

»Mir auch. Wie zwei furchtbar lange Jahre.«

»Außerdem brauche ich doch jemanden, mit dem ich die … Stabilität der neuen Hochseilgärten testen kann.« Laura sah auf. Seine Augen glitzerten amüsiert.

Sie kicherte. »Was schreibst du dann in den Bericht? Hält auch den stärksten Beanspruchungen stand? Oder vielleicht: Geeignet für alle Spielarten?«

»Nein. Eher einen Warnhinweis: Vorsicht, Suchtgefahr.«

Laura grinste und legte ihre Wange wieder an Marcus'

Brust. Sie wusste, dass sie niemals sicher sein konnte, ihn nicht zu verlieren. Es gab keine Garantie.

Aber mit ihm zusammen zu sein, ihn zu lieben und von ihm geliebt zu werden, war das Risiko wert.